이혼

離婚

老舍

대산세계문학총서
171

이혼

離婚

라오서　김의진 옮김

문학과지성사

대산세계문학총서 171

이혼

지은이   라오서
옮긴이   김의진
펴낸이   이광호
주간   이근혜
편집   김은주 박솔뫼
펴낸곳   ㈜**문학과지성사**
등록번호 제1993-000098호
주소   04034 서울 마포구 잔다리로7길 18(서교동 377-20)
전화   02) 338-7224
팩스   02) 323-4180(편집) 02) 338-7221(영업)
전자우편 moonji@moonji.com
홈페이지 www.moonji.com

제1판 제1쇄 2022년 3월 19일
제1판 제2쇄 2024년 12월 23일

ISBN 978-89-320-3982-4 04820
ISBN 978-89-320-1246-9(세트)

이 책은 대산문화재단의 외국문학 번역지원사업을 통해 발간되었습니다.
대산문화재단은 大山 愼鏞虎 선생의 뜻에 따라 교보생명의 출연으로 창립되어
우리 문학의 창달과 세계화를 위해 다양한 공익문화사업을 펼치고 있습니다.

차례

제1장

1

    장다거張大哥는 모든 이의 다거*이다. '그 애비도 제 자식을 다거라고 부를 거야.' 보는 사람마다 이런 생각이 들게 할 만큼 그는 딱 봐도 '다거'였다.

    장다거에게는 일생을 바쳐 이루고 싶은 신성한 사명이 있다. 바로 중매와 이혼 퇴치다. 그는 모름지기 처녀에게는 적당한 남편이 있어야 하고, 총각 역시 그에 걸맞은 아내가 있어야 한다고 생각했다. 그 짝들은 다 어디에 있을까? 장다거의 몸은 그 자체로 현미경이자 저울이었다. 그의 현미경은 처녀 얼굴에서 마맛자국을 발견하면, 즉시 수많은 인파 속에서 말을 좀 더 듣거나 보는 게 시원치 않은 남자를 찾아냈다. 저울에 올려놓고 보면 마맛자국과 근시는 피장파장이라 그야말로 안성맞춤

---

  * 다거大哥: 큰형, 형님(연배가 높은 남자의 존칭), 다사오大嫂: 큰형수, 아주머니(동년배의 부인이나 친구의 아내에 대한 존칭), 다수大叔: 큰 숙부, 큰 삼촌, 아저씨(부친과 동년배이거나 나이가 적은 남자에 대한 존칭). 우리말의 쓰임과 차이가 있어 이 책에서는 중국식 표현을 그대로 사용했다.

이었다. 근시는 마맛자국을 눈치채지 못할 것이고, 곰보 아가
씨도 물론 남편에게 안경을 쓰라고 보채지 않을 것이기 때문이
다. 굳이 필요하다면 사진을 교환하기도 하겠지만, 오직 성공
만 있을 뿐 실패는 절대로 용납되지 않았다.

　물론 장다거의 저울질이 이렇게 단순하지만은 않았다. 나이,
외모, 집안, 성격, 팔자…… 따져야 할 것은 죄다 꼼꼼히 따졌
다. 평생 한 번뿐인 종신대사를 어찌 얼렁뚱땅 치를 수 있겠는
가! 때문에 친척이나 지인 들 가운데 자신의 중매를 거치지 않
고 결혼하는 사람이 있으면 그는 아내인 장다사오張大嫂를 보내
축의만 전할 뿐 절대 결혼식에 가지 않았다. 결코 질투해서가
아니라 오로지 선의에서, 장다거는 마음이 아팠다. 자신의 저
울로 재보면 서로 어울릴 만한 요소가 전혀 없기에 그런 결혼
은 설령 그럭저럭 유지될지는 몰라도 결코 최선의 선택은 아니
라고 느꼈기 때문이다.

　장다거가 보기에, 이혼의 원인은 다름 아닌 중매쟁이의 저울
이 부정확한 데 있었다. 그의 소개로 가정을 이룬 이들 중에는
아직 이혼하겠다고 야단법석을 떤 경우가 한 번도 없었을뿐더
러 그런 기미를 조금이라도 내비친 부부도 없었다. 다만 이러
쿵저러쿵 사소한 일로 다툰 경우는 별개이다. 부부는 하룻밤에
만리장성을 쌓는 법. 싸움도 서로 사랑하니까 하는 것 아니겠
는가. 코를 쥐어 할퀴거나 눈을 시퍼렇게 멍들게 하는 것쯤, 이
혼과는 한참 거리가 멀었다.

　연애결혼은 이혼의 반대편 극단에 놓인 것으로 저울에 올릴
건수도 못 됐다. 이런 결혼에는 장다사오조차 보내지 않았다.

그저 다른 사람을 시켜 결혼 축하 대련*만 보내고 말았다. 그 내용은 물론 초상집에 보내는 것과 같지는 않았지만 그렇다고 크게 다르지도 않았다.

중매가 창작이라면 이혼 퇴치는 비평이었다. 이렇게 딱 부러지게 말한 적은 없지만 장다거는 분명 그런 견해를 가지고 있었다. 이혼의 주된 원인이 중매쟁이의 부정확한 저울이라면 이혼을 막기 위해선 큰일은 작은 일로 또 작은 일은 없었던 일로 만들어 균형을 잡아야 했다. 장다거는 우선 위기의 부부를 저울에 다시 올려 꼼꼼하게 분석한 다음, 어느 한쪽으로 기울지 않도록 저울추를 보탰다. 그러면 한순간에 화해가 이루어지고 쌓였던 문제들도 봄눈 녹듯 풀려서, 가족들은 이산을 모면하고 변호사는 그저 열없이 하늘만 쳐다보는 것이었다. 그래서 장다거의 친구 중에 변호사 명패를 내걸고 있는 이는 한 명도 없었다. 오직 창작자만이 비평을 할 자격이 있듯, 진정한 중매쟁이만이 이혼을 물리칠 수 있었다. 장다거는 종종 원래 중매 섰던 이를 제치고, 법정으로 향하는 부부의 조정자가 되기도 했다. 잘 해결되면 그 부부는 처음 소개해준 이를 나 몰라라 하고 장다거를 진정한 중매쟁이로 모시며 평생 고마움을 잊지 않았다. 이렇게 그는 비평가의 위치에서 다시 창작자의 보좌로 돌아왔다.

중매는 경륜이 좀 있는 다수大叔나 다거가 서는 게 제격이다.

---

* 對聯: 종이나 천에 쓰거나 기둥 따위에 새긴, 한 쌍의 대對를 이루는 글귀나 시구.

장다거는 이미 중매쟁이의 대명사나 다름없었다. '장다거 오셨다'는 소리가 나면, 어느 집에서나 처녀들이 얼굴을 붉히고 방구석에 숨어 콩닥거리는 가슴을 달랬다. 자녀가 없는 집에서는 초상이 나지 않는 한 그의 족적을 찾아볼 수 없었고, 혼기가 찬 자녀를 둔 집에서는 그가 첫 방문 후 열흘 이내에 다시 들르지 않으면 베개란 베개를 몽땅 눈물로 적시었다. 그의 위력은 사람들의 마음까지 움직여서, 사오십 먹은 노처녀만 있는 집에서도 그를 환영할 정도였다. 혼사가 성사될 가능성은 없었지만 어쨌든 그가 걸음을 하면 이미 잿빛으로 바랜 인생이 살짝 장밋빛으로 물들었던 것이다.

2

장다거는 박학했다. 어려서부터 경서經書와 사서史書를 두루 섭렵하고 또 『결혼을 위하여』 같은 요즘 책도 읽는 것 같았다. 그는 자신의 생각이 옳다는 것을 증명하기 위해서라도 꼭 책을 읽었다. 그는 짝눈이었는데 왼쪽 눈꺼풀이 유난히 쳐져 언제나 눈동자를 반쯤 가둬놓았다. 오른쪽 눈은 별다른 특징 없이 정상적으로 볼일을 봤다. 그 왼쪽 눈이야말로 바로 극히 세밀한 체였다. 오른쪽 눈이 읽고 본 모든 것이 반쯤 닫힌 왼쪽 눈을 통해 걸러졌다. 눈꺼풀에 갇힌 절반의 눈동자는 안으로 자신의 내면을 보는 것이었다. 그리하여 무얼 읽건 간에 장다거는 자기 의견을 나무랄 데 없는 것으로 여겼고 거기에 어긋나는 것은 즉시 왼쪽 눈으로 걸러버렸다.

왼눈의 체는 하늘이 내린 소중한 보물이었다. 이 천부적인 재능을 뽐낼 때를 제외하면 장다거는 그야말로 겸손과 온유의 화신이었다. 모든 일은 일단 체로 거르고 나면 절대 극단으로 치닫지 않았다. 극단으로 치닫게 되면 삶의 균형이 깨져서 평지에서도 자빠지는 법이었고 장다거는 자빠지는 것을 가장 싫어했다. 그의 옷과 모자, 장갑, 담뱃대, 지팡이 등은 모두 모던 신사들이 쓰기 시작해서 반년쯤 지난 것처럼 보이고, 완고한 노친네라면 두세 달을 망설이다가 간신히 쓰기 시작했을 물건들이었다. 오래되긴 했지만 왠지 낯설게 느껴지는 건축물처럼, 장다거의 복장이나 차림새는 지나는 차량이나 행인의 걸음을 늦추게 했지만 아주 멈추게 할 정도는 아니었다.

'장다거 말만 들으면 틀림없어!' 혼사를 치르는 장씨네 친지나 지인 들은 십중팔구 이렇게 말했다. 혼례용 자동차 내부에 들여놓을 수 있게 설계된 작은 가마도 장다거의 발명품이었다. 근래엔 차로 신부를 맞는 것이 보통이라지만 과년한 신부가 평생 꽃가마를 타보지 못한다는 점은 아무래도 아쉬운 데다 차를 타면 신부는 집 밖에서 내려 걸어 들어가야 하니 불편했다. 일면식도 없는 별별 사람들이 신부를 보려고 기다리는 것 또한 길흉을 떠나서 그다지 체통이 서지 않았다. 그리하여 장다거가 고안한 방법이 바로 차 안에 별도의 작은 가마를 들여놓는 것이었다. 차가 식장 앞에 도착하면 탁 하고 차 문이 열림과 동시에 네 사람이 서랍을 빼듯 가마를 빼서 날랐다. 구경꾼들은 눈만 멀뚱거릴 뿐 제 마누라가 아닌 이상 신부의 모습을 볼 재간이 없었다. 다소간 결혼에 대한 교육적 효과도 있는 셈이었다. 딱 한 번, 여름에 신부가 가마에서 고꾸라져 나온 적이 있었는데 더위에 혼절했기 때문이다. 지금은 가을에도 차 천장에 두 대의 선풍기를 달았다. 역시 장다거가 고안한 것이었다. 세상사 뭐든지 겪을수록 지혜가 느는 법이다.

3

사람들이 모두 제 마누라에 만족한다면 세상에 공산당 만들자고 떠드는 일은 결코 없을 것이고, 공산당이 없으면 공처共妻하자고 떠드는 일도 당연히 없을 것이다. 장다거는 이 이치를 굳게 믿었다. 혁명 청년도 일단 결혼만 하면 곧바로 얌전해지는 게 엄연한 사실이고, 장다거는 이와 관련한 증거도 여럿 가지고 있었다. 그가 보기에 아직 미혼인 사람의 얼굴에 작은 여드름이 몇 개 돋거나 또는 기혼인 사람이 조금이라도 인상을 쓰고 있으면, 그것은 분명 결혼과 관련된 문제였고 당장 해결 방법을 찾아야 했다. 그러지 않으면 분명 사달이 나는 것이다!

그러니 라오리老李*가 요 며칠 인상을 쓰고 있다는 것은 분명 예의 주시할 일이었다. 장다거는 우선 그에게 아스피린 한 알을 권했고 다시 감기 걸렸을 때 먹는 칭원제두완清瘟解毒丸을 먹으라고 했다. 하지만 아무 소용이 없었고 라오리는 여전히 미간을 찌푸린 채였다. 장다거는 진단을 내렸다. 이건 결혼 문

---

* 라오老는 성이나 이름 앞에 붙는 접두어로서, 나이에 크게 구애됨 없이 어느 정도 예의를 갖춰야 할 상대를 부를 때 사용한다. 많이 어리거나 좀 낮추어 보는 상대에게는 샤오小를 쓰기도 한다.

제다.

라오리는 촌사람이었다. 장다거에겐 베이핑* 사람이 아니면
모두 촌사람이었다. 톈진天津이나 한커우漢口, 상하이上海는 물론
심지어 파리, 런던까지도 모조리 촌이었다. 장다거가 아는 산이
라고는 인근의 시산西山이 다였다. 그래서인지 그는 베이산北山
에서 온 과일 장수에게서조차 신비감을 느꼈다. 그가 가장 멀
리 가본 여행이라곤 베이핑 성문 밖을 나가본 것이 다였다. 하
지만 주장九江에서 도자기가 나고, 쑤저우蘇州, 항저우抗州에서
비단이 나는 것쯤은 알았다. 또 칭다오青島가 산둥성山東省에 있
으며, 베이핑에서 푸줏간을 연 사람들은 죄다 산둥 사람이라는
것도 알았다. 그는 바다를 본 적이 없지만 보고 싶지도 않았
다. 세상의 중심은 베이핑이기 때문이었다. 라오리는 베이핑에
서 태어나지 않았기 때문에 촌사람이었다. 장다거는 촌사람에
게 각별한 동정심을 느꼈다. 이혼을 생각하는 사람들 다수가
촌사람인 걸 보면 시골의 중매쟁이는 마치 촌구석의 의원과 마
찬가지로 그다지 유능하지 못할 것이기 때문이다. 시골에서 태
어나는 것 자체가 불행이었다.

두 사람은 재정소**에서 함께 일을 했다. 솔직히 말하자면 라

---

* 北平: 베이징北京의 옛 명칭. 1928년 중화민국 정부가 난징南京으로 수도를
옮기면서 베이핑으로 개명되었으며, 1949년 중화인민공화국이 수립되면서 다
시 베이징으로 불리게 된다.

** 財政所: 가상의 정부 기관이다. 당시 중화민국의 최고행정기관인 행정원 산
하에는 내정, 외교, 군정, 재정, 농광, 공상, 교육, 교통, 철도, 위생 등 10개
의 부部가 있었으며 재정부에는 관무서關務署, 총무사總務司, 어주세처菸酒稅處 등
11개의 서, 사, 처가 있었다. 재정부 및 각 하급 기관에는 과장科長과 과원科員

오리는 학식이나 자질 모두 장다거보다 나았다. 하지만 둘이 나란히 앉아 있는 것을 보면, 장다거는 무슨 대단한 인물처럼 보이는 반면 라오리는 말단 서기만도 못해 보였다. 장다거는 여러 나라의 공사들과 어울려도 전혀 손색이 없을 듯했지만 라오리는 여자 종업원에게조차 쩔쩔매며 어쩔 줄 몰라 했다. 라오리는 청나라 말기에 천덕꾸러기 신세로 전락한 황실 후예들 같았다. 어쩌면 그렇게 볼품이 없는지 말로 설명하기조차 힘들 정도였다. 장다거는 변발을 자르기 전에는 장훈*처럼 후덕해 보였고 변발을 자르고 머리에 기름을 바른 후에는 은행 지배인처럼 보였다. 한편 라오리가 입은 최신식 양복은 마치 옷 속에 너덜너덜해진 솜뭉치를 두어 근 채워놓은 듯 헐렁해서 옷과 몸이 따로 놀았다. 얼굴은 금방 면도를 했는데도 거칠고 어두웠다. 그가 다른 사람에게 재정소 제2과 과원이라는 직함이 찍힌 명함을 건네면 상대방은 한참을 생각하고 나서야 겨우 고개를 끄덕였다. 또 그가 은행 행정과 경제학을 배웠다고 말하면, 사람들은 마치 그가 은행이나 경제학을 욕보이기라도 한 듯 물끄러미 그의 얼굴을 쳐다보았다.

사실 라오리는 못생긴 편은 아니었다. 키가 크고 호리호리한 체구에 미간이 넓고 눈이 크며, 입이 좀 지나치게 큰 편이어서 벌리고 있으면 가지런하고 하얀 이빨이 고스란히 보였다. 하지

들이 있었다.

* 張勳(1854~1923): 청말의 군인으로, 신해혁명으로 탄생한 민주 정권을 부정하고 청 왕조의 복벽을 시도한 인물. 변발을 고수해서 그의 군대를 변자군辮子軍이라고 부르기도 했다.

만 그에겐 사람들 눈에 거슬리는 면이 있었고 어떤 상황에서나 사람들을 불편하게 만들곤 했다. 스스로도 이런 사실을 아는 듯, 라오리는 매사에 아주 조심했지만 결과적으론 더 허둥거리게 될 뿐이었다. 누가 그에게 차를 따라주려고 하면 굳이 일어나 두 손으로 받으려 하고, 그러다가 상대방에게 차를 쏟거나 자신의 손을 데기 일쑤였다. 그런 뒤엔 급하게 손수건을 꺼내 닦으려다가 상대의 코를 치기도 했다. 한바탕 그러고 나면 그는 한마디 말도 못 하고 쩔쩔매다 이내 모자를 집어 들고 어디론가 휑하니 사라져버렸다.

하지만 라오리는 일 처리만큼은 아주 꼼꼼했다. 때문에 온갖 고생을 도맡아 했지만 윗사람을 만나거나, 외부 출장을 나가거나, 돈을 나눠 갖거나, 승진하는 것은 모두 다른 사람 차지였다. 공무 외에는 책을 사서 읽는 게 그의 취미였다. 가끔은 혼자 영화를 보러 가기도 했다. 하지만 앞이나 옆에 앉은 모던 남녀가 어둠 속에서 몰래 입을 맞추기라도 하면 온몸에 소름이 돋아 벌떡 일어나 나갔는데, 그럴 때마다 하필이면 구두 굽으로 여성의 발끝을 밟곤 했다.

장다거는 무뚝뚝하거나 음침해 보이지 않았으며 긴 얼굴이 웃으면 넓적해졌다. 또 사오십 대 중년의 풍채에 높은 코와 짝눈, 큼지막한 귀와 두툼한 입술까지 어디를 봐도 부티가 흘렀다. 차림새도 번듯했다. 감색과 베이지색의 파오*는 안쪽에 화사한 낙타털을 덧대었고 푸른 민무늬 비단 조끼의 옷섶에 달린

---

* 袍: 앞섶이 있는 중국식 긴 옷. 한복의 두루마기와 유사하다.

작은 주머니에는 금장 만년필이 꽂혀 있었다. 잉크를 묻힌 적은 없지만, 이따금 꺼내어 흰 비단 손수건으로 펜촉을 닦았다. 고급 옻칠에 금테를 두른 지팡이는 끝이 한 번도 바닥에 닿아본 적 없는 것 같았다. 담배 파이프는 영국제 실버스타를 썼고, 법랑으로 된 성냥갑으로 담뱃잎을 눌러가며 담배를 피웠다. 왼손 넷째 손가락에는 전서체로 이름을 새긴 금반지를 꼈다. 파오 안에는 샤오과* 대신 서양식 와이셔츠를 입었는데 와이셔츠 소매에 달린 모조 보석 단추가 아주 마음에 들었기 때문이다. 장다사오는 와이셔츠에 네 개의 주머니를 달아주었다. 덕분에 돈지갑과 도장함, 금시계 등을 편안하게 소지할 수 있었고 소매치기를 당할 염려도 적었다. 수시로 혼인 증서에 도장을 찍어야 했기 때문에 도장함은 절대로 몸에서 떨어져 있으면 안 되었다. 휴일이면 이따금 어깨에 사진기를 둘러멨지만 지금까지 사진을 찍은 적은 한 번도 없었다.

장다거는 무엇이든 다 좋아했지만 특히 정교하게 만든 소소한 장식품을 가장 좋아했다. 중위안中原 백화점, 상우인商務印서점, 우차이샤嗚彩霞 자수점, 헌들리 시계점 등의 할인 행사 날짜는 누구보다 정확히 기억했다. 하지만 외제품은 사지 않았다. 외제를 사지 않는 것이 바로 애국의 의무를 다하는 길이라고 생각했다. 그러니 누가 매국노를 욕하면 어쨌거나 장다거 역시 같이 욕할 자격이 있는 셈이었다.

그의 경험은 거의 생활 백과사전 수준이었다. 어떤 분야의

---

* 小褂: 중국식 적삼.

일이건 모르는 게 없고 어떤 부서의 말단 직책도 맡아보지 않은 것이 없었다. 또한 정당의 직원들과도 알고 지냈지만 그 정당의 취지나 이념에는 전혀 관심 없었다. 사회에 어떤 혼란이 있어도 그에게는 항상 일거리가 있었으며 관청에 들어오고 나서는 단번에 가장 인기 있는 인물이 되었다. 새 동료가 어떤 인물에 대해 말을 꺼내면, 그 사람이 과장이든 사장이든 아니면 말단 직원이든 간에, 장다거는 미소를 머금고 왼눈은 지그시 감은 채로, 오른눈으로는 푸른 담배 연기를 쳐다보며 그 이야기를 성의껏 들어주었다. 그리고 말이 끝나면 곧장 왼눈을 뜨며 목소리를 내리깔고 말했다. "그 사람 말이야, 내가 중매 섰어."

점차 관청의 모든 사람들은 그가 살아 있는 신선, 월하노인*이라는 것을 깨닫게 되었다. 그리하여 장다거는 공무를 보는 한편으로 결혼 관련 업무를 다루었는데, 처리할 공무는 별로 없는 데 반해 결혼 설계와 운영은 하루도 거르지 않았다. 게다가 결혼 업무가 갈수록 바빠져서 잡다한 공무는 굳이 장다거가 처리할 필요가 없게 되었다. 장다거의 일이 한창 바쁘던 시절에 사람들은 이혼치국以婚治國, '결혼으로 나라를 다스린다'고 말하기도 했다. 그를 찾는 전화가 누구보다 많았지만 사환들은 전혀 짜증 내지 않았다. 특히 젊은 사환들은 장다거만 잘 모시면 확실히 마누라를 얻을 수 있기 때문이었다. 여자가 조금 못생긴 경우도 있기는 했지만 그 경우에는 대신 혼수가 두

---

* 月下老人: 중국 전설에서 부부의 인연을 맺어준다는 신선.

둑했다.

　요사이 장다거는 유난히 의욕이 넘쳐 보였다. 동료인 라오리
가 이혼에 '뜻'이 있는 것 같았기 때문이다.

4

　"라오리, 이따 우리 집에 와서 저녁 먹어."

　장다거는 식사를 청할 때 상대방이 시간이 있는지 없는지는
묻지도 않고 다짜고짜 명령을 내렸다. 하지만 명령이라곤 해도
그토록 다정다감하다 보니 누구든지 아무리 중요한 일이 있어
도 시간이 된다고 말하게 되어 있었다.

　라오리가 아무 말도 하지 않았다면 그것은 응낙한다는 의미
였다. 아니, 라오리가 채 대답하기도 전에 장다거가 대신 응낙
했다고 할 수도 있다. 라오리에게 대답을 들으려면 시간이 걸
렸다. 그는 마치 여러 전화를 동시에 받은 전화국 교환원 같았
다. 누가 뭘 묻기만 하면 제쳐야 할 생각들을 하나씩 제쳐서
머릿속을 깔끔하게 정리하기 전까지는 아무 대답도 하지 못했
다. 누가 별안간 그에게 오늘 날씨 좋으냐고 물으면 그는 어릴
적 책가방을 잊고 학교에 갔던 일까지도 떠올리는 것이었다.
하지만 덕분에 그는 누구보다 생각이 치밀했고 또 무얼 쉽게
잊는 법이 없었다.

　"조금 일찍 오라고, 라오리. 식사는 그냥 평소대로 하고 얘기
나 나누자고. 5시 반, 어때?" 장다거는 내내 명령만 하는 게 마
음에 걸렸는지 끝에 가서는 동의를 구했다.

"알았어." 라오리는 그제야 장다거의 제안이 무슨 의미인지 눈치를 챘다. "많이 차리지는 마!" 이 말은 흔히 예의상 하는 인사였지만 라오리의 경우엔 마치 식사 초대는 결사반대라고 주장하는 것처럼 들렸다.

라오리는 누군가와 대화를 나눌 일이 있으면 미리 해야 할 말들을 꼼꼼하게 준비했다. 그는 장다거가 그에게 무엇을 물을지 잘 알 것 같았다.

5시 반 정각, 라오리가 문을 두드렸다. 10분 전에 도착했지만 부러 골목을 두세 바퀴 배회했다. 약속 시간은 지켜야 하는 것이고, 그렇다면 늦지 않는 것은 물론 일찍 도착하지도 않아야 말 그대로 시간을 지키는 것이라고 생각했기 때문이다.

장다거는 아직 오지 않았다. 라오리가 올 것을 미리 알고 있던 장다사오가 라오리를 맞이했다. 장다거는 약속 시간을 잘 지키지 못했다. 물론 일부러 그러는 것은 아니다. 하지만 하루에도 두세 건씩 혼사를 챙기고, 우연히 왕씨 부인이나 리씨 아주머니와 마주치거나 그들이 혼수 장만하러 가는 곳까지 동행해주다 보면 시간을 지키기란 애당초 불가능했다. 그런 사정을 잘 아는 라오리는 장다거를 탓하지 않았다. 하지만 장다사오와 무슨 대화를 나누지? 그녀와 나눌 이야깃거리는 준비하지 않았는데!

다사오는 여자라는 것을 제외하면 모든 면에서 다거와 똑같았다. 장다거가 알고 있는 것은 다사오도 다 알고 있었고 다거가 중매쟁이라면 그녀는 부副 중매쟁이였다. 키가 조금 작은 걸 빼면 말투며 긴 얼굴까지 모두 장다거를 빼닮았다. 가끔 그녀는 장다거의 누이나 고모처럼 보이기도 했지만 그녀가 입을 여는 순간 단번에 장다거의 부인이라는 것을 알아차릴 수 있었다. 다사오의 웃음소리는 다거에 비해 한 옥타브 높고 반 박자 빨랐다. 다거가 막 입을 오므릴 때 다사오의 입술은 이미 벌어져 있었고, 다거가 소리를 내기 시작할 때 그녀는 이미 문창호지를 진동시켰다. 다사오는 짝눈도 아니었고 맵시가 있는 여자였다. 머리카락을 단발로 했다가 한 달쯤 지나 다시 기르기 시작했다. 머리 뒤로 비녀를 꽂지 않으니 왠지 모르게 균형을 잃은 것 같았기 때문이다.

"여기 앉으세요, 라오리!"

장다사오는 남을 부르는 투도 다거와 아주 흡사했다.

"다거는 곧 도착하실 거예요. 조금 있다가 솬양러우* 먹을 건데, 저는 가서 고기 좀 썰게요. 여기 차도 있고 호박씨랑 과자도 있으니까 편하게 들고 계세요. 외투는 벗으시고요." 그녀는 두어 마디 조잘대며 웃는가 싶더니 별안간 웃음을 뚝 그치고 밖으로 걸음을 옮겼다.

라오리가 적당한 말을 찾느라 애쓰는 새 다사오는 이미 나가 버렸다. 라오리는 마음이 한결 편해졌다. 외투를 벗어 놓을 곳을 한참 찾다가 결국엔 제 팔에다 걸쳤다. 겨우 앉기는 했으나 안주인의 과자는 감히 건드리지도 못하고 그저 호박씨 하나를 집어 손가락으로 만지작거리기만 했다. 마침 초겨울 날씨라 방

---

* 涮羊肉: 베이징의 대표 음식 가운데 하나로 양고기를 주재료로 한 샤브샤브의 일종. 우리의 신선로와 유사한 조리 기구를 사용한다.

에는 서양식 난로가 놓여 있었지만 불을 피우지 않았는데도 라오리는 손에 땀이 솟기 시작했다. 친구 집에 갔을 때 그는 말을 하기보단 땀을 흘리는 편이었다. 종종 친구 집에서 감기가 나아 오기도 했다.

아직 솬양러우를 먹을 날씨는 아니었다. 하지만 때에 맞지 않게 먹고 입는 것도 일종의 사는 재미였다. 장다거는 솬양러우, 다루몐,* 설떡, 가죽 파오, 펑징,** 폭죽놀이 같은 것들을 모두 남보다 앞서 하려고 했다. '재미'는 '필요'보다 더 문명한 것이다. 나뭇잎이 별로 흔들리지 않아도 미세하나마 바람이 느껴진다 싶으면 다거는 곧바로 펑징을 썼다. 하늘에 손바닥만 한 먹구름만 끼어도 지팡이를 내려놓고 우산으로 바꿔 들었다. 집 안의 모든 실내 장식은 '때 이른' 솬양러우나 일기 예보의 우산에 부합했다. 거실에는 벌써 모과 쟁반이 놓여 있고 수선화도 싹을 틔웠다. 장다거는 동지섣달엔 손수 키운 수선화를 감상했고, 다시 새해가 되면 온실에서 키운 알로에나 춘란을 서둘러 샀다. 슬쩍 뒤적여보니 축음기판도 모두 최근에 나온 것들이었다. 경극뿐 아니라 유성 영화의 노래 판도 있는 것을 보면 아무래도 아가씨 들으라고 마련한 것 같았다. 있어야 할 것은 다 있었고 필요한 것이 생기면 바로바로 채워놓았다. 바닥엔 양탄자가 깔려 있고, 그 위에 구식 경목硬木 의자가 놓여 있었다. 앉

---

* 打滷麵: 육류·달걀·채소 등으로 만든 맛국물에, 녹말가루를 풀어 만든 걸쭉한 양념장을 얹은 국수.
** 風鏡: 바람이나 먼지를 막기 위해 쓰는 안경.

는 것보다 서 있는 게 편할 것 같았다. 하지만 어느 누구도 파란 바탕에 연분홍 복사꽃이 그려진 양탄자와 경목에 꽃을 아로새긴 의자가 고풍스럽지도, 우아해 보이지도 않는다는 사실을 함부로 말하지 못했다.

라오리는 장다거가 조금 부러워졌다. 거의 질투에 가까운 부러움이었다. 장다사오까지도 존경스러웠다. 손수 양고기를 썰다니. 그렇다. 장다거는 하인을 두지 않았다. 어쩌다 집에 바쁜 일이 생기면 관청에서 일꾼을 빌려다 쓰는 정도였다. 노상 담배나 피우고 살림에 무능한 주인은 하인들이 무서워하기는커녕 오히려 환영했다. 비 없이 내리치는 마른벼락은 아무짝에도 쓸모가 없는 법이다. 하지만 장다거는 게으름 피우듯 담배를 피우지도 않았고 또 아주 유능했다. 거리에 나가 몇 발짝만 걸어도 그는 고급 여우가죽 파오에서 말린 새우에 이르기까지 그 가격을 줄줄이 꿰었다. 마치 거리의 공기가 그에게 물가를 속삭여주는 것 같았다. 상황이 이러하니 장씨 집에 하인이 오래 붙어 있을 리 만무했다. 장다거는 결코 불합리하거나 모질게 일을 시키지 않았지만 바로 그렇게 합리적이고 자상했기 때문에 하인들은 가끔씩 강에 뛰어들거나 목을 매야 마땅하다고 느끼곤 했다. 결국 모든 집안일은 장다사오의 몫이었지만 그녀는 언제나 지극히 상냥했다. 라오리는 그런 그녀를 존경해 마지않았다. 하지만, 잠시 생각하다가 그는 살짝 고개를 저었다. 아니지! 가정은 무거운 짐일 뿐이다. 상식의 결정체이자 걸어 다니는 물가표인 장다거만이 기꺼이 그 부담을 지고, 그 속에서 알량한 쾌락을 억지로 끄집어내는 것이다. 탁자를 닦거나 설거지를 하고 양고기를 써는 데서 오는 쾌락, 여성의 지위를 양고기 한 근 값도 안 되게 깎아 내리는 쾌락 말이다. 장다사오가 불쌍했다.

5

장다거가 왔다. 손에 크기가 제각각인 종이 꾸러미를 네 개나 들고 겨드랑이에는 큰 보따리를 낀 채였다. 그것들을 내려놓기도 전에 그는 악수하려고 왼손을 내밀었다. 장다거에게는 자신만의 독특한 악수 방식이 있었다. 항상 왼손을 쓰되 곧게 맞잡지 않고 상대방의 손과 직각이 되게 했다. 마치 상대방을 진맥하려는 것처럼 보였다.

라오리는 아직 장다거의 진맥을 받을 준비가 되지 않은 것 같았다. 그는 손을 이리저리 뒤집어보다가 하는 수 없다는 듯 바지에 손바닥의 땀을 닦았다.

"미안, 미안! 일찍 왔어? 앉아, 앉으라고! 온종일 하릴없이 바쁘기만 했네. 앉아. 차 마셨어?"

라오리는 얼른 앉아서 찻잔을 들여다보았다. 입을 채 열기도 전에 장다거가 말을 이었다. "마누라한테 이것들 좀 가져다주고 올게." 그는 부엌 쪽을 향해 고갯짓을 했다. "금방 올 테니 그동안 차 마시고 있어. 체면 차리지 말고!"

장다거가 자신보다 나은 게 뭘까, 라오리는 생각해보았다. 뭐지? 무엇이 장다거를 저리도 기분 좋게 하는 거지? 꾸러미를 들고 부엌으로 가는 그의 모습은 '인생' '진리' 따위의 가시

돈은 단어들과는 한참 거리가 먼 풍경이었다. 종이 꾸러미, 바쁨, 부엌. 이 모두가 분명 휴지, 이불 따위와 다를 바 없이 대수롭지 않은 것들이었다. 하지만 만약 자신에게 부엌에 갈 기회가 주어진다면 그리 마다하지 않을 것 같았다. 불꽃, 살코기 냄새, 고양이의 야옹 소리. 어쩌면 이것이 진리이고 인생일지 모른다. 누가 알겠는가?

"라오리!" 장다거가 돌아와 말을 걸었다. "오늘 양고기 한번 먹어봐. 분명히 맘에 쏙 들 거야. 새우 소스도 베이핑에서 제일 좋은 걸 사 왔어. 한입 먹어봤는데 좋더라고. 사람은 말이지, 라오리. 남자는 맛있는 음식을 찾고, 여자는 예쁜 옷을 찾는 법이야. 하하하." 그는 벽에 걸린 담뱃대를 집어 들었다.

벽에는 담뱃대 다섯 개가 일렬로 걸려 있었다. 장다거는 담뱃대가 더 이상 쓸 수 없게 되었을 때 새것을 사는 것이 아니라, 절반쯤 썼을 때 바로 새것을 샀다. 새것과 쓰던 것을 번갈아 쓰면 더 오래 쓸 수 있었다. 장다거는 아주 새것도 별로 좋아하지 않았지만 아주 헌것은 더 싫어했다. 완전히 못쓰게 된 담뱃대는 냄새가 심해 장작으로 태울 수도 없고, 성냥과 바꿀 수도 없어서 처치가 곤란했던 것이다.

라오리는 집주인을 따라 웃어야 할지 아니면 가만히 있어야 할지 알 수 없었다. 뭔가 말을 꺼낼까 하다가 이내 어색하게 입술만 달싹였다. 그는 장다거의 심문에 단단히 대비하고 온 터였다. 하지만 장다거는 촨양러우가 배 속에 들어가기 전에는 집안 대사를 거론할 생각이 없는 것 같았다.

그렇다. 장다거는 정부가 민국 달력으로 정월 초하룻날 전

24

국민을 불러 쏸양러우나 하다못해 물만두라도 먹이기로 한다면 군이 옛날 달력을 금지하는 명령을 내릴 필요도 없다고 생각했다. 밥과 결혼, 이 두 가지만 해결된다면 천하가 태평하지 않을 수 없는 것이다.

6

쏸양러우에서 다진 파에 이르기까지 마음에 들지 않는 것이 하나도 없었다. 라오리는 지금까지 이렇게 많은 음식을, 이렇게 편안하게 먹어본 적이 없었다. 이 편안함. 그제야 비로소 그는 배 속에 기름기가 있어야 인생도 의미가 있다는 장다거의 인생관에 탄복했다. 하느님이 사람을 만들면서 배를 중간에 둔 것은 그것이 삶의 중심이기 때문이라는 것이 다거의 지론이었다. 양고기탕에는 기름 띠와 푸른 고수 잎이 떠다녔다. 마치 그 한 그릇에, '시정詩情'으로 충만한 상상 속의 동식물들이 합쳐 이루어낸 천지의 조화가 담긴 듯했다. 그런 양고기탕으로 입에 잔뜩 기름칠을 하자 마치 도르래가 구르듯 말이 술술 나왔다.

장다거의 왼눈은 완전히 닫혀 있었고 오른눈은 라오리의 벌게진 두 볼을 보고 있었다. 장다사오는 요리를 하고, 차를 내오고, 손님에게 음식을 권하고, 육수를 보태고, 라오리가 신나게 먹느라 두 번씩이나 떨어뜨린 젓가락을 바꿔주었다. 그러는 동안 자신은 고기를 골라 먹으며 여러 일을 동시에 하는 손재주를 과시했다. 요리할 때만큼 먹을 때도 아름다웠다. 식사를 마치자 그녀는 곧바로 식탁을 치웠다. 마치 손이 몇 개 더 달린 것처럼 모든 것이 눈 깜짝할 사이에 이루어졌다. 만약에 그녀가 접시나 그릇을 나르는 중이 아니었다면 라오리는 그녀가 선녀라고 착각했을지도 모를 일이다.

장다거가 라오리에게 여송연을 건넸다. 라오리는 어쩔 줄 몰라 하다가 예의상 몇 모금 빤 뒤 손가락 사이에 끼웠다. 피우기 위해서가 아니라 단지 재를 털기 위해서였다. 장다거가 담뱃대에 불을 붙였다. 담배 연기가 입안에 남아 있던 양고기 맛과 더해져 새로운 맛을 만들어냈다. 삶에 웃음을 가져다줄 것 같은 맛이었다.

"라오리!"

장다거는 입에 담뱃대를 문 채 오른쪽 입술의 비좁은 틈새로 라오리의 이름을 끄집어냈다. 살짝 미소를 지어 입가에 주름이 지는 듯하더니 이내 정색을 했다.

라오리는 마음의 준비를 마쳤다. 입속 도르래에 이미 기름을 발라놓은 터였다.

그의 입술이 움찔했다.

장다거가 막 거두어들였던 웃음을 다시 풀어내자 주름이 눈가까지 이어졌다.

라오리의 이빨이 바깥 공기와 접촉하려는 찰나, 밖에서 문 두드리는 소리가 들렸다. 불이라도 난 듯 다급한 소리였다.

"잠깐만, 라오리, 무슨 일인지 보고 올게."

잠시 후 그가 한 젊은 부인을 데리고 들어왔다.

제2장

1

"무슨 일이야. 새댁, 앉아서 얘기해봐!" 장다거가 그녀에게 명령했다. 그리고 담뱃대로 라오리를 가리키며 말했다. "이쪽은 친구니까 말해도 괜찮아."

새댁은 뭐라 말도 꺼내기 전에 눈물부터 줄줄 흘렸다.

장다거는 사실 전혀 당황하지 않았지만 짐짓 그런 척했다. "새댁, 무슨 일이야!"

"그이 말이에요." 그녀가 한숨을 내쉬었다. "순경한테 잡혀갔어요! 어쩌면 좋아요!" 눈물이 다시 줄줄 흘렀다.

"어째서?"

"쿠수이징苦水井에 사는 장 씨 있잖아요. 디프테리아에 걸린 것을 그이가 치료했는데." 그녀가 한숨을 들이켰다. "죽었어요. 그이 말론…… 저도 그이가 어떻게 치료했는지는 모르지만, 어쨌든 잘못한 게 있으니까 죽었겠죠. 이 일을 정말 어쩌면 좋아요. 순경이 그이를 총살시키기라도 하면 어떻게 하죠?" 흐르는 눈물이 더 거세졌다.

"그렇게까지 큰 죄는 아니야." 장다거가 말했다.

"1년이든 반년이든 감옥에 가는 것도 견딜 수 없어요. 집에 사람도 돈도 없는데 저 혼자 어떻게 살아요?"

라오리가 보아하니 그녀는 장다거의 중매로 결혼한 새색시였다.

그의 예상대로 그녀가 엉엉 울면서 말했다. "다거가 중매 서셨잖아요. 저는 다거만 믿었는걸요. 물론 저 잘되라고 그이를 소개해주셨겠죠. 그러니 기왕 돌봐주신 김에 끝까지 좀 봐주세요."

라오리는 속으로 생각했다. '저 논리대로라면 중매쟁이들은 모름지기 부업으로 복지관 하나씩은 세워야 되겠네그려.'

장다거는 한결 편안해진 듯 보였다. 마치 중매쟁이의 책임이란 신부가 꽃가마나 자동차에 잘 오르는지 지켜보는 것, 그 이상이라는 사실을 흔쾌히 인정하는 듯했다. "내가 다 알아서 할게. 너무 걱정하지 마." 그는 창밖을 향해 소리쳤다.

"이봐, 이리 좀 와봐!"

장다사오는 마침 설거지를 하느라 홍당무가 된 손가락의 물기를 훔치며 거실 문을 열었다.

"이게 누구야, 동생, 앉아!"

새댁은 다사오를 보자마자 다시 눈물을 강물처럼 쏟아냈다.

"이봐, 새댁에게 뭐 먹을 것 좀 갖다줘." 장다거가 명령했다.

"아무것도 못 먹겠어요. 다거! 가슴이 목구멍부터 꽉 막혀 있는데 밥이 넘어가겠어요?" 새댁이 다사오 쪽으로 몸을 돌렸다. "다사오, 그이가 순경한테 잡혀갔어요!"

"에구머니나!" 장다사오는 순경이 새댁의 남편을 잡아간 줄은 미처 생각도 못 한 듯했다. "어머, 무슨 일이래! 언제 잡아 갔는데? 어떻게 잡아갔는데? 왜 잡아갔대?"

장다거가 보아하니 두 여인네를 멋대로 하게 놔두면 밤을 꼬박 새워도 얘기가 끝나지 않을 듯싶었다. 그가 말했다.

"새댁이 못 먹겠다고 하니, 억지로 권하지는 마. 그런데 남편이 어떻게 의사가 됐지? 고시에 합격해야 하는 거 아닌가?"

"그렇죠! 그이가 손을 썼거든요. 간판을 내걸면서부터 '무슨 사고라고 치지 않을까' 제가 얼마나 가슴이 조마조마했는데요." 새댁은 조급해하면서도 베이핑 사투리는 잊지 않았다. "그이는 무슨 병에나 노상 석고 두 냥을 처방했어요. 장난도 아니고! 그런데 이번엔 무슨 기분 좋은 일이 있었는지 석고를 반 근이나 썼다가, 그만 일이 터진 거예요. 제가 석고는 조금만 쓰고 인동忍冬을 많이 쓰라고 그렇게 얘기를 했는데, 그이 성격 다들 잘 아시잖아요. 들은 척도 하지 않더라고요."

"하기야 석고가 싸기는 싸지." 장다사오의 현실적인 판단이었다.

장다거는 고개를 끄덕였다. 신랑의 성격을 잘 안다는 의미인지 아니면 신부의 의견에 동의한다는 의미인지는 분명하지 않았다. 그가 물었다. "고시 합격을 누구한테 부탁했었는지 알아?"

"공안국의 무슨 왕바가오*라고 하던데요?"

---

* 王八羔: 자라 새끼라는 의미로, 심한 욕의 하나이다.

"아, 왕보가오王伯高!" 장다거도 아는 사람이었다.

"네, 맞아요. 집에서는 노상 그를 왕바가오라고 불렀어요." 울던 새댁도 잠시 웃었다.

"알았어, 새댁. 내일 내가 날이 밝는 대로 왕보가오를 찾아가지. 그 사람이라면 다 잘될 거야. 중매쟁이로서 모른 척하고 넘어갈 수는 없지!" 장다거가 새댁에게 한마디 덧붙였다. "손을 써서 고시에 합격했다면, 손을 써서 빼낼 수도 있는 거야."

"그렇게만 되면 더할 나위 없겠어요. 다거, 다사오, 먼저 감사부터 드릴게요." 새댁의 눈물이 거의 말랐다. "그런데 그이가 나오면 다시 의사 노릇을 할 수 있을까요? 석고를 많이 쓰지 말라고 하면 더 이상 사고를 치지는 않을 것 같은데 말이죠!"

"그건 나중 일이니까, 다음에 얘기하자고. 자, 이제 이 일은 나한테 맡기고 다사오에게 뭐 먹을 것 좀 달라고 해."

"네! 이제는 마음이 든든해졌어요."

장다사오는 안다. 사람이 믿을 구석이 생기면 뭘 좀 먹어야 하는 법이다. "자, 새댁, 우리는 부엌에 가서 뭐 좀 먹으며 얘기나 해."

새댁은 막혔던 가슴이 트이자 허기가 도는지 허겁지겁 자리를 떴다. "그럼 다거께서 신경 좀 써주세요. 저는 다사오하고 얘기 좀 하러 갈게요." 그녀는 라오리를 쳐다보지는 않았지만 분명 속으로는 그에게 이렇게 말했을 것이다. '한참 계시다 가세요!'

다사오와 새댁이 부엌으로 갔다.

2

라오리는 오가던 대화를 잊은 채 속으로 다른 생각을 했다. 장다거를 존경해야 할지 혐오해야 할지 갈피를 잡을 수 없었다. 열정적으로 남을 돕는다는 점은 분명 본받을 만했지만, 그 방법이 너무 혐오스러웠다. 그는 이렇게 생겨먹은 세상에서는 어쩌면 혐오스런 방법이야말로 최선일 것도 같다고 생각했다. 하지만 이렇듯 뭐든지 대충 얼버무려 넘어가는 식의 해결은 아무리 선의에서 비롯되었다고 하더라도 사회의 어두운 면을 방치하는 것이고, 사람들이 그 어두움을 즐기며 살아가게 하는 짓이라는 생각이 들었다. 그런 사회에 어쩌다 한 점 빛이라도 비치면 사람들은 눈이 부셔서 못 견뎌할지도 모를 일이다.

장다거가 웃었다. "라오리, 자네 보기에 저 색시 어때? 출가 전엔 그야말로 주둥이 없는 조롱박마냥 말 한마디 제대로 못 했는데, 지금은 말이지, 무슨 딱따기 같지 뭐야. 출가한 지 1년도 되지 않았는데 말이야. 1년도 되지 않았다고! 도대체 결혼이란 게……" 그는 말을 끝맺지 않았다. 라오리 입에서 결혼을 예찬하는 말이 이어지기를 바라는 것 같았다.

라오리는 아무 말도 하지 않고 대신 속으로 생각했다. '얼렁뚱땅 의사가 되어 사람을 죽였다는데 잘한 건 하나도 없잖아! 그런데 나오게 하려고 손을 쓴다니.'

라오리가 잠자코 있자 장다거는 그가 스스로의 문제를 고민하고 있다고 생각했다. "라오리, 말해봐!"

"뭘 말이야?"

"자네 걱정거리! 종일 얼굴을 찡그리게 하는 그 문제 말이야."

"아무 문제 없어!" 라오리가 짜증을 냈다.

"아닌 것 같은데? 무슨 힘든 일 있지? 요즘 잘 쓰는 말로 '고민'이라는 거."

"요즘 같은 세상에, 조금이라도 생각이 있는 사람이라면 고민이 없을 수 없겠지. 물론 예외인 사람도 있기는 하지만, 이런!" 라오리의 얼굴이 빨개졌다.

"나는 신경 쓰지 마." 장다거가 웃자 그의 왼눈이 실눈이 되었다. "나도 요즘 세상이 어떻게 돌아가는지 잘 알고 있어. 다만 그건 보기 나름인 것 같아. 사회가 어두워져서 사람들이 고민하는 것일 수도 있지만 어쩌면 다들 고민만 하니까 사회가 어두워진 것일 수도 있지."

라오리는 어이가 없었다. 장다거가 말하는 이른바 '사회 현상' '어둠' '고민'이란 도대체 무슨 의미일까? 그가 말하는 '어둠'이 혹시 '연일 흐린 날씨'를 의미하는 것은 아닐까? "자네 생각은 다 상……" 라오리는 속으로만 생각하던 것을 저도 모르게 입 밖으로 내뱉고 말았다. 이마에 땀이 났다.

"맞아, 내가 생각하는 것은 다 상식 수준이야. 하지만 상식을 떠나서 어떻게 살겠어? 찬양러우를 먹을 때 새우 소스가 없으면 무슨 맛이 있겠냐고, 하하하."

라오리는 한참 동안 아무 말 없이 속으로 생각했다. '상식은 그저 문화, 살가죽이 아주 두꺼운 문화에 뚫린 몇 개의 숨구멍일 뿐이야. 문화는 그런 작은 숨구멍 한두 개에 기대어 살 수 없어. 폐병을 앓는 이에게 모공이 몇 개 더 많다고 한들 무슨 소용이 있겠어? 하지만 장다거에게 이런 얘기를 해봤자 무슨 소용이 있을까? 그에게 우주란 손바닥만 한 마당에 불과하고 삶은 아무 의미도 없는 한바탕 부질없는 소란일 뿐이야. 그렇다고 그가 사람이 나쁜 것은 아니야. 그냥 어둠 속에 있는 작은 벌레일 뿐 사람을 물지는 않아.' 그런 생각이 들자 라오리는 백기를 들었다. 장다거와 대화를 나누지 않으면 그토록 공들여 차린 솬양러우에게 미안할 것 같았다. 상식은 중요하지. 그는 속으로 웃었다. 양고기를 다 먹고 그냥 일어나 가겠다고 하는 것은 상식이 아니지! 하지만 상식이랍시고 대충 얼버무리며 진실을 외면하는 것은 어쩌면…… 이런, 장다거가 내가 말하기를 기다리고 있잖아.

아니나 다를까 장다거는 담배를 물고 오른눈을 껌벅이며 그의 말을 기다렸다.

"내 생각에는." 라오리는 눈을 아래로 깔고 말했다. "모든 고민이 결혼에 만족하지 못해서 생기는 것은 아니지. 애초에 이놈의 결혼이라는 제도는 있어서는 안 되는 거였어!"

장다거가 담뱃대를 입술에서 뗴었다!

라오리는 여전히 고개를 숙인 채 말했다. "나는 결혼 문제를 가지고 고민하고 싶지 않아. 존재해서는 안 되는 것에다 뭣 하러 시간을 허비해?"

"공산당이네!" 장다거는 웃으며 소리쳤지만 내심 좀 불편해 보였다. 그의 생각으론 공산共産과 총살은 매한가지였고 또 당연히 그래야 했다. 공산을 하자면 다음은 공처共妻를 해야 할 것이고, 공처를 하게 되면 중매쟁이가 필요 없어지므로, 공산하자는 것들은 당연히 총살감인 것이다!

"공산 하자는 게 아니야." 라오리는 여전히 천천히 말했지만 말에 약간 힘이 들어갔다. "난 재미 삼아 연애를 하고 싶은 생각은 없어. 내가 추구하는 것은 그냥 약간의 시정詩情이야. 가정, 사회, 국가, 세계 따위는 모두 너무 현실적인 것들이라, 거기엔 시정이 없다고. 대부분의 여자들은 기혼이든 미혼이든 간에, 다 평범해. 어쩌면 남자들보다 더 평범할 거야. 내가 바라는 건 아직 현실에 길들여지지 않은 여자야. 한 편의 시처럼 정열적이고 음악처럼 경쾌하고 천사처럼 순결한 여자 말이야. 그저 한 번 보기만 해도 좋겠어. 어쩌면 내가 좀 정신이 나갔는지도 몰라. 하지만 내가 스스로를 똑똑히 인식할 수 있다면, 이처럼 낭만적인 꿈은 감히 꾸지도 못하겠지. 나는 어두운 사회를 바라보며 당장 평화를 희망하고, 결국 죽을 목숨이라는 것을 알면서도 영생의 낙원을 꿈꾸고, 미신을 부정하면서도 신비롭기를 원해. 내가 정신 나갔다고 하는 건 바로 이런 의미에서야. 자네 보기엔 모두 헛소리 같지?"

"재밌군, 아주 재밌어!" 장다거는 머리 위로 원을 그리는 푸른 담배 연기를 바라보며 그 농도로 담뱃잎의 품질을 판별하는 것 같았다. "있지 말이야, 시도 좋고 신비도 좋아. 하지만 할 수만 있다면 가까이 있는 일부터 하는 게 좋겠지. 신비라는 것이 참 재미있기는 해. 내가 일이 없을 때에는 무협 소설을 즐겨 읽는데, 신비롭지!「화소홍련사」*도 재미있었어! 하지만 협

<hr>

* 「火燒紅蓮寺」: 1928년 상영된 무협 영화로서 중국 영화사상 처음으로 무협 영화 신드롬을 일으켰다.

객이 그저 되고 싶다고 해서 그냥 될 수 있는 것은 아니야. 차라리 거지에게 돈 한 푼 던져주는 게 낫지. 물론 그것도 금전적 여유가 있어야지만 말이야. 시는 나도 좀 알아.『천가시』*
『당시삼백수』**는 어렸을 적에 다 읽었어. 하지만 시가 돈을 벌어다주는 것도 아니고 또 더 똑똑하게 해주는 것도 아니야. 나는 오히려 조리 있게 쓴 짧은 문장이 더 쓸모가 있다고 봐. 자네는 집에 편지 쓸 때 시를 써서 보내나? 아니잖아. 내 표현이 좀 심한 건 아닌지 모르겠지만, 자네는 문제를 해결하지 못하는 게 아니라, 해결하고 싶지 않은 거야. 때문에 자네는 현실적인 문제는 제쳐둔 채 밤새 부질없이 가슴에 품은 그 여인만 생각하고 있는 것이지."

"실제 그런 사람이 있다는 것이 아니라, 시정일 뿐이라고!"

"무슨 상관이야. 흥, 내 보기에는 시정이나 여자나 그게 그거야. 게다가 아무리 호사스런 꽃가마가 있다고 해도 시정을 마누라처럼 막 데려올 수는 없어. 간단히 말해서 라오리, 자네의 그런 부질없는 생각들은 위험해! 나는 자네가 뛰어나다고 생각했는데 알고 보니 별것 아니네. 어쩌면 이렇게 못났어? 문제를 해결할 생각은 하지 않고, 밤새 시정이니 뭐니 노닥거리기나 하고 꼴이 이게 뭐야! 정신 차리고 문제를 해결해야지. 다 잘돼서 자네도 헛소리하지 않게 되면, 요즘 말로 뭐였더라, 음,

---

*『千家詩』: 대중적으로 잘 알려진 시집 가운데 하나로, 주로 당송 시대의 유명한 시를 모아 놓은 시집.
**『唐詩三百首』: 당대唐代의 시를 모아 놓은 시집 가운데 하나로, 중국 고전 시 입문서이기도 하다.

그렇지 '추구', 우리 솬양러우를 추구해보자고. 하하하!"

"나더러 이혼하라는 거 아니었어?"

"당연히 아니지!"

장다거의 왼쪽 눈도 휘둥그레졌다.

"사당 일곱 채를 부술망정, 결혼 하나를 깨서는 안 되는 법이야. 하물며 자네가 결혼한 지 몇 년인데. 부부는 하룻밤에 만리장성을 쌓는 법인데 이혼이라고? 말도 안 되는 소리!"

"그럼 어떻게 하면 좋겠어?"

"어떻게 하면 좋겠냐고? 간단해! 고향 집에 가서 제수씨를 데려오는 거야. 자네가 그리는 꿈속의 여인은 아닐지 모르지만, 어쨌든 자네 부인이고 현실에 존재하는 진짜 사람이니까. 세상에『요재지이』* 속의 여인 같은 건 없어."

"부인만 데려오면 만사형통인 거야?" 라오리는 확신을 얻고 싶었다.

"감히 만사형통이라고까지 할 수는 없지만, 어쨌든 자네의 그 만사불통보다는 훨씬 낫지!" 장다거는 속으로 쾌재를 불렀다.

"제수씨가 모르는 부분이 있으면 가르쳐. 전족은 풀게 하고. 머리를 자르고 안 자르고는 별로 중요하지 않아. 제 마누라를 스스로 가르친다는 게 무엇보다 의미가 있지."

"장다거, 이건 결혼이지 학교를 세우자는 게 아니잖아?" 라

---

* 『聊齋志異』: 청대 포송령蒲松齡(1640~1715)의 문언文言 단편소설집으로 다수의 귀신과 요괴가 등장한다.

오리는 우스웠지만 웃음이 나오지 않았다.

"저런, 학교까지 세우려고!" 장다거도 물러서지 않았다. "아내는 둘째 치고 두 아이는 어떻게 하려고? 애들도 가르쳐야지! 아내한테 참견하기 싫으면 애들하고 놀면 돼. 글자도 가르쳐주고 말이야. 사람 인, 뫼 산, 물 수, 흙 토, 밭 전…… 얼마나 재미있는데! 애들을 아끼기는 해?"

장다거의 회심의 일격이었다. 라오리는 대꾸할 말이 없었다. 장다거의 의견에는 동의하지 않는다고 해도 어쨌든 라오리가 아이들을 아끼지 않는 것은 아니었다.

라오리가 아무 말 못 하자 장다거는 더 열을 내며 방법을 제시했다.

"라오리, 그저 시골집에 한번 다녀오기만 해. 나머지는 모두 나한테 맡기라고! 집을 얻고 가구 장만하는 것은 내가 알아서 해줄게. 주머니 사정이 여의치 않다면 쉬운 방법이 있어. 우선 자네한테 식기들을 좀 빌려주지. 만에 하나 제수씨가 개조가 불가능하면 다시 돌려보내고 그때 식기도 돌려줘. 쓸데없이 돈을 쓸 필요는 없잖아. 하지만 내 보기엔 제수씨도 개조 불능까진 아닐 듯싶고 또 어떤 젊은 부인이 남편이랑 같이 있고 싶지 않겠어? 기껏 같이 살게 되었는데 자네가 '아' 할 때 제수씨가 '어' 하지는 않을 거야. 그래도 일이 어떻게 될지 모르니까, 일단 제수씨에게 이번엔 베이핑에서 며칠만 머무는 거라고 말해. 그리고 아무 때나 아니다 싶으면 돌려보내면 그만이지. 일은 멀리 내다보고 꾸미고 말에는 융통성이 있어야 하는 법이지. 이 장다거 말을 들어, 라오리! 내가 이런 일을 한두 번 겪어?

세상천지에 가르쳐서 안 되는 여자는 없어. 하물며 자넨 애들이 있잖아. 애들이야말로 살아 있는 신선이지. 자네의 그 시정보다 몇 배는 더 신비로울 거야. 애가 울고 있어도 그 소리를 들으면 신바람이 나고, 아파서 드러누워도 내내 홀아비로 지내는 것보다는 즐거울 거야. 먼저 뭘 사야 될까? 자, 목록을 적어줘. 돈은 우선 내가 댈게."

라오리는 장다거가 얼마나 집요한지 잘 알았다. 여기서 뭘 사야겠다고 말하면 그것은 장다거에게 완전히 항복한다는 것을 의미했다. 하지만 뭐라도 말하지 않으면 장다거는 내일이라도 물건들을 수레로 실어다가 억지로 안겨줄 게 뻔했다. 그것을 마다하고 나면 다음엔 장다거가 직접 시골집에 내려가 마누라를 데려올 것이다. 장다거의 열정과 능력은 한도 끝도 없었다. 솬양러우를 얻어먹고 난 이상, 장다거가 누렁이 황소랑 식을 올리라고 해도 꼼짝없이 해야 하는 것이다!

라오리는 다급해져서 땀이 다 날 지경이었다. "다시 생각 좀 해볼게!"

"뭘 '다시' 생각해보겠다는 거야! 어쨌든 조만간 해야 할 일이라고!"

라오리는 달 위를 걷다 땅바닥으로 내리꽂힌 기분이었다. 시정은 온데간데없고 가족들을 데려오는 일만 남아버린 것이다. 제 입을 그만 쥐어박고 싶었다. 가족들을 데려온다 치자. 그러고 나면 또 다른 현실적인 문제들이 생길 것이다. 하지만 이 얘기를 꺼냈다가는 그나마 '다시' 생각해볼 기회마저 빼앗길 게 뻔했다.

라오리는 조급한 마음에 달리 생각해보려고 했다. 그래, 인생이란 어쩌면 경험이 더해질수록 환상을 덜어내고, 현실적인 즐거움으로 현실적인 고통을 상쇄해가는 과정일지도 몰라. 아이들. 그렇다, 장다거는 라오리의 가려운 부분을 잘 알고 있었다. 분명 라오리는 이따금씩 아이들의 조그만 손을 매만지고 따뜻한 볼에 입을 맞추고 싶었다. 아이들, 아이들이야말로 여성의 지위를 높여주었다.

라오리는 잠자코 있었고 장다거는 이것을 무조건 항복이라고 해석했다.

3

만약 그때 라오리가 부엌에 있었다면 죽어도 항복하지 않았을 것이다. 부엌은 시끌벅적했다. 장다사오와 새댁은 집안의 일상사를 놓고 복잡다단하고 흥미진진하게 수다를 떨었다. 딩얼丁二 영감이 새댁과 함께 먹다 남은 양고기 조각들을 말끔하게 먹어치우는 중이었다. 그는 한마디 말도 없이 꾸역꾸역 입에 넣기만 했다.

장씨네에서 딩얼 영감의 지위는 딱히 뭐라 규정하기 어려웠다. 그는 하인은 아니었지만 장씨 부부가 외출할 때에는 집도 보고 난로에 불도 지폈다. 장다거에게 그는 일종의 '열외'였다. 남자가 가족도 직업도 없이 친척 집에 얹혀살고 있었으니. 하지만 장씨네의 가계를 따지자면 딩얼 영감은 없어서는 안 될 존재였다! 돈 들여 하인을 쓰고 싶지는 않지만 이따금 부부가 동시에 외출하지 않을 수도 없으니, 밥만 먹여주면 기꺼이 집을 봐줄 수 있는 사람이 필요한 것도 사실이었다. 딩얼 영감의 입장에선 장다거가 그를 받아주지 않았다면 어찌어찌 먹고 살았겠지 싶으면서도 확실히 장담할 수 없는 노릇이었다. 그렇지만 그런 생각을 깊게 해본 적은 없었다.

딩얼 영감이 장씨네서 밥을 얻어먹는다면, 딩얼 영감에게 밥을 얻어먹는 존재도 있었다. 작은 꾀꼬리들이었다. 그 새들은 길거리에서 남의 눈치 보며 다닐 필요가 없었다. 좁쌀 몇 톨만 있어도 만족할 줄 아는 것 같았다. 장씨 부부가 외출할 때면 딩얼 영감은 큼지막한 새장을 들고 마당을 거닐었다. 그것들은 새의 세계에서 일종의 '열외'들이었다. 꽁지 털이 빠진 것, 눈두덩이가 헌 것, 정수리에 뭉텅이로 털이 빠진 것, 날개가 찢어진 것 등, 하나하나마다 다 특징이 있었다. 그리고 바로 이러한 특징이 있었기에 그 새들은 딩얼 영감의 새장에서 한 자리씩을 차지할 수 있었다.

딩얼 영감은 식사를 마치고 방으로 돌아가 새들과 잡담을 나누었다. 화화상花和尚, 삽시호揷翅虎, 표자두豹子頭* …… 그는 새들마다 제각기 그 특징에 딱 어울리는 이름을 붙여주었다. 그는 때를 만난 송강宋江을 자처하며 좁은 방 안에서 종종 영웅회의를 개최하곤 했다.

딩얼 영감이 자리를 뜨자 새댁이 장다사오의 설거지를 거들

---

* 『수호전』에 나오는 호걸들의 별명. 각각 노지심魯智深, 뇌횡雷橫, 임충林沖을 가리킨다. 송강은 108명 호걸들의 우두머리이다.

었다.

"슈전秀眞은 아직 학교에서 지내나요?" 새댁이 젓가락의 물기를 닦으며 물었다. 슈전은 장다사오의 딸이다.

"누가 아니래, 말도 마, 동생. 요즘 딸 키우는 게 얼마나 골치 아프다고!" 쏴아, 그녀가 주전자로 녹색 대야에 뜨거운 물을 부었다.

"형님 댁은 그래도 복 받으신 거예요. 아들 있겠다, 딸 있겠다, 다거는 또 저렇게 유능하셔서 먹고 마시고 쓰는 데 필요한 것은 뭐든지 다 있잖아요."

"그렇다고는 해도, 동생. 어느 집이든 다 어려움은 있기 마련이야. 사실 이건 우리끼리니까 하는 말인데, 저이 말이야 겉으론 그렇게 뛰어나 보이지만 완전히 속 빈 강정이야. 아들딸은 다 나 몰라라 하면서 날마다 밤늦게까지 친구들과 어울리기나 하니, 그저 나만 생고생이지. 장 봐 오고 밥하는 것도 다 내 일이고, 아들은 집에 안 들어오지, 딸은 학교에서 살고 있지, 살림은 다 내가 해야 해. 마치 내가 당연히 자기들 허드레꾼이어야 한다고 생각하는 거 같아. 물론 먹고 마시고 입는 건 다 괜찮아. 하지만 내가 식모만도 못하다는 건 아무도 모를 거야." 장다사오는 웃고는 있었지만 두 볼이 벌게졌다. "식모는 그래도 틈을 보아가며 적당히 쉴 수라도 있지만, 나는 모든 집안일이 다 내 몫이야! 이른 아침부터 밤늦게까지 손발이 쉴 틈이 없어. 게다가 저 다거 성격이 거지 같아서, 꼭 시키는 대로 해야 해. 밖에서는 삼신할미보다도 부드럽지만, 집에 돌아오면 모든 화를 다 나한테 퍼부어!" 그녀가 길게 한숨을 내쉬었다.

"아까도 한 말이지만, 누가 우리더러 여자라고 했는지. 여자로 태어난 게 죄야. 좋은 것은 다 남자들 몫이고, 나쁜 것은 모조리 우리 여자들 몫이니 팔자려니 해야지." 비관은 곧 순응으로 바뀌고 장다사오는 쓴웃음을 지었다.

"정말 쉽지 않으시겠어요, 다사오. 제가 늘 하는 말이지만, 다사오 같은 분은 정말 드물어요. 씻으라면 씻고 만들라면 만들고, 뭐라고 해도 다 들어주시니."

장다사오는 고개를 끄덕였다. 가슴이 좀 후련해지는 것 같았다. 새댁이 계속 말했다. "제가 다사오 반만 닮아도 좋겠어요."

"새댁, 그런 소리 하지 마. 그 집 집안일도 아무나 할 수 있는 게 아니야." 장다사오는 이렇게 새댁을 치켜세워야 될 것 같다고 생각했다. "신랑이 그래도 한 달에 몇십 위안은 벌지?"

"대중없어요. 친척들이나 친구들 태반이 돈을 안 주고 그저 명절 때 무슨 찻잎이라고 보내와요. 그러다 보니 항상 집에 밀가루보다 차가 더 많아요. 마시기나 하지 먹을 수가 없으니 무슨 소용이 있겠어요? 무슨 일이 있어도 의사는 할 짓이 못 돼요. 병이 나아도 줄 돈은 안 주면서 상태가 나빠지기라도 하면 아주 난리가 나요! 하루 종일 가슴 졸이며 사는데, 가끔은 사는 거나 죽는 거나 별반 차이가 없다는 생각이 들어요!" 새댁이 길게 한숨을 내쉬었다. "요즘 신식 아가씨들이나 신부들은 재미있을 것 같아요. 바늘이나 실에는 손도 안 대고 꽃단장을 하고는 종일 거리나 싸돌아다니니까요!"

"흥!" 장다사오가 말을 받았다. "대낮에 싸돌아다니다가 밤에 얻어터지는 여자들이 어디 한둘이야? 여자는 그저 시집가지 않는 게 최고……"

다시 새댁이 말을 이었다. "그래도 노처녀들은 꽃가마만 보면 눈이 뒤집어지잖아요!"

"이런!" 두 부인이 동시에 소리를 지르는 통에 일장 토론이 잠시 끊어졌다. 새댁이 화롯불에 손을 데인 것이다.

한참 지나 새댁이 정적을 깼다. "다사오, 톈전天眞 혼처는 아직 정해지지 않았어요?"

"저 영감탱이가." 장다사오가 서재 쪽으로 고개를 삐딱하게 틀었다. "종일 남의 자식 혼사는 챙기면서 정작 당신 자식들은 거들떠보지도 않아!"

"그런 말 마세요. 요즘 좀 배웠다는 젊은 애들이 얼마나 까다로운데요. 우리처럼 그렇게 미련하지 않아요."

"아비가 되어가지고 제 자식 하나 어쩌지 못한다는 게 말이나 되는 소리야? 믿기지가 않아!" 장다사오는 단단히 화가 났다. "동생, 자네도 본 적 있을 거야, 타이푸쓰제太僕寺街에 사는 치齊씨네 처녀 말이야, 예쁘지, 바느질 잘하지, 게다가 글도 배웠고 예의도 바르잖아? 그래서 내가 얘기를 꺼냈더니, 맙소사! 얼마나 따지고 드는지 알아? 장사꾼 집안이라는 둥, 얼굴에 주근깨가 많다는 둥. 아니 얼굴에 주근깨 없는 처녀가 어디 있어? 분가루 좀 도톰하게 바르면 다 가려지는 거 아니야? 며느리 얻는 데 사람 됨됨이가 중요하지 주근깨가 무슨 상관이야! 서양 계집들도 얼굴이 순전히 하얗지만은 않다고! 그런데도 글쎄 내가 말하는 족족 물고 늘어지지 뭐야. 지금 그 색시는 사단장한테 시집가서 종일 빵빵거리면서 차 타고 다녀. 주근깨 있어도 차만 잘 타고 다닌다니까!"

다사오가 잠시 숨을 돌리는 사이에 새댁이 한마디 거들었다. "저는 주근깨가 적은 편인데도 전에 하마터면 차에 깔릴 뻔했어요!"

"치씨 집을 놓치고 나자 왕씨네가 어떠냐고 하더라고. 그 집 처녀는 노는 것밖에 몰라. 듣자하니 하루 종일 둥안東安 시장에서 죽치고 있대. 머리는 뽀글뽀글하게 파마를 해가지고 여름에는 양말도 신지 않는대. 그래서 그 소리를 꺼내자마자 내가 헛소리 마셔라, 턱도 없는 소리다! 나는 뽀글뽀글 파마한 애하고는 절대로 한집에 살 수 없다고 했지. 그랬더니 저 양반이 또 구시렁대지 뭐야. 거기가 돈도 있고 힘도 있는 집안이어서 그 집하고 사돈을 맺으면 톈전이 졸업하고 일자리 얻는 것은 따논 당상이라는 거야. 하지만 톈전이 와서 애비랑 두세 마디 얘기하고 나니까 그 얘기도 아주 없던 일로 되었어."

"톈전이 뭐라고 했는데요?" 새댁이 물었다.

"얼토당토않은 소리였지. 제 말론 졸업하기 전에 절대로 정혼 같은 것은 하지 않을 거고, 행여 정혼을 하더라도 아버지는 신경 *끄*시라는 거야."

"자유 결혼 하겠다는 거네요!" 새댁이 다사오보다 요점을 짚는 능력이 더 뛰어난 것 같았다.

"바로 그거야, 자유, 뭐든지 다들 자유래. 그저 엄마들만 자유가 없는 거지. 하루 종일 1년 열두 달 내내 밥하고 빨래하고 의자나 닦고 있는 거야! 저 영감탱이는 아들 말을 듣더니 한마디도 하지 않고 그저 뻐끔뻐끔 담배만 피워대더라고. 마치

44

두 부자가 서로 잡아먹지 못해 안달인 것 같았어. 너무 화가 나지 뭐야. 그런 뽀글 머리 며느리를 들이자고 해서가 아니라, 아들 녀석은 노상 자유로운데 이 엄마는 며느리를 한 번도 부려먹을 수가 없다는 게 말이야. 그래 좋다. 나는 아무 말도 하지 않고 일어나 곧바로 친정으로 갔어. 속으로 생각했지. 실컷 자유 해라, 나도 며칠 쉬어야겠다! 밥해줄 사람도 없는데, 골탕 좀 먹어봐라!" 장다사오가 '골탕 좀 먹어봐라!'라고 말하는 순간 쪽진 머리가 흔들려 흐트러질 뻔했다.

"남자들에게도 한번 본때를 보여줘야 돼요!" 새댁은 두말하면 잔소리라는 듯 공감을 표했다.

하지만 장다사오가 다시 쓴웃음을 지었다.

"비록 말은 그렇게 했지만, 반나절도 되지 않아 이 망할 놈의 집이 자꾸만 눈에 밟히는 거야. 게다가 불은 껐는지, 딩얼 영감이 장작을 낭비하지는 않는지 걱정이 되지 뭐야. 어휴! 집도 자식마냥 아무리 맘에 안 들어도 그냥 내버려둘 수 없나 보더라고. 하루도 내버려둘 수 없더란 말이지. 내가 그렇게 모질지 못해. 더구나 이젠 늙은 할망구가 되어서, 친정에 가도 반겨주는 사람이 없어!"

"그럼 여태 혼처도 정하지 못했어요?"

장다사오는 처절하게 고개를 저었다.

"슈전은요?"

"그 계집애는 더 못됐어! 고등학교에 들어갈 때 학교에서 살겠다고 울고불고 난리도 아니었어. 머리는 뽀글뽀글 파마를 했지! 그래도 옆모습은, 호호호, 참 예뻐! 얼굴은 조그만 사과만

해가지고 위로 까만 머리카락이 뽀글뽀글한 것이, 그래도 말도 마, 워낙 바탕이 고와서 신식 화장을 해도 예뻐. 하지만 저 영감이 거들떠볼 생각도 않는데 나라고 별 뾰족한 수가 있나? 여자 나이 열여덟 열아홉이면 시집보낼 생각을 해야 하는데, 저 영감은 도대체 놔줄 생각을 하지 않아. 누구네 꽃 같은 딸인데 누군들 좋아하지 않겠어? 하지만, 어휴! 말도 마. 그 아이 때문에 노상 가슴이 조마조마해! 걔가 집에 돌아와야지 겨우 한시름 놓을 수가 있어. 하지만 오기만 하면 그저 스타킹이나 가죽구두 사겠다고 난리지. 한 소리 하면 재까닥 눈을 치켜뜨고 째려봐! 자식 키우는 얘기만 나오면 이 어미 가슴이 찢어지는데, 그 아이들은 이런 어미 맘을 조금도 몰라주니."

"그래도 자식 아니면 우리가 뭐 땜에 이렇게 고생하겠어요?" 새댁이 성인 같은 말을 했다.

"어휴!" 장다사오가 또 한숨을 쉬었다. 슬픈 것 같기도 하고 또 위안을 얻은 것 같기도 했다.

화제를 바꿔 장다사오가 새댁에게 물었다.

"동생, 아직 소식 없어?"

새댁이 앞을 보며 탄식을 했다. 눈시울이 붉어졌다.

새댁이 눈물을 글썽이며 갔다. "다사오, 다거에게 정말 잘 좀 봐달라고 말씀 좀 해주세요!"

4

하숙집으로 돌아온 라오리는 외투도 벗지 않고 그냥 침대에 드러누워 두 손으로 머리를 베고 멍하니 천장만 바라보았다.

시정이건, 현실이건, 그는 장다거에게 패했다. 패전의 원인은 생각이나 말솜씨가 부족했던 때문이 아니라 바로 자기 자신을 잘 몰랐다는 데 있었다. 그는 자신이 아무런 가치나 비중도 없는 하찮은 존재처럼 느껴졌다. 스스로를 당연히 철학가이자 혁명가로 여겨왔는데 다거 앞에선 안절부절못했다. 말단 관리나 얌전한 가장이어서는 안 되는데, 안절부절못했다. 너무 아니 너무 정도가 아니라 완전히 안절부절못했다.

마누라를 데려온다고? 죽을 맛이군! 전족한 그 두 발, 유치찬란한 빨간 바지에 녹색 아오*를 입은 두 아이!

그것이 가장 중요한 문제는 아닌 것 같은데, 생각할수록 참을 수가 없었다. 별 뚜렷한 이유도 없이 그저 참을 수가 없었다. 그는 저 멀어져가는 이상理想을 다시는 잡지 못할 것 같았다. 이상은 수시로 모습을 바꾸며 음산한 꿈처럼 그를 견딜 수 없게 만들었다.

이혼은 안 돼. 그는 자신에게 말했다. 부모님이 허락하지 않으실 거야. 어떻게 노인네 마음을 상하게 할 수 있겠어? 하지만 세상이 완전히 뒤바뀌지 않는 한, 즐거움은 어딘가 이기적인 것일 수밖에 없지. 소부르주아 계급의 윤리관과 지상 낙원의 실현은 서로 몇 세기나 떨어져 있는 것일까? 라오리, 네 자신에게 물어봐. 어느 편에 설래? 그는 또다시 안절부절못했다.

발은 그녀가 스스로 싸맨 것이 아니야. 녹색 바지도 그녀가

---

* 襖: 안을 댄 중국식 저고리.

발명한 게 아니지. 그녀를 탓하면 안 돼. 조금도 그녀 탓이 아니야! 하지만, 그럼 나 자신을 탓해야 하나? 그녀가 불쌍한 거야, 아니면 내가 불쌍한 거야? 흥, 감정을 이성의 우산으로 가려서는 안 될 것 같았다. 안절부절……

별수 없었다. 나는 도시에서, 그녀는 시골에서 꾹 참으며 살았다. 눈에서 멀어지면 마음도 멀어지겠거니 하면서 말이다. 오직 이 같잖은 방법밖에 없었다. 하지만 아무리 그래도 아닌 건 아닌데……

알 게 뭐냐, 그러면서 근근이 사는 거지, 마누라가 잔다거는 아니니까!

책 한 권을 집어 한참을 봤지만, 제목도 몰랐다. 목욕이나 하러 갈까? 과일을 살까? 『대공보大公報』를 빌려볼까? 하지만 그저 생각일 뿐 몸이 꼼짝하지 않았다. 다시 책을 봤지만 까만 건 글씨요 하얀 건 종이일 뿐 무슨 내용인지도 몰랐다.

그녀가 개조 불능이라고 장담할 수 있어? 왜 그렇게 용기가 없는 거야?

개조할 방법이 없어! 그게 됐으면 진즉에 내 자신을 개조했을 것이다. 앞에 벽이 있는 느낌이었다. 밀어젖히면 넓은 벌판이 펼쳐져 있지만, 너무 광활했다. 일찍이 사람이 마셔보지 못한 공기에 독이 있을지 몰라 감히 밀치고 나갈 수가 없었다! 뒤에도 벽이 있는데 밀어젖히면 침대며 책상과 의자, 난로와 차, 담배 따위가 있었다. 그 탁한 공기에 독이 있을지 몰라 감히 밀칠 수 없었다! 그냥 여기 서 있자. 라오리는 진퇴양난의 두 벽 사이에 끼인 채 꿈꾸는 사람이었다!

2호실에 손님이 온 모양인지 왁자지껄 웃고 떠드는 소리에 라오리는 화들짝 놀라 깨었다. 남들이 웃고 떠드는 소리에 자신이 더 외롭다는 생각이 들었다.

아이들 교육은 어떻게 하지? 사회를 대신해서 번듯한 아이로 키우는 게 당연한 것이긴 하지!

그는 아이들의 그 통통하고 보드랍고 따스하고 바나나 사탕 향기가 나는 손을 어루만지고 싶었다.

아무리 주위에 미녀들이 즐비하고 재물이 차고 넘친다 해도, 두 아이를 잊으면 안 돼! 라오리는 자신에게 말했다.

마누라? 라오리는 눈을 감았다. 그녀는 그저 아이들의 엄마일 뿐인 것 같았다. 그녀가 어떻게 웃었더라? 생각이 나지 않았다. 그녀는 밥하고, 살림하고……

2호실에서 여자 목소리가 나는 것 같았다. 박수를 쳐가며 두 남녀가 같이 노래를 불렀다. 내 마누라는 어떻지? 그저 닭이나 좇고 돼지나 부르고, 큰 소리로 애들 겁이나 줄 줄 안다. 사람들한테 대놓고 욕지거리도 한다!

자녀 교육은 자신이 책임져야 한다. 그러지 않으면 아이들 볼 면목이 없다.

그렇다고 어른을 그냥 놔둔 채 아이들만 데리고 올 수도 없는 노릇이다.

생각할수록 갈피를 잡을 수 없었다. '인생이 원래 이런 것인가? 지금 인생에 죄를 짓고 있는 것은 아닐까?' 그는 자신에게 물었다.

그의 생각과 행동 하나하나에는 모두 '낙오되면 안 돼!'라는 각주가 달려 있는 듯했다. 하지만 동시에 그는 묻고 싶기도 했다. 이것이 정당한 걸까? 정당과 부당을 나누는 기준은 뭐지? '『시경』에 이르길……'이나 '공자 가라사대……' 따위는 아니겠지? 양심을 따르려니 신사상이 눈에 밟혔고, 시대에 발을 맞추려니 구닥다리 조상귀신들을 욕보이는 것 같았다. 인생이 마치 마누라의 꽁꽁 싸맨 두 발처럼 두 토막으로 나뉜 것 같았다.

라오리는 감히 더 이상 생각할 수 없었다. 그러고 보니 장다거는 성인聖人이었다. 장다거의 삶은 완벽했다.

제3장

1

아직 동이 트지 않은 하늘에는 차가운 잿빛 기운이 감돌았다. 흙길에 난 바큇자국에는 하얗게 서리가 끼어 있었다. 낙타 등과 머리에 얹은 짚단에도 하얗게 서리가 내렸고 낙타가 코로 하얀 김을 내뿜었다. 그새 베이핑이 모습을 바꾼 듯 익히 아는 길조차 낯설게 느껴졌다. 거대하면서도 차분하고 싸늘하면서도 유순한 도시의 풍경은 마치 저 발소리도 내지 않는 낙타 같았다. 하품을 하자 눈물이 주르륵 흘렀다. 가슴을 파고드는 냉기가 유난히 상쾌하게 다가왔다.

걸을수록 날이 점점 밝아오고 환한 전등도 차츰 힘을 잃어 이제는 실오라기 같은 필라멘트 흔적만 남았다. 잿빛 하늘에 어슴푸레 붉은 여명이 비실거렸다. 마지못해 기어 나온 듯한 태양은 여전히 흐릿해서 땅에 그림자조차 그다지 뚜렷하지 않았다. 멀리 전차의 종소리가 들렸다.

점점 거리에 사람들이 많아졌다. 마치 사람들이 태양의 열기를 빨아들인 듯 그림자도 제법 뚜렷해지고 담 모퉁이가 햇볕에 유난히 밝아 보였다.

고물 장수 아낙이 커다란 빈 광주리를 등에 지고 구부정하게 걸었다. 비렁뱅이 아이들이 초상집 만장을 걸었던 장대를 어깨에 메고 해진 신발을 질질 끌며 서로 욕지거리를 해댔다. 얘들도 누군가의 자식이야! 라오리는 자신에게 말했다. 저 조그만 애 좀 봐. 기껏해야 여덟 살도 안 되어 보이는데 누더기를 걸치고 장딴지와 발가락은 다 내놓고 있잖아. 더럽고 너덜너덜하고, 욕지거리 소리는 아주 쩌렁쩌렁했다. 얘들도 누군가의 자식일 텐데…… 라오리는 아이들이 불쌍했지만 그렇다고 이 상황에서 누구를 비난해야 좋을지 몰랐다. 가정, 사회, 둘 다에게 욕을 해야 할 것 같았다. 하지만 욕한들 무슨 소용이 있는가? 가까운 데부터 살펴볼까? 그러자 마음이 불안해지고 또 미안한 마음이 들었다. 먼저 네 애들이나 신경 써!

중하이*에 와보니, '바다[海]'에는 이미 살얼음이 잡히고 잿빛 얼음 표면 위로 햇살이 반짝였다. 다리 밑에 마른 연꽃 줄기와 짧은 갈대는 얼어 있었고 반쯤 남아 있는 마른 연잎은 녹슨 말 재갈 같았다.

맞은편에서 꽃가마 하나가 아주 빠르게 다가왔다. 이렇게 일찍 나선 걸 보면 시골로 신부를 데리러 가는 가마가 분명했다. 라오리는 물끄러미 꽃가마를 바라보았다. 신비롭기도 했지만

---

* 中海: 자금성 서쪽에 있는 인공 호수 가운데 하나. 호수는 베이하이北海·중하이·난하이南海로 나뉘어 있으며, 베이하이는 1925년부터 오늘에 이르기까지 베이징의 대표적인 공원으로서 베이하이 공원이라고 불리며, 중하이와 난하이를 합친 중난하이에는 중국 정부의 주요 기관 및 주요 지도자들의 거처가 자리하고 있다.

또 괴상망측하고 우스꽝스럽기도 했다. 하지만, 이것이 현실이었다. 그렇지 않다면 사람들이 저 크게 부풀린 새장 같은 장난감을 이렇듯 신주 받들 듯 모시지 않았을 것이다. 그는 왠지 힘이 나는 것 같았다. 꽃가마에 앉은 새색시는 기고만장해서 누구에게도 미안해하거나 하지 않겠지?

그는 시스西四 패루*까지 내처 갔다. 애초부터 여기에 올 생각은 전혀 아니었지만, 걷다 보니 어떻게 여기까지 오게 되었다. 베이핑에서 여러 해를 살았지만 새벽에 이곳을 들른 적은 한 번도 없었다. 돼지고기, 양고기, 쇠고기에 죽은 닭, 산 닭, 죽은 생선, 산 생선과 각종 채소…… 돼지 피와 대파 껍질이 얼어붙은 채 흙바닥에 엉겨 있었고 장어와 미꾸라지 들은 머리에 고드름을 이고서 물속에서 뒤엉켰다. 미꾸라지는 마치 최면이라도 걸 듯 눈을 동그랗게 뜨고 있었다. 어지럽고 비리고 시끌벅적했다. 생선 좌판 옆에서는 대님 장수가 요란하게 손님을 꾀었다. "대님이요, 대님, 좋은 대님이 왔어요." 머리 자르려는 사람들은 아직 없었지만, 이발하는 노점의 작고 흰 차양들이 이미 세워져 있었다. 어떤 이가 마침 진흙에 엉겨 딱딱해진, 어제 깎은 머리털을 쓸고 있었다. 털 뽑힌 닭과 생닭 들이 다닥다닥 붙어 있었다. 살아 있는 것들은 여전히 닭장 안에서 다투고 소리쳤다. 장사꾼이 한 마리를 꺼내자 꼬끼오 꼬꼬 하고 울어댔는데 가격이 맞지 않아 다시 닭장 속으로 툭 쳐서 넣다가

---

* 牌樓: 전통적 건축 양식의 하나로 문의 일종. 주로 거리 입구나 사당 앞 등에 세운다. 해외에서는 차이나타운의 입구에 많이 세워졌다.

그만 날개가 반쯤 닭장 뚜껑에 끼었다. 꼬끼오 꼬꼬! 크고 삐쩍 마른 개 한 마리가 돼지 곱창 한 줄을 훔쳐 달아나려다 푸줏간 주인한테 걸렸다. 돼지 곱창은 흙바닥에 떨어졌고 주인은 그것을 주워 갈고리에 도로 걸었다. 광둥廣東, 베이핑, 상하이 도처에서 온 사람들이 남녀노소 할 것 없이 모두 이 비린내 나고 더럽고 어지러운 곳에서 북적거렸다. 여기에서 인간의 삶이란 도살, 피와 고기, 더러움이었다. 배[腹]가 전부였다. 온 세계를 먹어치우는 배 말이다! 이곳은 무슨 이상理想 따위는 전혀 존재하지 않는 배의 천국이었다. 희한하다. 아낙네들은 머리도 빗지 않았고 얼굴에는 어제 칠한 분가루가 그대로 있었다. 오후에 한껏 멋을 내고 둥안 시장에 나오는 여자들이 바로 그들이라는 것은 아무도 눈치 채지 못할 것이다.

라오리는 이곳이 처음이었다. 눈에 닿는 것마다 모든 것이 놀랍고 흥미로웠다. 이제야 진실이 손에 잡히는 듯했다. 이것이 인생이야. 먹는 것, 무엇이든지 먹는 것이지. 사람은 분명 빵을 위해 사는 거야. 빵의 불평등이 근본적인 불평등인 거야. '시정'은 무슨, 집어치워! 자기 집의 빵을 지키려고 남들을 굶겨 죽이는 것이나, 빵 때문에 전쟁을 벌이는 것은 다 당연한 거야. 시스 패루는 세계의 축소판이었다. 저 남녀들은 모두 이곳을 알고 있으니 그들이야말로 제대로 살아 있는 거야. 다른 어떤 것도 아닌 오로지 배를 위해 사는 거지. 장다거 말이 맞았다. 배를 위한 전쟁이 가장 절실한 혁명이라는 말도 맞았다. 오직 라오리만 틀렸다. 그는 여관에서 사는 데 익숙해져서, 내내 소고기볶음과 두붓국이 여관에서 나는 줄만 알고 있었다.

그는 봉건 제도는 낭만의 역사적 흔적이고 계급 투쟁이 '시정'의 길이라고 생각했다. 이 비린내 나는 땅이 베이핑 전체보다 더 중요하다는 것을 몰랐다. 이제 라오리는 부질없이 꿈만 꿀 것인가 아니면 절실하게 살 것인가 하는, 오직 두 가지 중 하나를 선택해야 하는 갈림길에 놓여 있었다. 후자는 다시 둘로 나뉘었다. 자신의 빵을 위해 사는 것과 대중을 위해 빵을 다투며 사는 것. 그는 두 가지 가운데 하나를 선택할 수 있다면, 그제야 인생 앞에 떳떳해질 수 있을 것 같았다.

패루 밑에서는 따뜻한 콩국, 살구씨 차, 대추 절편, 좁쌀죽, 밀죽 같은 것들이 모락모락 김을 뿜고 있었다. 하나같이 독특한 맛을 지녔다. 대추 절편 위에 놓인 콩 조각이 마치 생선 눈깔처럼 사람들이 먹는 모습을 쳐다보았다.

라오리는 거기에 서서 콩국 한 사발을 먹었다.

2

라오리는 가족들을 데려와, 우선 '이렇게' 살아보기로 마음을 먹었다. 하지만 언제 데리러 가야 할지 도저히 엄두가 나지 않았다.

장다거는 매일 아침 일찍부터 새로운 소식을 알려주었다.

"집을 정했는데, 가볼래?"

"그럴 필요 있어? 나보다는 자네가 보는 눈이 정확하잖아?"

고맙다는 말조차 라오리는 남의 귀에 거슬리게 말했다.

다행히 장다거가 라오리의 사람됨을 알고 있기에 이에 개의

치 않았으며 오히려 자신을 아주 대견스럽게 생각했다.

"탁자 셋, 의자 여섯에 칠이 조금 보기 싫기는 하지만 느릅나무 옷장 하나면 잠깐은 그럭저럭 살 만하겠지?"

둘째 날 이른 아침의 보고였다.

라오리는 그저 고개만 끄덕였다. 그 정도면 됐다는 표시였다.

장다거가 찻주전자와 찻잔도 다 준비되었다고 했을 때 라오리는 이제 더는 집에 내려가는 것을 미룰 수 없겠다는 생각이 들었다.

장다거는 닷새 휴가를 내라고 했다. 떠날 때가 되자 라오리는 장다거에게 동료들에게 절대로 알리지 말아달라고 신신당부를 했고, 장다거는 결코 소문내지 않겠다고 했다.

라오리는 허우먼后門에서 정양먼正阳門으로 돌아가며 부모님께 베이핑 특산물을 사다드려야겠다고 생각했다. 이것마저 장다거에게 물어보기에는 좀 염치가 없는 것 같아, 이번에는 혼자서 알아보기로 했다. 하지만 온몸에 땀이 흥건할 때까지 돌아다니고도 아무것도 사지 못했다. 가장 큰 이유는 상점을 돌아보는 것이 낯설었기 때문이다. 무엇을 살 것인지 단번에 결정하지도 못했고, 또 상점 주인들이 그가 들어오는 것을 싫어해서 그가 들어가면 물어뜯지는 않을까 겁이 나기도 했다. 결국 그는 둥안 시장에서 과일을 샀다. 바나나 같은 것은 베이핑에서 난 것이 아니긴 하지만 말이다. 또 색지 상표에 인쇄가 가장 그럴듯한 천자경* 파인애플 통조림 여섯 개도 추가했다.

---

* 陳嘉庚(1874~1961): 저명한 화교 기업가이자 교육가, 자선 사업가, 사회 활동가.

3

라오리가 떠난 다음 날, 관청의 거의 모든 동료들이 그가 부인을 데려올 거라는 사실을 알았다.

물론 장다거가 정보를 흘린 것은 아니었다.

소문의 발원지는 자오 과원趙科員이었다. 자오는 경극 공연이 있을 때마다 초대권을 손에 넣는 사람이었다. 초대권이 발행되면 그는 언제나 첫번째 아니면 두번째로 몇 장씩 얻고는 했다. 운동회에서 직원용으로 마련한 순서표도 그의 손에 어김없이 들려 있었다. 운동회든 어떤 집회든 아니면 경극 극장이든 그는 항상 둘둘 만 종이뭉치를 들고 있다가 아는 사람의 뒤통수를 후려치는 무기로 썼다. 남의 뒤통수를 칠 때면 항상 이렇게 말했다. "자네도 왔어?"

그는 남의 부인에게 아주 관심이 많았다. 가족을 데려오는 것은, 그가 보기에는 일종의 개인 전시회였다. 비록 입장권이 있는 것은 아니지만 그래도 반드시 자신이 제일 먼저 '봐야' 했다. 여자 운동선수, 여종업원, 여배우 등은 모두 그가 '보기' 위해 있을 뿐 그것 말고 다른 존재 이유는 없었다. 남의 부인에 대해서도 그랬다. 그에게 한번 본다는 것은 그 사람의 얼굴, 목, 손, 발은 물론 낯선 사람에게 보일 수 있는 모든 부위를 다 뜯어본다는 것을 의미했다. 그의 꿈속에서 여자는 언제나 홀랑 벗고 있었다. 자오가 누구든 일별하고 나면 사무실 안에는 이러쿵저러쿵 싱싱하고 흥미진진한 얘깃거리가 추가되었다.

자오는 벌써부터 안달이 나서 라오리가 가족을 데려올 때까지 도저히 기다릴 수 없을 지경이었다. 평소 그가 여자를 품평

할 때, 남들은 신나게 웃었지만 라오리만은 시큰둥했다. 그것은 그가 자신의 얘기를 귀담아듣지 않는다는 뜻이었고 때문에 자오는 언젠가 꼭 한 번 손을 봐주어야겠다고 단단히 벼르고 있던 차였다.

자오의 생김새나 행동은 경극 초대권과 별반 다르지 않았다. 쓸모는 있지만 가격으로 따지자면 한 푼도 나가지 않았다. 때문에 이목구비가 다 반드시 정해진 위치에 있어야 할 필요가 없었다. 그가 말을 할 때면 눈, 귀, 입, 코, 눈썹 등 오관이 수시로 자리를 바꾸었다. 눈알은 콩을 볶듯이 온 얼굴을 통통 튀어다녔고 웃을 때면 뾰족한 아래턱이 이마에 가 닿았다. 그래도 그는 남들의 시선은 아랑곳 않고 그저 저 자신이 미남이라고 생각했다. 그는 말솜씨로 남들을 무척 즐겁게 해주었고 이 점에 있어서 스스로를 천재라고 여겼다. 라오왕老王 앞에서는 라오리 얘기를 해 즐겁게 해주고 라오리 앞에서는 라오왕 얘기로 즐겁게 해주었다. 라오왕, 라오리 앞에서는 라오쑨老孫을 가지고 즐겁게 해주었다. 달리 방도가 없을 때는 상상력을 이용해 있음직한 인물을 만들어서 즐겁게 해주었다.

"라오리가 '사람'을 데리러 갔대!" 자오의 눈이 뜨거운 국물에 목구멍을 데였을 때처럼 한곳으로 모였다.

"정말이야?" 모두가 귀를 쫑긋 세웠다.

"그렇대도! 닷새씩이나 휴가를 냈어, 닷새나."

"닷새라고? 평소에 지각 조퇴 한 번 없던 사람이 말이야!"

"누가 아니래, 두고 봐!" 자오는 몸이 근질거리고 머리카락이 곤두섰다.

"샤오자오小趙, 이번에도 우리하고 같이 안 가면, 자네 가죽을 다 벗겨버리고 말 거야." 추邱 선생이 말했다.

"자오, 착한 라오리한테 꼭 그래야 되겠어? 이번에는 좀 그냥 놔둬!" 우吳 선생이 화를 누르며 말했다.

얼굴이 빨개지도록 잔뜩 기를 모은 우 선생은 허리를 꼿꼿이 세운 채 밥주발만큼 큰 주먹으로 양털 붓을 쥐고 돼지족발 같은 글씨체로 글자를 썼다. 그렇다. 우 선생은 정직하다고 자부하는 인물로서 너무나 정직해서 심지어 자신의 부정직한 행위조차 정직한 것이라고 치부했다. 샤오자오는 그와 친척 간으로, 지금의 자리는 샤오자오가 손을 써준 것이지만 그는 샤오자오를 거들떠보지도 않았다. 그것은 자신이 정직하기 때문이었다. 일전에 첩을 들이려던 그의 계획을 샤오자오가 여기저기 대대적으로 선전하고 다니는 바람에 마누라 귀에까지 들어가 하마터면 귀가 떨어져 나갈 만큼 깨물린 적이 있었다. 이 일로 인해 그는 샤오자오를 더 무시하게 되었다. 샤오자오 역시 우 선생을 무서워했는데, 바로 그의 두 주먹 때문이었다.

자오는 내색하지는 않았지만 라오리가 돌아오면 할 일들을 이미 다 머리에 그려두었다. 우선 그가 돌아오면 몰래 쫓아가 사는 곳을 확인하고, 그런 다음에는 동료들과 보러 갈 약속을 하자. 어쩌면 술을 한잔하러 가자고 말하는 게 나을지도 모르겠다. 아, 라오우는 빼자, 그에게는 눈이나 한번 흘겨주지, 뭐.

자오가 자신들을 두고 혼자만 갈까 봐 추 선생은 고민스러웠다. 때문에 그는 이번 일에 특히 적극적이었다. 그는 샤오자오에게 다가가 넌지시 말했다. "갈 때 같이 돈을 모아 차를 두 근사 가서, 부인 얼굴 한번 봐주고, 라오리한테 밥 한 끼 내라고 하면 어때? 나는 자네가 하라는 대로 할게."

우 선생이 이 일을 장다거에게 알렸다. 장다거는 그저 씩 웃기만 할 뿐 아무 말도 하지 않았다. 장다거가 열성적으로 친구를 위하는 것은 맞지만, 그렇다고 한 친구 때문에 또 다른 친구에게 원망을 사는 것은 내키지 않았다. 겨울철에 장다거가 집에서 쓰는 석탄 가운데 몇 톤은 샤오자오가 뒤로 빼돌린 것인데, 1톤이면 3, 4위안을 아낄 수 있었다. 그러니 꼭 샤오자오의 원망을 살 필요는 없을 것 같았다. 설령 샤오자오의 원망을 산다고 해도 석탄 몇 톤을 싸게 사지 못하는 것 빼면 별 상관은 없었지만 어쨌든 원망은 원망이고 석탄은 석탄이니까.

4

샤오자오의 원망을 사지 않는 것과 라오리를 위한 준비를 하는 것은 또 별개의 일이었다. 장다거는 라오리를 위해 마련한 셋집을 둘러보았다. 집은 좐타甎塔 후통*에 있어서 전차역이나 시장과 가까웠다. 또 빙마스兵馬司나 펑성豐盛 후통에 비해 더 깨끗하고 다위안大院 후통에 비하면 더 잘 정돈되어 있어서 살기에 안성맞춤이었다. 집은 삼합방**인데 라오리는 다섯 칸짜

---

* 胡同: 우리의 골목과 유사하다.

** 三合房: 베이징 전통 가옥 형식의 하나로, 삼면이 집채로 되어 있으며 앞은 담이고 가운데 마당이 있다. 삼합원三合院이라고도 한다.

리 북채에 살게 되고 동채, 서채에는 다른 사람이 살고 있었다. 새집은 칠이 잘되어 있었지만 지붕이 쉽게 비가 샐 것 같았다. 장다거는 여자들이 단발을 시작한 이후 지어진 베이핑의 새집들은 전부 천생 물이 샌다는 것을 알고 있었다. 방을 얻을 때 먼저 이 약점을 물고 늘어지면, 방세를 2위안 정도는 깎을 수 있었다. 다달이 2위안이 굳는다면 비가 올 때 방 안에서 우산을 써야 하는 수고 정도는 기꺼이 감수할 만한 가치가 있었다. 비가 샌다고 해서 집이 무너지는 것도 아니니 지나치게 걱정할 필요도 없었다.

장다거는 집 안을 둘러보았다. 집 안에서 밀가루 반죽 냄새가 났다. 바닥은 온통 폐지투성이에 낡은 양말과 오래된 기름 광주리 두 개, 뚜껑이 죄다 사라진 빈 메이리美麗 담배통 너댓 개가 널브러져 있었다. 마치 커다란 눈깔 몇 개가 주인 대신 집을 지키는 것 같았다. 가을인데도 창에는 창호지도 바르지 않고 그저 망사 같은 종이 커튼을 대충 붙여놓았을 뿐이었다.

유리는 금이 여러 갈래로 나 있었고 천장에는 구멍이 숭숭 뚫려 있었다. 천장에서부터 늘어진 벽지 조각들은 마치 바닥에 버려진 폐지와 짝을 이룬 것 같았다. 장다거는 다소 언짢았다. 이 집에서 살다 나간 사람 때문이 아니었다. 자신이 소유한 집 두 채도 세 들어 살던 사람이 나간 뒤 이곳처럼 엉망이 되었던 것이 떠올랐기 때문이다. 세입자와 쥐는 서로 친척쯤 되는 것 같았다.

창문이야 다시 바르면 그만이었다. 그럼 천장은? 그것도 그다지 신경 쓸 필요가 없을 것 같았다. 벽에 사진과 대련을 걸었던 자국들이 적잖이 있었다. 각이 지거나 네모난 하얀 자국들 주위로 벽이 때가 타거나 누렇게 변색되어 있었지만 역시 신경 쓸 필요가 없었다. 라오리라고 사진이나 대련이 없겠어? 원래 걸었던 곳에 잘 맞추어 걸면 그만이었다. 평소 장다거는 사진이나 대련이 없는 이는 '교양인'이라 할 수 없다고 생각했던 것이다.

대략적인 구상을 마치자 장다거는 정중앙에 있는 방에 서서 좌우를 유심히 살폈다. 가구들을 어떻게 배치할지 구체적인 계획이 바로 떠올랐다. 이 방을 응접실로 하자. 팔선 탁자*와 의자 네 개. 양쪽 방에는 각각 탁자 하나, 의자 하나. 너무 적은가? 아쉬워도 잠시만 그렇게 지내라고 해야지. 아니다, 응접실에도 의자는 두 개만 놓자. 동쪽 방은 서재로 쓰자, 저런, 책꽂이가 없구나! 라오리는 책을 좋아하지? 멍청이! 매달 쓰는 책값을 아껴서 몇 년만 모으면 작은 집 한 채는 살 수 있을 거야. 안 그래? 그래도 서가는 해주는 게 낫겠다! 서쪽 방엔 옷장을 두고 딸린 방들은 하나는 침실, 하나는 주방으로 쓰면 되겠다. 침대는 있고…… 요리할 때 쓸 탁자가 아직 없다.

그래도 너무 단출하다! 명색이 나라로부터 녹을 받는 과원의 집인데 이렇게 단출하면 안 되겠지? 하지만 사진이랑 대련들을 걸면 좀 나아 보이겠지. 게다가 집 한가운데에 양난로도 둘 거니까 괜찮을 거야. 장다거는 뒷벽에 연통을 뺄 구멍이 있

---

* 八仙卓: 큰 (사각) 탁자. 한쪽마다 두 명씩 앉을 수 있는 사각형의 탁자. 팔선상八仙床.

는지 보았다. 접시만 한 크기의 구멍이 있었다. 종이로 막혀 있고 주위로 연기 자국이 있는 것이 마치 먹구름에 가려진 달 같았다. 마음이 아주 홀가분해졌다. 겨울에 양난로를 쓰지 않으면 '교양인'이 아니지!

계획을 다 짜놓고 보니, 아무래도 집 안이 너무 횡뎅그렁해 보였다. 하지만 같은 과원이래도 라오리는 촌사람이니 아무래도 수준이 좀 떨어진다고 봐야겠지? 촌사람이 집 안 정돈이나 제대로 할 줄 알겠어? 탁자가 아무리 좋아봐야 촌아이들이 지저분하게 낙서나 하겠지. 그래, 도배장이를 불러 창문이나 바르고 바닥 청소나 해야겠다. 됐다, 이제 끝!

장다거는 밖으로 나와 대문을 다시 자세히 들여다보았다. 작은 서양식 문으로 나름 괜찮았다. 위쪽에는 시멘트로 된 사자상 두 개가 있었다. 완전히 사자처럼 생기지는 않았지만 강아지 정도로는 봐줄 만하니까 솜씨가 나쁜 편은 아니었다. 두 사자 사이에는 접시만 한 크기의 팔괘가 있었다. 사자와 팔괘를 합하면 한 쌍의 문신* 못지않게 액막이 역할을 충실히 할 듯싶어서 장다거는 매우 만족스러웠다. 모름지기 '교양' 있는 집에는 서양식 대문이 있어야 하고 문 위에는 시멘트 사자가 있어야지. 그런데 이 집에는 팔괘까지 있네!

장다거는 곧장 도배장이를 찾아갔다. 잘 아는 사이여서 값을 흥정할 필요도 없었다. 아니, 정확히 말하면 흥정할 필요가 없는 건 도배장이 쪽이었다. 그가 말도 꺼내기 전에 장다거가 먼

---

* 門神: 대문을 지키는 신령. 주로 설날에 그림으로 그려 문에 붙인다.

저 가격을 정했기 때문이다. 꼭 필요한 일 외에 궂은 일이 많아서 도배장이는 여간 고단한 직업이 아니었지만 신혼방을 도배하건 명의*를 만들건 손님을 받아야 먹고산다는 게 이치였다. 장다거가 중매를 서다 보니 자연스레 신혼집을 도배할 도배장이도 소개하게 되었고, 불행히도 신부나 신랑 가운데 하나가 검은 머리 파뿌리 되기 전에 죽으면 또 장다거가 명의를 만들 도배장이를 소개하곤 했으니 도배장이 밥줄이 장다거 손 안에 있는 것이나 다름없었다. 어떻게 창호를 도배할지 얘기를 끝낸 뒤, 장다거는 나온 김에 금은박金銀箔 시세도 살펴보고 또 종이 인형** 가격이 오르지 않았는지도 알아보았다. 장다거는 매사에 미리 정보를 수집해두었다. 필요가 없게 되면 버리면 그만이지만, 필요한데 없으면 절대로 안 되는 법이었다.

5시가 넘자 장다거는 집으로 돌아가야 했다. 집에서 아내와 먹으려고 시스 패루에서 장지*** 한 마리를 샀다. 아내가 솜바지를 다 만들기 전에 한 번쯤은 이렇게 닭 한 마리를 들고 가 노고를 치하할 필요가 있었다. 사실 뜨개질만 할 줄 알면 털실로 뜨면 되지 굳이 솜바지까지 만들 필요는 없었다. 조만간 쑨부인더러 아내에게 뜨개질 좀 가르쳐주라고 해야겠다. 털실바지 한 벌을 사려면 7, 8위안은 줘야 하는데, 직접 만들면 털실 2파운드면 돼. 아니 그것도 필요 없지. 1파운드 반이면 충분해.

---

* 冥衣: 죽은 사람을 위해 불사르는 종이옷.

** 紙人: 제사 때 태우는 종이 인형.

*** 醬鷄: 간장에 조린 닭 요리의 하나.

2파운드라고 쳐도 2위안 8자오에 2위안 8자오를 더하면 5위안 6자오이니, 무려 3위안이나 아낄 수 있어! 쑨 부인에게 마누라 좀 가르쳐주라고 해야겠어. 어차피 내가 관청에 나가면 하릴없이 빈둥거릴 뿐인데. 마누라를 종일 심심하게 놔두는 것은 도리가 아니지. 나이가 먹을수록 아내로 하여금 더 많은 재주를 배우게 해야 해. 장다거는 손에 들고 있는 연잎 꾸러미를 보았다. 닭이 제법 컸다. 딸아이가 아직 돌아오지 않았지? 집안 식구가 다 먹어도 모자라지 않을 것 같았다.

딸아이도 이제 열여덟, 정혼할 때가 되었다. 고등학교를 나와 대학에 들어가는 것은 돈만 허비할 뿐 쓸데없는 짓이었다. 2년 다니고 졸업하면 스무 살, 4년 동안 대학을 다니면 스물넷, 거기서 또 2년 일을 하면 스물여섯이다. 대학 졸업하고 2년 정도 일을 하지 않으면 학비가 도무지 아까운 노릇이니까. 그런데 처녀는 스물다섯이 넘으면 안 돼! 스물다섯이 넘으면, 후처 자리라면 모를까 아무리 예뻐도 달라는 사람이 없어. 고등학교 졸업하면 적당한 사내 하나 골라서 후다닥 보내버려야지. 괜한 허세 부리면 안 되는 거야!

아들, 이놈의 아들이 골치다!

멜대 바구니에 담긴 꽃들이 눈에 띄었다. 국화, 안래홍, 고추…… 장다거는 잠시 아들 생각은 잊고, 반쯤 눈을 감은 채 무심한 듯 꽃들을 쳐다보았다. 뭘 사든 동안 시장에서 양복 빼입고 애인을 모시고 다니는 나으리들처럼 눈을 휘둥그렇게 뜨고 덥석 달려들면 절대로 싸게 살 수 없다. 언제나 허허실실, 무심한 듯 봐야 한다. 그런데 하필이면 꽃장수가 바로 그 찰나에 장다거의 눈을 포착했다. 장다거는 연실을 거둬들이듯이, 들고 있던 장지로 시선을 모으고 그냥 지나쳤다.

이래저래 아들이 골치다.

제4장

1

라오리가 아내와 두 아이와 함께 이불 보따리, 오줌 깔개, 대바구니 네 개, 크고 작은 보따리 일곱 개, 우산 두 자루, 소금에 절인 갓 한 광주리, 햇좁쌀 반 단지 따위를 어떻게 한꺼번에 들고 올 수 있었는지는 아직까지도 수수께끼다. 그는 기왕 가족을 다 데리고 오기로 마음먹은 김에 아내가 차마 버리지 못한 잡동사니들까지 몽땅 챙겨 온 것 같았다. 하지만 분명 내려가는 길에 사 간 선물 세 개 가운데 하나는 잃어버렸을 게 뻔하다.

그는 닷새 휴가를 신청했지만, 사흘 만에 주둔지를 옮겨 왔다. 그래야 베이핑에 돌아와 하루 세간을 정리할 여유가 생겨 다시 휴가를 낼 필요가 없기 때문이다.

장다거 집에서 탁자와 의자 들을 날라야 했지만 장다거는 4시 이후에나 올 수 있다고 했다. 대신 딩얼 영감이 자진해서 도우러 왔다. 딩얼 영감이 도와봤자 아이들 돌보는 게 고작이었지만 그것조차 거치적거리기만 했다. 라오리가 동쪽 방에 탁자를 가져다 놓으려고 하면 하필 딩얼 영감과 두 아이들이 탁자 놓기에 딱 좋은 곳에서 놀고 있었고 그래서 라오리가 머리를 쥐어뜯으며 서쪽 방으로 갈라치면 그와 두 꼬마 부하가 어느새 먼저 가 있었다. 라오리가 아무리 찾아도 없던 망치는 나중에 보니 딩얼 영감이 들고 있었다.

온종일 수선을 떨었지만 우산 두 자루는 여전히 마당에 나뒹굴고, 좁쌀은 땅에 쏟아져 있고, 광주리는 뚜껑이 죄다 열린 채였다. 살림살이는 제자리에 놓인 것이 하나도 없을 정도로 아주 참신하게 바닥에 널려 있었다. 그뿐인가. 목숨마저 위태로울 지경이었다. 라오리가 반짇고리를 밟아 작살냈고, 리 부인은 두 번이나 도마에 걸려 넘어졌으며, 찌부러질 만한 것들은 죄다 찌부러져서 딩얼 영감과 아이들의 환호를 받았으니 말이다.

4시가 채 되지 않아 장다거가 왔다. 그가 왼쪽 눈을 살짝 부라리자 네 개의 대바구니에 있던 것들이 제자리를 잡았다. 손으로 여기저기를 가리키자 바닥에 널려 있던 것들이 죄다 사라지고 쏟아졌던 좁쌀도 다시 단지 속으로 들어갔다.

배치를 끝내놓고 보니 사진과 대련이 없었다! 장다거는 라오리에게 약간 실망했다. 게다가 새로 바른 창호에는 딩얼 영감이 벌써 구멍을 뚫어놓았다. 장다거가 그들을 얕잡아 보는 것도 무리가 아니었다.

"라오리, 내일 내가 풍경화 몇 점이랑 대련과 중당* 하나씩

---

* 中堂: 거실의 정면 중앙에 거는 폭이 넓고 긴 족자.

가져다줄게. 마침 둘 다 상관*이 없는 거라 자네 집에 걸어도 괜찮을 거야."

그제야 라오리는 벽이 얼룩덜룩해서 보기 흉하다는 것을 알아차렸다. "도배하면 되지." 그가 말했다.

"여기서 얼마나 살 거라고, 괜히 남 좋은 일 해주게? 하물며 벽을 바르면 천장도 발라야 돼. 사방 벽을 다 칠하는 것도 버거운 일인데 천장의 저 시커먼 고약처럼 생긴 얼룩들은 또 어떻게 하려고? 게다가 도배를 새로 하려면 집 안을 다시 죄다 뒤엎고 물건들도 옮겨야 해." 장다거가 담뱃대에 불을 붙였다.

죄다 뒤엎어야 한다는 말에 라오리는 도배가 장난이 아님을 깨닫고 그저 고개를 끄덕일 수밖에 없었다. 내일 그 대련 등등을 받겠다는 의미였다.

장다거가 떠났다.

그가 가고 나서야 라오리는 식사도 대접하지 않았다는 것을 깨달았다. 근데 밥이 있어야 대접을 하지! 밥은 그렇다 쳐도 최소한 차라도 대접해야 옳았다! 거실을 보니 탁자에 쟁반과 찻주전자 하나, 찻잔 여섯 개 등 다기가 구색을 갖추고 있었다. 누구든 얼른 차를 마셔주기만 기다리고 있는 것 같았다. 누가 차를 준비해야 하는 거지? 여기가 장다거 집이었다면 누가 손님들에게 차를 대접했을까? 순간 라오리의 얼굴이 일그러졌다. 때마침 딩얼 영감도 간다고 일어섰다. 아이들이 딩얼 영감

---

* 上款: 남에게 작품, 서신 등을 선사할 때, 그 위에 명기하는 받는 사람의 성명이나 호칭.

의 손을 잡아끌며 가지 못하게 했다.

"여기서 밥 먹어, 엄마가 대추떡 해줄 거야!" 사내아이가 말했다.

"때. 쭈. 떠." 여자아이가 오빠가 하는 말을 따라 했다. 아직 말이 서툴렀다.

라오리는 손님을 배웅하면서 속으로 말했다. '어른이 애만도 못하네!' 이어서 생각했다. '그렇다고 인사치레가 또 무슨 의미가 있을까?' 그런 생각을 하느라 그는 그만 딩얼 영감을 잊었다. 손님이 멀리 가고 나서야 비로소 생각이 났다.

"저런, 딩얼 영감님은?"

2

리 부인은 못생긴 편은 아니었다. 다소 숫기 없어 보이는 얼굴이 깨끗하고 눈매도 단정했다. 주로 벌어져 있는 입에서는 숨소리가 조금 났고 앞니가 큼직했다. 몸은 어깨가 벌어진 데다 펑퍼짐한 솜옷을 걸쳐 좀 둔해 보였다. 전족을 해서 신발 앞뒤로 빈 공간에 솜뭉치를 채워 넣었고, 걸을 때는 팔이 흔들리는 것만 보이고 몸이 앞으로 나가는 것은 보이지 않았다. 이따금 갑자기 반 발짝 뒤로 물러서기도 했는데 그것은 아마도 뒤꿈치로 신발 속의 솜뭉치를 찾느라 그런 것 같았다. 앉아 있을 때는 확실히 예쁘장했다. 배운 지 얼마 되지 않은 쥐공*을

---

* 鞠躬: 허리를 굽혀 절하는 중국식 인사.

할 때면 허리를 꼿꼿이 편 채 두 손을 맞잡고 아래로 내려뜨리다가 갑자기 힘껏 내리 꽂았다. 무척 정중해 보이기는 했지만 조금 위태로워 보였다.

그녀는 딩얼 영감에게 쥐공을 하고, 또 장다거에게도 쥐공을 했다. 조금 어색해하기는 했지만 그래도 즐거워했다. 장다거가 "아직 춥지 않아서 다행입니다"라고 말했을 때, 그녀가 "아직 입동 전이어서 그런가 봐요"라고 대응한 것도 아주 훌륭하고 적절했다.

집 안 정리가 대충 마무리되었다. 그녀는 한 손은 의자 등받이를 짚고 다른 한 손은 눈 위에 댄 채 유심히 주변을 둘러보았다. 괜찮긴 한데 너무 휑뎅그렁했다! 하지만 휑한 것도 나름 운치가 있었다. 이 모든 것이 그녀의 것이다! 남편 말고는 그녀가 가장 나이가 많았고 시부모 신경 쓸 일도 없으며 또 참견하는 시누이도 없었다. 하물며 여기는 베이핑이다! 베이핑이 시골보다 다 '좋다'고 할 수는 없겠지만, 분명 시골보다 수준이 '높은' 것은 틀림없었다.

라오리는 여전히 인상을 쓰고 있었다. 그녀에게 대놓고 '차도 대접할 줄 몰라?'라고 말하고 싶었지만, 꾹 참으며 "차 좀 따르지"라고 바꿔서 말했다. 그녀에게 말할 때에는 '대접'이라는 말조차 '따르다'로 바꾸어야 알아들었다.

"어머, 어쩌지, 정말 깜박했어요!" 리 부인이 이빨을 훤히 내보이며 웃었다. "찻잎은 어디 있어요?" 마치 모든 베이핑 사람에게 묻기라도 하는 듯 소리가 우렁찼다.

"좀 작게 말해!" 라오리가 말했다. '여긴 촌이 아니야, 할 말

이 있으면 집에 들어가서 해, 마을 밖에서까지 다 들리겠다!'
이 말은 속으로 꾹 삼켰다.

그녀는 크게 말한 죄를 만회하려는 듯 보란 듯이 찻잎을 찾았다. "아, 참, 물도 없어요!" 하지만 찻잎을 찾으면서 또 목소리를 높이고 말았다.

"작게 말하라니까!" 라오리는 이를 앙다물었다. 얼굴을 찡그린 나머지 미간에 깊게 골짜기가 패였다.

그녀는 찻주전자를 들고 집 안을 반 바퀴 돌았다. 신발 속 솜뭉치에 이상이 생겨 한 바퀴를 다 돌지 못했다. "옆집 가서 좀 얻어 올까요?"

그는 고개를 저었다. 안 돼! 덧붙여 그녀에게 일러두어야 했다. "여긴 촌과 달라. 멋대로 남의 집 것을 쓰면 안 돼."

"엄마, 밥 줘!" 딸아이가 엄마의 손을 잡아끌었다.

엄마가 아이를 안으며 눈시울이 벌게졌다. 촌에서라면 지금쯤 아이는 잠을 자야 했지만, 여기는, 망할 놈의 베이핑! 이것도 안 된다, 저것도 안 된다, 이렇게 늦도록 아이가 밥도 먹지 못했다! 집 안은 비어 있다. 시골집에 있던 온돌도 궤짝도 물도 없다. 어딜 봐도 문제투성이고 뭘 찾아도 쉽게 찾아지지 않고 남편은 눈살만 찌푸리고 있다! 베이핑 백 개를 갖다준들 촌 하나만 못했다.

"아빠, 아직 밥 안 먹어?" 사내아이가 주먹으로 라오리를 툭 쳤다.

라오리는 두 아이를 보자 얼굴이 활짝 펴졌다. "아빠가 나가서 먹을 것 좀 사 올게." 그러고 나서 아이의 작은 주먹을 자신의 손바닥에 올려놓았다. "여기는 말이지, 무지무지 편해, 뭐든지 금방 사 올 수 있거든, 뭐……" 그는 아내를 쳐다봤다. "뭐 사 올까?"

마누라는 아무 말도 하지 않았다. 얼굴이 대신 말했다. '당신네 베이핑에 뭐가 있는지 내가 어떻게 알아요!'

"아빠, 땅콩이랑 말린 해당海棠 먹고 싶어."

"아빠, 링이는 땅. 꼬……!" 딸아이가 말했다.

라오리는 웃음이 났다. 아이들에게 뭐라고 몇 마디 대꾸하고 싶었지만 적당한 말이 떠오르지 않았다. 그는 외투를 걸치고 거리로 나섰다.

3

거리에는 물건들이 너무 많아서 라오리는 무엇을 사면 좋을지 알 수 없었다. 서쪽 헌책 가판에서는 책장수 노인이 마침 광주리에서 『춘희』*와 『노잔유기』**, 광서 32년*** 초판본 『격치강의』를 끄집어내고 있었다. 라오리는 머뭇거리며 마지못해 자리를 떴다가, 두어 걸음도 채 내딛지 못하고 다시 고개를 돌려 노인을 쳐다보았다. 노인은 가판 정리에 신경 쓰느라 라오리의

* 알렉상드르 뒤마 필스Alexandre Dumas fils(1824~1895)의 소설. 19세기 후반 중국에 번역되어 선풍적인 인기를 끌었다.
** 『老殘游記』: 유악劉鶚(1857~1909)의 소설. 청나라 말기 대표적인 소설 가운데 하나.
*** 1906년, 광서제는 청나라의 제11대 황제(1874~1908 재위).

존재를 알아차리지 못한 것 같았다. 양고기 매대 옆 참깨 사오빙*이 눈에 띄었다. 갓 구운 사오빙 위의 누르스름한 참깨가 마치 배부른 모기 배 같았다. 몇 개 사고 싶었다. 마침 옆에서 한 할머니가 양철 주전자 값을 흥정하고 있기에 라오리도 따라서 두 개를 샀다. 양난로 가격은 할머니가 자리를 떠나고 나서야 비로소 물어볼 수 있었다. 장다거가 양난로를 사라고 극구 주장했다. 하나를 샀다. 가격을 물을 때부터 속으로는 이미 사기로 작정했었다. 제값보다 비싸게 주고 사는 것이 뻔해서 나중에 장다거가 가격을 물으면 2위안을 낮춰 말해야겠다고 생각했다. 그래도 그가 비싸게 샀다고 할까? 속이 후련했다. 양난로는 태어나서 처음 사보는 것이었다. 평생에 기껏 한두 번 살 텐데 조금 비싸게 사면 어때? 난로와 연통은 내일 일찍 보내달라고 했다. 그러고 나자 그는 주전자를 든 채 이젠 어디로 가야 할지 몰라 주저주저했다.

도대체 아이들에게 무엇을 먹이면 좋을까?

결혼하고 여러 해가 지났지만 그에게 아내는 그저 부모님의 며느리이고 자식들은 할머니의 손자일 뿐인 듯 느껴졌고 자신이 남편이자 아버지라고 실감한 적이 없었다. 그런데 지금은 그가 아니면 자식들 먹을거리를 대신 책임져줄 사람이 없었다. 라오리는 신기했다. 전등불 아래 펼쳐진 시스 패루가 마치 꿈속 세상 같았다!

아이들에게는 물론 부드럽고 소화가 잘되는 것을 먹여야 했

---

* 燒餠: 밀가루 반죽을 동글납작한 모양으로 만들어 화덕 안에 붙여서 구운 빵.

다. 라오리는 양철 주전자의 손잡이를 꽉 움켜쥐었다. 마치 그러면 주전자 손잡이가 방법을 일러줄 거라고 여기는 것 같았다. 분유로 대신할까? 먹어본 적이 없지! 눈앞에 말린 과일 가게가 있었다. 땅콩을 잊을 뻔했다. 땅콩 한 근을 샀다. 한 근쯤 사면 주인에게 민망하지는 않을 것이라 생각했는데, 저런, 고작 1자오 5펀밖에 하지 않았다! 도저히 가게에서 그냥 나올 수가 없었다. 이렇게 전등을 여러 개 밝힌 가게에서 달랑 1자오 5펀어치만 살 수는 없지! 하는 수 없이 꿀에 절인 해당 깡통 두 개를 더 샀다. 그는 집으로 발길을 돌렸다. 후통 어귀에 다다르자 뭔가 빼먹은 느낌이 들었다. 그렇다. 땅콩이나 해당화 열매로 저녁을 때울 수는 없었다. 그는 다시 걸음을 돌려 식품점, 정육점 등을 둘러보았지만 막상 들어가기가 여간 쑥스럽지 않았다. 오늘이 아니어도 언젠가는 들어가야 할 거라는 생각이 들자 오늘은 더욱 들어가면 안 될 것 같았다. 그는 속으로 말했다. '들어가는 순간 너는 제2의 장다거가 되는 거야!' 하지만 지금 들어가지 않으면 또 어떻게 하려고? 그때 사오빙이 보였다. 그는 사오빙 스무 개를 샀다. 막 찜통에서 꺼낸 양고기 배추만두도 있었다. 등불 아래 흰 도자기처럼 하얀 것이 모락모락 김까지 피어올랐다. 한 판을 샀다. 사오빙 장수는 마치 성이 '친'에다 이름은 '절'인 것처럼 사근사근했다. 라오리는 손이 다 떨릴 정도로 속이 후련했다. 아직 말세는 아니구나! 조심스레 1위안짜리 지폐를 내밀었다. 거스름돈 때문에 성가셔할까 봐 은근히 신경이 쓰였다. 하지만 괜한 걱정이었다. 사오빙 장수는 아주 공손하게 동전과 지폐를 섞어, 종이로 잘 싸서 주며 이런 말까지 했다. "이렇게 두 가지로 거슬러 드려야 나중에 쓰시기도 편합죠!"

라오리는 방금 찜통에서 꺼낸 만두보다 더 가슴이 뜨거워졌다. 가정을 꾸리는 즐거움은 집 안에서 끝나지 않는구나. 집은 흥겨운 라디오 방송국이었다. 여기에서 나오는 모든 신나는 음악과 뉴스가 베이핑은 물론 멀리 남아메리카까지 전해지는구나! 장다거가 항상 쾌활한 것도 다 이유가 있었다.

링은 엄마 품에서 거의 잠들었다가 사오빙 냄새를 맡자 눈이 꼭 흰 돌에 에워싸인 검은 바둑돌마냥 함지박만 해졌다. 사내녀석인 잉은 사오빙이 채 냄새를 풍기기도 전에 날름 배 속으로 집어넣었다. 그러고 나서 사오빙 한 입, 만두 한 입, 그리고 땅콩 한 입을 차례로 먹었다. 마치 굶주린 호랑이 여러 마리가 서로 으르렁거리며 싸우는 것 같았다.

누구도 젓가락 찾을 생각을 하지 않았다. 원래 젓가락 이전에 손가락이 있었지. 게다가 세상에 접시 같은 것이 있다고 생각하는 사람은 이 집에 하나도 없는 것 같았다.

사오빙을 먹는 와중에도 리 부인의 눈은 링을 향해 있었다. 링이 배불리 먹어야 할 텐데. 심지어 자신은 안 먹어도 좋으니 그저 링이 만두를 다 먹었으면 하는 눈치였다.

링은 눈이 엄마를 닮고 잉은 눈이 아빠를 닮았다. 듣자 하니 코는 둘 다 할머니를 닮았다고 했다. 링은 별로 예쁜 편은 아니지만 볼살 하나로 어른들의 귀여움을 샀다. 갸름한 얼굴에 볼만 유난히 통통해서 마치 호리병 같았다. 잘록한 다리에 배는 큼직해서 걸을 때 볼살과 뱃살이 출렁거렸다. 입은 꽃봉오리마냥 항상 촉촉했고 사람들을 대할 때면 낯가림 없이 호리병 같은 얼굴을 치켜들며 눈을 껌벅거렸다.

잉은 어리어리한 것이 큰 눈은 아빠를 빼닮았다. 맹해 보이는 얼굴에 목과 얼굴이 까무잡잡했다. 살이 제법 있었지만 뚱보는 아니고, 마치 깃털이 다 자라지 않은 통통한 수탉처럼 몸은 통통해도 팔다리가 가늘었다. 솜바지는 기껏 만들어 입혔더니 이미 때를 놓친 듯 한참 짧았다. 하지만 잉은 아랑곳하지 않고 바지가 낄수록 더 신나게 뛰어서, 살짝 뛰기만 해도 바지 속이 그대로 보였다.

라오리는 이 까무잡잡한 아이가 사랑스러웠다. "잉아, 한 개를 세 입에 다 먹을 수 있는지 아빠랑 내기할까? 잘 봐, 한 입이면 초승달, 두 입이면 말발굽, 세 입이면? 없어졌다!"

잉의 까만 얼굴이 붉으락푸르락했고, 대신 라오리는 숨이 막혀 거의 죽을 뻔했다.

어린아이가 너무 게걸스럽게 먹도록 내버려두면 안 된다. 그눈 깜짝할 사이에 라오리는 자녀 교육까지 생각한 것이다. 그리고 동시에 또 떠오른 생각, 물이 없다! 꿀에 절인 해당 즙을 따라 줄까, 안 된다, 조급한 마음에 목이 다 뻣뻣해졌다. 여관에서는 차건 물이건 그저 일하는 아이만 부르면 그만이었는데 가족들과 살려니 번거로운 게 한두 가지가 아니었다!

바로 그 순간, 서채의 할머니가 창밖에서 불렀다. "선생님, 거기 물 없지요? 자, 이거 받아요."

라오리는 감격했지만 적당한 말이 떠오르지 않았다. "이런, 할머니, 이런……"

물을 가지고 들어와 찻주전자에 부었다. 물을 부으면서도 무슨 말을 할지 생각했다. 그러는 사이 할머니가 또 말했다. "주전자는 뒀다가 내일 아침에 줘요. 또 나가실 거요? 대문을 잠가야 하거든. 나는 일찍 자는 습관이 몸에 배어서 해가 지면 바로 자요. 내일 물장수가 오면 선생님 댁에도 한 지게 두라고 할게요. 물 항아리는 있어요? 한 지게에 6편인데, 그때그때 줘도 되고 다달이 계산해도 된다오. 물이 아주 달아요."

낙타가 전차를 따라잡으려는 듯 라오리가 간신히 대답했다. "6편이라고요? 감사합니다, 물 항아리는 있고요, 안 나갈 겁니다. 문 잠그셔도 됩니다."

'쉬세요, 문은 제가 닫을게요'라고 말해야 했는데 그만 말이 잘못 나왔다.

"아이들이 정말 착하고, 얼마나 귀여운지 몰라요!" 할머니는 잘 때가 되자 정신이 더 밝아진 것 같았다. "큰애가 몇 살이지요? 애들끼리 밖에 나가지 못하게 해요. 거리에 거마車馬가 얼마나 많은데요. 인력거들이 너무 난폭해서 부딪치기라도 하면 큰일 나요. 나조차 눈이 어질어질할 지경인데 애들은 오죽하겠어요! 아직 불도 피우지 않았어요? 아기들은 옷 좀 두둑하게 입혀요. 이제 막 입동이라 날씨가 아주 고약해요. 갑자기 추웠다 더웠다 하니까, 여러 겹 껴입혀야 마음을 놓을 수 있어요! 두툼한 솜옷들은 좀 있나요? 바느질 못 한 것이 있으면, 이리 줘요, 내가 해드릴 테니. 안경을 쓰면 곱게는 못해도 어쨌든 좀 도와드릴 수는 있어요. 어차피 애들 옷이야 금방 망가지잖아요. 변소 갈 때는 조심하시고. 벽돌이나 기와 조각 같은 것에 걸려 넘어지기 십상이거든요. 꼭 등불을 가지고 가요. 그럼 내일 봐요."

"내일…… 할머니." 라오리는 아주 짧은 문장 하나조차 제대로 말하지 못했다.

삶이 참 아름답다는 느낌이 들었다. 하숙집에서는 할머니처럼 알은척해주는 사람이 없었다. 거기가 순 장삿속이었다면 여기는 인정이 있었다. 그는 차를 한잔 마시고 하품을 하고 해당 하나를 먹었다. 달콤했다! 잉에게 옛날이야기를 들려주려고 했지만 생각나는 것도 없고, 허리도 조금 아팠다. 그래, 책임을 다하려고 온 힘을 쏟는 바람에 허리가 아픈 것이리라. 조금 전만 해도 그래. 오른손에는 사오빙, 왼손에는 만두, 외투 주머니에는 큼지막한 땅콩 봉지를 넣고 가운뎃손가락에는 쇠 주전자까지 걸었어! 이런 게 가정이구나! 하숙집에서는 이 시간쯤이면 닭고기 볶음밥을 먹은 후 신문을 보거나 아니면 혼자 앉아서 이를 쑤셨다. 그는 마누라를 흘깃 쳐다보았다. 쥐공을 할 때 종이 인형마냥 앞으로 거꾸러질 것 같은 자세만 빼면 그녀도 그런대로 봐줄 만했다.

링은 손에 사오빙 반 토막을 들고 호리병은 엄마 품에 엎어져 있었다. 눈을 감기는 했지만 이따금 실눈을 떴다. 애 엄마는 여전히 입을 오물거리고 있었다. 무표정한 얼굴로 아이를 토닥거리며, 눈은 양초 심지를 바라보고 있었다.

라오리는 더 두고 보기가 민망했다. 하이힐, 각선미, 살색 스타킹, 새빨간 입술, 가늘게 그린 눈썹. 그런 것들과 리 부인 사이에 두 세기는 족히 되는 간극이 있어 보였다. 라오리는 이걸 슬퍼해야 할지 다행으로 여겨야 할지 몰랐다. 고질병이 도진 것 같았다. 이랬다저랬다 하는 우유부단. 그저 하품이나 할 뿐이었다. 아-아-아.

잉은 까만 손으로 아빠의 손가락을 문지르며 지문이 몇 개나 있는지 세고 있었다. 손이 따스했다.

"잉아, 자야지?"

"아직 해당 먹고 있어." 잉이 야무지게 말했다.

라오리는 하품이 나왔지만 그렇다고 피곤하지는 않았다. 가족을 데리고 왔으니 마땅히 정겹고 오랜만의 재회에 야단법석을 떨 법도 하건만 이상하리만치 낯설고 불편했다. 양초 한 자루가 아내의 눈동자 속에서 이글이글 타올랐다!

제5장

1

라오리는 관청으로 나섰다.

확실히 장다거의 안목은 탁월했다. 라오리에게 얻어준 집은 직장에서 멀지 않았다. 2리 남짓 되는 거리라 차비도 아끼고, 오며 가며 운동도 되고, 또 점심을 집에서 먹을 수도 있었다.

라오리는 한 달이면 차비를 얼마나 아낄 수 있을지 계산해 보진 않았지만, 조금 더 돈을 모을 수 있겠다는 희망이 생겼다. 하지만 막상 저축을 생각하니 식구들이 올라왔는데 그게 가능할까 하는 생각이 문득 들었다. 장다거가 주변에 결혼을 권유하고, 또 식구들과 같이 살라고 하는 유일한 이유는 '둘이 쓰는 게 혼자 쓰는 것보다 꼭 많다고 할 수 없다'고 생각하기 때문이었다. 그럼 여자는 천성적으로 돈을 쓸 줄도 모르고, 아무것도 필요하지 않으며, 또 필요해서도 안 된다는 말인가? 라오리는 여자도 사람이라고 생각했다. 다만 잉이 엄마는…… 그렇지만 닭한 마리를 키워도 좁쌀은 먹여야 하는 법! 라오리는 이번에 가족들을 데리고 온 것은 아무래도 잘못된 것 같다는 생각이 들었다. 한 집안의 가장이라고? 아무리 생각해도 자신이 없었다.

관청이 가까워지자 마음이 더 착잡해졌다. 어떻게 과 사람들을 당해내지? 감당하지 못할 것 같았다. 가장이라고? 그렇다면 뭐 과원이라는 게 나쁠 건 없지. 과원의 봉급이 없으면 어떻게 가장 노릇을 하겠어? 과원과 가장은 하늘이 짝지어준 가장 이상적인 한 쌍의…… 뭐였더라? 관청이 눈에 들어왔다. 시커먼 대문이 차가운 기운을 토해내는 거대한 주둥이 같았다. 저 주둥이는 매일 아침 한 무리의 말단 관료들을 기다리다가 오는 족족 날름날름 삼켜버렸다. 그들은 저 괴물의 배 속에서 늙고, 추해지고, 시들고, 고집불통이 되어가고 그렇게 죽는다! 가끔 빨간 직인이 찍힌 종이 한 장에 쫓겨나기도 하는데, 이 괴물의 배 속에서 쫓겨나는 것이 짜릿하지만은 않았다. 여기서 잘리고서 다시 새롭게 의미 있는 일을 시작한다는 건 엄두도 나지 않았다. 여기가 아니어도 갈 곳은 많아, 관청이 한두 개야? 하지만 관청에 빌붙은 벌레들은 다른 일은 하고 싶지도 않아 할뿐더러 할 줄도 모르고 또 하려고 하지도 않았다. 정말 혐오스런 괴물이다!

하지만 라오리는 어쩔 수 없이 매일 괴물 배 속으로 기어들어가야 하고 또 지금도 들어가고 있다! 매일 들어갈 때마다 머리가 하얗게 세는 것 같았지만 들어가야 했다. 들어가서 일 같지 않은 일을 대충, 해야만 했다. 이제는 가족까지 데려왔으니 더 기를 쓰고 들어가야 했다. 여기에는 이 커다란 주둥이가, 집에는 '그녀'가 그를 기다리고 있었다. 괴물과 요물, 라오리는 바로 그 둘 사이에 끼었다. 과원 그리고 가장! 더는 못해먹을 것 같았다. 노쇠하고 추한 자신과 노쇠하고 추한 그녀가 함께 죽음을 향해 걷고 있는 모습이 눈에 선했다. 길가에는 화초 대신 너덜너덜한 지폐와 때에 찌든 동전 들이 널려 있다! 그러나 그냥 제자리에 멈춰 있을 수는 없었다. 가야만 했다. 시정? 낭만? 자유? 허울 좋은 단어일 뿐이다. 현실은 난로를 사고 집을 얻고…… 참, 난로가 도착했을까? 연통은 어디 놓으라고 마누라가 제대로 말이나 했을까?

관청 입구에 다다랐다. 그는 뒷걸음질 치고 싶었다. 하지만 그런 그를 놀리듯 입구의 순경이 경례를 올려붙였다. 들어갈 수밖에 없었다. 손에 땀이 났다. 동료들은 그를 심문하려고 단단히 벼르고 있을 게 분명했다. '라오리, 가족들을 데려올 거면 미리 데려온다고 말을 해야지 어떻게 그럴 수 있어? 언제 한턱 낼 거야?' 한턱이라, 파리 같은 것들. 그저 쉴 새 없이 입을 놀리는 것만이 그들 인생의 낙이었다.

사무실에 들어서자 마음이 조금 차분해졌다. 아직 아무도 출근하지 않았다. 그는 깊이 한숨을 내쉬었다. 허름한 책상, 귀신이 헤집고 나올 것 같은 책상보, 찻잔 자국, 잉크 얼룩, 담뱃불에 뚫린 구멍, 이 모두가 항상 그대로였고 또 앞으로도 그대로일 것이었다. 크기만 하고 볼품없는 달력은 5일 동안 한 장도 뜯지 않은 채였다. 라오리가 자리를 비운 동안 누구도 대신 뜯지 않았다. 유리엔 흙먼지! 괴물의 배 속에서는 어느 누구도, 아무 일도 하지 않았다. 그는 달력의 밀린 다섯 장을 뜯어 쓰레기통에 던져 버렸다. 저놈도 누가 '쓰레기'통 아니랄까 봐 아무리 벽에 기대 세워둬도 시도 때도 없이 제멋대로 쓰러졌다.

라오리는 자신의 의자, 방 안에서 가장 허름한 그 의자에 앉아 넋을 놓고 있었다. 공무는 공무公務가 아니라 공무空務였다. 세상에 공공을 위한 일 같은 건 없었다. 인간은 손해 볼 짓은 절대로 하지 않았다. 그런데도 공문, 공문, 공문…… 공문은 밑도 끝도 없이 이어졌다. 안타까운 것은 그것이 하나같이 백성들의 돈을 빼앗아간다는 것이었다. 이 괴물은 돈을 먹고 공문을 뱉어내었다! 그 많은 돈이 다 어디로 갈까? 아무도 몰랐다. 서양식 저택이나 자동차, 첩을 사는 사람만 알겠지. 모두가 볼 수 있는 것은 공문이 다였다. 라오리는 당장 저 낡은 의자며 책상, 낡아빠진 휴지통 그리고 이 괴물을 작살내고 싶었다. 하지만 괴물을 부수기는커녕 너덜너덜한 책상보조차 찢지 못했다. 이 책상보를 찢는 것은 저 좐타 후퉁의 세 식구를 굶겨 죽이는 거나 마찬가지였기 때문이다.

그는 다시 앉아서 동료들을 기다렸다. 이 세계는 그들을 위해 마련된 것이었다. 그들은 집에서는 밥 먹고 빨래하고 청소하고 마작 패나 돌리다가, 출근할 때는 입구에서 순경의 경례를 받고, 사무실에 들어와서는 시시덕거리며 아이가 귓병이 났네, 노친네 생일잔치를 치렀네, 춘화루 1번 아가씨가 어쩌네 하며 각자의 개인사를 놓고 열띤 토론을 벌였다. 그들은 가급적 1분이라도 늦게 오고, 1분이라도 일찍 퇴근하려고 했다. 허름한 탁자에 둘러앉아 낡은 찻잔에 끊임없이 차를 마셔댔다. 여기저기 뿜어 나오는 담배 연기에 달력의 숫자가 제대로 보이지도 않았다. 라오리는 바로 그런 그들을 기다렸다. 그들은 친구이지만 또 어떤 면에서는 판사이기도 했다. 라오리는 그들에

게 잘 보이려고 양복을 입었고 그들이 하는 대로 히죽거려야
했다. 가족을 데려왔으니 밥도 사야 했다. 늘 그들에게 미안하
다고 해야 했다.

추 선생이 왔다.

"어, 라오리, 돌아왔어? 식구들은 다 안녕하지?" 라오리와
악수를 했다. 웃는 추 선생의 눈빛이 그다지 점잖아 보이지 않
았다. 라오리는 얼굴이 빨개졌다. 추 선생은 다른 말은 하지 않
았지만 눈가에는 여전히 야릇한 미소가 걸려 있었다. 쉽게 그
칠 것 같지 않은 분위기여서 라오리는 얼굴이 더 달아올랐다.

추 선생은 외투를 벗고 사환에게 차를 가져오라고 소리쳤다.
라오리를 계속 쳐다보지는 않았지만, 그의 웃음 띤 눈빛이 한
쌍의 위성처럼 라오리 주위를 맴돌았다.

우 선생도 왔다.

"어, 라오리, 돌아왔어? 식구들은 다 안녕하지?" 그는 라오
리와 악수를 했다. 손이 라오리보다 두 치수는 더 컸다. 장갑
치수로 따지자면 말이다. 부드럽고 매끄러우며 과원으로서의
힘이 느껴졌다. 그러고 나서 1자오짜리 지폐를 꺼냈다.

"장순張順아, 이 차비 좀 갖다줘라!"

우 선생은 매우 정직했지만 그 역시 추 선생과 비슷하게 눈
가에 살짝 웃음을 띠었다. 물론 추 선생처럼 노골적이지는 않
았다. 라오리는 얼굴이 더 달아올랐다.

그는 숨을 죽이고 샤오자오가 오기만 기다렸다. 그가 오면
이제 라오리에게 5년형이든 보석이든 판결을 내릴 것이다.

샤오자오는 오지 않았다.

2

샤오자오는 왜 안 오는 거지? 라오리는 감히 물어보지 못했다. 우 선생은 샤오자오의 친척이었지만 그에 대해 누구보다도 무관심했다. 그는 정직한 사람이라, 자리를 지키려고 청탁할 때를 빼곤 샤오자오와 얘기하는 것을 아주 싫어했다. 라오리 역시 그에게는 물어볼 생각도 하지 않았다. 추 선생은 샤오자오보다 나이는 많았지만, 그와 달리 사람들한테 말발이 서지 않았다. 때문에 샤오자오가 먼저 나서서 동료들에게 우스갯소리를 할 때는 꼬박꼬박 끼어들었지만 그렇지 않고서야 자기가 먼저 나서는 법이 없었다. 심지어 샤오자오가 없을 때는 '샤오자오'라는 이름조차 입 밖에 내지 않았다. 추 선생은 다른 사람들과 우스갯소리를 하지 않을 때에는 주로 고독을 즐겼다.

사실 우와 추는 샤오자오가 왜 오지 않는지 알고 있었다. 샤오자오는 소장 부인의 일로 톈진에 갔다. 둘은 샤오자오를 약간 질투했다. 그렇다고 라오리에게 사정을 설명하는 게 내키지도 않았다. 라오리는 그저 돈이나 벌려고 애를 썼지 주변 사람들의 일에 상관하지 않았기 때문에 두 사람도 그를 자기편으로 치지 않았다. 더욱이 정직한 우 선생은 라오리 앞에서는 특히 더 정직해 보이려고 했다. 라오리는 업무를 시작했지만 내내 샤오자오 생각이 머리에서 떠나지 않았다. 우 선생은 허리를 꼿꼿이 세우고 돼지족발체로 글자를 썼다. 추 선생은 차와 담배를 벗 삼아 고독을 음미하며 시계만 뚫어지게 쳐다보았다.

장다거는 라오리와 같은 과가 아닌데도 부러 찾아와 안부를 물었다.

"이보게, 라오리, 돌아왔어? 식구들은 다 안녕하지?" 그는 손을 내밀어 특유의 진맥하는 듯한 악수를 했다.

라오리는 그런 장다거에게 몹시 감격했다. 정말이지 아주 끝까지 도와주는구나! 아닌 게 아니라 장다거의 한마디에 추와 우의 눈빛과 표정이 달라졌다. 라오리가 가족들을 데려왔다면 장다거가 그 속사정을 샅샅이 알고 있을 텐데, 장다거도 '식구들은 다 안녕하지?'라고 물은 것을 보면 샤오자오의 말이 사실이 아닐 수도 있었기 때문이다. 물론 사실이기를 더 바랐다.

"올해 촌 농사는 어때?" 장다거는 촌사람에게는 으레 촌 사정을 물었다. 우와 추는 순간 자신들은 진정한 베이핑 사람이 되려면 한참 멀었다는 느낌이 들었다.

"나쁘지는 않은데, 그래도 거긴 여전히 고생이지!" 라오리가 동정 섞인 투로 말했다.

"큰 눈이 내려야 할 텐데. 그래야 전염병도 안 생기고 보리도 쑥쑥 자라지." 사실 장다거는 전염병 말고는 아무 관심도 없었다. 밀이 잘 자라건 말건 촌사람들이 고생하건 말건 그런 것은 베이핑과는 거리가 먼 얘기였다. 그에게는 전 세계가 밀 농사를 망쳐도 베이핑에서는 언제나 밀가루를 먹을 수 있다는 확신이 있었다.

장다거는 라오리와 '대충' 몇 마디 대화를 더 나누었다. 이것은 장다거로서는 최대한의 성의 표시였으나 그러면서도 대충하는 것 또한 잊지 않았으니, 장다거는 자신이 이렇게 할 수 있다는 것이 무척 자랑스러웠다. 그는 라오리와 성의껏 대충 대화를 마치고, 다시 추와 우에게 가서 한 시간 남짓 얘기를 나누었다. 장다거는 그 두 사람보다 더 할 일이 없었다. 서무과에서 그가 맡은 업무는 사환들을 배치하고 물품을 구매하는 일이었다. 사환들을 배치하는 데 있어서 그는 완전무결한 무위지치를 구현했다. 그야말로 하는 일이 아무것도 없었다. 때문에 사환들도 덩달아 한가해서 저마다 사적인 일에 온갖 정성을 아끼지 않을 수 있었다. 물품은 점포에서 알아서 보내왔기에 신경 쓸 일이 없었다. 그저 전화를 걸고 나중에 숫자만 세면 만사 끝이었다. 관행적으로 오가는 구전은 굳이 관례를 깨면서까지 거절하지 않았지만 그렇다고 혼자 몽땅 꿀꺽하지도 않았다. 나눠 줄 만큼 다 나눠 주고 사환들에게조차 각자의 몫을 챙겨주었다. 서무과에서 장다거는 신의 손이었다.

이렇듯 그는 언제나 한가로웠다. 물론 바쁘게 각 과를 쏘다닐 때가 있긴 했다. 그럴 때마다 모든 과의 직원들은 하나같이 그의 강림을 환영했다. 의사를 부르고, 유모를 고용하고, 식당방을 예약하고, 중고 담요를 사고, 다람쥐가죽 파오를 팔아 여우가죽 파오를 사고, 세를 얻고, 신식 책걸상을 주문하고, 환약을 짓고…… 과원들은 자신들이 필요로 하는 모든 것에 장다거의 가르침과 조언을 구했다. 혼인 증서 작성이나 예식 진행은 두말할 필요도 없이 언제나 그가 도맡았다. 남쪽 지방에서 막 올라온 동료들은 모두 그를 찾아가 관화*를 연습했다. 쑨선생도 그런 이들 중 하나였다. 미국 유학을 갔다 온 이들조차 장

* 官話: 표준어. 원나라 이래 베이징 방언을 대표로 하는 북방어의 통칭으로 관청에서 북방어를 공용어로 쓰기 때문에 붙여진 명칭이다.

다거와 관상이나 궁합을 연구했다. 이렇게 열심히 무료 봉사를 한 덕에 장다거에게는 '베이핑은 진짜 복 받은 땅이야' '베이핑 사람은 진짜 친절해'라는 찬사가 뒤를 따랐다. 이런 칭찬을 들을 때면 장다거는 분명 자신이 전생에 음덕을 많이 쌓아 베이핑에서 태어나고 살게 되었다고 생각했다! '재상의 자질은 지녔지만 재상의 팔자는 아니야' 그는 술이 두어 잔 들어가면 이렇게 탄식하고는 했는데, 스스로를 위로하는 의미가 없지 않았다. 특히 '재상의'에서 두 '의' 자는 의미심장했다.

마침 우와 추는 같이 노닥거릴 상대를 애타게 기다리고 있었다. 아무리 라오리가 일에 인이 박힌 괴물이라는 걸 안다고 해도, 핑계도 없이 업무를 모조리 그에게 미루기는 미안했기 때문이다.

우 선생은 군인 출신으로 매우 정직했다. 최근에 드디어 족발 비슷하게나마 글씨 쓰는 법을 익혔고, 첩을 들이려고 머리를 굴리는 중이었다. 오늘도 그 얘기였다. "이 라오우는 군인 출신이어서, 선생, 다른 것은 몰라도 정직 하나만은 장담해. 대포알처럼 곧지. 한데 내 나이 마흔이 넘도록 아직 아들이 없어서 말이야. 전선戰線을 옮길까 하는데 어떻게 생각해, 선생?" 우 선생의 입에서는 '선생'이란 단어가 떠나지 않았다. 상대를 이렇게 부름으로써 자신이 이제는 무관이 아니라 문관임을 증명하려는 것 같았다. 그의 등과 허리는 언제나 붓처럼 뻣뻣했고, 왼쪽으로든 오른쪽으로든 몸을 돌릴 때면 목과 머리가 항상 같이 움직였다.

우 선생의 경우는 장다거에게 쉽지 않은 문제였다. 누가 첩을 사는 것에 절대로 참견하지 않기로 한 건 아니지만 웬만하면 나서고 싶지 않았다. 꼭 나서야 한다면, 최소한의 조건이 있었다. 즉 첩을 사는 사람은 반드시 문관의 경우 사장 이상, 무관의 경우엔 부사단장은 되어야 한다는 것. 여성은 첩이 되어도 되는가? 이것은 여성지에서나 떠드는 소리고 장다거는 전혀 신경 쓰지 않았다. 그는 오로지 현실적인 조건으로 남자를 보았다. 일개 말단 과원이나 학교 선생은 아무리 충분한 이유가 있다고 해도, 가능한 한 첩을 들이지 않는 것이 가장 바람직했다. 정력, 돈, 가정 안에서의 곤경, 이 모든 점에서 과원이나 교사는 다 자격 미달이었다. 스스로 제 발에 족쇄를 채우지 말아야 한다. 사실 첩을 두는 것은 그리 쉬운 일이 아니었다. 오직 남자의 머리통이 금, 은, 동, 쇠 가운데 어떤 금속으로 되어 있느냐가 중요했다. 장다거의 감정에 따르면 우 선생의 머리는 쇠였다. 크기가 작지는 않았지만 그런들 한 근에 몇 푼이나 나갈까? 첩을 들이는 것이 즐기기 위해서일 수도 있고 어쩌면 필요에 의해서일 수도 있다. 그러나 어찌 되었건 금전적 여유가 보장되지 않으면 안 되는 일이었다.

하지만 우 선생에게 대놓고 당신 머리는 쇠라고 말할 수는 없는 노릇이었다. 천하의 장다거도 우 선생이나 학교 다니는 젊은 애들만큼은 어떻게 해볼 도리가 없었다. 특히 이 두 부류 가운데 우 선생이 더 까다로웠다. 젊은 애들이야 연애한답시고 난리 치면 그저 옆에서 잠자코 들어주면 그만이었다. 장다거가 대신 연애까지 해줄 수는 없으니까 말이다. 그렇지만 우 선생은 한사코 장다거에게 도움을 청했다.

거절하거나, 어물쩍 넘어가거나, 말을 돌리는 것은 모두가 우 선생의 기분을 상하게 하는 행위였다. 세상에 하면 안 되는 일이 뭐가 있겠냐마는 남의 기분을 상하게 하는 것만큼은 예외였다. 하지만 우 선생과 토론을 한다고? 우 선생이 당장 밥을 사겠다고 할 수도 있다. 일단 얻어먹으면 도로 뱉지도 못하고 코가 확 꿰이는 거다! 장다거는 다시는 뜨지 않을 듯이 왼쪽 눈을 꼭 감았다. 옳지, 태극권 얘기를 하면 되겠다!

우 선생은 주먹이 아주 컸다. 본인 말에 따르면 이 모두가 오로지 태극권을 수련한 덕분이었다. 그는 오직 태극권에 대해 얘기할 때만 첩 들이는 일을 잠시 잊었다. 그때만큼은 태극권이 전부였다. 그가 운수雲手와 도련후倒攆猴 자세로 붓을 움직여 족발체 글씨를 쓰자, 장다거가 해저침세海底針勢 자세로 담뱃대를 꺼냈다. 그러자 우 선생이 즉시 백학량시白鶴亮翅를 시전했다. 한 시간 남짓 대화를 나눈 장다거는 여봉사폐如封似閉의 기회를 틈타 도망치듯 빠져나갔다.

3

추와 우, 두 선생이 꼬투리를 잡지 않자 라오리는 살짝 마음이 홀가분해졌다. 점심 때가 되어 관청에서 나와 큰길로 나서자 숨도 조금 트였다. 관청에서 나와 하숙집이 아닌 집으로 향하는 것은 처음이었다. 집에서는 세 식구가 눈이 빠지게 기다리며 빨리 돌아오라고 주문을 외고 있을 것이다. 그는 자신이 중요한 사람이 된 느낌이었고 또 재미도 있었다. 아침에 그렇게 비관했던 것이 후회스러웠다. 자신이 처한 환경이나 자신이 하는 모든 일들은 분명 보잘것없었다. 하지만 한 가족의 생계와 두 아이의 교육을 책임지는 것은, 아주 위대하지는 않더라도 어느 정도 중요한 일인 것 같았다. 괴물 같은 관청을 떠나 사랑스런 가정으로 돌아가는 것은 어쨌든 재미가 있었다. 이재미 또한 어쩌면 아편을 피우는 것과 같을지 몰라. 사소한 향락에서 시작해 결국에는 사탄에게 자신을 팔아넘기게 되는 법이지. 이제부터는 가족을 위해 저 괴물의 독기를 견뎌야 하고 자녀를 위해 숭고한 이상과 자유 따위는 모두 잊어야 해! 라오리는 다시 가슴이 꺼져 내렸다.

딱히 다른 방법이 없어. 그냥 잊자! 더 큰 것을 이룰 수 있다는 생각은 잊고 아내와 자식들에게 자신을 내주자. 오직 그들을 위해 살고 그들을 위해 일하자. 그러면 적어도 잠시나마 그리고 구차하게나마 평정을 유지할 수 있겠지. '잠시' '구차', 얼마나 참기 힘들고 밥맛 떨어지는 말인가! 인생은 원래 이처럼 시시한 거다! 하지만……

그는 생각을 멈췄다. 생각은 그만하고 눈앞의 일에 집중하자. 아이들에게 장난감을 사다 줘야지. 그는 말, 소, 양 모양의 고무풍선 몇 개를 샀다. 생명도 없는 연약한 고무 껍질이지만 아이들이 굉장히 좋아할 거야! 인생도 알고 보면 이 풍선들처럼 싸구려인지도 모르지. 그는 서둘러 집으로 향했다.

리 부인은 부엌에서 밥을 짓고 있었다. 화로는 이미 설치가 끝났고 새로 바른 창호지에는 다시 구멍이 났다. 두 아이는 마침 술래잡기 중이었는지 호리병이 탁자 밑에 웅크리고 있었다.

깜돌이가 집 안에서 소리쳤다. "다 숨었어?"

"잉아, 링아, 자, 장난감이다!" 라오리는 자신이 왜 이처럼 신나게 외치는지 몰랐다. 하지만 속이 시원한 것은 분명했다. 우연한 기회에 한 번 가봤을 뿐이지만, 시골에서는 아이들과 신나게 놀아보지 못했다. 지금 그는 자유롭게, 마음껏 아이들과 놀 수 있었다. 모든 것이 그의 차지였다.

잉과 링은 눈이 휘둥그레져서 알록달록한 풍선들을 쳐다보기만 하고 손을 뻗어 만질 엄두도 내지 못했다. 링은 엄지손가락을 입에 물고, 잉은 손등으로 코를 두어 번 훔치는 시늉을 했지만 콧물은 그대로였다.

"소가 좋아 말이 좋아?" 라오리가 물었다.

아이들은 여전히 무슨 영문인지도 모르면서 한목소리로 대답했다. "소!"

라오리는 마치 신화에 나오는 거인처럼 풍선을 집어 꼭지를 입에 물고 힘껏 바람을 불어 넣었다.

잉이 먼저 알아차렸다. "진짜 소다, 나한테 줘, 아빠!"

"링이 줘, 아빠!"

라오리는 누구에게도 먼저 주면 안 된다는 것은 알고 있었지만 한 입으로 두 개를 불 수는 없는 노릇이었다. "잉아, 너는 네가 직접 불어. 이건 산양이야." 그는 어떻게 그런 훌륭한 방법이 생각났는지 신기했다. 아무래도 자신이 똑똑한 게 분명했다.

링이 웅크리고 앉아 말인지 양인지 모를 풍선을 하나 집었다. 어찌나 흥분했던지 첫 숨에 벌써 코에 송골송골 땀이 맺혔다. 소를 불어주자 싫다고 했다. 역시 풍선은 스스로 불어야 제 맛인 것 같았다.

"링도 불 거야!" 링이 말을 집었다. 이미 아빠가 불어준 소 풍선엔 관심이 사라진 지 오래였다.

라오리는 아이들이 풍선 꼭지 매는 것을 거들었다. 잉은 바지 자락에 손을 훔치며 말도 못 하고 힘껏 숨만 들이켰다. 링은 그 호리병 같은 얼굴에 함박웃음을 지으며 산양을 꼭 껴안았다. 잉이 갑자기 후다닥 뛰어가더니 엄마를 끌고 왔다. 엄마 손에는 밀가루 반죽이 잔뜩 묻어 있었다. "엄마, 엄마" 잉이 엄마의 옷자락을 끌어당기며 소리쳤다. "아빠가 가져온 소랑 말이랑 양 좀 봐. 엄마, 어때?" 다시 크게 숨을 들이켰다.

엄마가 웃었다. 남편에게 뭐라고 말할까 했지만 딱히 할 말이 떠오르지 않았고 그렇다고 아무 말도 하지 않자니 또 뭔가 모자라 보였다. 그녀의 눈빛에는 라오리를 한 집안의 가장, 아니 하느님으로 여기는 기색이 역력했다. 시골에 있을 때는 여러 사람들이 있다 보니 남편과 이야기하기가 불편했다. 더구나 시어머니가 옆에 있으니 딱히 남편에게 뭘 해달라 부탁도 못 했다. 하지만 지금은 남편이 전부였다. 그가 없으면 베이핑이 자신과 아이들을 잘근잘근 씹어 먹을지도 모른다. 자신과 아이들을 위해 돈 버느라 고생하는 그에게 마땅히 뭐라고 격려의 말을 해주어야 했지만, 무슨 말부터 해야 할지 도대체가 생각이 나지 않았다.

"엄마, 소 가지고 가서 서채 할머니한테 보여줘도 돼?"

잉이 얼른 자신의 새로운 보물을 내보이며 말했다.

엄마에게 기회가 왔다. "아빠한테 여쭤봐."

라오리는 별로 마음이 편치 않았다. 어째서 꼭 아빠한테 물으라는 거야? 우리 둘의 아이 아닌가? 하지만 이건 다 아내가 나를 진정한 남편이자 주인으로 생각하기 때문일 거야. 라오리는 어떤 것도 쉽게 결정하지 못했다. 그저 뭔가가 부부 사이를 가로막고 있는 것만 같았다. 그만두자, 내 머리도 쉬어야지! "안 돼, 잉아, 먼저 밥부터 먹자."

"아빠, 링은 양이랑 같이 밥 먹을래!"

"그래." 라오리가 다시 한마디를 덧붙였다. "산양에게도 밥 좀 줘야지." 하지만 말은 그렇게 하면서도 기분은 영 아니었다.

온 식구가 둘러앉아 신나게 밥을 먹었다. 링이 양에게 국물을 엎었지만 양은 울지 않았고 엄마도 야단치지 않았다.

식사를 마치고 엄마가 설거지를 하는 동안 잉과 링은 소와 양을 가지고 아빠와 한참을 놀았다. 라오리는 아이들을 볼수록 자신과 아이들의 끈끈한 관계에 놀랐다. 잉의 입이며 코, 특히 그 굼떠 보이는 커다란 눈은 라오리를 쏙 빼닮았다. 라오리는 속으로 생각했다. '내가 어렸을 적에도 저렇게 새까맸어!' 링은 팔도 짧고 다리도 짧은 것이 어쩌면 나중에 엄마처럼 땅딸막할 것 같았다. 아이들 앞길이 막막하다! 잉이 나를 닮고 링이 제 엄마를 닮는다? 안 돼, 절대로 그러면 안 돼! 하지만 알 게 뭐야? "링아, 자, 아빠한테 뽀뽀!" 호리병에게도 뽀뽀를 해준 그는 부엌에 대고 말했다. "내가 링에게 번듯한 몐파오* 한 벌 해

---

* 棉袍: 안에 솜을 댄 파오.

주라고 하지 않았나?"

"지금 입은 것도 예쁘지 않아요?" 부엌에서 아내가 길 가던 사람들도 다 들을 만큼 큰 소리로 대답했다. "자주색도 있는데 외출할 때 입히려고 남겨놨어요."

'그 구질구질한 자주색 파오를 남겨놨다고!' 라오리는 속으로 생각했다. 링은 새 파오가 필요해. 입으면 틀림없이 아주 예쁠 거야. 언제 장만하게 될지도 모르면서, 라오리는 벌써부터 시골에 계신 어머니에게 새 옷 입은 링의 모습을 보여드리고 싶었다.

"링아, 이따 저녁에 봐."

"아빠 땅콩 사러 가?" 링은 아빠가 나가면 무조건 땅콩 사러 가는 것이라고 생각했다.

"아빠, 또 소 사다 줘, 난 하나보다 쌍으로 있는 게 좋아!" 잉은 아빠가 틀림없이 소를 사러 가는 거라고 생각했다.

라오리는 문 앞에서 잠시 뜸을 들였지만 아내는 나오지 않았다. 벌어진 동채 문틈 사이로 사람 모습이 어른거렸다. 붉은색 옷이 언뜻 라오리의 눈을 스쳐 지나간 것 같았다.

제6장

1

커다란 과일 꾸러미와 풍경 사진 넉 장, 상관이 없는 중당과 대련에 작은 양말 반 다스까지. 장다사오가 만반의 채비를 하고 리 부인을 찾아왔다.

다사오는 리 부인이 백 퍼센트 촌사람이라는 점이 아주 마음에 들었다. 촌사람 중에도 특히 여자들이 더 불쌍했다. 그래서 십분 아니 십이분 이해해주고 힘닿는 대로 도와주며 뭐라도 가르쳐주고 싶었다. 다사오는 집에 들어서자마자 봇물 터지듯 말을 쏟아냈다. 그 바람에 리 부인은 마치 머릿속에 미친 듯 돌아가는 축음기판이라도 들여앉힌 것처럼 기가 딱 막혀 입만 쩍 벌리고 있었다. 그렇지만 그렇게 떠들어대면서도 장다사오는 결코 빈말을 하거나 잘난 체하지 않았다. '촌 여자'라고 말할 때면 그녀는 뒷부분, 즉 '여자'를 더 강조했다. 촌에서나 도회에서나 여자는 다 같은 여자인 것이다. 그렇긴 해도 '촌'이라고 말할 때에는 은근히 콧소리가 섞였다. 리 부인은 모든 게 서툴렀지만 착하고 솔직했기 때문에 장다사오는 약간의 교육만 가지고도 이 촌스러운 여자를 백 퍼센트 세련된 색시로 거듭나게 할 자신이 있었다. 이것은 괜한 건방이 아니고 근거 있는 자신감이었다.

잉과 링은 귀염둥이였다. 다사오는 당장에 링을 양녀로 삼고 싶어 안달이 났다. 마침 집 찬장에 있는 꽃무늬 칠그릇 두 개, 서랍장 왼쪽 서랍에 붉은 구슬 실이 달린 은자물쇠가 생각나 이참에 꼭 양녀 삼지 않으면 안 될 것 같았다. 칠그릇과 은자물쇠도 있겠다, 링과 다사오는 그냥 맺어주기만 하면 되는 것이었다.

리 부인은 뭐라고 말해야 좋을지 몰라 그저 이빨만 내보일 뿐 잠자코 있었다. 라오리가 돌아와서 안 된다고 할 것 같았다. 리 부인의 난처해하는 모습을 보고 다사오가 말했다. "남편은 신경 쓰지 않아도 돼. 딸이야 자네가 키우는 거잖아. 자, 링아, 이리 와서 양엄마에게 절해야지!"

리 부인은 생각했다. 따지고 보면 딸은 내 꺼다. 라오리는 애 낳는 고통도 모르잖아! 그런 생각이 들자 그녀는 곧장 링에게 절을 시켰다. 링은 엄지손가락을 입에 문 채 눈만 깜박거리며 잠시 머뭇거렸다. 하지만 딱히 별생각이 떠오르지 않자 어설프게 몇 번 머리를 조아렸다. 절을 하고 나자 링은 제 스스로가 자랑스러웠다. 적어도 양엄마가 없는 잉에게 우쭐대도 괜찮을 것 같았다. 링은 양엄마의 손가락 하나를 잡아끌었다. 양엄마는 확실히 양엄마였다. 그녀가 웃을 때마다 불에 구워 쭈글쭈글해진 사과처럼 얼굴에 주름이 자글자글했다.

잉이 입을 삐죽 내밀었다. 절을 연습하고 싶었는데 기회가 없었다. 다사오가 웃으며 말했다. "사내아이는 됐어. 장난이 너무 심하거든. 딸내미 좀 봐, 얼마나 얌전해. 하지만, 잉아, 조금만 기다려. 너는 내가 나중에 색시 얻어주마. 잉은 색시 데리러 가마 타고 갈래 아니면 자동차 타고 갈래?"

"기차 타고 갈 거야!" 잉은 시골집에서 베이핑까지 기차를 타고 온 기억이 아직 생생했다. 기차를 타고 색시를 데려올 수 있다면 양엄마도 필요 없었다. 그래서 잉도 더 이상 입을 삐죽이지 않았다.

잉을 두고 장난이 너무 심하다는 말이 나오자 다사오는 제 아들 텐전의 이야기를 늘어놓기 시작했다. 만웨* 잔치를 치른 것부터 시작해서 타이푸쓰제 치씨 집 색시와 얘기가 잘되지 않았다는 것까지 주절주절 늘어놓고는 끝으로 말을 보탰다. "자네한테 말해줄 게 있는데, 동생, 요즘엔 애들 키우는 게 정말 쉽지 않아! 특히 사내아이는 지긋지긋해! 동생, 남편 단속 잘해야 해. 남자 나이 열여섯에서 예순여섯까지는 언제 못된 버릇이 나올지 모른다고. 방심하지 말고 잘 지켜봐야 하는 거야. 괜한 걱정인 것 같아? 동생은 촌사람이라 큰 도시에 몹쓸 것들이 얼마나 많은지 아직 몰라. 아주 많아, 무궁무진해. 남자건 여자건 죄다 늑대 아니면 여우야. 남녀가 서로 꼬이는데, 두세 마디만 주고받고선 그저 좋다고 바로 붙어먹어버려. 우리 같은 구닥다리 여자들은 정신 바짝 차려야 해!"

리 부인도 진작부터 들은 게 있긴 했다. 하지만 떠도는 말들

---

* 滿月: 출생 후 만 한 달 때 하는 잔치.

이라 함부로 믿을 수 없었고 더더군다나 라오리에게 미리부터 잡도리를 할 수는 없는 노릇이었다. 장다사오의 말을 듣기 전까지는. 이제는 숫제 링의 양엄마까지 된 다사오의 말을 듣자 그녀는 용기가 났다. 그렇지. 그녀나 남편이나 다 같은 어른이 긴 해도 라오리는 한 집안의 가장이다. 그것을 부정하는 건 아니지만 두 눈 부릅뜨고 조심해야 하는 것만큼은 분명하다. 하지만 그녀는 그저 고개만 끄덕이고 달리 속마음을 내보이지는 않았다. 집안일이나 요리에는 자신 있었지만 대도시에 사는 남편을 단속하겠다고 나서기에는 섣부른 감이 있었다. 더구나 장다사오가 그녀를 떠보는 것일 수도 있지 않은가? 조심해야 한다. 촌년이라고 다 멍청할 줄 알았지!

"이제 가야겠네, 모레쯤 다시 올게. 집에 일이 좀 많아야 말이지." 말은 그리하면서도 다사오는 일어서지 않았다. "딸아, 내일 양엄마한테 오렴. 명심해, 탕쯔膛子 후퉁 9호, 탕, 쯔, 후, 퉁, 9, 호야! 호호호."

"탕쯔가 호통친다고요?" 링은 호통친다는 그게 무슨 괴물일까 궁금했다.

"저녁 드시고 가세요." 리 부인은 이사 오던 날부터 이 말을 가슴에 새겨두고 있었다. 장다거나 딩얼 영감에게는 이 말을 안 해서 남편의 눈총을 받았지만 이제 그 실수를 만회할 기회가 온 것이다.

"나중에, 나중에 먹을게. 집에 가서 할 일이 많거든. 이젠 진짜로 가야겠다!" 그러면서도 다사오는 또 차를 마셨다.

마침내 다사오가 일어섰다. "우리 양딸, 모레 이 양엄마가 칠

그릇이랑 은자물쇠 갖다줄게." 그녀가 다시 앉았다. "참, 잉에게도 장난감 좀 가져다줘야겠다. 잉아, 그렇지?"

"나는……" 잉이 잠시 생각했다. "양엄마, 칠그릇!"

"양엄마는 링이 꺼야!"

"이것 보라고, 어린것이 정말 똑 부러지네! 저런, 나 정말 가야겠다!"

다사오가 마당을 지나는데 마침 서채 할머니가 한쪽에서 화롯불을 지피고 있었다. 할머니와는 초면이었지만 그래도 리 부인을 잘 돌봐달라고 부탁해야겠다는 생각이 들었다.

"할머니, 불 지피세요?"

"그렇게 부르지 말아요. 아직 젊다고. 이제 겨우 예순다섯이야! 우리 집에 좀 앉았다 가지 그래요."

할머니는 대화에 끼고 싶은 마음이 간절했다. 불을 지피러 나온 것도 반쯤은 마당에서 귀동냥을 하기 위해서였다. "성씨가 어떻게 돼요?"

"장씨예요."

"옳아, 그럼 그날 집을 얻으러 온 그분이?"

"네, 맞아요, 그이가 여기 리 선생님과 동료이자 친한 친구예요. 앞으로 잘 좀 부탁드려요!" 다사오가 링의 손을 잡은 채 리 부인을 쳐다보았다.

"말해 뭐 해요. 멀리 있는 친척보다 가까이 있는 이웃이 더 나은 법이지! 애기 엄마가 정말 참해요. 하루 종일 큰소리 한 번을 안 내요." 할머니도 리 부인을 쳐다보았다. "애기들은 또 얼마나 귀여운데! 잉아, 소는 어디 뒀어?" 잉이 미처 대답을 하기도 전에 할머니가 말을 이었다. "나는 이렇게 씩씩하고 붙임성 있는 아이가 좋아요. 링이, 요 포동포동한 얼굴 좀 봐요, 얼마나 예뻐!"

"할머니는 슬하에……"

"말도 말아. 아들 하나 딸 하나 있는데, 딸애는 시집가서 남편 따라 난징으로 가고는 10년이 지나도록 여태껏 한 번도 온 적이 없어요. 아들놈은, 어휴!" 할머니가 목소리를 낮추었다. "어휴, 그만둡시다, 벌써 장가……" 그녀가 동채를 가리켰다. "어휴, 너무 창피해서 말도 안 나오네. 누가 들으면 비웃을까 봐 차마 말도 못 하겠어요."

"우리가 어디 남인가요?" 장다사오는 다음 이야기가 너무 궁금했다.

"어휴, 진즉에 장가갔지요. 저렇게 곱고 이해심 많은 색시가 있잖아요! 그런데 밖에 나가서 또 그럴 줄이야! 말해봤자 무슨 소용이람! 서너 달째 감감무소식이에요! 내가 무슨 죄를 지었기에 죽을 때가 다 된 마당에 이런 꼴을 보나. 옛날에 조상님이 뿌린 업보인지 모르겠네요. 이렇게 앞길 창창하고 훌륭한 며느리를 독수공방시키는 내 속이 어떻겠어요? 아기도 없고! 링이 좀 봐요. 얼마나 예뻐요. 양엄마 하기로 했지요?" 할머니는 두 사람의 대화를 적어도 반은 엿들은 것 같았다.

링이 집게손가락을 입에 쑥 집어넣고 씩 웃었다.

"나중에 다시 얘기해요, 할머니. 우리 어미들은 다 억울한 심정이 배 속 한가득인 것 같아요!

"그렇게 부르지 말래도요, 내가 더 어려요!

"제가 더 어려요, 이제 겨우 마흔아홉이에요. 참 깜박할 뻔했네, 성이 어떻게 되세요?"

"마馬씨예요, 집에 들어가서 차나 한잔하자니까요!"

"나중에요, 나중에 따로 뵈러 올게요."

마씨 할머니도 잉이네와 같이 장다사오를 배웅했다. 마치 장다사오와 리 부인이 다 친정 동생인 듯했다.

2

라오리는 관청을 나와 장다거 집으로 대련을 가지러 갔다. 받고 싶은 마음은 전혀 없었지만 장다거가 먼저 말을 꺼낸 터라 가지 않을 수 없었다. 라오리는 관습을 따르는 게 내키지 않았지만 친구의 체면이 깎이는 것은 더 싫었다. 대충대충 맞춰주자! 장다거의 집에 도착했을 때 다사오가 막 라오리의 집에서 돌아온 차였다.

"아, 삼촌 오셨어요!" 이번에는 삼촌이라니, 라오리는 어리둥절했다. 다사오는 링을 양딸 삼게 된 사연을 미주알고주알, 없는 말까지 보태가며 일장 연설로 풀어놓았다. 라오리는 내심 뿌듯했다. 다사오가 기꺼이 양녀로 삼은 걸 보면, 링이 아주 귀여운 아이가 분명하고 자기가 아직 알지 못하는 예쁜 구석이 많을 것이라는 생각이 들었기 때문이었다.

"동생이 정말 멋쟁이예요. 머리끝부터 발끝까지 어디 하나 빠지지 않고 단정하고 차분하고 또 착하고요!" 다사오는 양딸 얘기를 마치자 이번엔 양딸의 엄마를 칭찬했다. 그리고 다시 양딸의 아빠로 옮겨갔다. "라오리, 아니 삼촌, 너무 욕심부리지 말아요. 더 이상 어떤 아내를 바라겠어요? 정갈하겠다, 착하겠다, 그럼 다 된 거잖아요! 더구나 이렇게 씩씩한 귀염둥이도 둘씩이나 있는데, 젊은 애들 같은 욕심은 버려요! 적당히 해야 할 일은 하면서 즐겁게 세월을 보내는 게 제일이에요. 그 마씨 할머니를 봐요."

"마씨 할머니라니요?"

"서채에 사는 할머니 말이에요. 팔자도 사납지! 꽃다운 색시 얻어놓고서 그 아들이 서너 달씩이나, 무려 서, 너, 달을 집에 안 들어왔다지 뭐예요! 내가 마씨 할머니였다면 그 아들놈을 콱 깨물어버렸을 텐데!"

그때 마침 장다거가 들어왔다. "누가 누굴 깨문다고?" 아마 제 험담을 하는 줄로 안 것 같았다.

그녀가 웃었다. "마음 놓아요. 누가 당신을 물어뜯어요? 냄새 나게시리! 지금 마씨네 얘기하고 있었어요."

마씨네 사정은 장다거도 익히 알고 있었다. 그는 얼른 담배에 불을 붙인 후 왼쪽 눈을 감고 다사오의 일장 연설을 이어받았다. 라오리가 세를 얻은 마씨 할머니네 집은 산 지 얼마 되지 않았는데 속아서 산 것이다. 목재 골조도 부실하고 시공도 형편없다. 할머니가 뭐 제대로 번듯한 것을 살 줄 알았겠는가? 장다거는 내친김에 이걸 여자들은──장다사오까지도 포함해서──제대로 할 줄 아는 게 없다는 걸 보여주는 증거로 삼았다. 할머니는 집을 사고 나서 원래는 자기 식구들만 살려고 했으나 이사 오고 얼마 되지 않아 혼사를 치렀다. 대체로 혼사가 있으면 급하게 집을 사게 되고 그러다 보면 꼭 시세보다 비싸게 사게 된다. 그렇더라도 그것이 속아 산 것의 변명이 될 수는 없다. 여기까지 말을 마친 그는 또 한 번 다사오를 쳐다봤다. 마씨 할머니의 아들은 혼인 당시 중학교 선생으로 있으면서 소학교를 졸업한 여학생을 아내로 맞이했다. 그녀는 황씨였고 아름다웠다. 결혼한 지 반년도 채 지나지 않아──이 대목에서 장다거의 눈이 굳게 닫혔다──마 선생은 동료 음악 선생과 눈이 맞았고, 처음에는 밖에서 동거를 하더니 나중에는 같이 남쪽으로 도망갔다. "서너 달이 지나도 돌아오지 않았다면 서너 해가 지나도 돌아온다는 보장이 없지!" 끝으로 장다거는 한마디를 덧붙였다. "저울이 안 맞았어!"

아들이 도망가자 할머니는 본채를 세놓았다. 고부가 살려면 세를 놓아 조금이라도 손에 쥐는 게 있어야 했다. 다사오가 이미 대련을 가져다주었고 다거의 일장 연설도 일단락된 터라 라오리는 그만 자리를 뜨려고 했다. 다사오도 저녁 먹고 가라는 말로 그를 잡지 않았다. "저런, 얼른 댁에 돌아가세요. 나중에 부인과 같이 오시면 그때 같이 식사해요. 링에게는 모레쯤 양엄마가 칠그릇을 가져다줄 거라고 전해주세요. 잊지 마시고요!"

라오리 머릿속에 붉은 옷을 입은 사람의 윤곽이 그려졌다. 성은 황씨에 아름답지만 남편에게 버림받은 가련한 여인이었다. 사랑은 가장 뜨거우면서 동시에 가장 차가운 것이다! 만약 라오리가 어느 누군가와 야반도주해서 아내와 자식들이 곤경에 처하게 된다면? 감히 상상도 못 할 일이다! 장다거 말이 옳

왔다. 상식으로 낭만을 죽이고 천박하고 평범하게 살아갈 때만 낭만이라는 지옥불에 타들어가는 생명을 구할 수 있는 것이다. 하지만 다르게 생각하면 상식은 낭만을 죽이고, 이상과 혁명마저 죽인다! 또 막다른 길이었다. 앞으로 가자니 길이 없고 물러서자니 내키지 않았다. 링은 귀엽고 사랑스럽다. 그런데 장다사오의 양녀라니, 천박해!

집에 도착했다.

"아빠!" 깜돌이가 문 앞에서 그를 기다리고 있었다. "아빠, 링은 양엄마가 생겼어. 장다사오 아줌마야. 모레 나무 그릇이랑 은자물쇠 갖다준대. 나는? 나는 엄마가 양엄마 해주면 좋겠어. 아빠가 엄마한테 돈 좀 줘서 엄마보고 나한테 나무 그릇 사주라고 해. 은자물쇠는 싫고, 말 풍선 두 개만 줘. 아빠가 준 거는 어떻게 된 건지 구멍이 나서 아무리 불어도 불어지지 않아!"

라오리는 평생 그토록 웃어본 적이 없는 것 같았다.

"아빠, 동채 아줌마가 내 대신 한참 불었는데도 안 돼. 아줌마 무지무지 예쁘다! 눈이 커다란 게 뭐더라, 음……" 잉의 눈알이 뒤집어질 것 같았다. "맞아, 작은 달님 같았어! 손은 또 얼마나 부드럽고 고운지, 엄마 손보다 훨씬 고와. 엄마 손은 나 긁어줄 때 보면 정말 가시 같아."

"엄마한테 그렇게 얘기하면 한 대 맞아!" 라오리는 웃지 않았다.

3

일요일에 라오리는 온 가족을 데리고 둥안 시장에 가기로 했다. 온종일 신나게 놀고 아침저녁을 전부 밖에서 먹을 작정이었다.

잉 말이 맞았다. 애들 엄마 손에는 가시가 돋쳤다. 온종일 불 피우고 밥하고 빨래하는데 어떻게 가시가 돋지 않겠는가. 일하는 사람을 둬야겠다. 아내가 이렇게 고생하도록 내버려둘 수야 없지. 이건 허세가 아니야. 하지만 아내가 사람을 잘 부릴 수 있을까? 그래, 찬밥 더운밥 가릴 필요 없이 대충대충 살자. 대신에 사람 쓸 돈으로 한 달에 이틀쯤 아내가 놀게 해주는 것도 나쁘지 않겠지. 오늘은 시장에 가기로 결정했다.

리 부인은 어떤 옷을 입고 나가야 할지 몰라 안절부절못했다. 시골에서 가져온 옷이라곤 시집을 때 입었던 짧은 멘파오와 겹치마뿐이었다. 달랑 한 벌뿐인 긴 멘파오는 이사 오기 전에 급히 밤새워 만든 것으로, 촌스러운 파란색에 테두리도 없고 너무 펑퍼짐했다.

"치마까지 가져왔어? 톈차오天橋에 가면 두 벌에 1위안밖에 안 하는데, 그래도 아무도 안 사!"

그녀는 톈차오가 어디 있는지도 몰랐지만 베이핑에서는 치마가 두 벌에 1위안밖에 안 하는 헐값이라는 얘긴 알아들었다. 그녀는 테두리도 없고 펑퍼짐한 남색 긴 멘파오를 입기로 했다. 라오리는 아이들 옷을 전부 뒤졌다. 어떻게 입혀놓아도 도무지 성에 차지 않았다. 손에 땀이 났다. 옷을 잘 입혀야 행복한 가정이라는 광고는 부르주아적인 폐습이다! 하지만 그래도 아이들은 아이들이다. 화초가 맑고 싱싱해야 하는 것처럼 아이들은 무조건 깨끗하고 예뻐야 한다. 라오리는 『부르주아 엄마 백과사전』 따위를 가장 싫어했지만 한편으론 아이들을 예쁘게 꾸며주고 싶었다. 너절한 자기 양복의 창피함도 가릴 겸해서 말이다. 아예 나가지 말까? 그러면 너무 소심한 거지. 행색이 어떻건 간에 가긴 가야 한다. 하지만 아주 사소한 일로 다른 사람들의 실없는 웃음을 사서 마음이 불편해지지는 않을까? 그는 자신이 평생 품어온 미적 이상에 따라, 주어진 재료들을 가지고 지칠 때까지 두 아이를 이리저리 꾸며보았지만 도무지 성에 차지 않았다! 그냥 가자, 라오리는 눈을 질끈 감고 이를 악물었다. 그래, 가자! 그는 마씨 할머니에게 집을 잘 봐달라고 부탁했다.

"우와, 내가 뭐랬어, 링아." 할머니가 눈을 비볐다. "꾸미니까 더 멋있지? 이건 호랑이 신발이네! 조심해서 다녀. 더럽히지 말고 말이야. 알았지? 자, 링이, 잉이, 여기 동전 열 개야. 한 사람이 다섯 개씩. 자, 주머니에 넣어두었다가 나중에 땅콩 사 먹어." 따뜻한 동전 열 개가 아이들 주머니 속으로 들어갔다.

라오리는 흐뭇했다. 평생 간직해온 미적 이상이 헛된 것은 아니었구나!

문을 나서면서부터 그는 오가는 행인들이 자신들을 쳐다보지는 않는지 눈치를 살폈다. 아무도 쳐다보지 않았다. 베이핑은 어떤 것이든 비평하고 또 받아들였다. 베이핑에는 선입견이 없었고 바람 말고는 드센 것도 없었다. 베이핑은 모든 사람을 자랑스럽게 했다. 베이핑 사람 장다거가 유난히 자랑이 많은 것도 다 이 때문이었다. 라오리는 긴장이 좀 풀렸다. 그런데 고개를 돌려 보니 잉과 엄마가 마치 촌에서 갓 올라온 황후와 태자마냥 길 한복판을 걷고 있었다. 라오리는 멈췄다. "죽고 싶지 않으면 당장 이쪽으로 나와!" 리 부인이 눈이 휘둥그레져서 주변을 둘러봤지만 아무것도 없었다. "당신, 잉이 데리고 와!" 그녀가 상기된 얼굴로 잉을 옆으로 끌어왔다. 길 가던 사람들이 분명 남편의 말을 들었을 것이다. 시골에서는 그냥 걷고 싶은 데로 걸었다고! 그녀는 남편이 악의는 없었을 것이라고 생각하며 화를 꾹 참았다. 하지만 어쩌면 그렇게 갑자기 험한 얼굴을 할 수 있는 거야! 그녀는 속으로 생각했다. '오늘 재밌기는 다 글렀구나!'

후퉁 어귀로 나오자 인력거꾼들이 여느 때와 다름없이 알은체를 했다. 리 부인의 멘파오를 가지고 무례하게 굴거나 하지는 않았다. 됐다. 인력거꾼이 알은척까지 하는데 타주지 않으면 미안하지. 평소 라오리는 인력거를 탈지 말지를 대문을 나서면서 미리 결정했다. 타지 않기로 작정하면 인력거꾼을 피해갈 방법을 찾았다. 거절하기가 난처했던 것이다. 타게 되면 항상 요금을 후하게 주었다. 장다거와 라오리가 같이 인력거를 타면 장다거가 요금을 낸 적은 한 번도 없었다. 잉과 엄마가 한 차에, 링은 아빠를 따라 탔다. 가는 내내 잉은 궁금한 게 많았다. 시안면西安門이며 베이하이, 구궁故宮…… 어느 것 하나 빠뜨리지 않고 아주 큼지막한 물음표를 달았다. 라오리는 아내가 고개를 돌려 자신에게 물을까 걱정이었다. 다행히 그녀는 아무 말도 하지 않았고, 잉의 질문도 인력거꾼이 꼬박꼬박 대답해주었다. 라오리는 아내도 인력거꾼과 말을 주고받을까 봐 걱정했지만 그러지도 않았다. 그는 속으로 생각했다. '멍청한 여편네. 여자들이란 정말 생각이 없어! 다들 케케묵은 인습의 수호자야.' 이런 생각이 들자 그는 쓴웃음을 지었다. '라오리, 그래봤자 너도 제2의 장다거에 불과해. 평생 그 인습에서 벗어나지 못할걸?'

시장에 들어서기 무섭게 링과 잉이 한목소리로 사과를 사달라고 졸랐다. 라오리는 곤혹스러웠다. 여러 개를 사면 들고 다니기 불편할 것 같았고, 그렇다고 두 개만 사자니 과일 장수가 자신을 얕볼 것 같았다. 사지 않으려고 했지만 아이들이 막무가내였다.

"저기 가서 사자, 링아." 아내가 꾀를 냈다.

라오리는 미간의 주름이 깊어지는 것 같았다. 저쪽에는 과일 가판이 더 많은데, 사면 사고 안 사면 안 사는 거지 뭐 하러 아이들을 속여! 남편은 부르주아에 아내는 멋대로 아이들을 속이고, 아주 가관이네! 하지만 문제가 문제를 해결했다. 장난감 가판을 마주친 링은 이제는 사과를 사주겠다고 해도 마다할 것 같았다.

"저쪽에 더 좋은 거 있어!" 또 거짓말이었다.

거짓말이 의외로 문제를 해결했다. 안으로 들어갈수록 물건들이 더 많아졌고, 아이들은 너무 여러 가지를 구경하다 보니 이제는 뭘 사면 좋을지 생각조차 못 하는 것 같았다. 라오리는 슬쩍 아내의 눈치를 살폈다. 왠지 시골뜨기가 첫 서울 나들이에 뭔가 사고를 칠 것만 같아 내내 가슴을 졸였다. 아내는 두 눈이 따로 놀았다. 한쪽 눈은 아이들을 향해 고정시켜놓고 다른 한쪽 눈으로 갖가지 물건과 색깔을 받아들였다. 하지만 필요할 때에는 여자의 영혼을 유혹하는 온갖 물건들을 과감히 포기하고 두 눈 모두로 아이들을 돌보았다. 감동적이었다.

모던 남녀들을 보면, 남자는 여자의 물건이나 가방을 대신 들어주면서도 내내 밝은 미소를 잃지 않았고 발뒤꿈치조차 웃는 듯 사뿐거렸다. 여자가 과일을 힐끗 쳐다보기만 해도 남자의 발가락은 웃으며 과일 가판으로 쪼르르 달려가, 가격은 묻지도 않고 주름 종이 포장에다가 파란색 '양洋' 자 도장이 찍힌 것만 골라 사는 것이었다. 라오리는 차마 아내를 더 쳐다볼 수가 없었다. 아내에게는 목도리도 손가방도 없었다. 쓰윽 풀리고 쓰윽 조이는 풀매듭 달린 솜 신발도 없었다. 테두리도 없이 평퍼짐한 멘파오 한 벌뿐이었다. 아내한테 좀 미안하군! 라오리는 아내에게 번듯한 것을 사주기로 마음먹었다. 자신이 부르주아가 아닌 것과 아내가 부르주아여야 하는 것은 별개의 문제다. 까짓것 사주자! 아이들 새 신발과 털모자도 사기로 했다. "당신이 알아서 골라!" 그는 명령했다. 그러려던 것은 아니었지만 말이 아주 듣기 거북하게 나왔다. 네 식구는 함께 백화점에 들어갔다.

아내는 먼저 목도리를 골랐다. 붉은 것은 너무 야했고 초록색은 너무 나이 들어 보였다. 노란색은 당연히 아니었고 남색이 괜찮아 보였지만 아쉽게도 너무 짧고…… 라오리는 틈날 때마다 링에게 말했다. "기다려. 엄마 다 고르면 우리도 가죽신 신어보자." 이렇게 해야 상점 안에 있는 사람들이 짜증을 덜 낼 것 같았다. 그래도 라오리가 점원이었다면 진즉에 아내를 내쫓았을 것이다. 상점에 있는 거의 모든 스카프를 꺼내 늘어놓고서야 아내가 물었다. "어떤 게 좋아요?" 그런 생각조차 없다니, 여자야! 색도 볼 줄 모르나? 라오리가 남색을 골랐다. "요즘은 남색이 대세지요." 점원은 태어나서 지금까지 한 번도 울어본 적 없고 나이를 먹을수록 점점 웃음이 헤퍼졌을 것 같은 사람이었다. 라오리는 남색을 내려놓고 이번에는 자주색을 집었다. "장미색이 부인께 아주 잘 어울리시네요." 점원의 얼굴이 더욱 화사해졌다. 라오리는 얼굴이 화끈거려서 다시 남색을 집었다. "역시 이게 낫지요, 선생님. 색도 반듯하고 털도 깁니다." 점원은 마치 누군가에게 다짜고짜 달려들어 입이라도 맞출 듯한 극상의 미소를 지어 보이려고 안간힘을 썼다. "그래도 당신이 고르는 게 낫겠어." 라오리가 꼬리를 내렸다. 점원의 화사한 얼굴이 아내에게로 옮겨 갔다. 아내는 가장 별로다 싶은 회남색을 골랐다. 장담컨대 햇볕에 나가면 회색만 보이고 파랗다는 느낌은 전혀 없을 것이다. 하지만 결국 그걸 고른 것이다. 이제 다른 물건을 고를 차례였다.

"선생님 여기 앉아서 담배 좀 태우시지요!" 점원들이 접대를 했다.

라오리는 담배도 피우지 않았고 또 앉고 싶지도 않았다. 한 번 앉았다가는 아내가 여기서 하루 이틀 묵자고 들 것 같았다.

아이 턱받이와 남자 내복…… 리 부인은 하나같이 라오리가 전혀 생각하지 못한 것들을 샀다. 하지만 확실히 애들한테는 신발보다는 턱받이가 요긴했고 자신도 겨울 내복이 필요하긴 했다. 여자는 역시 여자였다. 여자에게는 보호 본능이 있었다. 그리고 나서는 색실과 바늘, 작은 가위 따위를 샀다. 이것은 더 의외였다. 집 앞에 바로 바느질 가게가 있는데 굳이 시장까지 와서 반짇고리를 산다? 하기야 아내 수중에 돈이 한 푼도 없으니 아무리 자잘한 것도 저 혼자서는 살 수가 없었던 것이다. 그녀가 하인도 아니고 필요한 것들이 있었을 텐데 돈이 없었다니. 그는 아차 싶었다.

크게 한 꾸러미를 사고 계산하니 고작 15위안 2자오 7펀이었다. 그런데도 계산서에는 수입 인지까지 붙어 있다!

어떻게 들고 가지? 점원이 방법을 일러주었다. "우선 여기에 두셨다가, 구경 다 끝나면 그때 가지고 가십시오." 이처럼 친절하고 꾀도 많으며 손님을 끄는 재주도 있는 점원이 있는 가게에서 고작 15위안 남짓이라니! 라오리는 이런 자잘한 기쁨이야말로 인정이고 사람 사는 재미인 것 같았다. 여자들 가방이나 들어주고 과일을 사주는 사람들은, 모르긴 몰라도 그렇게 즐겁지는 않을 거야!

단구이丹桂 시장을 돌다가 라오리는 서점 가판에서 눈이 멈췄다. 리 부인은 거침없던 발이 조금 힘들게 느껴졌다. 몇 번 남편을 보았지만 그는 꼼짝도 하지 않았다. 어, 잉이 보이지 않네! 책 가판 너머에서 잉이 유리창에 얼굴을 대고 인형을 구경하고 있었다.

"잉이 저쪽으로 갔어요." 아내는 가만히 서서도 아이들 단속은 확실했다.

"잉아!" 라오리는 불만 가득한 얼굴로 책을 내려놓았다. 그런 와중에도 점원에게 웃어 보이는 것은 잊지 않았다.

집으로 돌아오는 길에는 이미 가로등이 하나둘 켜지는 중이었다. 링은 새로 산 목도리에 둘러싸여 잠이 들었다. 잉은 정신이 아주 또렷해서 집에 들어서자마자 소리를 질렀다. "아줌마, 내 새 모자 좀 봐!"

동채 아줌마는 나오지 않고 집 안에서 말했다. "정말 예쁘구나!"

"베이핑 어땠어?" 라오리가 아내에게 물었다.

"길 넓은 거 빼면 뭐 별거 아니네요. 그래도 시장은 좋더라. 어쩜 그렇게 물건들이 많던지!"

라오리는 아내와 톈탄*이나 공자묘 따위는 가지 않기로 마음먹었다.

---

* 天壇: 톈탄 공원을 가리키는 것으로, 황제가 하늘에 제사를 올리는 의식을 행하기 위한 제단 등이 건축되어 있다. 총면적이 자금성의 약 3.5배에 달한다. 1918년 대중에게 개방되었으며 현재 베이징의 대표적인 역사 유적 가운데 하나이다.

제7장

1

장다거의 '골칫덩이'가 돌아왔다. 그 골칫덩이의 다른 이름은 장톈전. 여름 방학이나 겨울 방학이 시작되기 댓 주 전이면 요 골칫덩이 도련님은 어김없이 집으로 돌아왔다. 톈전이 다니는 학교는 시험을 보지 않았다. 딱 한 번 시험을 친 적이 있는데, 어찌된 영문인지 시험지를 배부하자마자 교장의 모가지가 날아가서 아직까지 그 행방이 묘연했다.

톈전이 소학교에 들어가면서부터 지금까지, 아버지는 이루 헤아릴 수조차 없을 만큼 많은 청탁과 접대를 해야 했다. 장다 거가 자식을 위해 기울인 정성과 예의 주도면밀함은 청탁과 접대를 예술의 경지로 끌어올렸다. 소학교 1학년에 들어갈 때 에는 지원서를 자신이 직접 접수하는 대신 교장의 친척에게 부탁했다. 소학교 입학시험이야 별거 아니지만, 그래도 그렇게 해야 그럴듯해 보이기 때문이었다. 입학식 날에는 직접 톈전을 데리고 교장과 선생들에게 인사를 했다. 정문을 지키는 수위에 게도 5자오를 건넸다. 중학교 입학시험에서는 돈을 더 많이 썼다. 다섯 학교의 교장과 주요 교직원 들이 모두 그가 사는 밥을 얻어먹었고, 그중 두 곳은 교장 부인이 친히 대신 지원서를 내주기까지 했는데도 텐전은 죄다 낙방했다. 이 실패를 통해 장다거는 기왕 청탁을 할 거라면 철저하게 해야 하며 그러지 못했기에 실패했음을 깨달았다. 때문에 여섯 번째 시험을 칠 때는 교육국 중학과 과장까지 찾아가 눈물을 뚝뚝 흘리며 간청에 간청을 했다. 그래서 텐전의 점수가 턱없이 모자랐음에도 불구하고 과장이 직접 학교를 찾아가 부족한 것들을 다 챙겨주었다. 그 결과 텐전은 어떻게 합격했는지 영문도 모른 채 팔자를 저주하며 진학을 해야 했다. 그가 정식 학생인지 방청생인지 정확하게 아는 사람은 거의 없지만, 어쨌든 대학에 들어갈 때에도 장다거는 '청탁은 철저하게'라는 원칙에 충실했다. 그러지 않았다면 텐전이 어떻게 대학에 들어갈 수 있었겠는가?

텐전은 예쁘장하면서도 좀 맹해 보였다. 공산을 원하지만 가난한 사람을 무시하고, 돈이 항상 부족했다. 흥청대다가 돈이 없으면 어쩌다 30분 정도 수업에 들어가기도 했다. 예쁘장한 걸로 말하자면 코가 높았고 큰 눈에 볼이 갸름했다. 무표정하게 웃어서 웃는 건지 아닌지 잘 구분이 되지 않았고, 굳이 웃어야 할 때는 하얀 이빨만 씨익 내보였다. 손짓이든 몸짓이든 어느 것 하나 영화배우를 닮지 않은 것이 없었다. 텐전에게 존 배리모어*는 성인이자 하느님이었다. 머리는 칼같이 가르마를 탔고 집에 있을 때는 머리가 망가지지 않도록 언제나 취침용

---

* John Barrymore(1882~1942): 미국 영화배우(작가 주).

모자를 썼다. 이발은 외국 공사관이 즐비한 둥자오민샹東交民巷 거리에 있는 러시아 이발관에서 했다. 처음엔 영어를 할 줄 몰라 러시아 사람에게 무시를 당했지만, 1위안 5자오 팁을 주자 러시아 사람이 먼저 유창하게 중국 말을 했다. 텐전은 훤칠한 키에 가는 허리, 긴 다리를 가졌고 양복을 즐겨 입었다. 춤을 즐겨 '보고' 항상 사색하는 척했으며, 잔뜩 인상을 쓴 채 거울을 들여다보며 종일 귤을 까먹었다. 스케이트를 들고 둥안 시장에 가고 운동복을 입고 잠을 잤다. 매일 세 종의 신문을 보지만 정치면 같은 데는 전혀 관심이 없었고 오로지 극장 광고만 기억했다. 여자들에게는 아주 친절하지만 아버지에게는 걸핏하면 화를 냈다.

텐전은 집에 오기가 정말 싫었지만 그렇다고 오지 않을 수도 없었다. 학기는 끝났고, 이유는 모르겠지만 어떠한 모임의 회의나 활동에도 전혀 참여하고 싶지 않았다. 텐진이나 상하이에 갈까도 했지만 주머니 사정이 그다지 넉넉하지 않았다. 하물며 배짱도 없어서 결국 전혀 내키지는 않았지만 집으로 오는 수밖에 없었다. 집에서 가장 짜증나는 것은 아버지였고 그다음은 봉건 시대의 상징인 경목 의자였다. 어머니는 별 상관이 없었다. 서재에 양탄자가 있어서 덕분에 되는 대로 몇 군데에 담뱃불로 구멍을 내버렸다. 타구에 꽁초를 버리는 일이 너무 귀찮았던 것이다.

장다사오는 텐전을 대하는 게 조금 겁이 났다. 엄마가 장남에게 그런 생각을 갖는 것은 어떻게 보면 아주 당연한 일이었다. 더구나 이렇게 아리땁고, 신식 여동빈* 같은 아들이라면 말이다. 그런 아들이 돌아왔으니 당연히 뭔가 맛있는 것을 해주고 싶었지만 아무리 뭐가 먹고 싶은지 물어도 아들은 대꾸도 하지 않았다. 그저 관심 없다는 듯 무표정하게 씨익 웃어 보일 뿐이었다. 혼자 알아서 하자니 아들 입맛에 맞지 않을까 봐 여간 걱정이 아니었다. 아들은 제 아비보다 열 배는 더 개화되었기 때문에 모시기가 여간 까다롭지 않았다. 일단 신이 나서 닭 국물에 만둣국을 끓여놓았지만 밖에 나간 아들은 들어올 줄을 몰랐다. 설거지를 하려고 선 장다사오는 눈물이 앞을 가렸다. 하지만 남편에게 우는 모습을 보이고 싶지 않아서 설거지를 마치고 화로 앞에 앉아 두 눈 가득한 눈물을 말렸다. 아들은 12시가 되어도 돌아오지 않았지만 엄마는 당연히 문 앞을 떠나지 못했다.

　1시 반이 되어서야 아들이 돌아왔다. "어라, 엄마, 뭐 하러 기다렸어?" 하얀 이빨을 내보였다.

　"어머나, 내가 안 기다리면, 너는 어떻게 하라고. 담 넘어 들어올래?"

　"알았어, 엄마. 다음부터는 기다리지 마."

　"배고프지는 않니?"

　아들은 귀가 산사떡마냥 꽁꽁 얼었다.

　"이렇게 얇은데, 내내 이 옷만 입을 거야?"

---

* 呂洞賓: 당나라 도교 조사祖師로서 중국 신화에 나오는 여덟 신선 가운데 하나. 대중 사이에 가장 인기가 높았다. 뤼주呂祖라고도 한다.

"배도 안 고프고 춥지도 않아. 이거, 안에 털이 있는 거야. 자, 봐, 털이 이렇게 두툼하잖아!"

아들은 때로 엄마에게 아주 관대해져서 마치 어린애 어르듯 살갑게 대하기도 했다.

"그렇구나, 정말 두툼하네!"

"26위안인데, 아직 계산 안 했어. 진짜 영국제야!"

"아버지에게 인사드려야지? 아직 네 얼굴도 보지 못하셨잖아!" 엄마의 눈빛에 애절함이 가득했다.

"내일 얘기해, 지금 자잖아!"

"깨워도 상관없어, 아버지는 내일 일찍 일어나 나가셔야 하는데, 넌 또 언제 일어날지 모르잖아."

"됐어, 내일 일찍 일어날게." 아들은 거울을 보며 머리를 뒤로 쓸어 넘겼다. 옻칠을 한 빈랑나무 국자처럼 윤기가 자르르 흘렀다.

"엄마도 자요."

엄마는 한숨을 쉬며 들어갔다.

아들은 취침용 모자를 쓰고 침대 모서리에 앉아 신식 유행가를 흥얼거리며, 한편으로는 귤을 까먹으면서 과즙의 달콤함을 음미했다. 그리고 무표정하게 웃으며 자신이 배리모어가 되는 상상을 했다.

2

베이핑 사람들이 다 그렇듯 장다거도 아들에 대한 기대가 그리 크지는 않다. 그저 제 앞가림이나 하고, 번듯하게 말단 관료 정도 하고, 가정을 꾸리고…… 그런 중간 계층 정도가 되었으면 할 뿐이다. 과장이면 기대 이상이고, 학교 선생이면 약간 기대 이하이며, 경찰국 과원이나 세무서 직원, 현청의 수발 주임 정도가 안성맞춤이다. 물론 현청은 아무리 멀어도 통현*을 벗어나면 안 된다. 무슨 대학이든 상관없이 일단 대학을 졸업한 다음 과원이 되어준다면, 명예와 재력을 겸비한 이상적인 아들이다. 일은 그다지 열심히 할 필요는 없지만 인간관계는 넓어야 하고 집에는 현명한 내조자가 있어야 한다. 구식 여자에다가 글을 좀 알고 엉덩이가 펑퍼짐해서 아기를 잘 낳으면 최고이다. 톈전이 졸업장을 받는 데는 아무 문제도 없다. 설령 만년 청강만 하는 학생이라 해도 아는 사람에게 부탁하면 안 되는 일이 없다. 졸업 후에도 든든한 아버지가 있으니 어려울 것이 없다. 교육국, 공안국, 시 행정국 어디에나 다 아는 사람이 있다. 다만 결혼이 문제였다. 최근 4, 5년 동안 장다거가 가장 고민했던 것이 바로 이것이다. 반평생 중매쟁이 노릇을 했는데 정작 자기 며느리가 두꺼비처럼 생겼다면 그거야말로 망신도 이만저만이 아니지 않은가? 하지만 말이 그렇다는 거지 설마 천하의 장다거가 번듯한 며느릿감 하나 못 찾으려고. 문제는 톈전이었다. 비록 중학교에 다섯 번이나 낙방한 이유가 청탁이 철저하지 못했기 때문이라지만, 톈전의 성적만큼은 장다거도 걱정하지 않을 수 없었다. 아들이 쓴 글을 보면 절로 한숨

---

* 通縣: 베이징 동쪽 근교에 소재한 현.

이 나왔다. 과원이 되려면 다른 것은 몰라도 남에게 내보일 만한 글재주가 있어야 한다. 물론 서양 말을 잘해도 과원이나 과장이 될 수 있다. 하지만 텐전은 서양 글이라면 틀리게라도 한 자 쓸 줄을 몰랐다. 아무리 청탁이면 다 되는 세상이라도 사람이 최소한의 능력은 있어야 하는 법이다. 장다거가 무슨 성省 주석이라도 되어서 일자무식한 사람을 현 지사로 앉힐 수 있는 능력을 가진 것은 아니니까 말이다. 이게 골칫거리였다. 만에 하나 텐전이 영 글렀다면 이상적인 며느릿감을 찾은들 무슨 소용이 있겠는가?

게다가 텐전은 하는 짓도 특이했다. 공산당이라고 하기에는 지조가 없고, 아니라고 하기에는 모범적이지 않았으며 확고한 이념도 없었다. 스케이트를 사놓기만 하고 넘어져서 뇌진탕에 걸릴까 봐 함부로 타지도 못하는 것을 보면 강하다고 할 수도 없는데 아버지에게 눈을 부라리고 대드는 것을 보면 또 약하다고 할 수도 없었다. 멍청하다고 하기에는 아는 게 많았고 그렇다고 아는 게 많다고 하기에는 또 멍청했다. 장다거는 자기 아들을 어느 부류에 넣어야 할지 도무지 감이 오지 않았다. 다시 말해 텐전은 장다거의 저울에서 시도 때도 없이 훌쩍 올라갔다 다시 훌쩍 내려갔다 하기를 시소 타듯 해서, 좀처럼 무게를 가늠할 수 없었다. 아들이 골칫덩이라고 다른 사람들한테 하소연할 수도 없는 것이, 자식 알기는 아비만 한 이가 없다고 하는데 지금 아비가 도무지 자식을 모르는 것이다!

저울 한쪽이 시도 때도 없이 오르락내리락하는데 어떻게 다른 한쪽의 균형을 맞출 수 있겠는가? 아들에게 배필을 정해줄 방법이 없으니 천하에 이보다 난감한 일이 또 어디 있겠는가? 결혼도 못 하고 있다가 만에 하나 그 아이가…… 장다거는 두 눈을 질끈 감았다!

재산으로 말하자면, 장다거는 스물셋에 관청에 들어와 지금까지 이미 20년하고도 7, 8년을 더 일했다. 꾸준히 일을 했으니 주머니 사정이 넉넉할 것 같지만 사실 모은 돈은 얼마 되지 않았다. 주머니 사정이 넉넉해 보이는 것, 바로 그것이 돈을 모으지 못한 이유였다. 이놈의 어깨가 문제였다. 어깨에 힘을 주려다 보니 돈을 모을 수가 없었다. 그는 동전 한 닢도 허투루 쓴 적이 없었다. 장다사오 또한 돈 한 푼 함부로 쓰지 않았다. 하지만 촨양러우 한 끼를 먹으려고 해도 5, 6위안이 들었다. 과원씩이나 되어서 접대를 안 할 수도 없고, 기왕 접대하는 거 고수나물이나 식초까지도 최상품으로 샀다. 물론 5, 6위안 드는 훠궈火鍋가 한 상에 12위안, 술에 차비에 팁까지 더하면 족히 20위안은 드는 고급 요리 한 상보다는 훨씬 돈을 아낄 수 있었다. 하지만 5, 6위안도 돈은 돈이니 자주 먹으면 그것도 감당하기 쉽지 않았다. 자식들 교육비 역시 액수는 만만치 않았지만 자식들에게 돈을 아낄 수는 없었다. 인맥을 다지는 데도 제법 큰돈이 들었다. 장다거는 부조금 주고받는 것을 명예로 여겼다. 그가 마흔 살 생일잔치 때 받은 봉투가 1번부터 시작해서 무려 1,000번을 넘어섰다. 이것이 체면, 절대적인 체면의 힘이었다. 그동안 남들에게 꾸준히 예를 갖추지 않았다면 어떻게 때가 되었을 때 봉투 수가 천을 헤아릴 수 있었겠는가?

베이핑 사람들은 주로 집이나 건물로 재산을 늘렸다. 가게를 차리는 사람들은 산둥이나 산시山西 출신이 많았다. 아, 최근에는 여기에 광둥 촌뜨기들도 가세했다. 장다거는 선산이나 조상을 모실 무덤으로 쓸 땅에만 관심을 가졌다. 맨땅을 사고파는 것은 못내 불안했던 것이다. 완궈萬國 저금소에 맡기는 것도 방법이지만 그곳도 아주 믿음직스럽지는 않았다. 그냥 세를 놓는 것이 가장 안전했다. 장다거는 지금 살고 있는 집을 포함해서 모두 세 채의 집을 가지고 있었다. 비록 다 아담했지만 일개 과원이 집을 세 채나 가지고 있다는 것은 동료들이 보기에 기적이나 다름없었다.

텐전은 아버지가 부자라고 생각했다. 슈전에게 아버지에 대해 언급할 때면 그는 머리를 삐딱하게 틀며 '그 자본가 영감'이라고 불렀다. 아버지가 돈을 얼마나 갖고 있는지도 몰랐고 또 알려고 하지도 않았다. 아버지가 돈을 주지 않을 때면 그는 '공산'을 원했다. 하지만 아버지가 돈을 주면, 아버지 재산은 공산하지 않고 고스란히 자기에게만 물려주기를 바랐다. 텐전은 수중에 돈이 들어오면 3, 4위안은 이발하는 데 쓰고 나머지로는 아이스크림 반 다스와 최소 10개의 귤을 사 먹었다. 서양 젊은이들은 모두 아이스크림과 과일을 즐겨 먹는다는 말을 들었기 때문이다. 이러한 경상비 외에 일단 쓰고 보는 예비비가 따로 나갔다. 먼저 물건을 사고 다짜고짜 집으로 계산서를 보내면 자본가 영감은 물건값을 내주지 않을 수 없었다. 이것이 이른바 피 안 보고 공산 하는 방법이었다.

딸아이 역시 골칫덩이긴 했지만 아들만큼 심하지는 않았다.

딸은 낳을 때부터 이미 손해 보는 장사다. 시싼* 하는 날부터 이미 밑지기로 작정하고, 20여 년 동안 적자만 보다가 시집을 보내는 것이었다. 그렇게 하고도 운이 나쁘면 눈물 뚝뚝 흘리며 친정으로 도로 돌아올 수도 있지만 별수 없다. 하느님이 딸을 내리면 누구든 자선 공연을 하는 거다. 딸 키우는 일이 남는 장사라는 것은 다 염치없는 소리다. 어떻게 딸을 팔 수 있겠는가? 하지만 솔직히 말하면 딸 가진 부모들도 자선 공연을 좋아서 하는 건 아니었다. 그러니 역시 아들이 제일이다. 그저 나이 들어 부모 내팽개치고 나 몰라라 하는 말벌 같은 자식만 아니면 된다. 톈전이 말벌 같은 자식은 아닐까? 그건 아무도 장담 못 하지!

톈전이 돌아온 날, 자본가 영감은 밤새 편히 잠을 이루지 못했다.

3

톈전의 특징은 게으르고 겁이 많다는 것이다.

일찍 일어나 아버지와 인사하기로 엄마와 약속한 다음 날, 그는 한참 단꿈을 꾸다가 10시 반이 되어서야 겨우 일어났다. 아버지는 진즉에 출근한 뒤였다. 엄마는 특별히 마련한 콩국과 작고 바삭거리는 유작권油炸卷으로 아침을 차렸다. 그러고도

---

* 洗三: 아이의 장수를 기원하며 출생 사흘 만에 목욕을 시키는 풍습. 아이 출생 후 사흘째 되는 날을 싼톈三天이라고 한다.

아들이 단것을 싫어할까 봐 부러 라오톈이老天義에서 팔보장채
八寶醬菜까지 사다 놓았다. 아들은 눈을 뜨고 하품하는 것부터
시작해서 콜드크림을 다 닦아내기까지 1시간 40분이 걸렸다.

엄마가 방을 청소했다. 아버지가 자본가 영감이라면 엄마는
노예였다. 톈전은 항상 아버지의 재산을 공유하고 싶어 했지만
엄마를 노예에서 해방시키고픈 생각은 전혀 없었다. 여기가 그
토록 예쁘장한 톈전의 침실이라고 하면 누구도 믿지 못할 것
이다. 이불은 반쯤 바닥에 뒹굴고, 찻잔 받침에는 저 혼자 타다
만 담배꽁초들 주위로 누런 자국들이 눌어붙어 있었다. 바닥에
는 버려진 신문지가 너저분했고 신문지 위로 귤껍질이며, 나무
빗, 큰 솔, 작은 솔 따위가 나뒹굴었다. 베개 위에는 참빗이, 슬
리퍼 위에는 양모제 병이 드러누워 있었다. 찻잔에는 귤씨가
몇 개, 벗어놓은 양말은 타구 안에서 헤엄을 쳤다. 엄마는 이맛
살을 찌푸렸다. 방의 꼬락서니를 보고 있으면 톈전은 진흙탕에
핀 순결한 연꽃 같기가 이웃의 왕씨 아주머니와 쌍벽을 이루
었다. 그녀의 이불은 온통 흙먼지투성이에다 집 솥뚜껑에 쌓인
기름때는 벗겨내면 비료 한 근은 너끈히 나올 것 같았지만, 집
을 나설 때면 러시아 은銀 인형마냥 얼굴에 분을 두툼하게 바
르고 옷은 또 마치 여린 연꽃잎처럼 차려입었다. 다만 옷으로
가리는 팔목 위, 목 아래로는 죄다 땟국이 줄줄 흘렀다. 엄마는
그런 왕씨 아주머니가 참으로 한심스러웠는데 하필이면 아들
녀석이 꼭 그 꼴이었다.

그래도 아들 잠옷의 땀내, 손수건의 향수와 담배 냄새를 맡
자 엄마는 조금 위로가 되었다. 이렇게 크고 우람한 그리고 다

큰 계집애 같은 아들! 엄마는 베개를 품에 안고 한참 동안 딸 같은 아들을 생각했다. 사과같이 작은 얼굴, 그리고 그 미소! 찡그렸던 얼굴이 저도 모르게 활짝 펴졌다. 바닥에 널려 있는 온갖 지저분한 것들도 정겹게 다가왔다. 그저 달덩이처럼 어여쁜 며느리만 들어온다면 더 바랄 것이 없었다. 단, 왕씨 아주머니 닮은 며느리는 절대 사절이다.

청소를 하는 사이에 아들은 차려놓은 음식들을 깨끗이 먹어치웠다.

"엄마, 요즘 영감 주머니 사정은 어떠셔?"

톈전은 바지 주머니에 손을 꽂고 가슴을 쭉 편 채로 천장을 올려다보고 있었다. 발끝을 살짝 들어 올린 모습이 영락없이 영화배우였다.

"또 돈타령이야?" 엄마는 웃어야 할지 울어야 할지 몰랐다.

"아니, 그냥 쓸 돈은 아니고, 예복을 장만해야 해. 다음 주에 친구 결혼식 들러리를 서야 하거든."

"이삼십 위안이면 되니?"

톈전이 피식 웃더니 이내 정색을 하고 어깨에 각을 세웠다.

"그래도 백 위안은 있어야지. 그나마 이건 평상복이어서 싼 편이야."

"그건 아빠에게 말씀드려라. 내 생각에는 아무리 친구 일이라지만 굳이 그렇게까지……"

"한 번 입고 말 것도 아닌데 뭐가 어때서!"

"네가 직접 말씀드려."

엄마는 책임을 떠맡고 싶지 않았고, 아들은 더더욱 아빠와 직접 담판하고 싶지 않았다.

"엄마는 아빠와 정분이 있잖우. 대신 얘기 좀 해줘!"

아들은 불현듯 엄마와 아빠 사이에 정분이 있다는 생각이 들어 이빨을 훤히 드러냈다.

"망할 놈, 그럼 네 아빠 아니면 내가 누구랑……" 엄마는 웃음으로 나머지 말을 대신했다. 아들은 또 이빨을 내보이고 이어서 생각했다. 엄마가 대신 말해줄 테니 더 크게 웃어주자. 그는 입을 벌리고 콩국 냄새가 밴 공기를 들이마셨다.

4

저녁에 아버지와 아들이 서로 얼굴을 마주했다. 톈전은 아무 말 없이 담배만 피워댔다. 장다거도 아무 말 없이 담배만 피웠다. 톈전은 피어오르는 푸른 담배 연기를 올려다보고 있고 장다거는 담뱃대를 삐딱하게 내려다보고 있었다. 침묵이 길어지자 장다거는 담뱃대만 쳐다보고 있는 것이 능사는 아니다 싶은 생각이 들었다.

"톈전아, 네가 졸업하려면 얼마 남았지?"

"길어야 1년이요." 사실 톈전은 자기가 언제 졸업하는지도 전혀 몰랐다.

"졸업하면 어쩔 셈이냐?"

"좋기야 서양으로 유학 가는 게 최고지요." 톈전이 양복바지 주름을 매만졌다.

"음," 장다거는 다시 담뱃대를 쳐다보았다. 한참이 지났다.

"유학 가서 뭐 하게?"

"가게 되면 그때 가서 말할게요. 근자에 음악을 되게 좋아하게 되었는데 음악 연구도 나쁘지 않을 것 같아요."

"음악을 배우면 얼마나 벌 수 있을 것 같니?"

"예술가 중엔 없는 사람도 있고 있는 사람도 있고, 일정하지 않아요."

"일정하지 않다……" 장다거는 이 말을 가장 금기시했다. 하지만 자식과 말씨름하고 싶지 않았다. 다시 한참이 흘렀다.

"내 생각에는, 재정학을 배우면 좋을 것 같다."

"재정학도 괜찮아요. 그거 하면 유학 보내주실 건가요?" 톈전이 일어났다.

"그러겠다고는 하지 않았다! 외국 나가면 1년에 얼마 정도 들 것 같니?"

"그래도 이삼천은 들지 않을까요?" 톈전은 어림잡아 말했다. 그의 기억으로 리정화李正華는 파리에서 1년에 6천을 썼다. 하지만 그는 프랑스 아가씨 셋을 거느렸으니, 좀 아껴서 한 명만 둔다면 3천만 있어도 충분히 가능할 것 같았다.

장다거는 더 이상 말하고 싶지 않았다. 우리 형편에 1년에 3천씩이나 달라고 하다니, 뭘 몰라도 단단히 모르는 놈이다. 더 이상 얘기해봐야 다 부질없는 소리지.

톈전도 계속 얘기하고 싶지 않았다. 일단 운은 띄웠으니 나중에 천천히 밀어붙이자. 자본가 영감의 돈이 물 흐르듯 그렇게 쉽게 나오지는 않을 테니 말이다.

"수선화가 멋지네요. 올해도 아버지가 직접 키우셨어요?" 톈전도 나름 머리를 쓸 줄 알았다. 유학을 가려면 먼저 영감의 환심을 사야 한다. 그리고 영감이 직접 가꾼 수선화를 칭찬해 주는 것이야말로 환심을 사는 지름길이었다.

"아주 멋진 건 아니야." 자본가 영감의 눈이 담뱃대에서 아들의 얼굴로 옮겨 갔다. 그는 흥분을 가라앉히며 일어났다.

"아주 멋지다고 할 수는 없지." 그는 수선화로 다가가 꽃망울을 잡고 옆으로 살짝 기울였다. 꽃망울 밑부분이 보였다. "작년에는 기껏해야 요 정도로 작았는데 올해는 너무 자랐어. 집이 너무 더웠나 봐."

"올해는 양수선은 안 키워요?" 텐전은 속으로 회심의 미소를 지었다.

"꽃이 너무 느려. 음력 2월 초나 되어야 피거든. 더구나 올해는 값이 너무 올랐어. 한 뿌리에 4자오 5펀이나 하니 그걸 어떻게 키우니! 좋기야 좋지. 위로는 꽃을 보고 아래로는 뿌리를 보고, 다 자라면 뿌리만 이만큼 길지. 엊그제 처음 들은 얘긴데, 양수선은 일단 꽃이 피었다 지면, 잎이 마를 때까지 그냥 두었다가 햇볕 없는 건조한 곳에 거꾸로 걸어두는 거래. 그럼 겨울에 다시 꽃이 핀다는 거야. 정말 신기하기도 하지. 어떻게 거꾸로 걸어놓았는데." 파이프가 아래로 향했다. "다시 꽃을 피운다는 거야! 어떤 이치 때문일까?" 장다거는 사색을 즐기는 듯한 표정을 지었다.

"그런 식이라면 어린애를 거꾸로 뒤집어놓고 키우면 커서 틀림없이 고관대작이 되겠네요." 텐전은 자기가 아주 유머러스하고 아버지에게 지나칠 정도로 상냥하다고 생각했다.

아버지가 껄껄대며 웃었다. 아들이 정말 재치 있고 똑똑한 것 같았다.

엄마가 부자지간의 웃음소리를 듣고는 들어와 눈을 깜빡였다.

"여보, 내가 양수선을 거꾸로 걸어두면 다시 꽃이 핀다고 했더니, 톈전이 아기를 거꾸로 뒤집어 키우면 고관대작이 될 거라고 하네. 하하하."

엄마의 웃음소리에 천장에 켜켜이 쌓여 있던 먼지가 아래로 떨어졌다. "청소 좀 해야겠어요, 어휴, 이 먼지 좀 봐!"

온 식구가 아주 즐거웠다.

잠잘 시간. "톈전이 꼭 유학 가겠다면 말이야, 1년에 이삼천! 뜻은 좋아, 아흠." 장다거가 하품했다. "대주어야겠지?"

"예복도 맞추어야 하는데, 한 장은 있어야 된대요. 친구 들러리 서야 하나 봐요." 엄마도 따라서 하품했다.

"백 위안?"

둘은 더 이상 아무 말도 하지 않았다.

제8장

1

샤오자오가 돌아왔다. 라오리는 이제 그가 어떤 처분을 내릴지 기다리는 중이지만 마음은 되레 홀가분했다. '샤오자오냐 아내냐?' 그는 속으로 생각했다. 웃어야 하나 울어야 하나. 인생은 아주 어둡지도 않고 밝지도 않은 옅은 안개 속에 놓인 것 같았다. 최선은 해가 떠서 안개가 가시는 것이겠지만 그렇게 되지 않을 바에는 폭풍이 안개를 거두어 가는 것도 나쁠 게 없었다. '샤오자오다!'

샤오자오는 소장 부인 밑에 있었지만 그렇다고 소장 집의 비밀을 철저히 지키지는 않았다. 말해도 괜찮겠다 싶은 것은 적당히 흘려서, 동료들의 부러움과 존경을 한 몸에 받았다. 설령 그 사실이 소장 귀에 들어간다 해도 겁날 게 없었다. 소장의 자리는 물론이고 그 목숨까지 다 부인 손에 달려 있었고 샤오자오의 업무라고 하는 것은 바로 그녀의 사적인 일을 처리하는 것이었기에 전혀 겁낼 필요가 없었던 것이다. 그런 그가 돌아왔다. 재정소 사람들은 샤오자오 입에서 또 어떤 새로운 정보가 나올지, 일제히 귀를 세우고 입을 헤벌리며 나직이 탄식할 자세를 취했다. 소장 부인의 사생활은 하나같이 예측을 불허했고 종종 공적인 업무와도 관련이 있었다. 때문에 사람들은 가끔 샤오자오를 통해 재정소에서 벌어지는 권력 다툼에 대한 소식을 얻어들을 수 있었다. 샤오자오는 돌아오기 2, 3일 전부터 이미 대중의 이러한 기대의 중심에 놓인 바쁜 몸이었기에 라오리에게 웃음을 보이거나 머리를 갸웃거리긴 했어도, 아직 그를 정식으로 놀려먹을 기회가 없었다. 마치 번개가 번쩍거리고 난 뒤 천둥을 기다리듯 라오리는 마음을 졸이는 중이었다.

먼저 아내를 주의시켜야 하는 것 아닐까? 라오리는 생각했다. 그녀의 쥐공 자세를 교정하고 식사 자리에서 할 말들을 미리 가르쳐두어야 하지 않을까? 하지만 서른이 넘은 큰아기를 가르칠 기분이 나지 않았다. 게다가 샤오자오나 다른 동료들 모두가 실없는 인간들인데 굳이 그들을 의식할 필요가 있을까? 지들 하고픈 대로 하라지. 의미 없어! 밥하고 아이들 달래고 빨래하는 아내를 보고 있으니 그녀가 불쌍해 보였다. 그럼 나는? 자신 역시 외로웠다. 아내가 바쁠수록 그는 더 외로워졌다. 그녀를 도와줄까 하는 생각도 있었지만 별 의욕이 나지 않았다. 샤오자오는 여전히 그녀를 골탕 먹이려고 단단히 벼르고 있을 텐데! 그녀가 불쌍했다. 하지만 불쌍하다는 생각이 들수록 더 정이 가지 않았다. 사람 마음이 이토록 모질 줄은 정말 생각지도 못했다! 그는 그저 아이들과 놀아주기만 했다. 아이들은 그에게 여러 가지 재미난 놀이를 가르쳐주었다. 하지만 날이 저물면 아이들은 곧장 잠이 들었고, 그는 다시 책을 보는

것 말고는 달리 할 일이 없었다. 이황* 가락을 흥얼거려보기도
했지만 별 재미가 없었다. 아내에게 소설을 읽어주면 어떨까
하고 이미 여러 날을 생각했지만 차마 말을 꺼내지 못했다. 그
녀는 알아듣는 것은 고사하고 별 열의도 없이 그저 순종의 의
미로 '좋아요'라고 말할 것 같았기 때문이다.

"내가 소설 읽어줄게, 들어볼래?" 마침내 그가 혹시나 하는
마음에 말을 꺼냈다.

"좋아요."

라오리는 한참 동안 책을 들여다보기만 하고 한 자도 소리
내어 읽지 못했다.

이 신소설은 어떤 도시를 묘사하는 것에서 시작했다. 마침내
라오리가 대여섯 쪽을 읽었고 그녀는 열심히 듣는 것 같았지
만, 라오리는 이내 그녀가 전혀 못 알아듣고 있다는 것을 알아
챘다. 웃어야 할 부분에서 웃지 않았고 라오리가 힘주어 읽는
대목에서도 아무런 반응이 없었던 것이다. 그녀는 무릎에 손을
얹고 마치 등잔 위로 무슨 헛것이라도 보이는지 그곳만 물끄
러미 바라보았다. 라오리가 돌연 읽는 것을 멈추었지만 그녀는
왜 안 읽느냐고 묻지도 않았고 더 읽어달라고 하지도 않았다.
그저 잠시 멍해 있다가 "저런, 잉이 바지 기워줘야 되는데!"라
며 잉의 바지를 찾으러 갔다.

이번에는 라오리가 멍해졌다.

서채에서는 마씨 할머니와 며느리가 재잘재잘 이야기를 나

---

* 二黃: 호금으로 반주하는 경극 노랫가락의 하나.

누고 있었다. 남편에게 버림받은 여인과 도대체 남의 속을 알아줄까 싶은 시어머니도 저렇게 대화를 하는데, 난 저들만도 못한 신세구나. 저기라도 끼어볼까? 말도 안 되는 짓이겠지? 이 사회엔 그저 의미 없는 금지 사항들만 있을 뿐 즐거움이나 자유는 눈곱만큼도 없어! 잠이나 자야겠다. 아니면 시스 패루에 목욕이나 하러 갈까? 나가는 것도 괜찮은 방법이었다. "나 목욕 가." 그는 외투를 걸쳤다.

아내는 고개도 들지 않았다. "올 때 파란 실 좀 사 와요. 가는 거로요."

라오리는 부아가 치밀었다. 그저 실 사 와요, 실 사 와요, 남자가 무슨 실 사 오는 기계야! 하루 종일 대화도 없이 웃지도 않고 그저 실 타령만 하는 게 무슨 부부야!

목욕을 갔다 왔지만 기분은 나아지지 않았다. 마당에 들어서니 서채는 이미 불이 꺼져 있고 동채 문 앞에 새댁이 서 있었다. 그녀는 라오리가 들어오는 것을 보자 금방 꿈에서 깨어난 듯 화들짝 놀라며 집 안으로 들어갔다.

라오리는 외투도 벗지 않고 의자에 앉았다. 좀 깊이 생각해 봐야 할 것 같았다. '저 집 새댁도 고민이겠지. 분명해! 시어머니가 있다고 위로가 되겠어? 어림없는 소리. 같이 산다고 해서 서로를 이해하는 건 아니지.'

그런 생각을 뒷받침할 확실한 증거를 찾은 듯 그는 아내를 힐끗 쳐다보았다. '부부도 서로 이해하지 못하는데 하물며 고부간에야 오죽하겠어!'

그는 더 이상 생각하고 싶지도 않았고 또 그래 봤자 소용도

없었다. 지기와 술잔을 기울이고 눈물을 흘리며 속마음을 털어
놓을 수 있다면 얼마나 좋을까! 그런 친구가 있나? 없다. 있다
손 치고 그렇게 속마음을 털어놓는다 해도 결과는 여전히 부질
없는 것 아닐까? 에라, 잠이나 자자!

　밤새 큰 바람이 불었다. 문이며 창이며 죄다 덜컹거리고 심
지어 벽채까지도 흔들리는 것 같았다. 천장이 들썩거리고 문틈
으로 찬 공기가 거세게 밀려들었다. 온갖 소리가 뒤섞여 어느
것 하나 또렷하게 들리지 않았다. 바람은 모든 소리를 삼켰다
가 다시 뱉어내며, 그 소리들을 무시무시한 아우성으로 바꾸어
놓았다. 쏴아, 한바탕 모래바람이 일자, 한 무리의 귀신들이 낄
낄거리며 허공 속을 날아갔다. 우당탕탕, 움직이는 것은 뭐든
지 다 진동했다. 휘익, 휘익, 휘익…… 온 세계가 다 내달렸다.
사람들은 함부로 소리를 내지 못하고 개들도 울음을 멈추었다.
느닷없는 정적을 틈타 작은 성냥갑이 마당에 뒹굴었다. 어쩌
면 아이들 종이 장난감인지도 모르겠다. 쏴아, 다시 바람이다.
조만간 지붕도 떨어져 나뒹굴 것만 같았다. 라오리는 잠을 이
루지 못했다. 잠시 바람이 잠잠해진 틈에 아이들 숨소리가 들
렸다. 자다가 먼 남해 바다까지 바람에 날려가도 깨지 않을 것
처럼 새근새근 잘 자고 있었다. 아내도 벌써 코를 골고 있었
다. 혼자 바람 소리를 듣고 있으려니 라오리는 저도 모르게 짜
증이 났다. 이불 밖으로 고개를 내밀자 차가운 공기가 마치 송
곳처럼 태양혈을 찔렀다. 얼른 목을 움츠리고 몸을 뒤집었다.
그는 몸을 뒤척이며 참으려 했지만 도저히 참을 수 없었다. 휘
익…… 바람은 오만하고 낭만적이었다. 너만, 라오리는 자신에

게 소리쳤다. 오직 너만 낭만이 없어. 일개 말단 과원, 시골 촌 뜨기가 꼬박꼬박 규율을 지켜가며 안개 속에서 밥그릇이나 찾고 있는 거지. 너 역시 밥그릇 때문에 사회에서 가장 무의미하고 악취 나는 것들을 마치 향기로운 꽃인 양 품에 꼭 껴안고 있는 거야. 그런 네가 이 악취와 안개로 가득한 사회를 부순다니, 터무니없는 소리야. 감히 낭만도 찾지 못하는 주제에, 제 일은 의미 없다며 하찮게 여기지. 기꺼이 대충대충 살면서 또 그것을 불만스러워하지. 인생이 어쩌면 이리도 고달픈 걸까? 라오리는 침대에 누워 자신이 모래알만도 못하다는 생각이 들었다. 모래알은 바람이 불면 소리도 내고 움직거리기라도 하는데 너는 그저 이불 속에 머리나 처박고 있잖아. 내일 바람이 잦아들면 엄청 추워질 텐데, 출근하고 업무를 보고 또 반복되는 일상이겠지? 낭만적이고 흥분되는 꿈조차 꿀 줄 모르지. 사방팔방 미안하다며 굽신거리기나 하고, 도대체 너는 뭐 하는 거냐? 잠이나 자자! 아침이 다시는 오지 않았으면 좋겠다.

2

"라오리, 자네의 죄를 알렸다!" 샤오자오가 찾아왔다.

라오리는 시치미 떼지 않고 순순히 죄를 인정했다. "밥 살게. 사면 되잖아!"

추 선생은 이미 눈앞에 요리가 펼쳐진 듯 라오리의 주위를 어슬렁거리며 킁킁 냄새 맡는 시늉을 했다. 정직한 우 태극은 운수를 시전하며 말했다. "어디서 먹을 거야?"

라오리는 잠시 생각했다. "퉁허쥐." 그는 속으로 말했다. '퉁허쥐로 통치는 게 아내가 망신당하는 것보다는 훨씬 낫다!'

샤오자오는 그나마 작은 눈이 더 게슴츠레해졌다. "하지만 말이지, 우리는 자네 부인을 봐야겠어! 부인을 모셔 왔으면 이 어르신께 보고를 해야지 말이야, 그렇지 않아?"

라오리는 우 태극을 보며 물었다. "퉁허쥐 어때?" 지금 기댈 구석이라곤 퉁허쥐밖에 없는 것 같았다.

우 태극은 사실 밥만 얻어먹을 수 있다면 어디든 상관없었다. 그러나 샤오자오는 달랐다. "우리 중에 아직 퉁허쥐 못 가 본 사람이 어디 있어? 내가 동의하지 않으면 아무리 '다완쥐'라고 해도 누구도 승낙할 생각 하지 말라고!" 우 태극이 꿀꺽 숨을 삼켰다. 고민의 상징인 추 선생이 샤오자오에게 뭐라고 귀엣말을 하자, 샤오자오가 고개를 끄덕이며 라오리에게 말했다. "이렇게 하자고. 장소는 화타이다찬관, 시간은 내일 오후 6시. 밥을 먹고 다 함께 자네 부인에게 인사를 가는 거야. 이게 어때, 근사하지 않아?"

라오리는 연신 고개를 끄덕였다. 이렇게 하면 적어도 대놓고 망신당하는 일은 없을 것 같았다.

"이봐, 장순아, 화타이에 전화해서 자리 예약해! 몇 명이냐고?" 샤오자오가 일일이 머릿수를 세었다. "장다거도 있으니까 예닐곱 명이라고 해. 내일 저녁 6시야. 내 이름 대고 방으로 자리를 안 주면 맞아 죽을 줄 알라고 그래!" 그는 장순에게 지시하고서 라오리의 어깨를 툭 쳤다. "내일 봐. 나는 또 소장님 댁에 가야 돼." 그러고 나서 모두에게 말했다. "내일 저녁 6시야.

초대장은 따로 없어." 이제 얘기가 대충 끝난 것 같았다. "장순아, 소장님 댁에 갈 거니까 라오왕한테 채비하라고 해."

'샤오자오가 이렇게 쉽게 넘어올 줄은 생각도 못 했는데.' 라오리는 뿌듯했다. '이 친구도 남 형편 봐줄 줄 아나 봐. 하기야 평소 내가 기분 나쁘게 한 적도 없는데, 저라고 무턱대고 심하게 할 수는 없었겠지!'

3

5시 반, 라오리가 화타이에 도착했다.

6시 반이 되자 우 선생과 추 선생이 왔다. 우 선생은 여전히 너무 정직했다.

"내가 자네 대신 쑨 선생도 불렀어. 조금 있으면 올 거야. 내가 너무 일찍 왔나? 군인들이 관료 예절을 잘 몰라. 어이 종업원, 파오타이炮臺 하나 가져와! 군대에 있을 적에는 파오타이 담배하고 샴페인이 그저 최고였는데, 지금은……" 우 태극은 허리를 꼿꼿이 세우고 반듯하게 앉아 화려했던 지난날을 회상했다. 그러고는 이내 두 손으로 각기 다른 태극권 권식拳式을 펼치는 데 골몰했다. 무武를 떠나 문文의 길로 들어선 이래 문아文雅의 상징인 태극권을 이토록 능숙하게 구사할 수 있게 되었으니, 이제는 문관고시의 주심을 맡는 데 충분한 자격을 갖추었다고 여기는 것 같았다.

그때 장다거가 쑨 선생과 같이 들어왔다. "뭐 하러 이렇게 밥까지 사?"

쑨 선생은 아직 열심히 관화를 배우는 중이라 '뭐 하러'까지만 말하고 나머지 말은 어떤 순서로 배열해야 할지 몰라 그냥 씩 웃었다.

샤오자오는 7시가 다 되도록 오지 않았다.

추 선생이 간단히 음식을 시키며 선포했다. 우선 배에 뭐를 좀 깔아놓아야지 빈속에 브랜디를 마실 수는 없다는 거였다. 라오리는 브랜디 생각이 전혀 없었지만 이제 추 선생이 못을 박은 터라 꼼짝없이 시켜야 할 판이었다.

"나는 못 마셔. 요사이 입맛이……" 장다거가 말했다.

라오리는 그게 무슨 뜻인지 이내 알아차렸다. 마시지 않는 사람도 있으니 브랜디를 마시고 싶으면 병으로 시키지 말고 잔으로 주문하라는 뜻이었다. 역시 장다거였다.

그때 밖에 자동차 한 대가 멈췄다. 잠시 후, 샤오자오가 링을 안고 들어오고 리 부인과 잉이 그 뒤를 따라 들어왔다. 링은 놀라서 입을 삐죽거리다가 아빠를 보자 마음이 놓였는지 샤오자오의 코를 비틀었다.

"여러분, 자, 황후마마 납시오!" 샤오자오가 정중하게 사람들에게 쥐공을 했다.

리 부인은 당황한 나머지 입만 쩍 벌리고 그만 쥐공 하는 법을 잊었다. 한 손은 잉을 잡은 채 나머지 한 손으로만, 그것도 가슴 아래다 대고 고개를 숙였다. 샤오자오는 내심 함박웃음을 지었다. 겉으로는 눈가가 살짝 올라간 정도로밖에 티가 나지 않았지만 아주 만족스러웠다.

"리 부인, 담배 한 대 태우시지요." 샤오자오가 리 부인에게 담배통을 건넸다. 그녀가 마다하자 잉이 담배통을 받았다. 그것을 링이 빼앗으려고 했지만 잉이 주지 않자 링이 울먹였다. 찰싹, 리 부인이 잉의 뒤통수를 내리치고 목을 꼬집었다. 잉은 얼떨떨하고 머리가 화끈거렸지만 함부로 울지 못했다. 다들 애써 웃음을 참았다. 리 부인은 새로 산 목도리를 두르긴 했지만 너무 꽉 조여 맸고 테두리 없고 펑퍼짐한 파란 멘파오를 입은 채였다. 그녀는 사람들과 라오리를 번갈아 쳐다보며 어리둥절해했다.

"리 부인, 여기 앉으시지요!" 샤오자오가 상석의 의자를 빼주며 자리를 권했다. 그녀가 남편을 보니 안색이 노랬다.

이번에도 구세주는 장다거였다. 그도 얼른 의자를 빼며 말했다. "자, 다들 앉자고!"

리 부인은 다른 사람들이 앉는 걸 보고서야 겨우 자리에 앉았다. 하지만 샤오자오가 의자를 뒤로 슬쩍 빼는 바람에 하마터면 바닥에 엉덩방아를 찧을 뻔했다. 장다거를 제외한 나머지 사람들의 시선이 일제히 그녀를 향했다.

모두가 자리에 앉고 종업원이 차림표를 가지고 오자 샤오자오는 얼른 리 부인에게 건넸다. 그녀가 보려는 차에 옆에 앉은 링이 그것을 가로챘다. "와, 이런 것도 주네! 엄마, 링이가 가지고 놀아도 돼?" 그러더니 아무 거리낌 없이 차림표를 호주머니에 넣었다. 샤오자오는 그야말로 흥미진진해서 견딜 수가 없었다. "브랜디 가져와!" 술이 나오자 그는 먼저 리 부인에게 한 잔을 가득 따라주었다. 그녀는 입으로는 거듭 마실 줄 모른다고 했지만, 일어나 손으로 술잔을 움켜쥐었다.

"앉아!" 라오리는 그렇게 말하고 싶었지만 침만 꿀꺽 삼켰다.

전채가 나왔다. 유일한 여성인 리 부인에게 가장 먼저 요리를 덜어주는 게 예의였다. 종업원이 큰 접시를 들고 들어와 마치 인형처럼 리 부인 옆에 섰다. 리 부인은 곰곰이 생각하더니 말했다. "여기 놓으세요!"

샤오자오는 도저히 웃음을 참을 수가 없었다.

장다거가 말했다. "종업원, 격식 차리지 말고 우선 나부터 줘. 편하게 먹어야 팁도 더 주지." 그도 웃었다.

링은 큰 접시가 나가는 것을 보고 의자에서 내려와 쫓아가려다 바닥에 곤두박질쳤다. 엄마는 얼른 다가가 바닥을 때리며 말했다. "요놈의 바닥, 맴매! 우리 링이를 넘어지게 했어, 맴매!" 링은 바닥이 당연히 맞아야 한다고 생각하며, 소리 내 울지는 못하고 그저 눈물만 몇 방울 떨어뜨렸다.

라오리는 이마에 식은땀이 다 났다. 원래 술을 마시지 않았지만 브랜디를 단숨에 들이켰다. 리 부인은 다른 사람들은 물론이고 심지어 남편까지도 술잔을 들고 있는 것을 보고는 저도 한 모금을 찔끔 마셨다. 독주의 찌릿함에 목을 움츠리자 링이 그 모습을 보고 깔깔대며 웃었다.

샤오자오는 대만족이었다.

우 선생은 두 잔을 들이켜자 말이 많아졌다. 화려했던 군인 시절이며 요사이 태극권의 수련 성과를 오로지 리 부인을 향해 일장 연설로 떠들어댔다. 그녀는 얼굴만 붉어졌다 하얘졌다 하며, 뭐라고 대꾸해야 좋을지 몰랐다. 다행히 장다거가 그녀가 그럭저럭 대답할 수 있는 집과 양난로에 대해 물었다. 쑨 선생도 친절해 보이려고 자신이 생각하는 베이핑말로 리 부인에게 이런저런 질문을 했지만 그녀는 쑨 선생이 일부러 자신에게 외국 말을 한다고 생각했다. 그래서 중간중간에 말을 끊거나 얼굴을 붉히기만 하며 대답은 한마디도 하지 못했다. 쑨 선생은 그녀도 마찬가지로 관화를 모른다는 생각에 혼자 속으로 좋아했다.

라오리는 마치 전기의자에 앉은 것마냥 온몸이 부들부들 떨렸다. 다행히 잉이 옆에서 이것저것 물었다. 라오리는 아예 맞은편 쳐다보는 것을 포기하고 황소라도 잡을 듯 힘껏 잉에게 고기를 썰어주었다.

샤오자오는 라오리와 건배하고 싶었지만 그가 고개도 들지 않자 두 모금에 한 잔을 깨끗이 비운 뒤 고개를 돌려 리 부인을 보았다. "리 부인, 남편께서는 잔을 비우셨네요. 저와 건배하시지요!" 리 부인이 다시 일어서려고 했다.

"리 부인, 안 그러셔도 됩니다. 코쟁이 음식을 먹는데 무슨 격식이랄 게 있나요?" 장다거가 그녀를 말렸다.

그녀가 손을 내밀어 잔을 들려고 하자 장다거가 또 말했다.

"라오우, 자네가 대신 마셔주게. 브랜디는 독해. 리 부인은 아이들을 돌봐야지."

우 태극은 자신을 알아주는 사람은 장다거뿐이라고 생각했다. "이 라오우는 군인입니다. 리다사오, 한두 병쯤은 마셔도 끄떡없습니다." 그는 단숨에 한잔을 들이켜고서 캬 하고 소리를 내뱉더니, 포호귀산抱虎歸山 품세를 취하며 손등으로 입을 닦왔다. 그는 아직 아쉬운 듯했다. "라오리, 내가 리 부인 대신 한 잔을 마셨으니 우리 둘이 건배해야 공평하지 않겠어? 자, 건배!" 그는 라오리가 미처 말을 꺼내기도 전에 다시 한 잔을 비우고 소리쳤다. "술 마시자고!" 라오리도 아무 말 없이 잔을 비웠다.

4

어떻게 집에 돌아왔는지 라오리는 기억이 나지 않았다. 취기가 그의 눈을 가렸다. 거리의 찬바람에 정신을 차리고 보니 집이 보이고 장다거도 보였다. 장다거를 보자 술기운에 울화가 치밀었다. 하지만 장다거에게 성질을 부릴 수는 없었다. 장다거는 그의 속을 몰랐다. 아니 아무도 몰랐다! 분노는 상심으로 바뀌고, 수년간 쌓인 눈물이 총동원령만 기다리고 있었다. 그는 목 놓아 울기 시작했다. 잉과 링이 깜짝 놀라 어쩔 줄 모르고 엄마 뒤로 숨었다. 밥도 제대로 먹지 못하고 망신만 당한 처지에 남편이 우는 것을 보자 리 부인도 저도 모르게 눈물이 났다.

장다거가 라오리는 아랑곳하지 않고 리 부인을 위로했다. "제수씨, 너무 마음에 담아두지 마세요. 별일 아니에요! 그 사람들이 원래 그렇게 짓궂어요. 다음에 또 만나게 되면, 그때는 앞뒤 가리지 말고 눈에는 눈 이에는 이로다가 절대 봐주지 말아요. 그러면 함부로 장난치지 못할 거예요. 제수씨가 겁먹을 수록 그 사람들 더욱 기고만장해집니다."

"아니에요, 다거, 제 꼴을 보세요. 제가 이렇게 무식한데 어떻게 그 어른들을 상대할 수 있겠어요!" 그녀는 생각할수록 가슴이 아파 엉엉 소리 내어 울고 싶었다.

"제수씨, 그러면 되나요, 애들이 놀라요!"

리 부인은 아이들이 놀란다는 말에 얼른 눈물을 삼켰다. 그녀는 팽 하고 코를 풀고 억울해하며 말했다. "다거, 그런데요, 그 샤오자오라는 사람이 왔을 때, 처음에는 누군지 몰라서 따라나설 엄두가 나지 않았어요. 그런데 그 사람이 딩얼 영감님하고 같이 왔더라고요. 그래서 저는."

"뭐라고요, 딩얼 영감과 같이요?"

"그렇다니까요. 딩얼 영감님은 제가 알잖아요? 그런데 샤오자오가 뭐라고 할 때마다 딩얼 영감님이 다 고개를 끄덕이는 거예요. 그러니 제가 무슨 의심을 했겠어요? 그 사람이 또 아주 조리 있게 말을 잘하더라고요! 다거가 다른 여자 손님을 초대했는데 저도 왔으면 좋겠다고 하셨다기에 가지 않으면 다거에게 누가 될 것 같았어요. 그래도 조심스러워서 서채에 가서 할머니께 여쭈었더니, 할머니도 딩얼 영감님을 아신다며 저더러 가보라고 하신 거예요. 식당에 도착해서 여자 손님이 없는 것을 보고 제가 얼마나 놀랐는지 아세요? 정말 그렇게 나쁜 사람은 본 적이 없어요. 난생처음이에요!"

장다거는 그녀가 이런 얘기를 하면서 적당히 화가 가라앉았다는 생각이 들자 다시 라오리에게 다가갔다. "라오리, 들어가서 자. 별거 아니야. 샤오자오가 원래 그렇게 못됐잖아? 화내봐야 자기만 손해야."

라오리는 한숨조차 나오지 않았다. 말해봐야 장다거는 무슨 소리인지 모를 텐데, 뭐라고 말하기도 귀찮았다.

그때, 마씨 할머니가 들어왔다. 리 부인이 나가고서 두 고부도 마음을 놓지 못하고 저녁 내내 걱정하던 참이었다. 걱정 끝에 돌아오기는 했는데 라오리가 우니까 할머니는 어리둥절해서 라오리가 울음을 그칠 때를 기다려 다가왔다. "장 선생, 무슨 일이요?"

"동료들이 짓궂게 하는 바람에 라오리가 좀 취했습니다. 아직 안 주무셨어요, 할머니?"

"잠은 무슨. 애기 엄마랑 애들이 나가고서 영 맘이 놓이지 않아서, 내내 가슴 졸이고 있었네요!"

"라오리, 들어가서 쉬어. 난 이제 갈게. 내일 봐." 장다거는 이제 이 문제를 마씨 할머니에게 떠넘기려는 것 같았다.

라오리는 장다거를 배웅하고픈 생각은 없었지만, 습관적으로 저도 모르게 일어섰다. 장다거는 그가 비틀거리다가 토하기라도 할까 봐 말렸다.

마씨 할머니는 리 부인에게 몇 마디 건네곤 서채로 들어갔다. 리 부인은 링을 안고 침대로 가서 눈물을 흘렸다.

라오리는 불 옆에 앉아 물을 한 주전자 들이켰지만 마음의 갈증은 여전히 가시지 않았다. 머리가 쭈뼛 서고, 답답해서 가슴에 불이 날 것만 같았다. 그는 아내에게 한마디도 하지 않았다. 비록 그녀가 추한 모습을 보이기는 했지만 다투고 싶은 생각은 없었다. 그는 스스로가 제일 원망스러웠다. 어째서 샤오자오에게 밥을 사겠다고 나섰을까? 단지 친해 보이려고? 아니,

아내가 추해 보이는 것을 막고 싶었다. 하지만 많은 돈까지 쓰고도 끝내 추한 모습을 보이고 말았다! 아내가 추해 보이는 게 뭐가 대수였을까? 아무리 샤오자오가 떼를 써도 밥을 사지 말았어야 했다! 그런다고 제가 날 어쩌겠어? 그냥 있는 모습 그대로 보여주면 되는 거지! 피하고 숨겨서 뭐 하게? 너야말로 근본적으로 부패한 사회의 화신이야. 무료하고 쓸모없는 사회에 감히 맞서지도 못하다니. 너는 사람도 아니야! 왜 샤오자오, 그자의 면상에 냅다 술을 뿌리지 못했지? 그게 아니면 그 자식 코를 쥐고 식초라도 부었어야지! 그저 혼자 답답해하기만 했을 뿐, 감히 제 마누라도 똑바로 쳐다보지 못했어! 항상 자신은 신세대이고 이상이 있다고 생각했는데 알고 보니 영락없는 겁쟁이잖아. 별 볼 일 없는 과원들에게 틀렸다는 말도 제대로 못 하고, 그들의 웃음거리가 돼도 아무 말도 못 하지!

라오리는 샤오자오보다 장다거가 더 원망스러웠다. 샤오자오야 그 자리에서 바로 따끔하게 혼을 내주지 못한 것이 다소 유감스러울 따름이었다. 그러나 장다거는 당해낼 재간이 없었다. 이 짓궂은 장난의 첫번째 승자는 샤오자오, 두 번째 승자는 장다거였다. 장다거는 리 부인에게 너무도 세심하게 신경을 쓰고 여러 번 그녀를 곤경에서 구해주었지만, 사실 그럴 때마다 샤오자오를 대신해서 이 장난을 완성했던 것이다. 어째서 장다거는 직접 샤오자오를 말리지 않았지? 아니면 그 자리에서 직접 나나 아내더러 샤오자오에 눈에는 눈, 이에는 이로 맞서라고 충고해줬어야지. 장다거가 어떻게 감히 그럴 수 있어! 그는 다소 도가 지나쳤다고 했을 뿐 샤오자오가 잘못했다고 하지 않았어. 지나치지만 않다면 아내가 조롱당해도 된다고 생각한 거야. 지난번 장다거 집에 찾아왔던 새댁의 남편은, 손을 써서 의사 시험에 합격했고 또 손을 써서 살인죄를 면하려고 했지. 바로 그게 장다거의 방법이야! 샤오자오가 잉이 엄마를 희롱하게 해놓고 자기는 아주 거룩한 듯 그녀를 달래가며, 온갖 조롱이란 조롱은 다 받게 해놓았어. 이게 그의 방법이라고! 나더러 아내를 데려오라고 한 이가 바로 장다거잖아!

장다거는 어느 누구의 기분도 상하게 하지 않아. 하지만 라오리, 너는 어때? 너도 따지고 보면 그와 같은 종자야! 항상 스스로가 장다거보다 고명하다고 생각했겠지만 사실 너는 그에 비해 한참 모자라! 누군가 장다사오를 희롱했다면? 장다거는 상대의 기분을 상하지 않게 하면서 그녀를 곤경에서 구했을 거야. 라오리, 너는? 아무 대책도 없지? 샤오자오가 뭐 그리 대단한 인물이라고, 너는 끝내 대들지 못했어. 샤오자오가 이 개똥 같은 사회에서 제멋대로 영화를 찍는 동안 너는 고분고분 그를 위한 연기를 한 거야! 그래놓고 무슨 이상이니 혁명을 떠들고 무료한 사회의 허례허식을 타도하겠다는 거야? 하, 하!

아내는 물론 많이 부족하다. 그렇다면 왜 그녀를 데려온 거지? 누가 데려왔지? 마씨 할머니의 아들같이 낭만을 좇기는커녕 그럴 생각조차 감히 못 해! 그저 한평생 사회의 똥이나 먹어라! 기왕 데려왔으면 그걸로 된 거지 왜 또 꼭꼭 감추려고 하는 거지? 어째서 그 몐파오를 입고 둥안 시장에 가면 안 되는 건데? 어째서 그녀를 샤오자오에게 당당히 내보이지 못하냔 말이야?

라오리는 너무 답답해서 가슴이 터질 것만 같았다. 생각할수
록 더 골치가 아프고 갈피를 잡을 수 없었다.

제9장

1

라오리는 일찍 잠에서 깨었다. 다시 잠들려 했지만 잠이 오지 않았다. 일어나 찬물로 얼굴을 훔쳤다. 찬 기운이 뼛속까지 파고들었지만 머리는 한결 가벼워진 느낌이었다. 대충 옷을 걸치고 거리로 나갔다. 거리는 차가웠다. 지나는 행인들은 하나같이 목을 잔뜩 움츠리고 두 손을 소매 속에 마주 넣은 채 콧김을 내뿜으며 종종걸음을 쳤다. 어디로 갈까? 발길 닿는 대로 가보자. 아무 생각도 없이. 장다거, 샤오자오, 우 태극…… 죄다 일고의 가치도 없는 인간들이야! 그냥 걷자. 걷다 보면 어딘가 이르겠지. 붉게 물든 옅은 구름들이 동쪽 하늘에 가로놓인 것이 제법 시정이 있어 보였다. 그런데 시정이 뭐지? 저런, 어느새 시단西單 패루에 이르렀다. 우유 가게 한 곳이 벌써 영업 팻말을 걸어놓고 있었다. 가게 주위로 어슴푸레 햇볕이 들기 시작했다. 들어가 우유 한 잔과 양과자 반쪽을 먹자 속이 약간 쓰렸다. 조금 더 걷다 보니 아예 출근하는 게 나을 것 같았다. 이른 시간이기는 했지만, 이제는 샤오자오와 마주치는 것도 두렵지 않았다. 어제는 왜 그에게 한 방 먹일 생각을 못 했지?

이른 아침부터 너무 걸었는지 괴물 같은 관청에 이르자 다리가 시큰거렸다. 사무실 안은 아직 불도 피우지 않은 채였다. 라오리는 가만히 앉아 기다리기만 했다. '장순아,' '리순아' 하고 사환을 소리쳐 부르지도 못했다. 사환을 부르는 과원도 없었고 사환들이 알아서 찾아올 일도 없었다. 혼자 조용히 있기에 딱 좋았다.

한참 동안 귀신 코빼기도 보이지 않더니, 갑자기 사환들이 요괴라도 본 듯 부산을 떨었다. 소장이 온 것이었다. "누구 있나, 누구 있냐고?" 소장이 연신 고함을 쳤다.

"2과의 리 선생이 있는뎁쇼!" 예닐곱 개 입이 한목소리로 대답했다.

"저기, 소장님이 오시랍니다!"

라오리는 소장실로 갔다. 소장 밑에서 일한 지 이미 2년 가까이 됐지만 소장은 아직 라오리를 모르는 눈치였다. 소장은 당장 처리해서 직접 톈진으로 가지고 가야 할 급한 공무가 있었고 일에 능숙한 라오리가 느긋하게 붓을 들었다. 그동안 소장은 방에서 차를 마시고, 기침을 하고, 얼굴을 닦았다. 아주 바쁜 것 같기도 하고 또 전혀 그렇지 않은 것 같기도 했다. 그는 얼굴이 마치 은화를 늘려놓은 듯 넙적하고 번들거렸으며 눈은 콩알만 했다. 불룩한 배에 다리는 땅딸막해서 걷기보다는 굴러다니는 게 더 나을 것 같았다.

라오리는 다 작성한 서류를 소장에게 건넸다. 제대로 처리된

150

것을 확인한 소장이 콩알만 한 눈으로 마치 위조지폐를 감별하듯 라오리의 얼굴을 훑었다. "리 선생은 무슨 일로 이렇게 일찍 출근했나?"

물론 라오리는 집안일로 성질이 났던 사정을 말하고 싶지 않았다. 하지만 그렇다고 적당히 둘러댈 말도 떠오르지 않아 진땀이 났다. 지금 소장이 하듯 평소에는 쌀쌀맞게 라오리를 대하던 사환들이 오늘 그가 어전에서 공무를 처리하는 것을 보고는 순식간에 태도가 바뀌었다. 제법 나이가 있는 사환이 라오리 대신 대답했다. "리 과원 선생은 매일 이렇게 일찍 출근하십니다. 아무렴요."

소장은 콩알을 굴리며 고개를 끄덕였다. "그렇군. 리 선생, 비서장에게 내가 톈진에 가니까, 일 있으면 그리로 전화하라고 전해주게. 번호는 그가 알고 있어."

말을 마치자 소장의 배가 꿈틀댔다. 사환들은 그가 곧 굴러서 밖을 향해 돌진할 것을 알고 있었다. 관청 밖에서 자동차가 부릉거리며 이른 아침의 차가운 공기를 깨웠다. 소장이 굴러서 차에 올랐다. 푸― 흙먼지가 일고 차가운 거리가 잠시 모래 먼지에 휩싸였다.

샤오자오는 리 부인에게 톡톡히 망신을 줄 사내 방송을 준비했다. 오는 길에 이미 초고를 완성하고, 여기저기 살까지 붙인 터라 동료들이 들으면 웃다가 뒤로 자빠질 게 분명했다. 그런데 생각지도 않게 사환들이 이미 방송을 준비해놓고 있었다. 새벽같이 소장이 왔고, 리 과원이 엄청나게 중요한 일을 능숙하게 처리했고, 소장과 리 과원이 아주 오랫동안 대화를 나누었으며, 소장이 말을 하면서 내내 콩알 같은 눈알을 굴렸다는 것이다. 소장이 눈알을 굴리는 것이 최고의 길조라는 것은 누구나 다 아는 상식이었다. 샤오자오는 막 출근해서 입을 채 열기도 전에 라오리의 소식을 먼저 접했다. 그는 즉시 태도를 바꾸어 라오리에게 달려갔다.

"여보게, 라오리, 소장이 정말 새벽같이 오셨어?"

"평소보다 조금 일찍 오셨을 뿐이야."

라오리는 거짓말을 하고 싶지 않았을 뿐이지만 샤오자오는 그 말이 곧이 믿기지 않았고, 게다가 라오리의 태도가 왠지 시건방져 보이기까지 했다.

"무슨 일 때문에 오셨는데?"

라오리는 무슨 일인지 알려주고 남은 서류도 다 보여주었다. 샤오자오는 그게 얼마나 중요한 일인지는 잘 몰랐지만 라오리의 태도가 평소와 아주 달라 보였다.

"여보게, 라오리, 자네 소장님과 아는 사이였어?"

"나 말이야? 나야 소장님이 오기 전부터 있었는데. 새로 부임하면서 어째서 나를 자르지 않았는지는 모르겠어."

'이런!' 샤오자오는 속으로 생각했다. '그 소리를 지금 나더러 믿으라고? 소장 부인 밑에만 사람이 3백 명이 넘게 있는 마당에 네가 아무 연줄도 없이 자리를 보전했다는 게 말이 되냐고? 라오리 이 녀석, 생각보다 아주 음흉한걸? 미련한 줄 알았는데 조심해야겠어.' 그는 라오리에게 말했다. "여보게, 라오리, 소장이 자네한테 한자리 준다고 하지는 않았어?"

"공무 하나 처리한 게 뭐 그리 대수라고!" 라오리는 속으로는 샤오자오가 너무 싫었지만 그렇다고 대답을 안 하지도 못했다.

"아참, 부인께선 어제 댁에 잘 들어가셨어? 나 많이 욕했지?"

"무슨 그런 소리를, 개안을 한 거지, 신나서 입을 다물지 못하더군!" 이렇게 멋진 거짓말을 할 수 있다니, 라오리는 자신이 신기했다.

샤오자오는 순간 긴장했다. 라오리는 미련하기는커녕 보통 내기가 아닌 게 분명하다. 게다가 소장과 뭔가 줄이 닿아 있다면 놀려먹고 치울 생각을 할 게 아니라 오히려 비위를 맞춰야 되는 거잖아? 그래, 우선 비위를 맞춰주자! "라오리, 어제 답례로 오늘은 내가 모시고 싶은데, 부인께서 꼭 오셨으면 좋겠어. 다른 부인들도 몇 분 초청할 거야. 아니면 내가 손에 장을 지질게!"

라오리는 초대하는 것도 싫었지만 초대받는 것은 더 질색이었다. 하지만 오기가 발동해 즉석에서 응낙했다. 그는 속으로 다짐했다. '이 자식, 어디 한 번만 더 허튼수작을 부려봐라, 네 놈 껍질을 벗겨놓고 말 테다!'

집에 돌아와 샤오자오와의 약속을 말하자 아내는 눈이 휘둥그레졌다. 사실 그녀는 라오리가 돌아오면 한바탕 싫은 소리들을 각오를 단단히 하고 있었다. 비록 서양 요리도 제대로 먹지 못했지만 어쨌든 추한 꼴을 보인 것은 부인할 수 없는 사실이고, 때문에 남편이 새벽같이 집을 나가버린 게 아닌가! 그런 남편이 돌아와 화를 내지 않자, 기분이 묘하기는 했어도 다소 마음이 놓였다. 그런데 누가 또 식사 초대를 했고 게다가 초대한 당사자가 바로 샤오자오라니. 그녀는 금방이라도 눈물을 뚝뚝 흘릴 것만 같았다. 남편이 이런 식으로 나를 벌주려는 게 틀림없어. 한 번 더 망신을 준 다음, 먼저 것까지 싸잡아 두 배로 성질을 부리려는 거야!

라오리는 자세히 설명하는 것에 익숙하지 않았다. 다툴 의도는 전혀 없었지만 말이 제멋대로 튀어나오는 바람에 입장만 난처해졌다.

"다시는 안 가요. 더구나 그 사람들이라면. 어제 저녁에 이미 망신당할 대로 다 당했는데 뭘 더 망신을 주겠다는 거예요?" 리 부인은 얼굴이 백지장이 되었다.

"바로 그것 때문에라도 꼭 가야 돼. 어제 저들이 건드린 게 누구의 코털인지 똑똑히 보여줘야 해!"

"그게 당신 코털은 아니잖아요!"

"내가 가라면 가는 거야, 이번엔 다른 부인들도 온대!"

"절대로 못 가요!"

라오리는 한바탕 다투지 않으면 안 될 것 같았다. 하지만 그게 무슨 소용이 있는가? 하물며 샤오자오와의 기싸움이 그럴 만한 가치가 있나? 이렇게 기싸움을 벌인들 무슨 소용이 있겠나? 집어치우자, 가든 말든 내가 무슨 상관이람! 그렇게 생각하고 있는데 마침 잉이 말했다.

"엄마, 우리 가! 우리 그 큰 고깃덩어리 또 먹자, 나는 몰래 포크 가져올 거야. 얼마나 재밌었는데!"

이 틈을 타서 라오리가 분쟁을 끝냈다. "그래, 잉이도 가고 링이도 가고 엄마도 가자."

아내는 아무 말도 하지 않았다.

"5시에 올게, 준비하고 있어."

여전히, 아내는 아무 말도 하지 않았다.

5시. 라오리는 집으로 가는 길에 생각했다. 아내는 틀림없이 헝클어진 머리에, 손에 밀가루나 잔뜩 묻히고 있겠지. 그런데 집에 들어서기도 전에, 잉과 링, 마씨 할머니가 벌써 대문 앞에 나와 있었다. 아이들은 이미 단장을 마친 채였다.

"할머니, 어젯밤에는 미처⋯⋯" 라오리는 뭐라 미안함을 표시해야 할지 적당한 표현이 떠오르지 않았다.

"아니에요." 노부인은 그가 무슨 말을 하려는지 다 안다는 투로 말했다.

"오늘도 나가서 드셔요?"

"네." 라오리가 링을 안았다. "재미없어요!"

"그런 말 말아요. 관청에서 일하는 양반들이 요즘 같은 신년 벽두에 약속이 오죽 많겠어요? 우리 아들 녀석은⋯⋯" 노부인은 말을 하다 말고 한숨을 쉬었다.

리 부인도 치장을 끝내고 나왔다. 그녀는 라오리가 한 번도 보지 못한 남색 가죽 파오를 입고 있었다. 엄격한 잣대만 들이대지 않는다면 허리도 가늘어 보이고 길이도 적당했다.

"옆집 새댁이 빌려줬어요." 리 부인이 이렇게 말하고는 얼른 한마디를 더 보탰다.

"당신 보기에 별로면, 어제 그 멘파오 입을게요."

"전에 옷 만든다고 재료까지 다 사다놓더니 왜 여태 안 만들었어?"

남편의 대답이 초점을 잃은 것을 보니 가죽 파오를 벗을 필요는 없겠구나 하고, 그녀는 생각했다. 하지만 남편의 질문에는 대답하지 않았다. 몇 마디 말로는 다 설명할 수 없었기 때문이다.

리 부인은 오늘 머릿결이 유난히 반들거리고, 입술에는 연지를 발랐다. 분가루도 고르고 매끄러웠으며, 게다가 긴 눈썹까지 붙여서 요모조모 따져보니 시골에서 살 때보다 두 살은 더 젊어 보였다. 오늘은 몸에 배인 기름내도 특별해 보였다.

"동채 새댁이 반나절은 꾸몄을 거예요." 리 부인은 아주 만족스러운 눈치였다.

결코 안 가겠다던 사람이 생각을 바꾸어 선뜻 가겠다고 나선 이유가 모르긴 몰라도 옆집 새댁과 관계가 있을 것이다. 라오리는 그런 생각이 들었지만 더 묻지 않았다.

"할머니, 동생, 집 좀 봐주세요. 우리 나가요." 리 부인은 태도가 상냥해졌을 뿐 아니라 말투도 부드러워졌다. 아무래도 옆집 아우에게서 옮겨 온 것 같았다.

샤오자오가 초대한 곳은 퉁허취였다. 차를 탈 필요도 없이 그저 몇 걸음만 걸으면 되는 곳이었다. 하지만 그 몇 걸음 가는 동안 링이 작은 기와 조각들을 발로 툭툭 차는 바람에 발이 온통 먼지투성이가 되었다. 아빠가 못 하게 하자 링은 몰래 그 조각들을 주워 호주머니에 넣었다.

2

우 태극이 첩을 들이려고 안달이 날 만도 했다. 우 부인의 생김새는 솔직히 그냥 봐주기 민망했다. 호랑이 등짝에 곰 같은 허리는 무슨 무술 하는 사람 같았지만 전족한 발을 보면 대홍권大洪拳은커녕 태극권도 힘에 부쳐 보였다. 체구는 가로세로가 거의 비슷해서 마치 네모난 떡판 같았고, 그 위에 얹은 호빵 같은 얼굴은 너무 하얘서 마치 석회 물에 사흘은 담가놓은 것 같았다. 눈꺼풀과 코끝, 귀, 입술은 모두 빨갛게 불타고 있었고, 그 불길에 다 타버렸는지 눈썹과 머리카락은 남은 것이 얼마 없었다. 눈과 눈썹은 넓은 여백을 제대로 활용하지 못하고 제멋대로였다. 마치 사내아이가 그린 머리통에 여자아이가 코와 눈 따위를 빽빽하게 한곳에 모아 조심스럽게 그려 넣은 것 같았다. 특히 눈과 귀 사이는 멀고도 멀어서 힘을 좀 써야 겨우 거리를 잴 수 있을 것 같았다. 하지만 말씨는 아주 상냥해서 마치 석회 공장 주인이 손님을 대하는 것 같은 투였다.

우 태극은 감히 아내를 똑바로 쳐다보지는 못하고, 누구든 한 대 후려쳐야 직성이 풀릴 것처럼 자신의 큰 주먹만 내려보고 있었다.

추 선생의 부인은 아주 교양 있어 보이기는 했지만 인심을 얻게 생기지는 않았다. 왜소하고 삐쩍 마른 몸매에 윗니가 통째로 입술 밖에 전시돼 있었다. 짧게 자른 머리카락은 얼마 남아 있지 않았고 널빤지 같은 가슴은 필요하면 벽에 붙여도 될 것 같았다. 추 선생은 아내를 무척 존경하는 것 같았다. 부인이 한번 말을 하면 그는 얼른 주위 사람들의 반응을 살폈고, 부인이 우스갯소리를 하면 주위를 훑어보며 사람들이 웃는지 확인한 다음 얼른 자신도 아내에게 웃어 보였다. 답답해 보이는 웃음이었다.

쑨 선생의 부인은 참석하지 못했다. 열렬한 산아 제한 옹호자인 쑨 선생은 이미 3년간 온갖 방법을 동원했지만 아내는 해마다 아이를 낳았고, 지금도 배가 보름달만 해 있었다. 과원으로서 산아 제한을 논하는 것은 대역무도 죄에 가까웠지만 쑨 선생은 비록 산아 제한을 '논'하기는 했어도 '자녀만당子女滿堂', 즉 자식들로 집 안을 가득 채우는 데에는 전혀 문제가 없었다. 때문에 여전히 동료들의 존경을 한 몸에 받으며 심지어 자식이 없는 사람들의 선망의 대상이 되기까지 했다. "쑨 선생네를 보라고, 자식은 다 하늘이 내리는 거야!"

그나마 장다사오가 옷이나 화장이 신분과 나이에 걸맞아 봐줄 만했다.

샤오자오의 부인은 오지 않았다. 아니, 그에게 아내가 있는지 정확하게 아는 사람이 없었다. 본인은 내조하는 이가 있다고 했지만 직접 본 사람은 아무도 없었다. 언제는 그녀가 베이핑에 있다고 했다가 또 언제는 톈진 또는 상하이에 있다고도 했다. 오로지 샤오자오만 알 따름이다. 누구는 부인이 샤오자오와 같이 살다가 다른 사람과 살다가 한다고도 했다. 다만 샤오자오 자신이 인정한 적은 없으니 딱히 믿을 수도 없었다.

부인들이 자리에 앉았다. 남자들은 누구도 감히 어제의 일을 끄집어내지 못했고, 슬쩍 리 부인을 훔쳐보며 웃지도 않았다. 오히려 아주 공손하게 그녀와 두 아이를 맞이했다.

라오리는 다른 부인들과 자신의 아내를 비교해보았다. 그리고 내린 결론은 부부란 따지고 보면 별거 아닌 사이라는 것이었다. '대충대충' 서로를 참고 사는 것이 필요했다. 대충대충 살지 않으려면 근본적으로 결혼이라는 제도를 없애는 수밖에 없었다. 하지만 결혼 제도를 없앤다고 어찌 저 부인들이 힘들지 않을까? 장다사오를 빼면 나머지 부인들은 태어나면서부터 서른 살처럼 사느라 청춘조차 누려보지 못했을 테니까 말이다.

떡판 같은 우 부인, 이빨 전시회 중인 추 부인, 장다사오, 그리고 옷을 빌려 입은 리 부인. 그녀들의 회담이 시작되었다. 그녀들의 지적 수준은 그다지 크게 차이가 나 보이지 않았다. 대학을 나온 교양 있는 추 부인은 링의 호랑이 신발이 마음에 들었는지 리 부인에게 만드는 법을 물었다. 떡판 부인은 장다사오와 베이핑에서 장뤄보*가 가장 맛있는 집이 어딘지 따지고 있었고 장다사오와 시골 출신의 리 부인은 마치 가족처럼 서로를 불렀다. 이 회담에서 논해지는 문제들은 죄다 사소한 것들이었다. 하지만 모두가 다 소크라테스가 평생을 두고 깨달은 것보다 소중한, 실생활에 바로 응용할 수 있는 지식과 경험을 얻었고 무척 재미있어했다. 라오리가 보기에는 이런 사소한 것들이 우 선생이 만날 떠드는 태극권이나 첩 문제나 샤오자오가 자랑삼는 소장 부인 심부름해준 이야기, 장다거가 중매 서는 일보다 훨씬 가치 있어 보였다. 게다가 아주 신식도, 아주 구닥다리도 아닌 이 아줌마들은 그저 자기들끼리 얘기할 뿐 남편은

---

* 醬蘿蔔: 무 절임.

전혀 신경 쓰지 않았다. 비평과 주장이 오고 가는 주제는 오로지 여자와 아이 들에 대한 것뿐이었다. 남자들은 입만 열면 엄청나게 짜증이 날 정도로 여자들이 어쩌고저쩌고 하는데, 여자들은 남자에 대해서 일언반구도 하지 않았다. 라오리는 자못 여자들이 존경스러워져서 아내에게 가죽 파오라도 사줄까 하는 생각이 들려고 했다.

모두가 아주 예의 바르게 그리고 천천히 식사를 했고 지나치게 술을 마시는 사람도 없었다. 우 태극은 장다거 바로 옆에 앉았지만 '첩'의 'ㅊ' 자도 꺼내지 못했다. 쑨 선생도 감히 산아제한 방법을 선전할 엄두도 내지 못하고, 그저 기회가 있을 때마다 '저팔계가 거울을 본다는 말은 뭘 하든지 욕먹게 되어 있다는 뜻이야' 같은 베이핑 속담이나 익혔다. 샤오자오는 하하 웃어주려고 몇 번 입을 벌리려고 했지만 그때마다 교양 있는 추 부인이 맞불을 놓았다. 추 선생은 부인의 승리를 축하하며 박수를 치려다가 부인의 이빨에 압도되어 이내 쭈그러들었다. 추 부인이 맞불을 놓을 때엔 아랫니까지도 고스란히 보였는데, 이 동작은 상대의 귀를 꽉 물고 늘어지겠다는 암시였다. 라오리는 인생이 참 공평한 것 같았다. 이 부인들은 태어날 때부터 30대였다고 하더라도 아무 서러움이 없을 것 같았다.

식사를 마치자 부인들은 집 주소를 주고받으며 서로 방문할 날짜를 정했다. 마치 가까이 다가가면 데일 것마냥 그녀들 사이가 후끈 달아올랐다.

3

이틀이 지나 라오리가 관청에서 돌아왔을 때, 아내가 이전에는 볼 수 없었던 미소를 짓고 있었다. 내심 뭔가 깨달은 바가 있는 것 같았다.

"우 부인이 오셨어요." 그녀가 말했다.

그는 고개를 끄덕이며 속으로 생각했다. '그 떡판!'

"우 부인이 진짜 맘고생이 심해요." 그녀가 넌지시 말했다.

"왜?"

"우 선생님은, 진짜 못된 사람이에요!"

라오리는 흥 하고 콧방귀를 뀌었다. 남자들은 남의 마누라 흉을 보고, 여자들은 자기 남편 흉을 보는구나!

"그분이 기어코 작은마누라를 들였대요, 결국! 부인이 그렇게 상냥하고 능력도 많은데 뭐 하러 또 여자를 들이냐는 말이에요!"

라오리는 속으로 말했다. '떡판이거든!'

"당신, 앞으로 우 선생님하고 너무 가깝게 지내지 마세요."

저런, 연맹이 생겼구나! 남자들이 독재를 끝내자 여자들이 곧바로 고개를 쳐들었군. 장다거의 저울은 아무리 애를 써도 결코 균형을 맞출 수 없을 거야. 내가 높던지 네가 낮던지, 평형은 불가능해! "내가 뭘 어쨌다고 그래?"

"제 말은 우 부인이 남자들은 다 믿을 수 없다고 했다는 거예요."

"나도 못 믿어?"

"누가 당신을 못 믿는대요? 그냥 우 부인이 그렇게 말했다는 거지요. 당신이야 의심할 가치라도 있어요?" 말투가 부드럽기는 했지만 전에는 감히 이런 투로 말한 적이 없었다.

라오리는 여자들끼리 뒤에서 쓸데없는 소리 하지 말고, 앞으로 떡판 부인 집에도 가지 말라고 주의를 주려고 했지만, 말이 나오지 않았다. 하지만 아줌마들에 대한 존경심은 이 시간부로 모조리 날려버렸다. 남자건 여자건 다 똑같다. 무료, 무의미, 헛소리뿐이야! 결혼은 아쉬운 대로 그냥 참고 사는 것이고, 제대로 살려면 결혼 제도를 없애는 게 최선이다. 가정이란 남녀와 어린아이, 빈대, 떡판 같은 친구들의 시끄럽고 역겨운 작은 전쟁터다! 라오리는 이런 악취 나는 곳에서 뛰쳐나갈 용기가 없는 자신이 원망스러웠다! 남자건 여자건, 그저 진정한 지기와 터놓고 이야기나 나누고 싶었다. 어디 가면 찾을 수 있을까? 가정은 썩은 물이 고인 시궁창이고 세계는 사막이다! 어떤 말을 한들 무슨 소용이 있으리? 그게 네 팔자다!

4

리 부인은 나날이 간이 커져서 배 밖으로 나올 지경이었다. 장다사오, 우 떡판, 추 부인, 갓 출산한 쑨 부인이 국제연맹을 조직했다. 마씨 새댁도 회원국이었다. 물론 리 부인은 말솜씨나 태도가 다른 부인들처럼 세련된 것도, 아는 게 많은 것도, 세상 물정에 밝은 것도 아니었다. 하지만 멍청이도 다 제 복은 타고나는 것 같았다. 게다가 부족한 리 부인이 있어서 다른 부인들은 동정, 원조, 관리, 지도 따위의 선의를 뽐낼 수 있었다.

말하자면 리 부인은 약소국이고 다른 부인들은 국제연맹 상임
이사국인 셈이었다. 다른 부인들은 잉이나 링 같은 아이들이
없었다. 장다사오의 딸은 이미 다 컸고 쑨 부인의 아기는 너
무 어렸다. 추 부인은 아들을 간절히 바라지만 널빤지 같은 몸
으로 입체적인 아기를 낳기는 쉽지 않았다. 그래서 제 아이들
을 주제로 리 부인은 장황하게 일장 연설을 늘어놓을 수 있었
다. 추 부인은 비록 대학까지 나왔지만, 아이를 낳아본 적이 없
으니 출산과 육아의 고통에 관한 한 바보나 다름없는 터라 리
부인의 연설에 귀를 기울이지 않을 수 없었다. 리 부인이 시골
농사일에 대해 말하기 시작하면 도시에서만 살아온 부인들은
모두 다른 세상 얘기를 듣는 것 같았다. 추 부인은 부추가 땅
에서 자라는 것도 본 적이 없었던 것이다.

마씨 새댁의 권유로 리 부인은 남편과 상의도 하지 않고 머
리카락을 잘랐다. 그래도 남은 머리가 있어서 뭉툭하게 두 갈
래로 땋았다. 우 떡판은 그걸 보고 갈래머리 덕에 10년은 어려
보여서, 라오리가 적어도 5년 동안은 첩 생각을 하지 않을 거
라고 했다. 하지만 라오리는 갈래머리를 보자마자 머리가 지끈
거렸다. 도대체가 이 여자를 어떻게 대해야 좋을지 몰랐다. 그
래도 말을 아끼는 게 낫겠다 싶어 입을 닫았지만 부부 사이에
입을 닫는 것은 주둥이 없는 찻주전자가 되는 거나 마찬가지였
다. 아무리 차를 따르려 해도 나오지 않고, 급한 마음에 거꾸로
뒤집으면 찻잎은 물론이고 차까지 모두 바닥에 쏟게 되는 법
이다. "꾸미고 화장하는 거야 괜찮아. 하지만 자기 주제에 맞게
수수한 맛이 있어야지, 나이가 서른이 넘어가지고 갈래머리가

뭐야?" 이렇게 라오리는 따끔하게 한마디하고 싶었지만, 말이 쉽게 나오지 않아 내내 아무 말도 못한 채 속만 태웠다. 이 따위 말은 그야말로 부르주아나 하는 것이었다. 라오리는 자신을 경멸했다. 자신을 경멸하는 자가 다른 사람을 훈계할 수는 없는 법이다.

돈도 문제였다. 예전에는 주면 받고 안 주면 그만이었는데 이제는 시도 때도 없이 돈타령이었다. 아내에게 돈을 주지 않은 것이 잘못이었다는 점은 라오리도 인정하지만 이젠 수시로 돈을 달래서는 죄다 쓸데없는 것을 사는 데 썼다. 아무리 라오리가 돈을 아끼지 않는다고 해도, 생돈을 가지고 하천에 물수제비 띄우듯 허비하는 꼴을 그냥 보고만 있을 수는 없었다. 시골 사람은 돈을 쓸 줄 모른다고 누가 그래? 그녀는 노상 장씨네, 우씨네를 들락거리며 선물을 사고 오가는 길에는 여지없이 인력거를 탔다. 돌아와서도 무엇을 샀는지 한마디 보고도 하지 않고, 떡판 부인이 뭐라고 했네, 추 부인이 또 무슨 새 옷을 샀네, 실없는 얘기만 늘어놓았다. 라오우와 샤오자오의 실없는 소리와 매한가지로 그런 얘기는 듣고 싶지 않았다. 관청에서는 그들이 지껄이는 소리를 종일 듣고 집에 돌아와서는 또 그녀가 지껄이는 소리를 들어야 하니, 그야말로 입은 오로지 헛소리를 지껄이라고 달려 있는 것 같았다. 게다가 이제는 형편이 별로 넉넉하지 않은 것 같았다.

더 참을 수 없는 것은 그녀가 우씨와 추씨, 두 부인에게서 남편을 단속하는 방법을 배워 온 것이다. 떡판 부인의 방법은 이랬다. 남편은 1위안이 생기면 의무적으로 아내에게 1자오를 주어야 한다. 남편은 밤 10시까지 귀가해야 하며 통금 시간이 넘으면 문을 걸어 잠그고 기다리지 않는다. 매일 밤 한차례씩 남편의 호주머니를 검사해서 새 손수건이 나오면 즉시 심문한다. 요즘 같은 시절에는 여자 종업원, 학생, 이발사, 직원, 선생 등이 때와 장소를 가리지 않고 남편을 꾈 가능성이 있다는 것이다. 추 부인의 방법은 훨씬 간단했다. 딴 여자가 생겨서 남편이 부인에게 웃음을 보이지 않으면 확 깨물어버리라는 것이었다.

어느 날 라오리가 11시 반에 돌아왔더니, 문이 잠기지는 않았지만 불이 꺼져 있고 아내는 얼굴을 벽 쪽으로 대고 자는 척했다. 밀쳐도 깨지 않는 것을 보면 자는 척하는 게 분명했다. 그녀 배후에는 연맹이 있으므로 충고해봤자 헛수고이고 변명한들 자신만 구차해질 게 뻔했다. 그저 누워서 자는 척하는 수밖에. 옆에 멍청하고 차가운 돌덩이가 누워 있다. 돌덩이 위로 놓인 갈래머리가 낡아빠진 두 자루 칫솔 같았다.

'훈련시키면 된다고? 장다거는 정말 여자를 몰라. 오히려 "내가" 지금 무슨 교습소에 들어와 있는 것 같네!' 라오리는 한숨을 쉬었다. 마음 같아서는 아내를 발로 걷어차버리고 싶었지만, 그건 좀 심한 것 같았다. 그녀의 화를 돋우려고 일부러 아무렇지도 않다는 듯 소리를 길게 빼며 하품을 했다.

라오리는 생각하느라 내내 잠을 이루지 못했다. 안 되겠어. 더 이상은 못 참겠어. 며칠 전 돈을 달라더니, 머리를 자르고 친구를 만나고 한 게 다 남편을 떠본 거였구나. 별말이 없으니까, 그래, 옳거니 싶었던 거야. 그래서 오늘 밤에는 공격 수위를 한 단계 더 높여서 기다리지 않은 것일 테니, 이번에 반격하지 않으면 다음에는 아예 요물로 변할지도 모르겠다! 시골에서 데려오기 전엔 그녀를 멍청이들 틈 속에 내버려둔 거였고, 데려오면서는 가르치면 좀 똑똑해질 수도 있겠지 싶었다. 하지만 지금, 그는 다시 그녀를 원래의 자리로 되돌려놓기로 결심했다. 멍청이로 말이다! 처음에 그는 아내와 신식 여성의 차이가 단지 가방 끈의 길이라고 생각했다. 하지만 이제, 얄팍한 교육으로 그간 부족했던 사랑을 메우기란 불가능하다는 것을 깨달았다. 가족을 데려와서 그녀의 바람을 이뤄주려고 생각했는데, 지금은 오히려 그를 깔아뭉개려고 드는 것이다. 그녀의 모든 것이 다 싫다! 아이들이 놀라 깰 테니 굳이 한밤중에 싸울 필요는 없겠지. 하지만 더 이상 이런 돌덩어리와 한 이불을 덮고 잘 수는 없었다. 그는 일어나 등잔을 더듬어 불을 켰다. 그러고 나서 이불을 걷고 의자를 모두 거실로 옮긴 다음 나란히 놓아 침상을 만들어 그 위에 외투를 얹었다. 한참을 누워 있으니 방에서 기척이 들렸다.

"링이 아빠, 뭐 해요?"

말투는 여전히 억셌지만 조금 후회하는 기색이었다.

라오리는 아무 말 없이 훅 하고 등잔을 끄고 그녀가 목 놓아 울기를 기다렸다. 그녀가 멋대로 고래고래 울부짖는다면 내일 아침 일어나자마자 당장 그녀를 고향으로 돌려보낼 것이다!

그러나 아내는 울지 않았다. 라오리는 더 부아가 치밀었다. '풍선, 물컹하지도 딱딱하지도 않은 풍선이야, 고무풍선!' 속으로 욕을 했다. 소설이나 영화를 보면 부부가 싸우다가도 나중에는 서로 껴안고 키스하면서 끝이 났다. '사랑과 전쟁.' 하지만 그녀가 그런 걸 알 리가 없으니 라오리는 키스도, 화해할 가망도 없었다. 사랑과 전쟁이란 물론 시시한 것이지만 그래도 거기에는 어쨌든 '사랑'이 있다. 그래, 나는 사랑하지 않으니까 싸울 일도 없는 거다. 돌덩어리, 멍청이!

"그러다 감기 들겠어요. 어서 들어와요!" 그녀가 낮은 소리로 불렀다.

라오리는 여전히 들은 척도 않고 오로지 그녀가 목 놓아 울기만 기다렸다. '울면 바로 보내는 거다, 두말하면 잔소리지!' 굳게 다짐했다. 모질게 마음을 먹을수록 속이 더 통쾌했다. 한밤중에 아내를 때리는 사람이 수두룩하다던데, 아무리 소 같은 것이라도 때리면 안 되지!

"링이 아빠." 그녀가 침대에서 나와 바닥의 신발을 더듬었다.

라오리는 숨을 죽인 채 기다렸다. 거리에 자동차가 두 번이나 지나가도록 그녀는 내내 신발을 찾고 있었다.

"당신 뭐 하는 거예요?" 그녀가 나왔다. "머리가 좀 아파서 당신이 들어오는 소리도 못 들었어요, 정말이에요!"

'거짓말하지 않으면 여자가 아니지!' 그는 속으로 말했다.

"어서 들어가서 편하게 주무셔요. 감기 들겠어요! 성냥 어디 있어요?" 그녀는 탁자를 더듬어 성냥을 찾아 불을 켜고는 다가와 그의 이불을 들췄다. "자, 들어가요, 날이 너무 차요!"

라오리는 굳게 닫힌 철문마냥 입을 꾹 다물고 그녀를 쳐다봤다. 두 눈에 눈물이 그렁그렁한 걸 보니 그렇게 몰상식한 여자는 아니다 싶었다. 양쪽으로 뻗친 갈래머리가 불빛 아래 마치 독수리 날개처럼 보였다. 몰상식한 여자는 아니었지만 그래도 이런 여인을 사랑할 수는 없었다. 라오리는 그녀를 따라 방에 들어가 누웠다. 무슨 말을 하려나 기다렸지만 그녀는 아무 말도 하지 않았다. 다시 한참을 눈을 뜬 채로 생각했지만 묘수가 떠오르지 않았다. 결국 심사가 뒤틀린 채 잠이 들었다.

제10장

1

섣달그믐. 설이야 그저 애들 쇠라고 있는 거지, 다 큰 어른이 설은 무슨 설? 그저 두 아이에게 장난감이나 한 아름씩 안겨주면 그것으로 아빠의 책임은 다한 것이고, 그러면서 새해를 즐겁게 맞이하는 거지. 라오리는 그렇게 생각했다.

그러나 리 부인은 남들이 이것저것 물건을 사고, 배추를 고르고, 떡을 주문하는 것을 보며 온몸이 근질거리고, 당장이라도 눈물이 뚝뚝 떨어질 듯 얼굴이 일그러졌다.

그제야 라오리는 어른도 설을 쇠야 한다는 것을 알아차렸다. 그렇게 하지 않으면 섣달그믐 아니면 정월 초하루에 누군가 기둥에 목을 매는 불상사가 일어날 수도 있을 것 같았다. 그는 아내에게 20위안을 주었다. '사고 싶은 게 있으면 뭐든지 사. 아니면 몽땅 개한테 던져주든지. 맘대로 해.' 그는 속으로 말했다.

일요일이 되자 부인은 남편에게 아이들을 맡기고 대대적으로 시스 패루 공략에 나섰다.

마씨 할머니도 대바구니와 열 개 남짓의 작은 통들을 가지고 시장에 수확하러 나갔다.

그동안 라오리는 아이들과 놀았다. 링은 "아빠 소", 잉은 "아빠 호랑이!"라고 하는 통에 아빠는 짐승이 되어야 했다. 내내 허리를 굽히고 바닥을 기었고 링은 고래고래 고함을 쳤다.

"링아." 창밖에서 여리게 부르는 소리가 들렸다. "링아, 이거 가져가."

"네에." 링은 아기 고양이처럼 애교 섞인 소리로 대답하며 문을 열었다.

라오리는 얼른 몸을 추슬러 원래 모습으로 되돌아왔다. 마씨 새댁이 손에 빨간 순무를 들고 있었다. 순무 가운데에 엷은 노란색의 배추심을 꽂고 그 주위에 마늘 조각 대여섯 개를 붙인 다음 그 위에 여린 녹두 새싹을 얹었다.

"어머, 다거도 댁에 계셨네요. 형님은요?"

그녀는 그 빨간 놀잇감을 손에 든 채 쑥스러운 듯 뒤로 물러섰다.

"시장에 갔습니다." 라오리는 얼굴이 새빨개졌다. 그는 잔뜩 긴장해서 간신히 말을 이었다. "들어오세요!"

그녀는 들어오지 않으려고 했지만 링이 그녀를 잡아끌며 놓아주지 않았다. 잉도 다리를 끌어안았다.

라오리는 드디어 그녀를 자세히 볼 수 있었다. 확실히 예뻤다! 아름답다고까지 할 수는 없지만 하여튼 예뻤다. 몸에 어디 하나 균형 잡히지 않은 곳 없이 아주 깜찍했다. 자그마한 체구는 마치 명장의 조각품인 듯 어깨며 허벅지가 다 동글동글했다. 등은 곧았고 특히 머리에서 어깨로 이어지는 곡선이 곱고 자연스러웠다. 얼굴이 갸름했고 커다란 눈에 길고 가지런한 눈썹, 머리를 자르고 두 가닥으로 땋은 갈래머리는 아내에 비해 백 년은 더 세련돼 보였다! 하늘색의 칠부 가죽 파오는 편안하고 여유로워 보였으며 아래로 여린 손목이 보였다. 발랄하면서도 고고하고 또 우아한 느낌이 옷 밖으로 은근히 배어났고, 그 덕에 마치 걸작을 에워싼 것처럼 그녀 주위의 공기도 쾌적하고 활력이 넘쳐 보였다. 아름답다고 할 수는 없지만 바로 그런 분위기가 그녀를 사랑스러워 보이게 하는 것 같았다.

라오리는 자신이 생각해도 부끄러울 정도로 뚫어지게 그녀를 쳐다보았다! 그녀가 걸음을 내딛을 때면 신체의 모든 부분이 자연스럽게 조화를 이루며 따라 움직였다. 걷는 것이 아니라 온몸이 가볍게 이동하는 것 같았다. 몸매가 얼굴보다 훨씬 예뻤다.

"아줌마가 이거 저쪽에 걸까, 잉아?" 그녀는 순무를 높이 들었다. "이건 갖고 노는 게 아니라 걸어두는 거야. 조금 있으면 배추에 노란 꽃이 필 거야." 그녀는 아이들에게 말을 걸면서도 라오리를 피하지는 않았다.

"아빠보고 하라고 해!" 잉이 말했다.

라오리는 웃었다. 순무를 걸 만한 마땅한 곳을 찾지 못한 새댁은 그 놀잇감을 탁자 위에 조심스레 내려놓았다.

"저는 또 할 일이 있어요." 그녀는 밖으로 나갔다.

"놀아줘, 놀아줘!" 잉이 한사코 떼를 썼다.

라오리는 얼른 뭐라고 대답하고 싶었지만 적당한 말이 떠오르지 않았다. 그러다 별안간 손에 불끈 힘을 주며 한마디 했다. "부모님은 성이 어떻게 되십니까?" 뜬금없는 소리였지만 어쨌든 말을 하기는 한 셈이었다. 새댁은 놀란 기색 없이 입가에 살짝 미소를 지으며 말했다. "황씨예요." 그 미소가 글자 속에 녹아 있는 듯했다. 글자는 아름답지 않지만 소리는 아름다웠다.

"친정에는 자주 들르십니까?" 라오리는 겨우 찾은 얘깃거리를 쉽사리 포기하고 싶지 않은 것 같았다.

"절대 못 가지요." 그녀가 링을 토닥이며 말했다.

"부모님이 오지 못하게 하세요."

"왜요?"

그녀가 다시 미소를 지었지만 이번엔 약간 눈살을 찌푸렸다. "제가 필요 없으시대요!"

"그건 좀 너무."

라오리는 '너무' 다음에 뭐라고 말하면 좋을지 몰랐다.

"링아, 이리 와, 아줌마랑 놀자." 그녀가 링을 데리고 밖으로 나갔다.

"나도 갈래!" 잉이 장난감을 한 아름 안고 따라 나갔다.

그녀는 문가에서 살짝 안쪽으로 고개를 돌리며 가볍게 고개를 끄덕였다. 라오리는 또 뭐라고 말하면 좋을지 몰랐다. 그는 혼자 붉은 순무를 바라보며 바지 주머니에 손을 넣었다. '친정에서는 왜 그녀를 못 오게 하는 걸까?'

2

명절 장보기 전투에서 리 부인이 대승을 거두고 돌아왔다. 포장 끈에 짓눌려 열 손가락 가운데 어느 것 하나 빨갛게 줄이 가지 않은 것이 없고, 양손에 들린 꾸러미는 너무 많아서 일일이 셀 수도 없었다. 코끝은 빨간 앵두마냥 꽁꽁 얼었지만, 보무도 당당하게 개선문을 들어서듯 대문을 들어섰다. 라오리가 준 20위안 가운데 겨우 1자오 남짓을 남겨 오고도 간장이며 양고기며 자잘한 것들은 아직 사지 못했다. 라오리는 뭐라고 잔소리를 하지는 않았지만 그렇다고 칭찬을 하지도 않았다. 그녀는 남편이 뭐라 묻기만 하면 곧바로 전리품들을 내보일 만반의 준비가 되어 있었지만 그는 끝내 아무 말도 하지 않았다. 아내가 한숨을 쉬었다. "양고기는 아직 못 샀어요!" 라오리는 흥 하고 콧방귀를 뀌었다.

아뿔싸! 그래 놓고 그는 아차 싶었다. 왜 야단치는 셈치고 한두 마디라도 하지 못했을까? 서먹서먹한 분위기를 깰 절호의 기회였는데, 고작 콧방귀라니! 사실 그는 집안일은 안중에도 없었다. 여러 번 본 영화처럼, 그녀에게 전혀 흥미가 일지 않았다.

딩얼 영감이 장다사오가 수양딸에게 주는 새해 선물을 가지고 왔다. 아이들은 딩얼 영감이 오는 소리를 듣자마자 언제 그랬냐는 듯 마씨 아줌마는 내팽개치고 얼른 달려와 장난감들을 몽땅 딩얼 할아버지 품에 풀어놓았다. 장다사오 눈에는 딩얼 영감이 폐물처럼 보였지만 잉과 링에게는 둘도 없이 소중한 보배였다.

라오리는 딩얼 영감과 별로 할 말이 없었다. 하지만 아내는 최고의 대화 상대를 얻은 것 같았다. 딩얼 영감은 그녀의 말을 잘 듣고 또 맞장구도 쳐주었다.

"날씨가 정말 추워요!" 그녀가 말했다.

"그러게 말입니다! 물도 밖에 내놓기만 하면 곧바로 얼어붙네요! 세밑이 제일 추울 때지요!" 그가 해설을 달았다.

"밤버섯[口蘑]이 너무 비싸요!" 리 부인이 한숨을 쉬었다.

"그러게 말입니다. 그것도 입[口]이 달렸다고 그런가 봅니다. 비싸요, 정말 싼 게 없네요!" 딩얼 영감도 따라 한숨을 쉬었다.

라오리는 두 사람의 대화가 우스우면서도 또 한편으로는 서글펐다. 딩얼 영감은 쓸데없는 인간이고 그가 하는 말은 다 쓸데없는 소리인데…… 그런데 마누라는 그 쓸데없는 인간과 죽이 척척 맞았다! 우리 부부가 화목해지려면 나 역시 딩얼 영감 같아져야 하는 걸까? 기꺼이 쓸데없는 인간이 되어서 쓸데없는 소리나 지껄이라고? "여기 앉으세요. 저는 일이 있어서 그만……" 라오리는 모자를 집어 들고 밖으로 나갔다. 그가 나가자 부인은 사 온 것들을 몽땅 늘어놓고 딩얼 영감과 품평회를 열었다. 딩얼 영감은 리 부인의 말투와 표정에 맞춰, 참 좋다, 정말 싸다, 너무 비싸다 등 일일이 적당하게 품평했다. 리 부인은 점점 더 신이 나서, 딩얼 영감이야말로 세상에서 자신을 알아주는 오직 한 사람이라고 생각했다. 아이들도 그를 좋아했다. 잉이 "딩얼 할아버지, 소!"라고 하면 딩얼 할아버지는 즉시 화답했다. "자, 음매애. 소가 왔다!" 링이 "딩얼 할아버지, 높게 올려줘!"라고 하면 할아버지는 즉시 그를 높이 들어 올렸다. "올라간다, 링이 높이 올라간다!" 딩얼 할아버지에 비하면 아빠는 정말 재미없었다. 심지어 잉이 "딩얼 할아버지, 아빠가 할아버지 아빠하고, 할아버지는 우리 아빠 하면 안 돼?"라고 말할 정도였다. 그러면 딩얼 할아버지는 그 말에 전적으로 동의한다는 듯 무척 즐거워했다. 리 부인조차 무심코 라오리가 딩얼 영감 같으면 설날이 무척 즐거울 것 같다는 생각을 했다. 하지만 아쉽게도 딩얼 영감은 돈을 못 벌었고 라오리는 그래도 과원이었다. 아무래도 과원은 모시기가 좀 어렵지!

라오리가 점심을 먹으러 오지 않았다. 부인은 속으로 구시렁거렸다. 설마 그날 밤의 화가 아직 다 풀리지 않은 걸까? 내가 돈을 너무 많이 썼다고 삐쳤나? 아니면 딩얼 영감이 싫은가? 그때, 순무가 그녀 눈에 띄었다. "이거 어디서 났니?"

"동채 아줌마가 줬어." 잉이 말했다.

"내가 시장 갔을 때 아줌마가 집에 왔었니?"

링이 잉의 말을 가로챘다. "엄마 나가고, 아줌마 왔어. 아빠는 소가 되었어."

"에구머니!" 하늘이 무너질 것 같은 '에구머니'였다! 부부는 하룻밤에도 만리장성을 쌓는 법인데, 아직까지 나한테 삐쳐 있는 건 아닐 거야. 딩얼 영감을 싫어할 이유도 없고. 내가 돈을 좀 썼다고 그런 건가? 남자가 돈을 벌어 마누라 주지 않으면 누구한테 주게? 서방질하는 여편네한테 주려고? 둘이 뭔가 있는 게 분명해! 마누라가 집을 비운 사이에 감히 남의 집을 넘봐? 제 사내가 도망갔다고 감히 임자 있는 남자한테 눈독을 들이는 거야 뭐야? 리 부인은 즉시 연맹에서 동채 여편네를 제명하기로 결정했다. 이제 그녀는 더 이상 국제연맹 회원국이 아니다. 부인은 곰곰이 생각하다가 소리를 질렀다. "잉아, 링아!" 다들 알아들을 수 있을 정도로 큰 소리였다. "잉아, 남의 집 그만 가! 넌 집 없어? 알아들었지? 쪼그만 게 뻔뻔하기도 하지! 어딜 싸돌아다녀. 꼭 야단을 쳐야 알겠어?"

엄마가 얼마나 사납게 말하는지 잉과 링은 눈이 휘둥그레졌다.

리 부인은 소리를 지르느라 힘이 쪽 빠졌지만, 속은 좀 풀리는 듯했다. 노란 배추심을 박은 순무까지 타구에 던져버리고 나자 일단 이 정도면 충분하다는 느낌이 들었다.

3

라오리는 딩얼 영감을 피해 나선 터라 딱히 목적지가 없었다. 순즈먼順治門에 이르러 5호 전차 종점이 보이자 그는 발걸음을 돌렸다. 시단西單 시장을 지나다 딩얼 영감과 마주쳤다. 딩얼 영감이 입은 옷들은 하나같이 장다거가 절대로 집에 두려 하지 않을 골동품들이라 그의 누추한 행색은 차마 말로 표현할 수 없었다. 앙상한 가을 버들 같은 멘파오를 걸치고 바지는 구멍이 숭숭 난 게 꼭 연밥 자루 같았다. 모자는 생버섯[鮮蘑菇] 같았지만 전혀 신선하지[鮮] 않았다. 라오리는 문득 이 인간도 참 불쌍하다는 생각이 들었다. 자기 자신이 배고프고 외롭다는 느낌이 들어서였는지도 모른다. 하여튼 그는 별생각 없이 말했다. "같이 뭐 좀 드실래요?"

딩얼 영감이 침을 꿀꺽 삼키며 한마디 내뱉었다. "좋지요!"

둘은 함께 시장 근처 작은 식당에 들어갔다. 라오리는 무엇을 시켜야 할지 망설였다. 딩얼 영감은 무엇이든 상관없다는 듯 그저 종업원 쪽을 보며 양손을 비벼댔다.

"술은 두 주전자로 할까요?" 종업원이 권했다.

"그렇지, 두 주전자, 두 주전자, 좋지!" 딩얼 영감이 말했다.

나머지 음식도, 종업원이 제안하면 두 손님이 잽싸게 승인하는 식으로 주문이 이루어졌다.

라오리는 술을 하지 않는 편이라 술 두 주전자는 모두 딩얼 영감의 차지였다. 그는 이내 얼굴이 점점 벌게졌고 눈에도 술기운이 거나하게 차올랐다. 그는 입을 귀에 걸고 술맛을 음미하며 연신 쩝쩝거렸다. 할 말이 있는 것도 같고 없는 것도 같았다. 그는 라오리를 한번 보더니 다시 혼자 씩 웃으며 입을 열었다. "애들이 참 귀엽데요, 진짜로요!"

라오리가 웃으며 고개를 끄덕였다.

"원래는 나도 통통한 사내아이가 있었습니다." 딩얼 영감은 여전히 웃는 얼굴이었지만 눈가가 살짝 촉촉해졌다. "여러 해 전이지요." 그의 눈은 아주 먼 과거를 보는 듯했다. "여러 해 전이지요!" 그는 술잔을 들어 쳐다보지도 않고 입술에 대었다. 술이 아주 조금 아랫입술에 묻었다. 그는 술잔을 내려놓고 만지작거리며 한참을 멍하니 있다가 한숨을 내쉬었다.

라오리는 종업원을 불러 한 주전자를 더 주문했다. 딩얼 영감은 입으로는 연신 그만 마시겠다고 했지만, 술이 나오자 다시 잔에 가득 따랐다. 그가 찔끔 한 모금을 마셨다. "여러 해

전이지요!" 그는 마치 이 말만 기억하는 것 같았다. "리 선생님, 잘 먹고 잘 마셨습니다! 여러 해 전이지요!" 그는 다시 한 모금을 마셨다. "여자가 웬숩니다, 여자가 웬수지요." 그는 어느덧 웃음기 가신 얼굴로 술잔만 뚫어지게 쳐다보았다. "세상에서 제일 못 믿을 게 여자예요. 절대로 믿으면 안 돼요. 이 변변치 못하고 허구한 날 밥만 축내는 딩얼이 이런 말을 하니까 짜증나시지요?"

라오리는 마음이 별로 편하지는 않았지만 그래도 그의 입에서 무슨 말이 나올지 자못 궁금하기도 했다. 그는 웃으며 말했다. "저도 그렇게 생각합니다."

"이런! 딩얼이 오늘 지기를 만났군요. 우리 한잔하시지요, 리 선생님! 여자는 믿으면 안 돼요. 내 꼴을 보세요. 어떻습니까. 다 한 여자 때문입니다. 여러 해 전이지요! 그때는 나도 멋있었어요. 제법 사람 같았습니다. 장가를 들었는데, 제길! 그 여자는 가마에서 내릴 때부터 나를 싫어하데요. 이유는 모르겠지만 하여튼 나를 무지 싫어했습니다! 내가 어쩌겠습니까? 좀 무게를 잡았지요. 그랬더니 또 제길! 그 여자가 혼수 그릇까지 죄다 내동댕이치지 뭡니까. 한바탕 난리도 아니었지요. 결국 제가 졌습니다. 딩얼은 착한 사람입니다. 아주 착했지요! 그런데 그 여자는 다른 남자들한테는 다 잘하면서 저한테만은 아니더라고요! 누가 그런 머저리가 되고 싶겠습니까? 하지만⋯⋯ 리 선생님, 한잔하시지요. 하지만, 저는 착한 사람이었습니다. 결혼 생활 3년 동안 저는 저 18층 지옥 맨 밑바닥에 있었습니다! 거짓말 조금도 안 보태고 그야말로 18층 지옥에 있었단 말입니다. 때리고 싶어도 때리지도 못했습니다. 착했거든요! 너무 착해서, 저는 하루 종일 이걸 끼고 사는 수밖에 없었습니다." 그는 술잔을 가리켰다. "좋든 싫든 이걸 들고 하루, 한 달, 1년, 그렇게 3년을 보냈습니다! 그랬더니 나중에는 술꾼이 되더군요. 한두 근은 마셔도 끄떡없더라고요." 그가 웃었다. 자랑인지 자괴인지 모를 애매한 웃음이었다.

라오리도 술을 살짝 마시고 딩얼 영감에게 안주를 권한 뒤, 웃으며 딩얼 영감의 얘기를 기다렸다.

"잘렸습니다. 누가 술꾼을 데려다 쓰겠습니까? 인력거에서 굴러떨어져 눈이 퍼렇게 되지를 않나, 방금 받은 봉급을 거지한테 몽땅 주고, 서류는 둘둘 말아 불쏘시개로 쓰고…… 많지요, 정말 많습니다. 다 우스운 소리지요. 하지만 술에 취해 도랑에 처박혀 자는 게 집에 가는 것보다 낫더라고요! 그것도 훨씬! 내 자식인데 맘대로 안지도 못하게 했습니다. 게다가 누구는 또 그 아이가 이 딩얼의 자식이 아니라고 하더군요! 그 여자가 애는 그냥 두고 저 혼자 도망치기만 했어도, 저는 술도 끊고 사람이 되었을 겁니다. 그런데 처음엔 가만히 있더니, 몸은 몸대로 망가지고 돈도 탕진해서 이 몸 하나 가릴 다산* 한 벌 없게 되니까 그제야 아들까지 데리고 도망을 쳤지 뭡니까! 이러니 제가 무슨 낙으로 살겠습니까? 누가 다산을 하나 줬는데 그것마저 팔아서 술을 사 마셨습니다. 장다거가 허름한 가게에서 막일이나 하던 저를 끄집어내기 전까진, 그저 너덜한

* 大衫: 두루마기 모양의 중국 전통 옷으로 창산長衫이라고도 한다.

반바지에 추운 섣달에도 변변한 땔감 하나 없이 아무 넝마나 주워다가 불을 피워놓고 살았지요. 그 여자도, 제 아들도 잊을 수가 없습니다. 그녀는 어디 있을까? 무엇을 하고 있을까? 이렇게 여러 해 동안 온종일 편지만 기다렸습니다. 누구든 소식을 전해주기만 기다렸지요. 우체부도 참 희한한 사람이더군요. 남들한테는 허구한 날 편지를 잘도 갖다 주면서 제 것만 없는 겁니다. 아들, 에휴! 끝났습니다. 이 딩얼은 끝난 셈이지요! 여자는 사람을 망치고 집안까지 망칩니다. 정말입니다! 리 선생님, 오늘 술 고마웠습니다! 장다거 만나시거든 제가 술 마셨단 얘긴 하지 말아주세요. 그 집에 들어간 이후 여태껏 술 한 방울도 입에 댄 적이 없었거든요. 리 선생님, 고맙습니다!"

"좀더 드세요." 라오리가 잡았다.

"됐습니다. 정말 됐습니다. 지기를 만나서 그런지 배도 고프지 않군요. 여러 해 동안 아무도 이 이야기를 들어준 사람이 없었습니다. 톈전, 슈전이 어렸을 적에는 제 얘기를 곧잘 즐겨 듣더니, 지금은 다 커서 들으려고 하지 않네요. 고맙습니다, 리 선생님! 저는 됐습니다. 좀 걸으면서 술 좀 깨야겠어요. 장다사오한테 들키면 끝장이거든요, 끝장요!"

4

라오리는 가슴이 답답했다. 여자 하나가 한 남자, 아니 어쩌면 여러 남자의 인생을 망칠 수 있어. 마찬가지로 남자들 또한 얼마나 많은 여자들을 망가뜨렸을까? 이것은 남녀 개인의 문제가 아니야. 결혼 제도가 문제인 거지. 이 문제를 해결하지 못하면 그저 나 자신이나 딩얼 영감을 보며 가슴 아파하는 수밖에 없는 거야. 딩얼 영감이 그렇게 못난 사람은 아니었구나. 그래, 세상에 애초부터 못난 사람은 없어. 살아가면서 점점 활력을 잃게 되고, 활력을 잃으니 못나지는 거야. 그랬구나. 만약 딩얼 영감이 지금의 내 아내와 결혼하고, 나는 마씨 새댁과 결혼했다면 우리 삶이 달라졌을까? 더 나빠졌을지도 모르지. 누가 알겠어! 그는 텐차오에 올라갔다. 못난 사람은 보이지 않았지만, 사람들마다 마음 깊은 곳에 저마다의 고충을 감추고 있는 것 같았다. 이야기꾼, 재주꾼, 딴따라, 잡상인…… 그들 마음속엔 저마다 어려움이 있을 것이다. 어쩌면 저 구경꾼들 중에는 행복한 사람이 있을지도 모르지. 하지만 그런 행복은 분명 이기적인 거야. 집에 돈 좀 있고 맘에 드는 마누라가 있으면 행복을 느낄 수도 있겠지만, 그런 행복은 너무 사소하고 의미도 없어. 그것은 냄새 고약한 거름 더미 위에 어쩌다 피어난 풀포기나 마찬가지야. 그게 봄을 대표한다고 할 수는 없지. 게다가 그 뿌리를 내린 거름 더미는 인생의 고통과 번뇌, 불평으로 쌓은 것이지.

집에 돌아와보니 아이들은 이미 이불 속에 들어가 있었다. 아내는 그저 얼굴 가득 만족스런 표정으로 아무것도 따지지 않았다.

리 부인은 아주 뿌듯했다. 지상매괴指桑罵槐, 뽕나무를 가리키며 홰나무를 욕한다고, 빗대어서 마씨 새댁에게 욕을 퍼부었는데 새댁이 끽소리도 못 했다. 나야 이유가 분명하니까 당당한 거고 마씨 새댁은 구린 구석이 있으니 당당할 수 있겠어?
리 부인은 생각하면 할수록 그게 맞는 생각인 것 같았다. 돌아
온 남편을 보니 코며 귀며 모두 빨갛게 얼어 있고, 얼굴도 좋
아 보이지 않았다. 이 모두가 마씨 집 새파란 여편네 탓이다.
남편은 잘못이 있어도 용서할 수 있지만 그 뻔뻔한 년은 안 된
다. 남편에게 시시콜콜 따지지 말자. 그저 그 나쁜 년이 넘보지
못하게 눈만 떼지 않으면 돼. 이미 한바탕 욕을 퍼부었으니, 당
분간은 어쩌지 못하겠지. 나는 남편만 지키면 돼. 그녀는 생각
이 깔끔하게 정리되었다. 마치 이미 좐타 후퉁과 시스 패루 일
대를 정복한 것 같았다. 남편에게는 큰누나 같은 넓은 마음으
로 종일 어디 가서 뭘 했는지 캐묻지 말고 돌아온 걸 환영한다
는 표정을 짓자. 마음대로 하게 놔둬야지!

　라오리는 아내가 뿌듯해하는 이유가 딩얼 영감과 말이 잘 통
해서라고 생각했다. 맘대로 해라. 그런데 아내가 딩얼 영감을
따라가겠다고 나서면 어떻게 하지? 알 게 뭐야! 딩얼 영감은
불쌍한 폐물인데.

　리 부인은 마씨 새댁이 앞으로 어떤 태도로 나올지 무척 궁
금했다. 만약 둘이 마당에서 마주쳤는데 마씨 새댁이 인상을
쓴다면, 그때는 골치 아파진다. 그녀가 겁이 나서가 결코 아니
야. 세 들어 사는 처지에 만에 하나 대판 싸워서 쫓겨나게 되
면, 이웃들도 저간의 사정을 다 알게 되고 나도 남편과 담판을
지을 수밖에 없어. 남편이 겁나지는 않지만 그래도 남자는 남
자야. 혹시 얻어맞기라도 하면 나만 손해잖아! 리 부인은 겁이
나지는 않았지만 조금 당혹스러웠다. 주둥이만 가지고 시비를

걸 수는 없어. 둘이 놀아난 증거를 대야지, 달랑 순무 하나만 가지고 떠들 수는 없잖아! 증거가 있다고 해도 아내가 남편과 계집을 단칼에 베어버렸다는 소리는 들어본 적이 없어. 세상에 착한 남자는 없지만, 그렇다고 자기 남편을 죽이거나 해코지한 마누라가 있었나? 생각할수록 생각이 꼬였다. 밤새 잠도 제대로 자지 못하고, 떠돌이 개가 설떡을 훔쳐 가는 꿈을 두 번씩이나 꾸었다.

다음 날, 리 부인은 빨리 마씨 새댁의 표정을 보고 싶었다. 마침 날씨가 너무 추워서 마씨 새댁은 밖에 나올 생각이 없는 것 같았다. 리 부인 역시 명절 음식 준비로 바빠서 한시도 부엌을 벗어나지 못했다. 만두가 다 익을 때쯤 문득 좋은 생각이 떠올랐다. "잉아, 옆집 아줌마한테 가고 싶지 않니?"

"어제 엄마가 가지 말라고 했잖아?" 깜돌이의 기억력이 제법이었다.

"그거야 엄마가 장난으로 해본 소리지, 얼른 가봐."

"링도 갈래!" 링은 아까부터 동채에 가고 싶었다.

"링하고 같이 가, 잉아! 조심해서 가."

아이들이 동채에서 놀기 시작한 지 얼마 되지 않아 리 부인이 동채 문 앞에서 두 아기 천사를 불렀다.

"잉아, 집에 가야지. 아줌마 너무 귀찮게 하면 안 돼, 설 준비해야 한단 말이야!"

"좀더 놀 거야!" 잉이 소리쳤다.

"집에 가야지, 알았어?" 리 부인은 새댁의 말투가 무척 궁금했다.

"여기서 놀아도 돼, 아줌마 안 바빠." 새댁의 목소리는 무척 상냥했다.

"동생, 밥 먹었어?" 리 부인은 더 정밀한 분석을 원했다.

"먹었어요, 형님도 드셨어요?" 아주 나긋나긋했다.

커다란 바윗덩이를 내려놓은 기분이었다. '어제 퍼붓는 소리를 못 들었나?' 리 부인은 속으로 생각했다. 그리고 다시 큰 소리로 말했다. "너희들 얌전히 있어야 해. 아줌마한테 너무 까불지 말고. 알았지?"

솥에서 뿜어 나오는 김을 바라보며 리 부인은 다시 살짝 불안해졌다. '못 들었을 리 없어. 못 들은 척하는 건지도 몰라. 말은 그럴싸하게 해도 속으로는 칼을 갈고 있을지도 몰라! 아니면 정말 제 발이 저려서 그러는 건지도 모르지. 자기가 잘못한 건데 다 까발리고 난리를 친다면 저도 망신일 테니. 스물 남짓 어린 새댁이 할 짓이 없어 옆집 남자를 탐내다니!' 그렇게 생각하니 마음이 편했다. 완벽한 승리였다!

5

세밑에는 후궈쓰護國寺에서 묘회*가 열렸다. 제법 바람이 불어서 라오리는 묘회에 오는 사람이 많지 않을 것이고 그렇다면 화초 같은 것을 싸게 살 수도 있겠다 싶었다. 수선이나 매화 분재를 사다 놓으면 집 안의 천박한 분위기도 다소 누그러지겠

---

* 廟會: 잿날이나 정한 날에 절 안이나 절 입구에 개설되던 임시 시장.

지? 천박한 분위기란 아내 때문일 수도 있고, 장다사오가 보내온 그 대련 탓일 수도 있었다. 딱히 어느 것 때문이라고 꼬집어 말하기는 애매했다.

하지만 의외로 묘회를 찾은 사람이 적지 않았고, 물건도 싸지 않았다. 사람들이 어쩌면 저렇게도 열심히 설을 쇠는지, 라오리는 갑갑했다. 노부인, 젊은 새댁, 콜록거리는 늙은이, 모두가 아주 씩씩하게 드나들었다. 물건을 사지 않는 이들은 그저 찬바람 맞고, 추위에 떨고, 흙먼지 마셔가며 여자 구경이나 하러 나온 것 같았다. 삶이란 참 무료한 것 같아. 그렇지 않으면…… 막 이런 생각을 하고 있는데, 눈앞에 꿈같은 일이 벌어졌다. 멀지 않은 자기瓷器 가판 옆에 마씨 새댁이 있었던 것이다. 라오리는 얼굴이 화끈 달아올랐다.

"좀 지나갑시다, 세밑에 뭘 그리 멀뚱거리고 있소!" 삐쩍 마른 한 노인이 퉁명스럽게 라오리를 밀쳤다.

그는 기계적으로 두어 걸음 내디뎠다. 마음은 간절했지만 그래도 그녀 쪽으로 차마 다가가지 못했다. 하지만 이내 모질게 마음을 먹고, 애매모호하게, 전혀 의도한 것이 아닌 척하며, 그녀 쪽으로 다가갔다. 마음이 약해지면 어쩌지? 그녀가 피하면 어쩌지? 다른 염려는 모두 무시했다. 아무것도 상관하지 말고 가자. 가자. 그는 자신을 격려했다. 자리를 옮기면 안 돼요, 속으로 그녀에게 기도했다! 오늘이 기회다. 모든 걱정은 접어두고 마음껏 자유로운 사람이 되어보자!

복숭아나무 가지가 꾀꼬리를 기다리듯 그녀가 그를 기다리고 있는 것만 같았다. 온 세상에 바람 한 점 없고 춥지도 않았다. 아무 고민도 없었다. 오직 한데 얽히고 싶은 두 마음만 있는 것 같았다. 그들은 아무 말 없이 함께 묘회 밖으로 나갔다. 라오리는 마구 가슴이 뛰었다. 그녀와 함께 걷다니. 삶이 요동치는 것 같았다. 그녀는 비록 고개는 다소곳했지만 곧게 편 허리와 하늘거리는 두 팔과 다리, 앞뒤로 살짝 흔들리는 둥근 어깨는 모든 것에 저항하고 모든 것을 내려보는 것 같았다.

그들은 미리 의논이라도 한 듯 자연스럽게 바오찬쓰제寶禪寺街 거리로 들어섰다. 대로보다는 훨씬 한적했다. 라오리는 아무 말도 하지 못했다. 할 말이 너무 많아 어떤 말을 먼저 해야 할지 모르기도 했고, 또 달콤한 무언의 분위기를 깨고 싶지도 않았다. 그때 그녀가 말을 꺼냈다.

"리 선생님."

그녀의 눈은 앞을 향해 있었고 전혀 미소도 짓지 않았다.

"다음에는요, 저, 우리, 서로 피하는 게 좋겠어요. 이런 얘기는 정말 하고 싶지 않았는데, 형님이 저 야단친 거 아세요?"

"집사람이……"

"모르셨군요!" 그녀가 정색을 했다.

"이 일로 댁에 가서 다투실 거면 얘기하지 않을래요!"

"안 싸울게요. 맹세합니다! 아내가 왜 당신한테 욕을 했는데요?"

"빨간 순무 때문에요. 됐어요. 왜 그런 건지는 다 아시겠죠? 다음부터는 우리…… 저런, 인력거가 왔어요."

"잠깐만요! 한 가지만 말해줄래요? 친정에서는 왜 당신을 안 받아주는 건가요?"

186

그녀가 배시시 웃었다. "다 말씀드릴게요. 그러면 되죠? '그이'는 제 가정 교사였어요. 제가 중학에 두 번이나 낙방을 해서 영어와 산술 과외를 했는데 나중에 그이를 따라 집을 뛰쳐나왔어요. 그래서 제가 돌아오는 것을 허락하지 않으시는 거예요. 사실, 부모님께 사정하면 뭐 안 될 것도 없겠지만, 그렇게까지 하고 싶지는 않아요. 시어머니께서도 저한테 잘해주시니 떠나고 싶지도 않고요. 이게 다예요!"

새댁은 라오리가 얘기 중간에 끼어들지 못하게 하려는 듯 급하게 말을 이었다. 말이 끝나자 그녀는 목도리를 여미고 몇 걸음 내딛었다.

"이제 집에 가야겠어요." 걸음이 빨라지자 가슴이 더 곧게 펴졌다. 그녀가 갑자기 고개를 돌리더니 "다투시면 안 돼요!" 그렇게 말하곤 인력거를 타고 가버렸다.

세상은 여전히 어둡고 춥고 바람이 거셌다. 라오리의 단꿈은 순식간에 산산조각 났다! 드디어 로맨스가 시작된다고 생각했는데 그녀의 말은 지극히 평범하고 아무 색깔도 없었다. 그녀는 그를 연인으로 여기기는커녕 마치 큰누님처럼 그를 훈계하고 거부했다. 자신은 낭만적이었지만 라오리는 낭만에 부적합한 사람이고 폐물이며, 멍청한 아내와 살아가는 일개 과원이라고 치부한 것이다. '다투시면 안 돼요'라니! 복숭아나무 가지가 꾀꼬리를 기다린다고? 아니, 연약한 비둘기가 매를 피해 숨은 거겠지! 라오리는 실망보다 창피함이 더 컸다. 실망 속에는 그래도 희망이 있지만, 이런 종류의 자괴감은 모든 문제를 남 탓으로 돌리지 않는 이상, 그저 빨리 죽어버리라고 스스로를 저주하게 될 뿐이다. 묘회에서 간신히 용기를 내어 그녀에게 다가갔는데, 결과는 깨진 기와 조각에 얻어맞고 거름 더미에 엎어진 격이었다. 그녀를 탓하면 화를 가라앉힐 수도 있겠지만, 라오리는 그렇게 하고 싶지 않았다. 오직 자신을 탓했다. 자신은 너무나 평범한, 아니 너무 평범해서 남들이 희한하게 볼 정도로 평범한 사람이어서 아무도 라오리에게 주의를 기울이지 않았다. 딩얼 영감도 나보다는 나을 것이다. 흥, 네 주제에 감히 낭만을 꿈꿔? 그렇게 오랜 시간 참고 참다가 마침내 모험을 감행했고 잠시나마 가슴이 뛰었는데 결과는 망신뿐이다! 둘을 하나로 엮는다고? 누구 맘대로? 라오리는 전신주에 머리를 들이박고서야 길을 잘못 들었다는 것을 알았다.

더구나 아내가 다른 사람에게 욕을 하리라고는 꿈에도 생각하지 못했다. 그녀가 나보다 셌다! 아내의 못난 짓거리는 어쩌면 마씨 새댁이 빌미를 제공한 것인지도 모른다. 자업자득, 제가 놓은 덫에 제가 걸린 꼴이다. 하지만 어린 새댁은 아내에 맞서지 않고 나에게 경고했다. 어쩌면 이것은 나의 존엄을 지켜주려는 호의일지도 모른다. 추한 과원, 너는 평생 추한 과원일 뿐이야. 장다거와 마씨 새댁 모두 너를 불쌍히 여기지. 물론 다 선의에서다. 잔인하지만 선의에서 너를 지켜주려고 하는 거야. 너는 그렇게 그저 남들의 동정이나 받으며 살고, 월급에 목을 매고, 양복을 입고, 얼굴에는 핏기 하나 없이 앞만 보며 살다가 그렇게 죽을 것이다! 라오리는 성 밖으로 나가 얼음 구덩이에 뛰어들고 싶었지만 몸은 어느새 집을 향해 있었다. '다투시면 안 돼요'라니!

제11장

1

새해가 다가오자 아주 시끌벅적했다. 묵은해와 새해가 자리를 바꾸는 즈음에는 누구에게나 묘한 짜릿함과 설렘이 있기 마련이다. 그러나 라오리만은 이런 시끌벅적함과 거리가 멀었다. 아내만 설음식을 만들랴 장다사오 등등에게 선물을 보내랴 또 아이들을 꾸미랴 분주했다. 라오리는 이따금씩 그런 아내를 거들어주기도 했지만 그저 손 가는 대로 입 가는 대로일 뿐, 생각은 온통 딴 데 있었다. 마당에서 두어 번 새댁과 마주쳤지만 그때마다 일부러 고개를 숙였다가, 지나치고 나서야 그녀의 뒷모습을 물끄러미 바라보곤 했다. 그녀는 수수께끼, 아니 요물이었지만 자신은 평범하기 짝이 없었다. 그녀의 고고함에 빠져들수록 유약하고 별 볼 일 없는 자신이 더없이 원망스러워졌다. 아내가 만든 설음식을 먹어도 얼굴은 되레 야위어갔다. 어찌할 수 없는 가운데 그는 억지로 자신을 위로할 구실을 찾았다. 사랑이 이런 걸까? 사랑 때문에 얼굴이 야위고, 손을 데고, 가슴이 막막하고, 달콤한 꿈을 바라며 잠들면 꿈에서는 내내 울기만 하면서 엉망진창이 되어버리는 걸까?

그믐날 밤, 아내와 아이들이 모두 잠이 들자 라오리는 혼자서 두 개의 빨간 양초에 불을 붙이고 거리에서 들려오는 사람들 소리와 폭죽 소리에 귀를 기울였다. 동채에서 나직이 흐느끼는 소리가 나는가 싶었지만 정작 새댁은 서채에서 시어머니의 말동무를 하는 중이었다.

화로에서 빠지직거리는 소음과 흔들리는 촛불에 적막한 가슴이 요동치기 시작했다. 그는 서채 쪽으로 귀를 기울였다. 한두 마디만 들어도 들끓는 가슴을 누를 수 있을 것 같았다. 하지만 소리는 제대로 들리지 않았고 가슴은 더욱 어쩔 줄 몰랐다.

곧 그녀가 서채에서 나왔고 노부인이 기침을 하더니 이내 방에 불이 꺼졌다.

창문 너머로 동채를 쳐다보니, 새댁은 오늘 밤에도 여느 때와 마찬가지로 촛불을 켠 것 같았다. 창문에 비친 그림자가 이따금씩 흔들렸다. 라오리는 살며시 문을 열고 나가 계단에 섰다. 칠흑 같은 어둠 덕에 하늘 가득한 별이 평소보다 갑절은 많아 보였다. 그믐날 밤에는 모든 신들이 땅에 내려온다는, 어렸을 적에 들었던 미신이 생각났다. 그 말을 믿지는 않지만 제야의 어둠은 어딘지 평화로운 느낌이어서 날은 어둡고 차가웠지만 아무 두려움도 들지 않았다. 거리의 폭죽 소리는 미신과 계몽의 경계에서 슬픔과 기쁨이 엇섞인 듯한 느낌을 주었다. 그는 별을 보며 한숨을 내쉬었다. 눈가에 눈물이 고였다. 또 한 살을 먹는구나. 쓸데없는 소리! 한기가 느껴졌지만 방에 들어가고 싶지는 않았다. 언뜻 새댁의 그림자가 창가에 어른거렸다. 호박씨를 까먹고 있구나. 거리에서 마레이쯔*가 터졌다. 자신이 지금 뭘 하고 있는 것인지 또 이 세계는 뭘 하고 있는 것인지 도무지 갈피를 잡을 수 없었다. 그는 다시 별을 쳐다봤다. 보면 볼수록 별들이 멀어지고 또 많아졌다. 그는 컴컴한 허공 속으로 뛰어들어 마치 저 폭죽처럼 자신을 요란하게 터뜨리고, 무수히 많은 작은 별이 되어 산산이 흩어지고 싶었다.

새댁이 나오더니 뒷마당으로 향했다. 그를 보지는 못한 것 같았다. 라오리는 심장이 튀어나올 것만 같았다. 한바탕 폭죽 소리가 지나가고 그녀가 돌아왔다. 대문 밖에서 죽 장수의 길고 구성진 외침이 들렸다. 그녀는 동채 문 앞에서 잠시 머뭇거리더니, 문을 열려다 말고 다시 밖으로 나갔다. 라오리는 속으로 외쳤다. 지금이 기회다! 하지만 마치 발에 대못이라도 박은 것처럼 다리가 후들거리기만 할 뿐 계단에 선 채 꼼짝도 할 수 없었다. 목구멍이 바싹 타들어가고 눈은 그저 그녀가 나가는 것을 바라볼 뿐이었다. 대문이 열렸고, 정적. 대문이 닫혔다. 어렴풋이 발걸음 소리가 들렸다. 새댁은 양손에 죽 그릇을 하나씩 든 채, 다시 집 앞에서 잠시 머뭇거렸다. 안에서 새어 나온 불빛에 그녀가 들고 있는 작고 하얀 그릇들이 또렷하게 보였다. 시어머니에게 드리려는지 그녀는 서쪽으로 두어 걸음 내딛었다. 그러다 다시 할머니를 깨우지 않기로 한 듯 발끝으로 문을 열고 들어갔다.

---

* 麻雷子: 터지는 소리가 매우 큰 폭죽의 일종.

라오리는 내내 꼼짝도 하지 못했다. 용기도 내보지 못하고 그저 다리만 후들거리다가 그녀가 들어가고 나니 극심한 후회가 밀려왔다. 집 안으로 들어가자 화로의 열기가 맹렬하게 그를 에워쌌고 붉은 촛불 빛이 방 안 가득 감돌았다. 그는 내리꽂듯이 의자에 주저앉았다. 여전히 폭죽 소리가 들리는 것 같았지만 소리는 아주 멀어져 있었다. 마치 다른 세계에서 들려오는 듯했다.

2

라오리는 자신을 아낄 줄 모르다 보니 어지간해서는 몸이 아파도 신경 쓰지 않았다. 머리가 아프건 열이 나건 저절로 나을 때까지 그냥 내버려두었고, 병이 좀 심하다 싶어야 겨우 장다거에게 얘기하는 정도였다. 장다거의 집에는 환약에다 가루약, 고약, 단약에 이르기까지 웬만한 약은 다 있었다. 물론 성홍열이나 디프테리아 약도 구비되어 있었다. 어쨌든 라오리는 좀처럼 의사를 찾지 않았다.

이번에는, 병이 날 것 같았다. 병은 무섭지 않지만 앓다가 속에 간직한 비밀이 새어 나오기라도 할까 그것이 걱정이었다. 라오리는 본능적으로 이번에는 아주 심하게 병치레를 할 것을 예감했다. 열이 40도쯤까지 오르면 분명 헛소리를 하게 될 것이고, 헛소리가 나오기만 하면 그날로 부부 사이는 골치가 아파진다.

그는 혼자 심리 요법을 쓰며 억지로 버텼다. 애써 병에 무관심한 체하며 아침 일찍 일어나 거리로 나갔다. 설답게 거리는 조용했다. 사람들도 별로 없고 점포들도 다 굳게 닫혀 있었다. 어쩌다 거리를 지나는 사람을 보면 모두가 새 옷을 입고 얼굴마다 '입춘대길立春大吉'이라고 써 붙여놓은 것처럼 미소를 짓고 있었다. 라오리는 얼마 가지 못해서 발길을 되돌렸다. 수천 근의 바윗덩어리가 머리를 짓누르는 것 같았다. 걸을수록 위는 무거워지고 아래는 가벼워져서, 목화솜 위로 걷는 듯이 몸이 밑으로 꺼져들었다. 그는 이를 악물고 애써 걸음을 내디뎠지만 더는 도저히 걸을 엄두가 나지 않았다. 집에 돌아와 거울을 보니 마치 붉은 칠을 한 듯, 눈에 온갖 굵기의 핏발이 가득했다. 그는 아픈 티를 내지 않으려고 외투를 입은 채 앉았다.

그러곤 갑자기 일어나 배구 연습을 하듯 모자를 위로 던졌다 받았다 했다.

"아빠, 무슨 놀이야?" 잉이 물었다.

몸이 오들오들 떨리자 라오리는 얼른 모자를 내려놓았다. 뭐라고 말을 했지만, 제대로 알아들을 수 없는 소리였다. 다시 모자를 들었다 얼른 다시 내려놓았다. 그리고 곧장 침대로 달려가 털퍼덕 엎어졌다.

새해 첫 며칠은 이렇게 그의 인생에서 빈칸으로 남았다.

초닷샛날, 눈을 감고 있었지만 누군가 이마를 짚는 손길이 느껴졌다. 아내의 손이었다. 라오리가 살짝 눈을 떴다. 그녀의 꼴이 말이 아니었다. 오랫동안 병을 앓은 여인처럼 내내 빗지 않은 머리에 눈은 벌겋고 그새 두 살은 더 늙은 것처럼 보였다. 하지만 그녀는 이루 헤아릴 수 없을 만큼 깊은, 애정 어린 눈빛으로 라오리의 얼굴을 바라보고 있었다. 그는 다시 눈을 감았다. 생각할 힘도 없고 또 감히 생각하고 싶지도 않았다. 생사의 기로에서 아내에게 패배한 것이다! 그저 환자를 자처하며 그녀의 간호 아래 가만히 누워 있을 수밖에 없다. 그는 어린 아기와 마찬가지로 완전히 무기력했고 그녀에게 톡톡히 신세를 졌다.

라오리는 죽지 못할 바에는 영원히 몸져 누워 있고 싶었지만 병세는 점점 호전되었다. 아내는 여전히 거의 잠을 자지 않았고 그가 웬만큼 회복한 뒤에도 여전히 꼼짝도 못 하게 했다. 그녀는 청결도 더러움도 모르고 오로지 그만 아는 것 같았다. 그녀는 라오리를 위로할 줄 몰랐다. 애정을 표시해야 할 때마다 이렇게 말할 뿐이었다. "설음식 아직 남겨놓았어요. 얼른 나아서 한 입 드세요!" 이것은 라오리에게 어떤 감동도 주지 못했다. 하지만 어느 날 밤, 마침 그가 깨어 있을 때 아내가 잠꼬대를 했다. "잉이 아빠, 잉이 아빠!" 라오리가 깨우자 그녀가 물었다. "저 부르지 않았어요? 당신이 저를 부르는 것 같았는데."

"아니."

"꿈을 꿨나 봐요!" 그러곤 아무 말도 하지 않았다.

라오리는 더 이상 잠을 이룰 수 없었다. 온갖 상념과 눈물이 끊이지 않았다.

아내가 약을 타러 간 사이 라오리가 잉을 불렀다. "링은?"

"양엄마가 데리고 갔어."

"양엄마 오셨었니?"

"응, 장다거도 왔어."

"어떤 장다거?" 라오리는 잉이 말하는 장다거가 누군지 생각이 나지 않아, 이렇게 물으려다 저도 모르게 웃음이 나왔다. "잉아, 그분이 네 다거는 아니지, 장 아저씨라고 불러."

"엄마는 언제나 장다거라고 부르는데? 헤헤." 깜돌이가 나름 이유를 댔다.

라오리는 말대꾸할 정신이 없었다. 한참 뜸을 들이다가 다시 물었다. "잉아, 내가 헛소리하지 않던?"

"그날 아빠가 노래를 해서, 엄마도 울고 나도 울었어." 아빠는 노래하고 엄마는 울고, 자신도 따라 울던 모습이 떠올라 잉은 히죽거리며 아주 재밌어했다. "링이 울어서 양엄마가 데리고 갔어. 나도 따라가려고 했는데 엄마가 못 가게 했어. 헤헤." 잉이 잠시 생각했다. "동채 아줌마도 울었어. 동채에서. 엄마가 나하고 안 놀아줘서 동채에 가서 놀았는데, 아줌마 큰 눈에, 참, 내가 아줌마 눈이 꼭 별처럼 생겼다고 말했어? 눈물이 있는데, 아줌마 참 예뻤어. 헤헤."

"할머니는?" 라오리는 일부러 말을 돌렸다.

"노인네는 매일매일 아빠 보러 왔었어. 아빠 약도 여러 번 지어다 줬어. 엄마가 약 지으러 가려고 할 때마다 꼭 노인네가 약방문을 뺏어서 갔어. 엄마한테 돈 달란 소리도 하지 않았어. 그 노인네가 말이야, 헤헤."

"그게 무슨 말버릇이야, 잉아?"

"양엄마는 언제나 장다…… 아니, 장 아저씨 보고 노인네라고 했는데? 할머니, 할아버지는 다 노인네라고 부르는 줄 알았어."

"그렇게 말하면 못써."

깜돌이가 화제를 바꾸었다. "아빠, 아빠는 무슨 병에 걸린 거
야? 헤헤."

아빠는 한동안 아무 말도 하지 않았다. 잉은 또 자기가 잘못
한 줄 알고 헤헤거렸다.

"잉아, 너는 커서 어떤 색시 얻고 싶니?" 라오리는 스스로도
자신이 멍청해 보였다.

"아주 예쁜 색시면 좋겠어. 동채 아줌마처럼 예쁜 색시 말이
야. 나는 머리에 크고 빨간 꽃을 꽂고 북을 칠 거야. 둥, 둥둥,
멋있지?"

라오리는 잉의 말에 아무런 재미도 느끼지 못하고 고개만 끄
덕였다.

3

아플 때는 친구가 보고 싶어진다. 라오리는 심지어 샤오자오
가 온대도 싫지 않을 것 같았다. 장다거는 하루걸러 한 번씩은
꼭 찾아왔다. 병문안도 할 겸 수양딸의 일상도 보고할 겸 해서
였다. 링이 공주라도 된 듯했다. 딩얼 영감은 마침 쓸모가 많았
다. 리 부인과 죽이 잘 맞아서, 그녀를 위로해주기도 하고 필요
한 것들을 대신 사 오기도 했다. 그의 두 다리만큼은 아직 쓸
모가 있어 보였고, 그 다리는 언제나 다른 사람의 명령에 따
라 움직였다. 라오리는 적어도 딩얼 영감의 다리만큼은 환영했

다. 어떻게 아내와 일자리를 잃고 막일을 하게 되었는지 얼마나 떠들고 다녔으면 쪼그만 잉까지도 그 구구절절한 사연을 줄줄 외었다. 가장 가까이 있는 사람이 가장 만나기 어려웠다. 바로 동채의 그녀였다. 오지 않는다고 해서 와달라고 부탁을 할 수도 없었다. 병이 낫고 안 낫고는 별로 상관이 없을 것 같았다. 그러다 문득 빨리 나아서, 아내를 위해 그리고 가장의 책임을 다하기 위해 살아야겠다는 생각이 들었다. 사는 게 즐겁지 않더라도 어쩔 수 없었다. 아내에게 신세를 졌기 때문이다. 라오리는 아내의 사랑은 깊지 않아도 된다는 생각을 못 했다. 그가 이기적인 사람이 아니었기 때문에 혹은 낭만적인 열정이 부족했기 때문에 그랬던 것인지도 모른다. 라오리는 부부가 서로에게 다해야 하는 책임의 무게를 이성적으로 계량할 뿐이었다. 동채의 새댁은 그를 돌봐준 적이 없었지만, 만약 그녀가 라오리를 보살핀다면 어떠한 의무나 조건 없이 편하게 받아들일 수 있을 것 같았다. 몽상일 수도 있었지만 그래도 그는 그렇게 믿었다. 그래서 빨리 병이 나아 아내를 위해 일을 하고 돈을 벌고 싶다가도 문득 겁이 나곤 했다. 자신이 해야 하는 건 일종의 책임이고 보답이기 때문이었다. 그저 자기가 이기적이지 않다는 것을 증명하고, 부르주아 사회에 명예를 가져다줄 뿐, 자신의 영혼이 원하는 것과는 아무 상관도 없었던 것이다!

라오리는 링이 생각났다. 링이 돌아오면 아내가 일이 더 많아질 것 같아 걱정이 들었다. 아내에게 일을 더 보태고 싶지 않았다. 일해줄 사람을 찾아야 할 것 같았다. "저기 말이지, 집에서 일할 사람을 알아봐야겠어."

리 부인은 잠시 생각했다. 여태껏 그런 생각은 해본 적이 없었다. 네 식구 살림에 식모가 필요한가? 월급 말고도 먹고 마시고 또 몰래 챙기는 것도 좀 있겠지? 식모 생기면 난 뭘 하고 식모는 또 뭘 하지? 누가 내 물건에 손대는 거는 딱 질색인데, 내 옷을 식모가 함부로 빨다가 구멍이라도 내면 어떻게 한담? 내 부엌을 식모가 차지하면…… 그녀의 대답은 아주 간단했다.

"난 괜찮아요!"

"링이 생각도 해야지." 그가 말했다.

"데리고 와야지요. 나도 너무 보고 싶어요."

"링이 오면 일이 더 많아지지 않겠어?"

"애가 대여섯인 집들도 식모 없이 잘만 살아요!"

"당신이 너무 힘들까 봐 그러지!"

"안 힘들어요!"

라오리는 더 아무 말도 하지 않았다.

"식모를 둔다면 말이에요." 리 부인은 한참을 곰곰이 생각했다. "얼리二利를 데려오는 게 나을 것 같아요."

얼리는 리 부인의 친정에 있는 사람이었다. 시골에서 품앗이를 했는데 면발을 여송연 굵기로 뽑을 줄도 알았고 전병을 만들건 빨래를 하건 어떤 일이든지 야무지게 했다. 심부름은 두말하면 잔소리였다.

아내의 제안에 라오리가 미처 대답하기도 전에 샤오자오가 찾아오는 바람에 식모 얘기는 잠시 뒤로 미뤄야 했다.

샤오자오는 아주 상냥하게 굴었고 과일도 한 아름 사들고 왔다.

소장 부인은 이미 샤오자오의 보고를 통해 라오리와 그의 병세를 익히 알고 있었다. 샤오자오는 라오리에 대해 보고했을 뿐 아니라 이미 수차례에 걸쳐 그를 어떻게 할 것인지 소장 부인과 논의까지 한 터였다. 라오리는 샤오자오의 기분을 상하게 한 적이 없었지만, 샤오자오는 오히려 그게 더 아니꼬웠다. 샤오자오는 소장 부인에게 말했다. "라오리 녀석은 소장님이 취임하셨을 때 잘리지 않았습니다. 그런데도 자신은 소장님과 아무런 관계도 없다고 우기는데, 믿을 게 따로 있지요! 우리 밑에 벌써 3백여 명이 한자리하고 싶어서 야단인데, 그가 연줄 없이 그냥 버텼다니요, 그게 말이나 되는 소립니까? 일전에 소장님이 그를 콕 집어 중요한 공무를 맡겼을 때는 저나 비서장조차 까맣게 몰랐지 뭡니까! 하루바삐 그자를 처리하지 않으면 분명 큰 화를 당하게 될 겁니다. 그를 처리해야 합니다! 그가 지금 앓아누웠는데, 이번 기회에 소장님께 말씀을 드려 쫓아내십시오!"

소장 부인은 그렇잖아도 그 3백여 명이 여기저기 하도 긁어대는 통에 온몸이 근질거리던 참이었다. 그녀는 소장과 담판을 시작했다. 소장은 라오리가 누군지 몰랐다. 요전에 아침 일찍 라오리가 소장 대신 업무를 처리한 얘기가 나오자, 그제야 그의 성이 리씨라는 것이 생각났을 정도였다. 라오리가 아프다고 하자 소장은 '신성불명晨星不明'이라는 점괘 때문에 자를 수 없다고 했다. 다른 사람은 다 잘라도 신성만은 자를 수 없다는 것이었다. 라오리를 제외한 관청의 거의 모든 사람이 직간접적으로 소장 부인이나 샤오자오와 연결되어 있었기 때문에 자를

수 있는 사람은 라오리뿐이었지만, 소장은 라오리가 신성이라
며 자를 수 없다고 했다. 줄곧 부인을 무서워하던 소장은 아내
를 따를지 아니면 뤼주呂祖를 따를지 결정해야 했다. 아내를 따
른 횟수와 뤼주를 따른 횟수가 너무 균형이 맞지 않는 것 같았
다. 이번에는 뤼주를 따라야 할 것 같았고 마침내 소장은 예상
을 깨고 부인에 맞섰다. 부인에게 이 얘기를 들은 샤오자오는
그놈의 뤼주에게 한 방 먹이지 못하는 게 너무 안타까울 뿐이
었다.

　소장은 뤼주를 섬겼다. 뤼주의 가르침이라면 재물과 여색에
대한 내용을 뺀 나머지에 대해 모두 경건하게 받들었다. 그가
톈진에 가기 전날 밤 뤼주가 강림해서 모래판 위에 용봉龍鳳이
춤을 추듯 네 글자를 썼다. '신성불명.' 다음 날 아침 일찍 관
청에 나갔더니 라오리와 마주쳤다. 리 과원이 신성, 새벽에 가
장 먼저 뜨는 별이었던 것이다! 그런 그가 병가를 냈다니, 이
것이 바로 신성불명, 새벽별이 빛을 잃은 것이 아니고 무엇인
가! 소장은 뇌물을 밝히는 편이어서―'고작' 5, 6만 위안 정도
일 뿐이지만―뤼주에게 머리를 조아릴 때마다 약간의 죄스러
운 마음이 있었는데, 이참에 신성을 지킴으로써 속죄하고 싶었
다. 그것은 성스러운 사명이었다. 때로는 아내가 뤼주보다 더
무서웠지만 이번의 사소한 충돌은 어쩔 수 없었다. 신과 아내
를 다 모셔야겠지만 그래도 절대 신성을 자를 수는 없었다. 만
에 하나 아내가 끝까지 양보하지 않는다면 그때 가서 다시 얘
기하자. 두어 달쯤 지나서 리 과원을 자르면 뤼주든 아내든 둘
다 체면은 세워주는 셈 아니겠는가?

샤오자오는 그놈의 신성을 따서 우물에 던져버리고 싶었다. 하지만 당장 딸 수 없을 바에야 과일을 사서 병든 신성에게 제사 좀 지내고, 이번 기회에 라오리가 사실을 털어놓게 하는 것도 괜찮을 것 같았다. 라오리가 사실대로 털어놓기만 하면 신성이 아닌 게 밝혀질 테고, 즉시 그를 처리하면 된다. 만약 그가 자신이 신성이라고 주장하면 방법을 바꿔 뤼주를 동원하면 된다. 뤼주가 '신성과명晨星過明' 따위의 말을 하면, 소장이 먼저 나서서 자기 밑의 '지나치게[過]' 밝은 신성을 처리할 것이다. 샤오자오는 누가 보면 친형제라고 여길 만큼 살갑게 라오리와 40여 분을 얘기했지만 소득이 없었다. 샤오자오는 본채를 나서며 어금니를 악물고, 대문을 나서면서는 욕을 했다. "너를 없애지 못하면 내가 성을 간다!"

라오리는 아프고 나니 세상이 참 많이 좋아졌다는 느낌이 들었다. 샤오자오조차 그렇게 싫지 않아졌다.

4

정월부터 2월 초까지, 승리는 오로지 리 부인의 차지였다.

장다사오는 링을 돌려보내며 귀가 닳도록 양딸을 칭찬했다. "그 엄마에 그 딸이라고, 어쩜 그렇게 예쁘게 말을 하는지 몰라. 혼을 쏙 빼놓더라고!"

라오리는 한 번도 아내가 말을 예쁘게 한다고 느낀 적이 없었다.

우 떡판 부인은 문안을 오자마자 다짜고짜 라오리에게 달려

들었다. "리 선생님, 다 아우 덕인 줄 알아요. 무슨 병이 그리 심한지, 실신을 해가지고는, 정말." 그녀는 눈을 감았다. 라오리가 죽었으면 어떻게 됐을까 상상하는 것 같았다.

추 부인도 오자마자 다짜고짜 라오리에게 달려들었다. "리 선생님, 역시 구식 아내가 최고예요! 어제 들으니까 한 대학 교수가 전염병으로 죽었는데 그 부인이 한 번도 병원에 들르지 않았대요. 전염될까 봐 무서워서. 그게 말이나 되는 소리예요?" 교양 있는 추 부인은 리 부인을 무슨 『열녀전』에 끼워 넣으려는 의도가 다분해 보였다.

장다거도 왔다. 그의 찌푸린 눈살과 헛기침이 말하고 있었다. '내가 자네한테 가족들을 데리고 오라고 하길 잘했지? 그녀가 있었기에 망정이지 없었으면 어쩔 뻔했나? 걸핏하면 이혼이다 뭐다 하지만, 그래도 역시 부부가 최고야!' 입으로 말한 것은 아니었지만 오히려 그래서 더 참기 힘들었다. 라오리는 그저 장다거의 눈과 눈썹을 피하기에 급급했다.

요즘 들어 장다거는 유난히 흥이 넘쳐 보였다. 봄이 오면 혼사가 줄을 잇게 되고, 꽃을 재촉하는 봄비 못지않게 중매쟁이로서의 명성도 높아질 것이기 때문이었다. 장다거는 중매하면서 있었던 여러 재미난 이야기를 풀어놨지만 라오리는 전혀 귀에 들어오지 않았다. 이야기 끄트머리에 장다거는 담뱃대로 창밖을 가리키며 말했다. "라오리, 엊그제 관청에서 사람 하나 죽어 나갈 뻔했어!" 라오리는 마침 장다거의 옷을 감상하고 있었다. 짙은 남색 비단의 토끼가죽 파오, 넓은 소매와 좁은 옷깃, 옅은 남색의 비단 솜바지, 넓은 바지통, 연두색 털양말, 검은 구두. "사람이 죽어?" 그는 이렇게만 되물었다. 앞의 얘기는 하나도 듣지 못했기 때문이었다.

장다거는 왼쪽 눈을 감고 나직한 소리로 천천히, 마치 서사시를 읊조리듯 말했다. "우 태극과 샤오자오 말이야!"

"우 부인은 며칠 전에도 다녀갔는데, 아무 말 안 하던걸?" 라오리가 말했다.

"당연히 자네에게 말하기 불편했겠지. 우 태극이 사고를 쳤는데 샤오자오가 어디 쉽게 넘어갈 사람인가, 사달이 나도 아주 단단히 사달이 났지!"

라오리는 숨을 죽이고 장다거의 말에 귀를 기울였다.

"자네 우 태극이 틈날 때마다 첩을 들이겠다고 떠들고 다니던 거 기억나?"

라오리는 고개를 끄덕였다.

"태극권 단련은 했는데 그 정력을 쏟을 데가 없었던 거지! 떡판 부인도 남편 단속을 단단히 했어야 하는데. 그러다 일이 터진 거지. 자네 샤오자오가 종종 마누라 얘기 하는 것은 들었어도 직접 본 적은 없지?" 장다거가 웃었다. 얘기에 너무 열중한 나머지 말에 두서가 없다는 것을 뒤늦게 알아차린 것 같았다.

바로 그때 딩얼 영감이 미친 듯이 뛰어 들어왔다. "얼른 집으로 돌아가보세요, 톈전이 순경한테 끌려갔어요!"

제12장

1

아무리 말려도 라오리는 막무가내였다. 성치 않은 몸으로 무리해서 바깥나들이를 하는 것은 상식에 어긋난 짓이었지만 남을 위한 희생인 만큼 나름대로 의미가 없는 건 아니었다. 태어나서 지금껏 주어진 길로만 한 발 한 발 내디디며 살았는데, 지금 이러한 삶이 처음으로 공허하게 느껴졌다. 장다거는 비록 하릴없이 바빠하기는 했으나 온전히 자기 일 때문만은 아니었다. 자발적으로든 아니면 사회에 등 떠밀려서든 서로 돕는 것은 인지상정이었다. 어느 누구도 라오리가 장다거에게 가는 것을 말리지 못했다. 아직 다리가 후들거렸지만 의지만큼은 아주 확고했다. 그는 인력거를 잡아타고 장다거에게 갔다.

장다사오는 이미 얼굴이 눈물범벅이었다. 텐전이 포승줄에 꽁꽁 묶여 끌려간 것이다.

장다거가 이만큼 힘들어하는 모습은 본 적이 없었다. 이토록 얼굴이 일그러진 것도 처음이었다. 핏기 하나 없이 창백한 얼굴에 왼쪽 눈은 꼭 감겨 있었으며 아래 눈꺼풀과 입가가 떨리고 있었다. 그는 한마디 말도 없이 숨만 끅끅 삼켰고, 담배 파이프를 쥔 손은 부들부들 떨렸다.

라오리는 가만히 집에 들어가 앉았다. 자신은 아무것도 할수 없는 폐물이라는 생각에 아무 말도 하지 못했다.

라오리가 들어오는 것을 보고도 장다거는 일어나지 않고 한참을 멍하게 있었다. 그러다 문득 왼쪽 눈을 뜨고 몇 번 껌벅거리다가 애써 숨을 삼켰다. 그러다 다시 갑자기 일어나 소리쳤다. "라오리!" 그는 아무 말 없이 밖으로 나갔다. 대문을 나서며 장다사오를 힐끗 쳐다봤다. "나 아들 찾으러 가!"

장다사오는 톈전이 끌려갔다는 것 말고는 아는 게 아무것도 없었다.

딩얼 영감은 눈물을 뚝뚝 흘리며 마당에서 새장을 들고 서성거렸다. "새야, 새야! 한 번만 울어봐라. 한 번만! 너희가 울어야 톈전이 무사한 거야. 울어, 울어봐!"

새들은 찍 소리도 내지 않았다.

2

다음 날, 라오리는 여전히 비실대면서도 한사코 관청에 나갔다.

우 태극은 이미 파면되었고 추 선생과 장다거는 휴가를 냈다. 라오리와 가까운 사람들 중에는 쑨 선생만 보였다. 쑨 선생은 처음 베이핑에 온 터라 오로지 국어 공부에만 열심이었다. 일처리도 서툴고 학력도 별로인 데다 머리도 좋지 않았지만 그래도 과원이 될 수 있었던 것은 다 국어를 열심히 공부했기 때문이었다. 국어를 배우는 건 개인을 위한 것이고 과원이 되는 것은 나라를 위한 것인데 나랏일보다는 개인의 일이 훨씬 중요했던 것이다. 쑨 선생은 자신이 창안한 국어를 써가며 라오리에게 말했다.

"우 태글(극) 말이야." 그는 어떤 글자이건 뒤에 혀 굴리는 소리만 갖다 붙이면 그게 바로 관화라고 생각했다. "샤오자올(오)하고, 어이쿠, 엄청 싸웠어! 도무지 끝낼 생각을 안 하더라고. 지글(금)까지도 안 끝났어. 어휴, 정말 엄청나!"

"왜 그랬는데?" 평소 느긋한 라오리도 이번만큼은 마음이 조급했다.

"샤오자올 말이야, 약혼녈(녀)이 있었는데, 끝내주게 예쁘대!"

"샤오자오가 아직 결혼을 안 했다고? 그래서?"

"도무지 장가간 것도 아니고 또 도무지 장가 안 간 것도 아니야. 절름발이의 엉덩이는 삐딱한 물(문)이라는 말씀!"* 쑨 선생은 아주 자신 있게 한마디했다. "어떻게 말해야 하나? 그가 장가를 가기는 갔는데, 간 다음에, 어휴, 샤오자올 정말 엄청나. 색시를 딴 사람한테 줬어. 그러니 도무지 장가를 안 간 것도 아니고, 간 것도 아닌 거지. 엄청나! 자네나 나처럼 고지식

---

* 헐후어歇後語: 숙어熟語의 하나로, 앞뒤 두 부분으로 나뉘어 있다. 앞부분은 수수께끼의 문제 같고, 뒷부분은 수수께끼의 답안과 같다. 보통 앞부분만 얘기하고 뒷부분은 남이 터득하도록 남겨둔다. 瘸子的屁股儿(斜門) 절름발이의 엉덩이는 기울어진 문 斜門은 邪門과 발음이 동일, 즉 사람이나 일이 비정상이라는 의미이다.

하고 예의바른 사람은 죽었다 깨도 절대 못 할 일이지. 암, 못
하고말고. 샤오자올은 사기도 잘 치잖아! 백이나 80위안에 색
시 하나를 사서는 연지곤지 찍고 분칠해서 보내는데, 완전히
뺀질이야, 우라질!" 쑨 선생은 귀신이라도 들을세라 소리를 낮
췄다. "자네도 알겠지만, 그가 소잘(장) 밑에 있잖아? 소잘의
그 마누랄(라) 말이야. 원래 샤오자올이랑 그렇고 그런 사이였
대, 어휴, 예쁘기는 무지 예쁘지! 샤오자올하고 그 여자가 소잘
한테…… 뭐더라? 그렇지, 잘 보이려고 그랬대. 나중에 샤오자
올은 시잘(장)이 될지도 몰라. 엄청나! 이번에 또 여자애 하날
건드렸는데, 이제 갓 열아홉 살짜리래. 확실하진 않지만 잘 꾸
며서 무슨 사단잘(장)인지 여단잘(장)인지한테 보내려고 했나
봐. 아, 맞다. 여단잘이고 성이 왕씨인데 권법을 좋아한다더군.
특히 원숭이권猴子拳, 매화권梅花拳이 아주 대단하대. 관화에 그
런 말 있지? 곰의 외삼촌이 성성猩猩이라는 말.* 샤오자올이 머
리 하나는 기막히게 잘 굴려. 샤오자올이 권법 좀 배워 오라고
그 여자를 우 태글에게 보낸 거야. 스싼메이**로 만들겠다는 거
지. 엄청나. 여단잘이 스싼메이를 좋아한대, 엄청나!" 쑨 선생
의 침이 라오리 얼굴에 튀었다. 그는 숨을 가다듬고 다시 말을
이었다.

　"그런데 우라질, 우 태글이 그 여잘 따먹은 거야! 웬 떡이냐,

---

* 猩은 惺과 발음이 같으며 惺惺(성성)은 똑똑하다는 의미이다.
** 十三妹: 청나라 대표적인 장편무협소설『아녀영웅전兒女英雄傳』에 등장하는
주인공 여협 하옥봉의 별명. 「스싼메이」라는 경극으로도 만들어졌다.

그야말로 식은 죽 먹기였지. 우라질, 열아홉 살 처녀를 말이야! 샤오자오는 마침 톈진(진)에 가 있었는데, 도무지 헛심만 쓴 거지. 며칠 전 돌아와서 보니, 어휴, 삶은…… 뭐더라? 베이핑 말로 거위였나, 아니 오리였나?"

"오리야!"

"그렇지, 삶은 오리, 죽 쒀서 개 준 꼴이 된 거지! 도무지 화가 나서 뚜껑이 열린 거야. 샤오자올하고 우 태글은 친척지간이잖아? 그 우 태글이 그야말로 우 태급急이 됐어. 아주 다급해졌다는 말이야. 샤오자올이 어디 가만히 있을 위인인가? 짝짝, 양 따귀를 갈겼지. 어휴, 우 태글이 얼마나 마음이 아팠을까! 그 양반은 말이지, 갈고 닦은 실력도 있고 주먹도 이만큼 크지만 맞서 때릴 수는 없었지. 창피할 테니 말이야! 샤오자올은 한 번 때리고 나니까…… 뭐더라? 취미? 아니지, 그렇지, 재미가 들렸어. 그래서 우 태글에게 말했지. 야, 우가야, 너 어디 두고 보자, 내가 백 명, 천 명, 만 명을 떼로 데리고 와서 패주겠다! 근데 그때 떡팔(판) 부인이 나선 거야. 번리화*가 등잘(장)한 거지. 단번에, 우라질, 샤오자올을 깔아뭉갠 거야. 도무지 거의 깔려 죽을 뻔했지. 그 큰 떡판이 3백 근도 넘는다던데, 엄청나더군! 우 태글이 떼어놓지 않았으면 샤오자올은 벌써 납작하게 짜부라진 살구씰(씨) 꼴이 되었을 거야. 어휴, 샤오자올이 일어나서는 더 이상 감히 죽이겠다는 소리를 못 하더라고, 도무지! 결국 무武를 포기하고 문文을 택하더군. 신문에 내고

---

* 樊梨花: 문학 작품에 나오는 당나라 초기 서량국西涼國의 여장군.

소송을 걸었어, 엄청나, 우 태글이 잘렸어!"

"샤오자오는?" 라오리가 물었다.

"샤오자올? 다들 샤오자올이 잘했다고 하던데. 우가 그놈은 사람도 아니래." 쑨 선생이 시계를 보았다. "저런, 먼저 가봐야 겠어. 나중에 다시 얘기해." 관료답게 한껏 거드름을 피우며 쑨 선생이 사라졌다.

장다거 일이 급했지만 쑨 선생이 가고 혼자만 남게 되자 라오리도 마지못해 나가는 수밖에 없었다. 그는 쑨 선생이 한 말을 곰곰이 되씹었다. 남자는 이러면 안 된다. 그는 생각했다. 순진한 여자는 저 스스로 함정에 빠진 것이고, 예쁜 여자는 스스로 족쇄를 채운 셈이며, 못생긴 여자는 생지옥에 사는 거나 마찬가지다. 아무리 발버둥을 쳐도 여자는 잘될 수가 없다. 남자가 못됐기 때문이다!

아니, 이것은 단지 남녀 개인의 문제가 아니고, 보다 큰 문제이다. 절대로 개인의 문제로 생각해선 안 된다. 굳이 멀리서 예를 찾을 필요도 없이 관청 사람들을 좀 보라. 소장이 어떤 사람인가? 관료 겸 토비土匪다. 샤오자오? 사기꾼 겸 과원. 장다거? 남자 중매쟁이. 우 태극? 밥통 겸 무술쟁이. 쑨 선생? 건달 겸 베이핑 속담 수집가. 추 선생? 고민의 상징 겸 과원. 이런 인물들 가지고 관공서를 꾸린다는 것 자체가 이미 말도 안 되는 소리였다.

그 부인들을 또 어떤가? 장다사오, 떡판, 쑨 부인, 추 부인, 거기에 내 마누라까지. 한 명도 제대로 된 여자가 없었다.

이런 남녀들이 사회의 중견 인물이고, 다음 세대를 키우고,

민족의 발전을 도모한다고? 웃기는 소리! 틀림없이 더 근본적인 문제가 있어. 그렇지 않고서야 어떻게 이처럼 결코 있어서는 안 될 인물들이 존재할 수 있겠어? 하지만 존재하는 게 엄연한 현실이니 그들이 쓸데없는 짓 말고 무슨 일을 할 수 있겠냐고.

악취가 진동했다. 라오리는 스스로 다짐했다. 더 이상 자잘한 일로 가슴 아파하지 말자. 악취가 나는 곳에는 아름다운 삶도 완벽한 여인도 있을 수 없다. 아무리 자유롭게 연애를 한들 얼마나 아름답겠는가? 그는 오기가 생겼다. 넓게, 넓게 보면 진정한 행복은 건강한 문화에서 나오는 법. 전부 다 새로 세워야 해. 그저 키스나 하고 '달링' 어쩌고 한다고 해서 행복해지는 게 아니라고!

그는 이제 우 태극 일에는 관심을 접기로 했다. 아주 당연하고 하찮은 일인데, 우 태극과 샤오자오 가운데 누가 이기고 지는지가 무슨 상관인가? 샤오자오가 저지른 일, 그 따위 문화를 깨부숴야 비로소 인생에 향기로운 꽃도 피우고 진실의 열매도 맺을 수 있는 거야. 샤오자오, 우 태극은 거론할 가치도 없다.

마누라 생각도 그만하자. 그녀도 수많은 다른 여인들과 마찬가지로 불쌍하다. 동채의 그녀에게도 미련을 버리자. 그럴 가치도 없다. 그녀는 새까맣게 타버린 초원의 풀 한 포기에 지나지 않는다.

그렇다면, 뭘 하지? 장다거가 텐젠 구하는 것을 도와줘? 왜? 장다거가 아들 장가보낼 때 천 명 넘게 하객을 초대하라고?

아니, 인지상정, 인지상정 때문이야. 어쨌든 장다거가 못된 사람은 아니잖아?

더구나 장다거를 돕는 것 말고 달리 할 일도 없잖아?

다시 막다른 골목이었다! 이 사회가 라오리를 갖고 놀았다. 그는 나설 수도, 나서지 않을 수도 없었다. 어떻게 처신해야 할지 몰랐다. 기껏해야 시궁창에서 뒹굴 뿐이었다. 시궁창에서 뒹구는 게 가능한 얘기야? 그는 골치가 지끈거렸다. 집에 돌아가자! 과에서 라오리 혼자만 자리를 비운 채였지만, 알 게 뭐야, 3년을 비워둬도 아무도 상관하지 않을 텐데.

3

'고민의 상징'인 추 선생이 고민을 좀 줄여보려고 우와 자오의 중재에 나섰다. 우 태극은 여전히 아주 정직해서 무슨 말을 해도 다 된다고 했다. 샤오자오는 고개를 저었다. 추 선생은 스싼메이에게 저간의 사정을 듣고 나서 샤오자오가 졌다는 것을 알았다. 스싼메이 스스로 우 태극을 선택한 거였다! 알고 보니 그녀는 쑨 선생의 말처럼 '열아홉 살 처녀'가 전혀 아니었다. 열아홉은 뭐 사실일 수도 있었지만, 본인 입으로 이미 열네 살 때부터 처녀가 아니라고, 열넷에서 열아홉이 되기까지 이미 여러 남자를 거쳤다고 했다. 돈 소리만 나면 기꺼이 성姓을 바꾸고 새로 시집을 간 것이다. 우 태극은 그녀에게 '백학량시'를 과도하게 꼼꼼히 지도한 나머지, '영원히 당신만을 사랑해'라는 말도 해주고 피로 맹세까지 했다. 그녀는 그저 더 이상 다른 남자 손에 넘겨지지만 않는다면 누구와 함께해도 상관없다는 생각에, 샤오자오를 그만 따르기로 결심했다. 이 얘기를 들은 샤오자오는 이제 끝이라고 생각했는지 고개를 저었다. 대신에 배상을 요구했다. 우 태극은 돈이 없었다. 떡판 부인에게 모아둔 돈이 좀 있었는데, 부인은 샤오자오한테 직접 와서 받아 가라고 했다. 샤오자오는 납작한 살구씨가 되고 싶지 않아서 엄두가 나지 않았다. 추 선생은 아주 만족해했다. "샤오자오는 사람을 잃고 라오우는 일자리를 잃었으니, 둘 다 피장파장이야. 서로 체면을 생각해서라도 더 이상 따지지 말자고." 샤오자오는 달갑지 않았지만 떡판 부인이 무섭긴 무서웠다. 하물며 만에 하나 우 태극이 궁지에 몰린 나머지 그 주먹을 휘두른다면! 추 선생도 바로 이 점을 물고 늘어졌다. "샤오자오, 라오우가 자네한테 맞은 따귀를 되갚기라도 하겠다면 자네가 감당할 수 있겠어? 그만해. 자네는 때렸고 그는 아직 빚을 갚지 않았으니, 아직은 그가 밑진 셈이야. 누가 알아? 나중에 또 자네가 라오우에게 신세질 일이 있을지 말이야. 샤오자오, 그렇지 않아?" 샤오자오는 자신의 손으로 우 태극의 따귀를 짝, 짝 때렸을 때를 떠올렸다. 어쨌든 짜릿했다. 하지만 떡판에 짓눌렸을 때는 정말이지, 자기 몸이 그래도 좀 단단했기에 망정이지 그렇지 않았다면……

하지만 배상을 받으러 직접 우가네로 갈 수는 없었기에 달리 얻어낼 방법을 찾아야 했다. 마침 관청에는 우 태극의 자리가 아직 공석으로 남아 있었다. 거기까지 생각이 미치자 샤오자오는 자신이 한 발 물러나 라오우와 소란을 피우지 않기로 했다. "잘 살라고 해. 내 천천히 본때를 보여줄 테니까. 라오추, 자네 체면을 봐서 내 당분간은 우가와 싸우지 않을게."

추 선생은 신이 났고, 샤오자오는 우 태극의 자리를 어떻게 처리할까 궁리에 들어갔다.

한껏 승전고를 울리며 추 선생은 이 사실을 라오리에게 알렸다. 우와 자오를 화해시킨 추 선생을 보며 라오리는 문득 영감이 떠올랐다.

"추 선생, 우리가 연명해서 톈전을 위해 보증을 서면 어때?"

"톈전이라고? 누군데?"

"장다거네 젊은 도령 말이야, 달랑 하나밖에 없는 아들이잖아!"

라오리는 추 선생의 동정심을 건드리려고 했다.

추 선생은 아무 말도 하지 않았다.

추에게는 씨도 먹히지 않을 소리였다. 하지만 라오리는 추 선생을 너무 높게 보고 재차 묻기까지 했다. "자네 생각은 어때?"

"뭐가?" 추 선생이 눈을 흘겼다.

라오리는 그가 '뭐가'라고 말한 것만 듣고, 눈을 흘기는 것은 보지 못했다. "톈전 보증 서는 거 말이야."

"저기…… 미안한데, 나는 좀 빼줘."

라오리는 맥이 풀렸다. 추 선생이 나가자 라오리는 다시 열불이 났다. 제길, 추잡한 일에는 얼씨구나 끼어들면서 정작 나서야 할 땐 나 몰라라 하는 거야? 그래, 그렇다면 이 라오리가 한다!

애초부터 라오리는 톈전을 보석시키는 것이 무슨 좋은 일이

거나 의미 있는 일이라고 생각하지 않았다. 하지만 추 선생이
거절하는 것을 보자 오기가 발동했다. 평소 장다거는 누구에게
나 좋은 친구였는데, 막상 힘들어지니까 모두들 수수방관하는
군! 우와 자오의 다툼은 장씨네 일에 비하면 아주 하찮은 것인
데 말이야. 장다거는 아들을 잃게 생겼다고! 라오리는 곧바로
보증서 초안을 작성했다. 글자 하나하나를 서너 번씩 다듬고,
다시 깨끗이 옮겨 써서 쑨 선생을 찾아갔다. 사람들이 다 추
선생 같지는 않을 거라고 생각했다.

"우와, 라오리, 글 잘 썼는데, 대단해."

쑨 선생은 보증서를 보며 칭찬하기 바빴다. 쑨 선생은 모르
는 글자가 있으면 무조건 훌륭한 문장으로 간주했다. 그래서
그는 '잘 썼는데, 굉장해'라며 연신 감탄했다. 보증서를 쭉 훑
어본 그는 다시 라오리에게 건넸다. "좋아, 도무지 좋아!"

"그럼 서명해주겠어?" 라오리가 아주 나긋하게 말했다.

"나 말이야? 서명해달라고? 저런, 잠깐만, 잠깐만 기다려봐.
잘 썼어, 굉장해!"

라오리가 펜을 들어 먼저 서명했다. "우선 내 이름을 맨 앞
에 쓰고 나중에 정식으로 명단을 만들 때 다시 논의해서, 누구
이름을 앞에 놓을지 정할 거야."

"좋아, 아주 좋아. 그런데 나는 조금만 기다려줘."

모든 과를 다 돌았지만 역시나 대부분 추 선생처럼 대놓고
거절했다. 나머지 사람들도 처음에는 그의 문장력을 칭찬하다
가, 나중에는 아주 공손하게 얼버무리더니—서명하지 않겠다
고 '말'은 하지 않았지만—결국 아무도 서명하지 않았다. 여러

214

사람의 손을 거치면서 보증서가 너덜너덜해질 때까지, 서명한 이는 라오리 한 사람뿐이었다.

라오리는 화도 나지 않았다. 그저 장다거 대신 통곡하고 싶을 뿐이었다. 장다거는 사람 사귀는 데 죽어라 공을 들였는데, 지금 그에게 일이 생기니 이 모양이라니…… 만약 장톈전이 죽어 장다거가 부고를 내면, 장담컨대 여전히 장례식엔 천 명도 넘게 올 것이다. 그 사람들은 선물을 보내고 부조금을 내는 것이 인지상정의 최고치이고, 선물을 보내고 식사에 초대하면 인간적 도리를 다했다고 생각한다. 그렇다면 톈전을 구하는 일은? 아니, 한 발 양보해서, 장다거를 위로하는 것은? 그런 것들은 그들이 생각하는 인간적 도리의 범위를 벗어나는 거야! 라오리는 보증서만 물끄러미 바라보았다. 그러다 냅다 집어 들고는 갈기갈기 찢어서 바닥에 내팽개쳤다.

4

라오리가 집에 돌아오니 마침 떡판 부인이 아내와 눈물 콧물 흘려가며 얘기하고 있었다. 그가 들어서는 것을 보자 그녀의 눈물이 더 푸짐해졌다.

"리 선생님, 여러 친구분들 중에 그래도 리 선생님밖에 믿을 분이 없어요. 어떻게 하면 좋아요? 아무래도 그 요물을 그냥 두고 볼 수가 없어요. 정말 못 참겠어요!"

라오리는 순간적으로 무슨 말이지 싶었다. 요사이 라오우 집에서 요물이 난리를 친다고? 우 부인의 말을 더 듣고 나서야 비로소 그는 스싼메이가 요물로 둔갑했다는 것을 알았다. 스싼메이야 여전히 스싼메이겠지만 떡판의 눈에는 요물로 보이는 것도 당연했다. 지금 벌어진 상황을 라오리는 속으로 차근차근 짚어보았다. 샤오자오와 떡판 부인은 친척지간이다. 우 태극이 관청에 자리를 얻은 것도 다 샤오자오가 힘써준 덕분이다. 샤오자오와 라오우가 다투게 되자 떡판 부인은 입장이 난처했다. 친척의 편에 서자니 남편을 무시하는 것 같고 남편 편을 들어 샤오자오에 맞서는 것도 아니다 싶었다. 샤오자오가 남편 따귀를 갈기며 징벌 운운하고 나서자, 그제야 그녀는 남편 편을 들기로 결심하고 급기야 샤오자오를 바닥에 깔아뭉겠다. 샤오자오를 무찔렀으니 이제 그 못된 년만 쫓아내면 우 부인으로서는 대성공이다. 이번 소동의 손익을 따져보면, 라오우만 일자리를 잃었을 뿐 그녀는 전혀 손해 본 게 없다. 관청이야 어디 다른 데로 달아나는 것이 아니니 당장은 그만두었더라도 나중에 또 들어가면 된다. 그런데 생각지도 않게 웬 천한 계집애가 남편에게 달라붙고, 추 선생이 중재에 나서면서 오히려 둘 사이가 더 확실해졌다. 밥주발만 한 주먹을 자랑하는 남편이 그 요물한테 꼼짝없이 매인 것이다! 떡판 부인은 얼굴 살이 반 근도 넘게 빠진 것 같았다.

리 부인은 떡판이 너무 불쌍했지만 딱히 어찌할 방법이 없었고, 사실 속사정도 잘 몰랐다. 그녀도 샤오자오를 싫어하기는 했지만 결코 이 일 때문은 아니었다. 우 태극도 싫었다. 착한 떡판을 마다하고 요물만 찾다니, 너무 뻔뻔해!

라오리는 저간의 사정을 낱낱이 꿰고 있었지만 굳이 이런 일에 끼어들고 싶지 않았다. 더구나 방금 관청에서 열이 뻗칠 대로 뻗쳤던 터라 우 부인을 위로하고픈 마음은 추호도 없었다. 그는 적당히 얼버무렸다.

"우 부인, 라오추한테 가서 얘기해보세요. 그에게 훌륭한 방법이 있을지 몰라요." 하지만 속마음은 달랐다. '누가 뭘 하건 말건, 이 라오리는 당신네 추잡한 일에는 일절 상관하지 않을 거야!' 그는 우 부인에게 말했다. "아니면, 아예 깨끗하게 이혼하시죠!"

라오리가 화만 나 있지 않았어도, 남에게 이런 극단적인 얘기를 하지는 않았을 것이다. 하지만 지금 그는 화가 머리끝까지 치민 터여서 뭔가 파괴하고 싶은 충동이 자꾸만 일었다. 라오추는 대충 사는 법을 아는 사람이니, 대충 살고 싶으면 라오추에게 가라. 하지만 이 라오리가 제시하는 방법은 이혼이다. 그것도 아니면 알아서 다른 남자를 찾아라. 물론 큼지막한 떡판을 원하는 사람이 있다면 말이지. 이런 생각은 라오리의 속을 후련하게 해주었다. 파괴다! 물론 나는 아직 누구와 함께 달아날지 정하지 못했지만 말이다!

"이혼이라니요?" 우 부인은 전혀 생각해본 적이 없는 눈치였다. "리 선생님, 무슨 말씀하시는 거예요? 지금도 충분히 남부끄러운데 그것도 모자라서 이제는 이혼까지 하라고요?"

라오리는 아무 말도 하지 않았다.

우 부인의 눈이 리 부인을 찾았다.

리 부인이 순간 총기가 돌기라도 한 듯 방법을 하나 찾았다. "그년을 몰래 샤오자오에게 돌려보내면 어때요, 그러면 끝나는 거 아니에요?"

"그거 괜찮은 생각이다, 동생, 좋은 생각이야!" 떡판은 목이
너무 굵어 고개를 끄덕이지는 못하고 대신 눈을 힘껏 껌벅였
다. "돌아가서 다시 생각해볼게. 아, 생각났다. 추 부인에게 가
봐야겠어. 무슨 좋은 생각은 없나 물어봐야지."

우 부인은 더 이상 남자들에게 조언을 구하지 않기로 마음먹
은 것 같았다.

5

추 부인은 이혼에 찬성했다. "자식도 없는 마당에 남편이 그
렇게 경우에 어긋나는 짓을 하는데 뭐 하러 같이 살아!"

떡판은 머리와 목을 같이 내저었다. "말이야 쉽지, 이혼하면
뭐 먹고 살라고?"

"설마 산 입에 거미줄이야 치겠어? 나는 결혼하기 전부터도
시집가고 싶지 않았고, 결혼하고 나서도 매사에 내가 하고 싶
은 대로 해야 직성이 풀려. 남편이 고개를 저으면, 그래 좋다,
난 당장 나가서 일하겠다고 그래. 남편이 나한테 뭐라고 하는
거는 딱 질색이야."

"추 부인이야 능력이 있으니까 그럴 수 있다지만 나는 아니
잖아!" 떡판이 훌쩍이며 말했다.

추 부인은 여자들이 모두 대학을 나오지는 않았다는 사실을
잊고 있었다. 하지만 '강한 개성'을 자부하는 그녀로서 이미 내
뱉은 말을 다시 주워 담을 수는 없었다.

"상관없어. 남편한테 생활비를 달라고 해. 확실한 증거도 있겠다, 다 당신 잘못이니 돈을 내놔라 하는 거야!"

"돈이 어디 있다고?" 떡판은 더 난감해했다.

"애초에 그이가 군대에서 장교 하던 시절만 해도 참 쉽게 벌고 쉽게 썼어. 하지만 군대가 해산되고서 내리 두 해를 놀았는데, 먹고 마시는 데 돈을 펑펑 쓰는 게 습관이 되어서, 좀 아끼려고 해도 잘 안 되더라고. 재정소에 들어가고 난 다음부터는 1위안이든 1자오든 내가 일일이 챙겼지. 하지만 고만고만한 봉급에 아무리 덜 먹고 아껴 쓴들 얼마나 남겠어? 설령 남긴다 한들 그게 몇 푼이나 되겠냐구? 어휴, 다 내 팔자가 사나운 거야. 아들 못 낳는 게 죄지! 아들만 있었으면 그놈의 첩 소리는 입 밖에도 내지 못했을 거야! 나도 그이랑 죽느니 사느니 하며 싸우고 싶겠어? 하지만 우리 같은 여자들은 아무리 저 잘나도 아들을 못 낳으면 절대로 남편 입을 틀어막을 수 없어! 사실 아들 없는 게 다 나 때문이야? 그이가 젊어서 어지간히 방탕했어야지. 어휴, 말해봤자 무슨 소용이겠어. 다 내 팔자지!" 우 부인은 한숨을 쉬었다.

아들이 없다는 얘기에 추 부인은 속이 쓰렸다. 하지만 강한 개성의 소유자로서 떡판과 같이 한숨이나 쉬는 것은 영 못마땅했다. "나도 아들이 없는 처지여서 너무나 아이를 원하기는 하지만, 결혼한 지 이렇게 여러 해가 지나도록 그런 복이 없으니, 없으면 없는 대로 사는 거지. 이제는 신경 쓰지 않기로 했어! 추 선생도 아기를 바라는 눈치이기는 하지만 그래도 내 앞에서 함부로 아쉬워하는 티라도 냈다가는 어림도 없어. 흥!"

마주앉은 떡판과 널빤지 사이에 침묵이 흘렀다. 떡판은 전혀 위로를 받지 못했고 널빤지도 별로 속이 편치 않았다.

제13장

1

라오리는 장다거를 보러 갔다. 장다거의 몰골이 말이 아니었다. 며칠 새 흰머리가 훨씬 늘었고 눈은 퀭해 있었다. 중매에 관한 일은 모두 딩얼 영감에게 맡겼다. 딩얼 영감은 아주 간단하게 일을 처리했다. 누가 와서 중매쟁이를 찾으면 '집에 안 계세요' 하면 그만이었다. 동료들이 텐전을 위한 보증서에 서명하기를 거절했다고 도저히 말할 수가 없었다. 별 도움이 되지 못할 바에야 찾아가서 위로라도 해야 마음이 편할 것 같았다. 장다거는 발이 닳도록 백방으로 수소문해보았지만 여전히 텐전을 구할 방도를 못 찾고 있었다.

"라오리!" 장다거가 친구의 손을 쥐었다. "라오리!" 그러곤 떨리는 입술로 아무 말도 하지 못하고 눈물만 흘렸다.

라오리는 장다거가 얼마나 힘들지 알 것 같았다. 나이 쉰이 넘어 아들을 잃으면 그 삶은 이미 끝장난 거다. 하지만 그는 남을 위로할 줄 몰랐다. 게다가 뭐라도 실질적인 도움이 되어야지 위로랍시고 그저 몇 마디 건네는 것이 무슨 소용이 있겠

는가? 듣기에나 좋을 뿐이다. 그러니 장다거를 보러 오는 것은
아무 의미도 없었다. 라오리는 직접 나서서 톈전을 구할 방도
를 찾기로 했다.

장다거가 모든 연줄과 능력을 동원해 파악한 것은 톈전이 어
떤 무소불위한 기관에 잡혀갔으며 그곳은 누구에게나, 어떤 짓
도 할 수 있다는 것 정도였다. 아무도 그곳이 어디에 있는지
몰랐지만 그런 기관이 있다는 사실은 다 알고 있었다. 일단 그
곳에 끌려가면 사람이든 개든 살아나오기는 거의 불가능했다.
장다거는 어느 기관에나 잘 아는 사람이 있었지만 저승처럼 신
비에 싸인 이곳에만큼은 아는 사람이 하나도 없었다. 두루 연
줄을 동원해 수집한 정보와 여러 사람의 말에 비춰볼 때, 톈전
은 적어도 공산당이라는 혐의를 받고 있고, 어쩌면 이미 이 세
상 사람이 아닐 수도 있었다. 실오라기 같은 희망만 있어도 눈
물을 흘리지 않고 견디겠지만, 장다거는 이미 기진맥진해서
그저 울다 지쳐 죽게 생겼다. 그는 지금 아주 자욱한 안갯속
에 갇혀 있었다. 차라리 톈전이 자기 눈앞에서 죽는다면 그냥
한바탕 통곡하고 끝날지도 몰랐다. 지금 그는 자신이 일생 동
안 이루어놓은 모든 것을 눈물로 쏟아내고 있었다. 평생 남에
게 싫은 소리 한번 한 적 없고, 한순간도 뒤쳐지지 않으며, 모
든 친구들의 길잡이를 자처했다. 그런데 결국에는 아들이 공산
당이라니! 정말이지 톈전이 이렇게 죽는다면 장다거는 더 이
상 살 수가 없었다. 그는 평소 항상 주의 깊게 혁명당을 피해
다녔다. 관직에 오르지 않는 이상 혁명당원에게는 절대 선물도
보내지 않았다. 그런데 아들놈이……

라오리가 보기에 장다거에게는 울다 죽든지 아니면 미쳐버리든지, 이 두 갈래 길밖에 없었다. 심한 말로 자극해볼까? 부질없는 짓이다. 장다거는 열심히 사람들을 식사에 초대할 때 말고는 흥분한 적이 없었다. 욕 한마디 하는 것도 예교의 가르침에 어긋난다고 생각하는 위인인걸. 라오리는 할 말이 없었다.

관청 사람들 가운데 아직까지 만나보지 못한 사람은 소장과 샤오자오뿐이었다. 소장을 만나볼까? 차라리 샤오자오를 만나는 게 낫겠다. 그에게 통사정하는 것도 난감했지만 친구를 위한 일이다. 다른 방법이 없었다.

라오리는 샤오자오를 찾아갔다.

"어이, 라오리." 샤오자오가 먼저 입을 열었다. "그렇잖아도 자네를 찾고 있었어. 바쁘지 않으면 우리 목욕이나 갈까?"

라오리는 속으로 생각했다. 이 녀석이 무슨 속셈이 있는 게 분명해. 그래, 따라가보자!

목욕탕 문을 들어서자마자 샤오자오는 옷의 단추부터 풀었다. 목욕을 하고 안 하고는 별로 중요하지 않고 오로지 옷을 벗기 위해 목욕탕에 온 것 같았다. 개인실에 들어가기도 전에 이미 옷을 홀랑 벗은 샤오자오는 그제야 장소에 알맞은 차림새가 됐다고 느끼는 것 같았다. 그는 아주 편안한 듯 담배에 불을 붙이고 엉덩이를 토닥거리며 말했다.

"라오리, 자네 잘났어, 정말." 그의 눈알이 얼굴 구석구석을 헤집고 다녔다. "보증서를 들고 온 과를 돌아다니다니, 정말 대단해! 곧 일등 과원으로 승진할 테니 관청 사람들에게 귀하신 풍채를 보여드려야겠지? 대단해, 두 손 들었어!"

"무슨 일등 과원?"

"아직도 시치미 뗄 거야? 라오리, 자네도 참 심하네. 우 태극 자리를 자네가 대신한다는 걸 모르는 사람이 있는 줄 알아? 그러고도 나한테 계속 시치미를 뚝 떼다니, 정말이지 자네 둘 목을 비틀어버리고 싶어! 우가 일등 과원이 된 것도 다 내가 힘써준 덕이었어. 그런데 그 자식이 내 뒤통수를 치기에, 고이 내보내드렸지. 자네는 그와 같은 과이고 또 소장 연줄 아니야? 게다가 지금 이등 과원이니 자네가 아니면 누가 그 자리를 대신하겠어? 그런데도 계속 시치미만 떼고 있을 거야? 라오리, 뭐 좀 먹을까?" 샤오자오는 목욕탕에서 목욕만 빼고 나머지는 다 하고 싶은 것 같았다.

"아무것도 먹고 싶지 않아. 내 자네한테 말해두는데, 샤오자오."

"그렇지, 바로 그거야. 앞으로는 샤오자오라고 불러. 리 선생, 자오 선생이 뭐야. 너무 딱딱해. 샤오자오, 라오리, 얼마나 격 없고 정감 있어? 그리고 샤오자오, 라오리가 딱 좋잖아. 바꿔서 라오자오, 샤오리라고 해봐, 그건 영 별로지!"

라오리가 샤오자오에게 대놓고 샤오자오라고 부른 것은 이번이 처음이었다. 그가 너무 싫었기 때문이다. "내 분명히 말해두는데, 샤오자오, 헛소문 낼 생각 마. 나는 소장과 아무 사이도 아닐뿐더러 일등 과원이 되고 싶은 생각이 조금도 없어. 내 생각엔 라오우가 계속하는 게 좋을 것 같아. 나와는 남남이지만 그래도 자네는 친척이잖아, 뭐 하러……"

"우 태극 얘기는 꺼내지도 마!" 샤오자오의 눈알이 제자리로 돌아왔다. "친척? 친척이란 놈이 남의 약혼녀를 가로채? 난 아직 안 끝났어! 이 샤오자오는 은원은 분명히 하는 사람이야. 사내대장부라고! 자네만 보더라도, 라오리, 난 자네를 처음 본 순간부터 속으로 이 사람은 친구로 삼을 만하다고 생각했다고. 영웅은 영웅을 아끼고 사나이가 사나이를 좋아하게 마련이거든!" 눈알이 다시 굴러다니기 시작했다. "사실대로 말해봐. 라오리, 우 태극 자리 어때? 그 자리를 자네가 차지한다면 나는 잠자코 있을 거야. 자네는 내 친구니까. 하지만 만에 하나 라오 쑨이든 누구든 다른 사람이 그 자리에 가면, 이 샤오자오가 가만히 있을 수 없지. 소장 부인 밑에 그 자리를 노리는 사람들이 수두룩하기는 하지만, 자네 같은 친구라면 내 소장 부인에게 잘 얘기해서 망치지 않게 해줄 수도 있어. 물론 반대로 내가 다 망쳐놓을 수도 있고 말이지. 뭔 소린지 알겠지, 라오리?"

  "계속 같은 말이지만 나는 모르는 일이야. 내가 오늘 자네를 찾은 것은 부탁할 게 있어서야."

  "부탁이라니? 그런 말 마! 샤오자오, 이렇게 좀 해줘, 이렇게는 말 못 해? 부탁이라니? 무슨 말을 그렇게 해. 라오리, 무슨 일인데?"

  "내 말 잘 듣고 그저 한 마디로 '된다', '안 된다'라고만 대답해. 빙빙 돌리지 말고. 알았지?" 오늘만큼은 샤오자오에게 밀리지 않고 팽팽하게 맞서는 것 같아 라오리는 기분이 한결 편해졌다. "그 일 때문이야. 장톈전 말이야. 관청에서는 아무도 선뜻 손을 내밀려고 하지 않고, 나는 마음만 있지 힘이 없어.

자네는 어때?"

"나 말이야? 당연히 도와줘야지! 톈전을 위하고 또 장다거를 위하는 일 아닌가? 하고말고! 그래, 어떻게 하면 되는데?" 샤오자오가 엉덩이를 토닥이며 말했다.

"난 모르겠어. 장다거는 톈전이 어디에 갇혔는지조차 몰라. 자네가 알아봐주기만 해도 정말 크게 도와주는 거야. 다거는 기다리기만 하다가 조만간 미칠 것 같아. 우선 어디에 있는지 알아야 꺼낼 방법도 생각할 수 있을 것 같아. 어때?"

"맞는 말이야. 알아보는 건 어려울 것 없어. 이 샤오자오가 다른 건 몰라도 발은 좀 넓잖아!" 샤오자오가 다시 눈알을 마구 돌리다가 이윽고 정색을 하며 말했다. "그렇다면 마찬가지로, 라오리, 나한테 하나만 대답해줘."

"말해봐!"

"좋았어! 자네 정말 라오우 자리에 관심이 없어?"

"하늘에 맹세해. 정말 아니야!"

"알았어! 그럼 만약에 내가 자네를 위해 손을 쓴다면, 그래도 마다할 거야?"

"생각 없어!"

"알았어! 자네가 생각이 없다니, 그럼 장씨네 돕는 일도 없었던 것으로 하지. 그만 얘기하자고!"

"내가 한다면?"

"그럼 나도 톈전을 구해야지."

"알았어, 할게!"

"내가 어떤 식으로 할 거냐면 말이지."

"나한테 말 안 해도 돼!"

"알았어! 그럼 내가 하고 싶은 대로 해도 될까?"

"그저 장다거만 도와주면 돼!"

"알았어! 그럼 다 나한테 맡겨!"

"자네만 믿을게! 내가 희생양이 되든지 놀림거리가 되든지 그것은 상관없어. 다만 장다거에게 도움이 되어야지 해를 끼치면 절대 안 돼."

"알았어!"

2

라오리는 속이 후련했다. 장다거를 돕는 거야 별로 대수로울 게 없다. 샤오자오 앞에서 주눅 들지 않은 것도 별것 아니었다. 샤오자오야 애초부터 뻔뻔한 자식이니까. 기분이 좋은 것은 샤오자오에게 버젓이 자신을 저당잡히고, 그에게 맘대로 처분하라고 했다는 것이다. 마치 파우스트가 된 기분이었다. 그는 속으로 생각했다. '어디, 이 녀석이 나를 어떻게 하는지 두고 보자.' 인생이 재미있어졌다. 집으로 가는 길에 저도 모르게 아내에게 지금까지의 이야기를 들려주고 싶어졌다. 그녀는 무슨 말인지 이해하지 못할 것이다. 관청의 그 무리들도 물론 못 알아듣겠지만, 알아듣든 못 알아듣든 무슨 상관이야? 협객, 신비, 낭만, 다 나 혼자 즐기면 그만이다. 암흑 사회는 비극을 잉태하지만 비극 속에서 용감하게 희생을 각오하는 것이 영웅이다. 라오리는 저도 모르는 사이에 밥 한 공기를 더 비웠다.

요 며칠 동안 리 부인의 머릿속엔 오로지 아이들 봄옷을 뜯어 빠는 것과 떡판 부인에 대한 염려, 두 가지밖에 없었다. 떡판 부인을 걱정한다는 것은 남편의 생각에 찬성하지 않는다는 뜻이었다. 아니, 함부로 이혼하라고 하다니! 라오리가 착해? 착한 사람이 어떻게 떡판에게 이혼을 하라고 할 수 있어? 사실 그녀는 이혼이 뭔지 잘 몰랐다. 그녀에게 있어서 이혼이란 그냥 헤어지는 거였다. 부부가 어떻게 헤어질 수 있어? 라오리도 정말 심하다! 겉으로는 아무 내색도 않더니 다 속셈이 있었구나! 엊그제 리 부인은 갈래머리를 손질하면서 생각했다. 우 부인이 남편과 헤어지면 그다음은 내 차례겠다! 나와 헤어질 생각이 아니라면 어떻게 우 부인에게 그렇게 말했겠어? 갈래머리를 땋은 후 그녀는 얼굴에 분을 반 통은 발랐다. 남편에게 돈 더 달란 소리도 하지 못했다. 그가 아파 누워 있는 동안 지출이 적잖았지만 괜히 돈 달라고 했다간 남편이 오만상을 쓰며 타박할까 봐 겁이 났다. 애당초 장씨네 집에도 들러볼 생각이었다. 남편은 앓아눕고, 장씨 부부는 여기저기 뛰어다니느라 정신없어했지만, 그래도 이웃에 일이 생겼는데 어떻게 가보지 않을 수 있겠어? 그녀는 톈전이 체포된 것은 집에서 시싼이나 만웨를 벌일 때와 마찬가지로 그냥 한번 들러보면 충분한 일이라고 생각했다. 기껏해야 선물을 조금 더 사서 가면 그만이겠지. 하지만 집 밖을 나서려면 그래도 돈이 필요했다. 그만두자. 장다거네 아들이 나오면 그때 가서 보면 되겠지.

아무래도 마씨 새댁과는 외교 관계를 복원해야 할 것 같았다. 라오리가 아파 누워 있을 때 마씨 할머니가 나서서 여러모

228

로 애를 써준 것을 보면, 마씨 새댁이 시어머니에게 자기 흉을 보지는 않은 것이 분명했다. 그렇다면 마씨 새댁도 정말 괜찮은 사람이다. 어쩌면 다 남편 잘못인지도 몰라. 세상에 착한 남자가 어디 있어! 우 선생만 해도 사오십 살이나 먹고도 샤오자오의 여자를 가로챘잖아! 샤오자오도 마찬가지야. 당해도 싸지! 새댁과 더 가까운 척해야겠어. 내가 새댁과 남편 사이에 애매하게 끼면 둘이 더 가까워질 거야. 오히려 마씨 새댁을 가까이 해서 내 옆에 갖다놓으면 남편도 내가 잘했다고 할 것이고, 그녀도 미안해서라도 더는…… 리 부인은 촌스럽지만 나름 그럴싸하게 논리를 꿰맞추었다. 그녀는 남편더러 보란 듯이 마름질한 링이 바지를 들고 일어섰다. "마씨 새댁에게 맡기려고요. 솜씨가 좋더라고요."

라오리는 고개만 끄덕일 뿐 아무 말도 하지 않았다. 아내가 집을 나서자 그가 배시시 웃었다. 여기 여자 협객도 하나 나셨군. 인생을 싱거운 희극 삼아 구경하는 것도 제법 재미있었다.

3

요사이 관청에서는 다들 촉각을 곤두세우고 있었다. 특히 이등, 삼등 과원 들이 더했다. 우와 자오의 전쟁에 대한 얘기는 이미 흥미가 식을 대로 식었다. 모두들 우 태극 얘기는 제쳐두고, 오로지 그의 '빈자리'와 관련된 얘기만 했다. 많은 이들이 승진을 희망했고, 그 실현을 위해 각자 할 수 있는 최대한의 노력을 기울인 탓에 암투까지 벌어졌다. 라오리는 여기에 더

할 나위 없이 무관심했지만, 요전에 각 과를 돌며 장다거 아들을 위한 구명 운동을 벌인 다음부터 사람들이 모두 이전과 다른 눈빛으로 그를 바라봤다. 라오리가 관청에 들어서거나 퇴근할 때마다 그의 등 뒤에서는 수군거림이 끊이지 않았다. 하지만 장다거에 관해서는 요사이 모두가 종이 몇 '장'이라는 말조차 몇 '쪽'이라고 바꿔 말할 만큼 쉬쉬하는 분위기였다. '장'이란 글자를 입에 담는 것조차 금기시된 것이다! "그의 아들이 공산당이래!" 모두가 그를 알고 지낸 것을 후회했고 때문에 갈수록 라오리를 희한하게 생각할 뿐 아니라 심지어 두려워하기까지 했다. 하지만 뒤에서는 다들 손가락질하며 말했다. "아무리 일등 과원으로 승진할 자신이 있다고 하더라도 그렇게 미친 짓을 하면 안 되지!" 자신이 승진할 가망이 없다는 걸 알고 빈정이 상한 사람들 가운데는 위안 삼아 새로운 뉴스거리를 만들어내는 이도 있었다. "공산당 애비도 그만둬야지! 소장이 그냥 내버려둘 것 같아?" 장다거가 비록 일등 과원은 아니었지만 그 자리가 꽃보직인 데다가 뒤로 챙기는 것도 만만찮으니…… 이 두 가지 소식과 희망에 과원급 직원들은 극도로 긴장했다. 마치 인류의 흥망성쇠가 여기에 달려 있는 것 같았다. 저마다 온갖 재간을 부려대는 통에 과장이나 비서의 귓가에는 하루 종일 그 소리가 윙윙거렸고 과장실과 비서실로 식사 초대장이 쉴 새 없이 날아들었다. 과장들도 라오리가 수상했다. 아니, 뒤가 얼마나 든든하기에 그의 초대장은 보이지도 않는 거야!

오히려 라오리는 초대장을 서너 장 받았을 뿐만 아니라 직접 찾아와서 말을 전하는 이도 있었다. '리 선생님의 승진에 즈

음하여 조촐하게나마 우의를 다지고 아울러 선생님의 자리를 대신하고 싶습니다. 모쪼록 내일 저녁 왕림해주시길 고대합니다!' 라오리도 때로 유머를 즐기기는 했지만 이렇게 말도 안되게 우스운 놀이판에는 끼고 싶지 않았다. 그는 초청장을 가볍게 쓰레기통에 던져버렸다.

결국 우 태극의 자리에 발령이 났다. 역시 라오리였다. 라오리의 자리는 왕 선생이 대신하게 됐고 그가 누군지는 아무도 몰랐다. 다들 라오리에게 축하 인사를 건네면서 다른 한편으로는 왕 선생이 누군지 알아보느라 분주했다. 그를 모르는 건 라오리도 마찬가지였지만 그에게 왕 선생에 대해 물은 사람들은 라오리가 너무 시치미를 뗀다고 생각했다. 굳이 그럴 것까지 있나. 자네 대단한 것은 잘 알겠는데, 그렇다고 그렇게 잘난 척할 필요는 없잖아? 알려주기 싫으면 그만둬! 이렇듯 모두가 한편으로는 라오리를 못마땅하게 여기면서 다른 한편으로는 장다거의 파면을 바라고 있었다.

"어이쿠, 라오리, 축하해!" 쑨 선생은 또 관화를 연습할 기회를 얻었다. "식사엔 몇 시까지 가면 돼? 나도 도무지 껴야지! 개수통에 빠진 저팔계야. 먹고 마실 게 많다는 말이지!"

라오리는 승진 기념 턱을 내지 않기로 했다. 사람들은 완전히 실망했다. 특히 '고민의 상징' 추 선생은 라오리가 몹시 싸가지 없다고 생각했다. 추 선생이야 원래부터 일등 과원이어서 라오리의 승진을 질투할 이유가 없었지만 아무 트집이나 잡아 억지를 부려야 고민이 풀릴 것 같았다. 그는 빈정대는 투로 잡담이나 하며 일을 죄다 라오리에게 미루었다. 전에는 라오리가 당연히 해야 할 일도 점잖게 건넸었는데 지금은 마치 시누이가 올케 부르듯 라오리에게 대놓고 명령했다. 그 코끝이 마치 '나는 충분히 그럴 자격이 있어!'라고 말하는 것 같았다. 라오리는 화가 났다. 그는 한참을 곰곰이 생각했다. '이런 자들과 같이 지내면서 그들의 방식을 따르지 않을 바에는 아예 이들을 멀리하는 게 낫겠다.' 라오리는 남들과 타협하지 않고 맞서기로 결심했다. 어차피 이미 제 발로 샤오자오에게 저당잡힌 처지이고, 그 녀석이 무슨 더러운 꿍꿍이를 감추고 있는지도 모르는 판이다. 그래, 해보자! 그는 추 선생이 보내온 서류 꾸러미를 들춰보지도 않고 고스란히 돌려주었다. "나가서 만날 사람이 있으니, 자네가 먼저 처리해!" 말은 그렇게 했어도 입술이 떨렸다. 이러면 안 되는데, 남을 난처하게 하는 것이 여간 어색한 게 아니었다. 그는 장다거를 보러 갔다.

장다거에게 파면될 거라는 소문이 돌고 있다고 말해주어야 할까? 그저 소문일 뿐이다. 하지만 정치판에서는 진실보다 소문이 더 중요해. 장다거에게 뭐라고 하면 좋을까? 아주 난감했다. 말하지 않았다가 만에 하나 정말 그렇게 되면 그가 더 힘들어할지도 몰랐다. 장다거는 못 봐줄 정도는 아니었지만 대신에 아주 권태로워 보였다. 그것이 오히려 더 위험했다. 장다거는 지렁이 같은 삶을 살아왔다. 느리게 꿈지럭거리지만 멈추지 않았다. 그가 제멋대로 굴거나 게으름을 피우는 꼴은 한 번도 본 적이 없었다. 그런데 지금의 그는 너무 안정되어 보였다. 마치 달리다 지친 말이 꼬리를 움직거리는 일조차 귀찮아하는 것 같았다. 위험하다! 라오리는 몹시 안타까웠다. 장다거가 어떤 사람이건 간에 어쨌든 그는 자신의 친구였다.

"다거, 어때?"

"앉아, 라오리!"

장다거는 다시 체면과 격식을 차렸지만, 그 말 속에서 평소에 보였던 활력은 조금도 찾아볼 수 없었다. 아주 말하기 귀찮은데 하는 수 없이 말하는 것 같았다. 아직 아무 희망도 보이지 않아서인지 톈전에 대해 말하는 것도 꺼려했다.

"앉아. 별다른 소식은 없어. 샤오자오가 한 번 다녀갔는데 자기가 열심히 뛰고 있다더군. 그 친구 얘기가 별로 위험하지 않대."

이 몇 마디 말로도 라오리는 장다거가 샤오자오를 전혀 신뢰하지 않는다는 것을 알 수 있었다.

"내가 부탁했어." 라오리는 자신의 공을 내세우려는 의도는 전혀 아니었다. 그저 달리 할 말이 없기 때문이었다.

"맞아, 그가 발이 넓기는 하지."

두 사람은 아무 말도 하지 않았다.

무슨 말이라도 해야지, 이렇게 멀뚱멀뚱하게 있자니 라오리는 더 참을 수 없었다.

"다거, 관청 사람들이 그러는데, 저기, 자네 관청에 한번 나가 봐. 믿을 사람 하나 없어."

"그래, 별거 아니야." 장다거는 무슨 말인지 알아차렸다. 하지만 표정에는 아무 변화도 없었다. "별거 아니야, 라오리." 오히려 그가 라오리를 위로하는 것 같았다. "어떻게 되든 아무 상관없어. 아들도 없게 된 마당에 급할 일이 뭐가 있겠어!" 말

소리가 조금 높아지기는 했지만 여전히 더 말할 기운이 없다는 듯 이내 말을 멈췄다.

"내가 보기에도 그렇게 위험할 것 같지는 같아." 라오리는 좋은 뜻으로 적당히 얼버무렸다.

"어쩌면."

장다거는 모든 것을 다 체념한 듯했다. 과원 자리도 버리면 그만이야!

딩얼 영감이 새장을 들고 들어왔다. "다거, 새댁이 왔어요. 지금 누구 만날 형편이 아니라고 하는데도 한사코 만나야겠다고 하네요. 또 그 남편 일 때문인 것 같아요."

"얼른 꺼지라고 해!" 장다거가 불쑥 일어났다. "내 아들이 살았는지 죽었는지도 모르는 판에 내가 그깟 하찮은 일에 신경 쓰게 생겼어? 얼른 꺼지라고 해!" 그는 딩얼 영감을 향해 눈을 부릅뜨곤 다시 앉았다. 딩얼 영감이 나가자 그는 혼잣말로 중얼거렸다. "다 상관없어, 다 상관없다고. 전생에 무슨 죄를 졌기에. 이제 장씨 가문은 끝이야!"

라오리는 일어났다. 하얗게 질려서 손바닥에 밴 땀을 겉옷에 닦았다. 차마 장다거를 바로 쳐다볼 수 없어서 고개를 돌리며 말했다. "다거, 내일 다시 올게."

장다거가 고개를 들었다. "잘 가, 라오리, 내일 봐." 그는 배웅도 하지 않았다.

문 앞에서 딩얼 영감이 라오리를 잡아끌었다. "리 선생님, 내일도 와주세요. 그래도 리 선생님이랑 있으면 다거께서 성질도 내지 않고 아주 좋아지십니다. 내일 또 오세요, 꼭 오셔야 합니다!"

4

라오리는 애써 아무 생각도 하지 않고 내리 관청까지 걸었다. 생각한들 무슨 소용이 있겠는가? 장다거를 보고 있으면 소인물小人物의 말로를 보는 것 같았다. 행복하게 살려면 다른 방법을 찾아야 해. 장다거는 털끝만큼도 사회와 어긋난 적이 없었어. 그런데 결국 어떻게 됐어? 장다거, 사회, 공백, 아무것도 남은 게 없어. 더 생각해봤자 무슨 소용이겠어?

관청에 들어서자 추 선생에게 매몰차게 대한 일이 생각났다. 알 게 뭐야, 절대로 약해지면 안 돼. 장다거를 봐. 친절해 봐야 아무짝에도 쓸모없어.

추 선생은 열심히 업무를 보고 있었다. 양미간을 잔뜩 찌푸린 모습이 마치 당장이라도 눈썹이 후두둑 떨어져 내릴 것 같았다. 그는 라오리를 보자 반가운 기색으로 펜을 내려놓으며 웃었다. "라오리, 나 좀 봐줘. 사실대로 말하면 내가 요사이 심기가 불편해서 그런 거지 누구 기분을 상하게 하려는 뜻은 전혀 없었어. 일부러 그런 게 아니라고! 그런데 말이야." 그가 소리를 낮추었다. "다른 사람에게 말하기는 좀 그렇고 자네한테만 말하는 건데, 내 마누라 말이야, 개성이 너무 강해서 하루 종일 사사건건 트집이야. 내가 참다못해 부부라면 서로 양보해야 하는 것 아니냐고 했더니, 글쎄, 나한테 뭐라고 했는지 알아? 애초에 나는 당신이 별로였는데 당신이 머리를 조아리고 매달린 것 아니냐, 알았다, 이제부터는 나 하고픈 대로 하겠다 그러는 거야. 라오리, 이게 말이나 되는 소리야? 며칠 전에 내가 좋은 일 하는 셈치고 우와 자오를 화해시켰는데, 집에 돌아와서 마누라에게 되레 박살이 났어. 우 부인을 생각해서라도 그 어린년을 내쫓게 했어야지, 그러지는 못할망정 오히려 못된 짓을 부추겼다는 거야. 당신네 남자들은 다 돼먹지 못했다면서, 다시는 우가네 집에 가지도 말라지 뭐야! 라오리, 이게 웬 고생이야! 나도 깨달은 바가 있어. 더 이상 다그치면 이혼해버릴 거야! 대학 나온 여자하고는 절대로 결혼하면 안 돼! 사실 대학을 나왔다면 그야말로 나이는 스물여덟 아홉에 얼굴도 못생긴 주제에 성인聖人이라고 자처하는 여자들이잖아? 두고 봐. 조만간 그 여자하고 이혼하고 말 거야!"

라오리는 고개를 끄덕이며 '그래'라는 말 외에는 아무 말도 하지 않았다. 추 선생은 한참을 에둘러 말하다가 이내 본론으로 들어갔다. "그 일 때문에 내내 심기가 편치 않아. 다른 사람들까지 기분 나쁘게 만들고 말이야. 라오리, 나한테 너무 따지지 않아주면 좋겠어. 친구라면 서로 도와야 하는 것 아니야? 자네가 과장이 못 될 수도 있고, 내가 비서가 될 수도 있잖아? 아니면 집에서 종일 잡담이나 하고 있을 수도 있고. 나도 지금처럼 내내 과원으로만 있지는 않겠지. 그래도 언젠가 우리가 서로서로 챙겨줘야 하지 않겠어?"

라오리는 나오려는 웃음을 애써 참았다.

"라오리, 내가 벌써 라오쑨, 라오우하고 같이 밥 먹기로 약속해뒀어. 무슨 거창한 건 아니고 자네 승진도 축하할 겸, 또 라오우하고 이야기할 것도 있어서 그렇게 정했어. 꼭 참석해야 해!" 추 선생이 초대장을 건넸다.

울어야 하나 웃어야 하나. 어쨌거나 라오리는 초대장을 받은 김에 추 선생과 얘기를 나눠보기로 했다. 장다거는 추 선생이 최신식이라고 했다. 라오리는 이 최신식 인물을 자세히 들여다보고 싶었다.

"라오추, 자네 보기에 이렇게 사는 게 재미없는 것 같지 않아?"

추 선생은 한참을 어리둥절해하다가 이내 웃었다. "재미없지! 삶이란 것이 울타리에 갇히게 되면 마치 새장에 갇힌 새처럼 재미가 없어져. 꼭 내가 어렸을 적엔 거친 야생마였지만, 나이가 들어 장가들고, 일을 하게 되면서 아주 뺀질뺀질한 당나귀로 변한 것마냥. 나중엔 더성먼德勝門 밖으로 끌려가 큰솥에서 삶겨 고기로 팔리겠지. 이제는 울타리 밖으로 도망칠 수도 없어. 누구도 못 해. 지금은 그저 순간순간 뜨거워졌다 차가워졌다 하며 사는 거지. 뜨거워졌을 때에는 발끈했다가, 차가워지면 살살 비위를 맞추는 거야. 학질 걸린 삶이야. 방법이 없어. 내가 처음부터 말단 관료가 되고 얌전한 남편이 되려고 했던 것은 아니야. 하지만 이렇게 하지 않으면 또 어쩌겠어? 진작부터 알고 있었지만, 자네가 나보다 단수가 높기는 해도 그래 봤자 거기서 거기야. 그저 약간의 차이가 있을 뿐, 결국 똑같이 한 솥 안의 요리 신세인 거지. 이런 얘기 그만하고, 잡담이나 하자고. 그저 잡담할 때가 제일 즐거워."

내가 라오추를 잘못 알았구나. 그도 자신이 누군지 알고 있었던 것이다. 둘은 좋은 친구가 되기로 했고 라오리는 초대장을 휴지통에 버리지 않았다.

집으로 돌아와보니 마침 리 부인이 깜돌이를 엎어놓고 엉덩이를 때리고 있었다. 라오리는 얼른 고개를 돌려 다시 거리로 나갔다. 허름한 식당에 들어가 부추만두 서른 개와 싼시안탕* 한 그릇을 시켰다. '나도 학질에 걸린 것처럼 한번 살아보자!'

---

* 三仙湯: 돼지의 위와 콩팥, 닭의 콩팥을 주재료로 하는 국의 일종.

제14장

1

베이핑의 봄은 짧다. 일단 범나비가 날아다니기 시작하면 봄은 다 지난 것이나 마찬가지다. 봄 햇살이 라오리 주변에는 별다른 영향을 주지 못하는 것 같았다. 사람들은 그저 가죽 파오에서 솜옷으로, 솜옷에서 겹옷으로 때에 맞춰 옷을 갈아입어서 뚱뚱했던 몸이 비쩍 마른 것처럼 보일 뿐이었다. 그들은 여전히 관청에 나가고, 나가고, 또 나갔다. 어쩌다 한번 공원에라도 나가면 허파가 피곤해서, 차라리 모여서 마작 패나 돌리는 게 더 나았다.

장다거는 매년 청명절을 전후해서 꼬박꼬박 성 밖으로 성묘를 갔다. 그것이 1년 중에 유일한 장거리 여행이었으며 돌아올 때는 들풀을 꺾어와 책갈피에 납작하게 눌러놓곤 했다. 올해는 가지 않았다. 톈전이 아직 감옥에 있었다. 딩얼 영감이 석류나무, 협죽도, 선인장 따위를 마당에 옮겨 심었지만 장다거는 물도 주지 않았다. 그는 이미 봄과 인연을 끊었다. 장다사오도 말이 아닐 정도로 야위었다. 딩얼 영감의 꾀꼬리들은 무슨 저주라도 받았는지 봄비가 그친 뒤 싱그러운 햇살로 목욕을 하고도 전혀 지저귀지 않았다. 뒤뜰 버드나무에 까마귀 한 마리가 날아와서 격렬하게 울어대던 날, 장다거는 해고통지서를 받았다. 그는 거들떠보지도 않았다. 마치 훨씬 더 흉한 소식을 기다리고 있는 것 같았다.

우 태극이 위로차 찾아왔지만 장다거는 만나주지 않았다.

그는 오직 라오리만 만났다.

라오리네 집에도 봄날은 오지 않았다. 봄 햇살은 시스 패루 쪽으로는 전혀 갈 마음이 없는 것 같았다. 겨우내 쌓인 묵은내가 봄바람에 땅바닥에서 이는 것 말고는 모든 것이 여전히 볼품없이 메말라 있었다. 마씨 할머니는 한겨울 침대 밑에 놓아두었던 작은 분재들을 마당으로 옮겼다. 계속 물을 주기는 했지만 올해 다시 푸른 잎을 피울 수 있을지는 의문이었다. 리 부인은 봄이 되자 연례행사처럼 머리카락이 빠져서 손질하기가 무척 까다로워졌고, 갈래머리는 어떻게 빗어도 한데 모이지 않았다. 봄바람에 깜돌이 얼굴에서는 비늘처럼 버짐이 떨어졌다. 이 집에 사는 사람들 중에는 마씨 새댁만 봄을 모르는 것 같았다. 얼굴은 야위었지만 양 볼은 해당화마냥 발그레했다. 그녀는 어느새 리 부인과 친한 친구가 되어 라오리가 집에 있을 때에도 스스럼없이 놀러 오곤 했다. 링의 봄옷은 전부 마씨 아줌마가 만들어주었다. 몸에도 딱 맞고 예뻤다. 커다란 헝겊 인형에 옷을 입히듯이 마씨 아줌마는 옷감 조각들을 이리저리 짜 맞춰서 옷깃과 소매를 링이 몸에 대고 시친 뒤, 흰 선을 그리고 다시 뜯어서 정식으로 바느질을 했다. 마무리로 소맷부리에는 꽃을 수놓았다. 마씨 아줌마가 링에게 큰 눈을 깜박이자 링도 아줌마의 사과 같은 얼굴을 쳐다보며 눈을 깜박였다.

그런 광경에 라오리는 봄을 찬미하는 시구를 떠올렸다. 그는 시정이 달아날까 봐, 아내의 밑천이 바닥난 볼품없는 갈래머리를 차마 쳐다보지 못했다.

리 부인은 마씨 새댁을 정복한 것 같은 성취감에 내심 뿌듯했지만 라오리에게는 여전히 불만이었다. 떡판 부인이 걸핏하면 찾아와 말끝마다 라오리 생각대로 곧 이혼하게 되었다고 투덜댄 것이다. 또 떡판 부인이 리 부인과 더없이 가까워진 뒤에도 여전히 라오리에 대한 험담을 계속했다. 우 선생 자리를 차지하다니, 뻔뻔하기는! 정작 리 부인은 남편이 승진한 사실을 전혀 모르고 있었다. 라오리가 말해주지 않았던 것이다. 승진을 했으면 월급도 올랐을 텐데 한마디도 하지 않은 것을 보면 혼자서 몰래 돈을 챙기려고 한 것이 틀림없어. 도대체 그 돈을 어디에 쓰려는 거지? 추 부인도 자주 들렀다. 말은 고상했지만 어쨌든 내용은 최근 들어 추 선생이 아내에게 고분고분하지 않다는 것이었다. 네 명의 부인은 한데 모이면 남자들을 옭아매어 개처럼 키우려는 생각만 하는 것 같았다. 다들 장다사오는 잊었다. 링이 몇 번 양엄마에게 가고 싶다고 하긴 했다. 리 부인도 가지 못할 이유가 없다고 생각했지만, 그때마다 부인들이 가로막았다. 아직도 장씨네 갈 생각을 해? 공산당이야! 결국에는 라오리가 링을 데리고 양엄마에게 갔다. 두 부녀가 무사히 집에 돌아오고 나서야 리 부인은 비로소 마음을 놓았다. 그녀는 공산당은 아이들을 보면 씹어 먹는다고 생각했다.

관청에서는 우 태극과 장다거의 빈자리가 채워지고 나서야
비로소 사람들이 안정을 되찾았다. 하지만 그 자리를 대신한
사람들에 대한 질투는 여전했다. 특히 라오리에 대해서는 더
심했다. "평소 그렇게 착해 보였는데 의외로 음흉해. 우 태극의
자리를 그가 차지할 줄은 꿈에도 생각 못 했어!" 처음에는 다
들 우 태극을 웃음거리로 삼았지만, 이제 그는 순교자가 되었
고 다들 라오리가 나쁘다고 했다. 라오리는 관청에서나 집에서
나 입도 벙긋하지 않았다. 그들이 뭐라고 떠들건 개의치 않고
그저 큰길로 나가 크게 한숨을 들이켤 뿐이었다.

2

덩얼 영감이 찾아왔다. "리 선생님, 장다거께서 찾으세요."

장씨네 집에 도착하니 다거는 마침 마당에서 구부정하게 등
을 굽히고 뒷짐을 진 채 서성거리고 있었다. 그는 라오리를 보
자 기운을 되찾은 듯 서둘러 집 안으로 들어갔다. 라오리가 채
앉기도 전에 장다거가 입을 열었다.

"샤오자오가 와서 톈전이 나올 수 있다고 했어. 그런데 나보
고 한 가지 약속을 해달래."

그는 무언가 생각하는 듯 잠시 뜸을 들였다. "그 친구 말로
는 이게 다 자네 생각이고, 다 자네가 책임진다고 했다는데."
그가 라오리를 쳐다보았다.

'그자에게 나를 저당잡혔어!' 이 말은 속으로만 하고 장다거
에게는 이렇게 말했다. "뭘 약속하라고 했는데?"

장다거가 일어나더니 거의 절규하듯이 말했다. "슈전을 달래, 내 목숨 같은 딸을 말이야!"

라오리는 말문이 막혔다.

장다거는 집 안을 오락가락하며 숨을 끅끅 삼켰다. "아들을 구하고 딸을 버리라니, 차라리 나더러 죽으라고 하지! 이게 자네 머리에서 나온 생각인가, 라오리? 이게 자네가 장다거를 위해 생각해낸 방법이냐고? 내 딸을 샤오자오에게 주라고? 자식을 사고팔라고? 이게 친구를 돕겠다는 거야, 아니면 친구더러 죽으라는 거야?"

라오리는 몸이 부들부들 떨렸다. 그는 벌떡 일어나 밖으로 나갔다. "샤오자오에게 가야겠어!" 문을 막 나서려는데 다사오가 그를 가로막았다.

"라오리, 저 좀 봐요." 장다사오가 그에게 명령했다. 눈에 눈물이 고여 있었지만 표정은 아주 결연했다. "우선 분명히 해두어야 할 게 있어요. 라오리가 샤오자오에게 그렇게 하라고 했어요?"

"저는 그자에게 톈전이 나오게 도와달라고만 했지 다른 소리는 전혀 한 적 없습니다." 라오리는 다시 앉았다.

"저도 당신이 그럴 분은 아니라고 생각해요. 다만 다거가 너무 안달이 나서 샤오자오의 말을 곧이곧대로 믿은 거 같아요. 이걸 어떻게 하면 좋을지 우리 얘기 좀 해요!" 그녀가 장다거에게 말했다. "당신도 앉아서 라오리와 같이 무슨 방법 좀 찾아봐요."

"나는 어떻게 해야 좋을지 모르겠어!" 장다거는 여전히 소리를 질렀지만 그래도 다사오의 말대로 자리에 앉았다.

"난 모르겠어! 평생 남을 도우며 살았는데, 정작 나한테 일이 생기니 다들 깔깔대며 웃기만 해! 아예 시원하게 이 늙은이 목숨을 달라고 하지 왜 애꿎게 아들딸을 달라는 거야? 내가 누구한테 잘못한 적이 있나? 내가 누구 기분 나쁘게 한 적이 있냔 말이야! 내 딸을 샤오자오에게 준다고? 픽이나 어울리겠다!" 그는 한바탕 분노를 쏟아내고는 입술을 굳게 닫았다. 그러곤 고개를 숙인 채 손을 무릎에 얹고 거칠게 숨을 몰아쉬었다.

라오리는 장다거의 흥분이 가라앉을 때까지 한참을 기다렸다가 낮은 소리로 말했다. "다거, 무슨 방법이 있을 거야. 자네는 어떤 일이든지 다 해결하지 않았어? 이번 일도 잘 해결될 거라 믿어."

장다거가 고개를 끄덕였다.

"우리 다 같이 방법을 생각해보자고. 다거, 어때?"

장다거가 고개를 들어 라오리를 보더니 한숨을 쉬었다. "라오리, 장다거는 이제 끝났어! 평생, 평생 동안 분수를 지키며 누구하고도 다툰 적 없었어. 그런데 다 늙어서 이런 험한 꼴을 당하다니, 이젠 끝이야. 정말이지 이제는 아무리 기를 써도 방법이 떠오르지 않아. 나더러 가서 사람 죽이고 불 지르고 혁명하라고 하면, 그냥 잠자코 듣기나 하지 난 못 해. 자식들만 바라보며 애들 뒷바라지하고 살아왔는데, 아이들이 잘못되면 나도 따라 죽을 거야. 내가 무슨 낙으로 혼자 외로이 70, 80을 살겠어? 아무 의미 없다고!"

장다거는 지금 균형을 잃었다. 꿈꿔온 인생이 송두리째 날아 갔는데 다시 시작할 힘은 없었다. 그는 그저 더 깊은 어둠 속 으로 자꾸 빠져들 뿐 다른 방법은 생각할 수 없었다. 하지만 라오리는 이런 얘기를 그에게 할 수 없었고, 과격한 방법은 더 더욱 꿈도 꿀 수 없었다. 장다거는 언제나 수레바퀴 자국만 따 라왔다. 그를 다시 바퀴자국으로 이끌 방법을 찾아야 했다. "다 거. 너무 상심하지 마. 아직은 일을 잘 해결하는 것이 급선무 야. 아니, 도대체 샤오자오가 뭐라고 했는데?"

장다거가 안정을 되찾았다. "톈전은 공산당이 아닌데 잘못 잡아간 거래. 자기가 나오게 할 방법을 찾아보겠대."

"잘못 잡아간 거라면 우리도 방법이 있지 않을까?" 라오리가 물었다.

장다거가 고개를 저었다.

"샤오자오가 톈전이 어디에 갇혀 있다고 말해주지는 않았어. 나도 나이를 먹어서, 이런 새로 만들어진 기관에 대해서는 전 혀 몰라. 만약에 그 아이가 공안국에 갇혔다면 내가 벌써 꺼냈 겠지. 평소 해결하지 못하는 일이 없었는데 정말이지 이제는 구닥다리 멍청이가 다 됐으니. 요즘 것들은 도무지 어떻게 해 야 할지 모르겠어."

"이번 일은 샤오자오가 아니면 안 될 것 같으니 그가 조건을 내걸었겠지?"

"그렇지. 그자 말이 다 자네 생각이라던데?"

"난 부탁을 한 거였어." 라오리가 차분하게 말했다. "그에게 부탁할 때, 필요하다면 나 라오리를 희생시키고 장다거에게는 해가 가지 않게 하라고 했어. 그도 그렇게 하겠다고 했고.”

“왜 그에게만 부탁했어?”

라오리는 사실대로 말하지 않을 수 없었다.

“재정소에 자네를 기꺼이 도우려는 사람이 있는 줄 알아? 게다가 그보다 발이 넓은 사람이 또 어디 있어? 다만 그가 믿을 만한 위인이 아니라는 것은 진작부터 알고 있기에, 대신 나를 저당잡혔지.”

“그에게 저당잡혔다고?”

“그래. 무슨 이유 때문인지는 모르지만 그는 나를 아주 싫어해서 틈만 나면 못 잡아먹어 안달이었어. 내가 제 눈에 거슬리기 때문인지는 모르지만 아무렴 어때? 나를 갖고 놀 기회를 준 거지. 톈전만 나오게 한다면 나한테는 어떻게 해도 상관없어.”

장다거 눈에 눈물이 고이고 장다사오가 소리쳤다. “라오리!”

“제가 무슨 생색을 내려고 한 것은 아닙니다. 그저 어떻게 하다 보니 여기까지 오게 된 건데 그가 뒤통수를 칠 줄은 생각도 못 했네요. 제가 너무 순진했나 봅니다. 하지만 알 게 뭡니까, 당장 급한 불부터 꺼야지요. 하나씩 하나씩 차근차근 처리하지요. 우선은 샤오자오가 톈전을 나오게 하는 게 급선무입니다.”

“슈전을 주겠다고 하지 않아도 그가 나서려고 할까요?” 장다사오가 물었다.

“주겠다고 하세요.”

“뭐라고?”

부부가 한목소리로 외쳤다.

"그렇게 하세요. 저도 다 생각이 있습니다. 슈전 양에게 해가 가는 일은 결코 없을 겁니다. 이제는 설령 다른 사람이 도와준다고 해도 그렇게 하면 안 됩니다. 샤오자오는 그렇게 만만한 인물이 결코 아닙니다. 이제 와서 그를 빼고 우리가 따로 방법을 찾는다면 오히려 훼방을 놓을 수도 있고, 그렇게 되면 톈전을 구하는 것은 물 건너가는 겁니다. 지금은 그를 이용하는 게 최선입니다. 먼저 톈전을 나오게 하고 나중 일은 그때 가서 이야기하도록 하지요."

노부부는 한참을 멍해 있더니 장다거가 먼저 입을 열었다. "라오리, 자네 생각대로 해. 난 안 되겠어! 우선 톈전부터 풀려나게 하자고. 나에게 크지는 않지만 집이 세 채 있는데, 샤오자오더러 고르라고 해. 그가 고르는 대로 내 두 손으로 고이 갖다 바칠 테니 슈전을 데려가는 것만큼은 봐달라고 해줘!" 장다사오가 말을 이었다. "라오리, 딸이라고는 그 아이 하나뿐인데 그 사기꾼한테는 절대로 줄 수 없어요! 내 이 두 눈만 빼고는 뭐든지 다 준다고 하세요. 알거지가 되는 한이 있어도 기꺼이 다 줄게요!"

"알거지가 되는 한이 있어도 기꺼이!" 장다거가 같은 말을 되풀이했다.

장다거는 굳게 작심한 듯했다. 부동산은 장다거에게 목숨과도 같은 것이었지만 무엇보다 자식들이 소중했다. 라오리는 여전히 장다거를 높게 보지는 않았지만 그 심정은 충분히 이해하고도 남았다. "상황이 그렇게까지 나빠지지는 않을 테니 너무 걱정하지 마. 다거, 이 라오리가 목숨 걸고 슈전을 지킬게."

"라오리, 우리를 봐서라도 너무⋯⋯ 무리하지는 마! 샤오자오에게 돈을 준다고 해!" 장다거가 라오리의 얼굴을 쳐다보았다.

장다거는 죽을 때까지도 물러터질 것이다! 라오리는 그를 놀라게 하고 싶지 않았다. "일이 진행되는 것을 봐가면서, 만약 필요하다 싶으면 그때 돈을 줄게."

"그냥 돈을 쥐버려요, 라오리. 그냥 주시라고요." 장다사오는 이미 일이 다 해결된 것처럼 말했다. "집에 있는 가족들도 생각하셔야지요. 괜히 우리 때문에." 그녀는 말을 잇지 못하고 눈물만 훔쳤다.

3

무료하던 차에 재밋거리를 찾았다. 라오리는 자신 있게 샤오자오와 맞섰다.

"어이, 샤오자오!" 그는 개를 부르듯 샤오자오를 불렀다. "장씨네 일은 잘되고 있어?"

"희망이 보여. 조만간 톈전이 나올 수 있을 것 같아."

"장다거가 자네한테 어떻게 사례하면 좋겠냐고 묻더군. 내 말투가 좀 예의가 없어 보여도 이해하게." 라오리는 자신도 세련되게 비꼴 수 있다는 것을 느끼며 속으로 말했다. '사람만 두려워하지 않으면 누구든 예수처럼 기적을 행할 수 있는 거다.'

"그럴 거면 내가 왜 자네와 사귀겠어?" 샤오자오의 눈꼬리가 활처럼 휘었다. "예의는 무슨 예의, 나에게 사례를 한다고? 어떻게 장인어른에게 예물을 달라고 할 수 있겠어? 모름지기 사위도 반은 자식인 셈인데 당연히 할 일을 한 것뿐이야!"

"누가 장인어른인데?"

"장다거가 말하지 않았어? 지금은 그냥 장다거지만 조만간 장인어른으로 모시게 될 거야."

"그에게 해가 가지 않도록 하겠다고 나와 약속하지 않았어?"

"해를 끼치는 거랑 결혼은 다른 얘기지. 평생 남 중매 서는 것을 업으로 삼은 장다거가 설마 누가 자기 딸을 달라는데 싫어하는 것은 아니겠지?" 샤오자오는 코끝을 가리켰다. "이 샤오자오를 보라고. 지금은 별 볼 일 없는 과원에 불과하지만 머지않아 과장도 될 거고 장차 국장, 소장, 시장, 나아가 장관이 되지 말라는 법도 없지! 사위가 소장이 되면 장인어른은 적어도 비서는 될 건데, 우리 둘이 잘 어울리는 한 쌍이 될 것 같지 않아? 장인어른도 섭섭하지 않을 거야!"

라오리는 머리에서 연기가 피어오를 것처럼 열불이 났지만 그래도 애써 참았다. "샤오자오, 내 터놓고 말하지. 장다거가 자네한테 돈을 준다는데 그 딸은 봐주면 안 되나?"

"라오리, 어떻게 그런 식으로 말을 해? 무엇을 봐준다는 거야, 그럼 내가 맞아도 싸지! 그래도 말은 해봐. 얼마나 줄 수 있대?"

"집 한 채!"

샤오자오가 부채를 부치듯 고개를 저었다. "집 한 채라고, 고작 한 채? 공산당을 석방시켜주는 대가가 겨우 집 한 채라고?"

"톈전이 공산당은 아니잖아?"

"잘못 잡아갔다고 그냥 풀어주는 경우는 없어. 내 말 한 마디면 그 아이를 나오게 할 수도 있고 안에서 죽게 할 수도 있다고. 장다거더러 내키는 대로 하라고 해!"

"그럼 얼마면 되는데?"

"내가 달라는 대로 다 줄 수 있대? 얼마나 가지고 있는데?"

라오리의 얼굴이 붉으락푸르락 달아올랐다. 그는 애써 화를 누르며 말했다. "집이 모두 세 채가 있어. 그가 평생 심혈을 쏟아부은 것이지!"

"알았어. 그걸 다 달라고 할 수야 없지. 그래도 사람이 양심이 있지, 너무 모질게 할 수야 없고, 두 채만 주라고 하게." 샤오자오는 아주 동정한다는 듯 한숨을 쉬었다.

"이 라오리가 자네한테 조금만 더 봐달라고 하면, 내 얼굴을 봐서라도, 어떻게 한 채로 안 될까? 대신 내가 따로 자네에게 돈을 좀 주지. 어때?"

"얼마나 줄 수 있어?"

"지금 내 수중에는 2백밖에 없어. 이 2백에 더해서 무릎이라도 꿇으라면 꿇을게!"

"그럼 250은 어때, 괜찮아?"

"알았어. 장다거가 집 한 채를 주고, 내가 250위안을 주는 것으로 하지. 대신 자네는 톈전을 빼낼 생각만 하고 앞으로 슈전은 이름조차 꺼내면 안 돼. 알았어?"

"알았어. 내가 많이 밑지는 장사군! 그렇다고 이 샤오자오가 우정을 저버릴 수야 없지!"

"됐어, 샤오자오. 그럼 이 내용을 글로 써줘."

"이런 하찮은 일로 글까지 써? 내 말은 말 같지도 않다?"

"자네 말은 그렇지. 여기에 쓰고 서명해!"

"대단해! 라오리. 갈수록 치밀해지는데. 좋아, 어떻게 쓰면 될까?"

"지금 나에게 250을 먼저 받고, 톈전이 살아서 집으로 돌아오는 날 장다거가 자네에게 집문서를 줄 거야. 그러고 나서 자네는 슈전이라는 두 글자를 절대 입에 담아서는 안 돼. 이런 내용으로 써!"

샤오자오는 웃으며 펜을 들었다. "자네가 이렇게까지 나올 줄은 전혀 생각도 못 했네. 진작부터 지독하다고 생각은 했지만, 이 정도일 줄이야. 이게 서명 날인까지 할 만한 가치가 있어? 쯧쯧, 아예 지장도 찍을까?"

합의서를 다 쓰고 서로 한 장씩 나누어 가졌다. 서명을 할 때 라오리는 손이 떨려서 자기 이름조차 제대로 쓰지 못했다. 당장이라도 샤오자오를 때려죽이고 싶었지만 장다거 집안을 위해서 꾹 참는 수밖에 없었다. 샤오자오는 위대했고, 라오리는 변죽만 울리다 말았다. 그 역시 장다거와 같은 부류의 인물에 지나지 않았던 것이다! 라오리는 250위안 수표를 탁자에 내던졌다.

샤오자오는 수표를 집어 앞뒤로 훑어보더니 웃으며 지갑에 넣었다. "은행에 돈도 넣어두었네, 라오리? 자본가였군. 진작 알았으면 좀더 세게 부르는 거였는데! 얼마나 모아두었어, 라오리?"

라오리는 그를 거들떠보지도 않았다.

그는 합의서를 들고 장다거에게 갔다. 장다거는 감격해서 어쩔 줄 몰라했다. 라오리가 애초에 의도한 것은 무의미한 잿빛의 삶 속에서 자극을 찾고 비극의 주인공이나 되는 것이었는데, 결과는 장다거가 걸었던 길 위에 서게 됐을 뿐이었다. 명분이나 실리는 모두 샤오자오가 차지하고 자기를 갖고 놀았다!

'샤오자오는 어째서 이토록 나를 싫어하는 걸까?' 라오리의 머릿속에는 오직 이 말만 채색되어 있었다. '라오리, 너는 아직도 장다거 유의 인간으로 완전히 변하지 않은 걸까? 그래서 샤오자오가 너를 눈에 거슬려하는 걸까? 설령 그렇다고 쳐도, 그래봤자 무료한 것은 마찬가지 아니야?' 라오리는 고개를 푹 숙인 채 집으로 돌아갔다. 집에는 차마 샤오자오에게 250위안을 주었다고 말도 꺼내지 못했다. 아내도 속여가면서 대충대충 사는 거야!

4

여름이 되고 살구가 이미 얼굴을 발갛게 물들였지만 톈전은 풀려나지 않았다. 단오는 아주 떠들썩한 절기였다. 집집마다 대문에 붙인 부적 옆에 창포와 쑥이 신비롭게 꽂혀 있었다. 장다거의 집에는 종일 사람 숨소리조차 들리지 않았다. 두 부부의 마음과 벽에 걸린 괘종시계는 밤낮으로 '톈전, 톈전!' 하고 소리치고 있었다. 딩얼 영감의 새들은 털이 죄다 빠져서 더욱 가관이었다. 마당의 석류도 물이 모자라 반쯤 말라버린 누런 잎들이 힘없이 비를 기다리고 있었다.

라오리는 샤오자오를 몇 차례 찾아갔지만 샤오자오의 말도 일리가 없지는 않았다.

"알음알음으로 부탁한 건데 당장 나올 수 있겠어? 이건 굉장히 중대한 사안이야! 나라고 초조하지 않은 줄 알아? 그 애가 빨리 나와야 나도 집이 생긴다고! 나도 얼른 집을 장만해 결혼하고 싶어서 눈이 빠질 지경이야!"

라오리는 단오절을 쇨 기분이 아니었고, 리 부인은 또 속으로 투덜댔다. '또 무슨 일이람? 명절도 안 쇠고. 설마 또?' 그녀는 마씨 새댁에게 눈이 갔다. 한순간도 마음을 놓을 수가 없어서, 링과 잉을 그녀의 정보원으로 임명해 둘을 지켜보도록 했다.

절기가 지나자 떡판 부인이 찾아와 물통으로 들이붓듯 눈물을 쏟았다. "다 끝났어. 끝났다고. 이혼했어! 나는 딱히 갈 데도 없고, 그냥 여기에 있을 거야! 동생, 우리가 원수지간도 아닌데 결국 라오리 말대로 됐어! 그가 날 이렇게 만들었으니 나도 라오리를 편하게 놔둘 수는 없다고!"

이 부인이 기겁을 했다. "그가 어쨌기에요?"

"어쨌냐고? 내가 다 알아봤어. 내 남편 자리를 차지했더라고. 그가 아니었으면 내 남편이 잘리지 않았을 거야. 다 알아봤고 증거도 있어! 그것도 모자라서 원래 자기 자리는 그냥 비워두게 해서 두 사람치 월급을 가져간대. 왕씨인가 하는 사람을 앉혀놓기는 했는데 그 사람을 속여서 그는 한 달에 겨우 이틀 관청에 나가면서 15위안을 받고 나머지는 전부 라오리가 챙긴대. 못 믿겠어? 그럼 그가 전에 샤오자오에게 250위안을 주었다는데 그게 어디서 났겠어? 동생은 몰랐어?"

"몰랐어요." 리 부인은 기가 막혔다.

"어떻게 모를 수가 있어, 어쩌면 그렇게 멍청해? 그건 아무 것도 아니야. 며칠 전에는 그가 샤오자오를 통해 우 선생에게 50위안을 보냈더라고. 처음에는 샤오자오를 그냥 내쫓으려고 했는데, 라오리 부탁으로 왔다고 해서 함부로 성질을 낼 수도 없었지. 그런데 샤오자오가 하나부터 열까지 빠짐없이 다 얘기해주었어. 어떻게 라오리가 장다거의 집을 사려는지, 어떻게 우 선생과 나를 이혼하도록 부추겼는지, 남편이 이혼하고 나면 라오리가 이 기회를 빌려 동생한테 겁을 주려고 했다는 것도 말이야. 리 부인, 동생이 겁을 내면 라오리가 쉽게 첩을 들일 거야. 라오우 저 간도 쓸개도 없는 인간이 그 50위안을 넙죽 받더니 고래고래 소리치며 나를 쫓아내지 뭐야! 어린 첩을 들여도 가만히 있었는데 내 뒤통수를 친 거지. 이게 모두 다 라오리, 라오리 때문이라고! 내가 이대로 가만히 있을 줄 알아? 관청에 가서 한바탕 뒤집어놓을 거야. 과원이면 다야? 황제라도 어림없어! 이 나이 먹어서 그깟 뒤집어엎는 거 하나 못 하면 내가 헛산 거지."

떡판의 마지막 말에 이번에는 리 부인이 물통으로 들이붓듯 눈물을 쏟았다.

"우 부인, 가서 소란 피우는 것만은 제발 참아주세요. 다른 건 다 두고서라도 우리 두 아이는 어떻게 해요? 그이가 잘리기라도 하면 우린 뭐 먹고 살아요? 저를 봐서라도 참아주시면 제가 대신 그이한테 따지고 형님 분풀이까지 다 해드릴게요!"

그녀는 여기에 보태 듣기 좋은 말들을 한참 더 늘어놓았다. 그제야 떡판 부인이 마지못해 일어섰다.

우 부인이 가고 리 부인은 뜨거운 가마 속의 개미마냥 안절부절 어쩔 줄을 몰랐다. 한참을 생각해도 적당한 방법이 떠오르지 않았다. 그녀는 아이들을 마씨 새댁에게 맡기고 추 부인을 찾아가 도움을 청하기로 했다.

추 부인은 강한 개성을 내보이려고 손님에게 입을 열 기회도 주지 않고, 내내 자기 얘기만 떠들었다.

"라오추가 나를 괴롭히기로 작심한 것 같아. 내가 눈치챘어! 집에 오면 이것도 아니다 저것도 아니다 하며 웃지도 않아. 무슨 밖에서 아들을 낳아 오겠다고 하질 않나, 사표를 쓰겠다고 하질 않나, 사는 재미가 없다는 거야. 이게 다 내가 싫다는 걸 돌려 말하는 거야. 내가 다 알아. 조만간 그이와 이혼하고, 나를 되찾을 거야. 전혀 겁나지 않아!"

추 부인이 흥분해서 잠시 말이 끊긴 틈에 리 부인이 한마디 끼워 넣었다. "라오리도 착하지 않아요."

추 부인이 얼른 말을 이었다. "두 사람 다 착하지 않아! 하지만 차원이 달라. 동생은 아들도 있고 딸도 있고 돌아갈 집도 있잖아. 그거에 비하면 나는 아주 어려워. 독립해서 혼자 생계를 꾸릴 수야 있겠지만 애가 없잖아? 혼자서는 아무리 잘 살아봐야 어쨌든 외로워. 너무 적적할 것 같아, 그렇지 않아? 그렇게 생각하면, 라오추하고 크게 싸워도 안 될 것 같아. 못 하는 게 아니라 말이야. 아이, 골치 아파! 하지만 그렇다고 또 내가 다그치지 않으면 우 선생처럼 억지로 집에 둘째 부인을 들일까 봐 걱정이야! 나같이 조건을 갖춘 여자가 남들에게 남자 마음 하나 사로잡지 못한다는 말을 듣는 것은 정말이지 참을 수 없어! 정말로 이혼해봐, 그야말로 얼씨구나 할 거야, 아이, 골치 아파!"

"저는 어떻게 하면 좋을까요?" 리 부인이 물었다.

"라오리하고 싸워야지! 동생은 나와 다르잖아. 나야 대학을 나왔으니 야만적으로 처신할 수는 없지. 동생이 남편하고 싸우면 내가 뒤에서 방패[後盾]가 되어줄게!"

리 부인은 숨을 가다듬고 충분한 기를 모아 집에 돌아가 대판 싸움을 벌일 준비를 했다.

5

아내에게 알리지도 않고 남에게 돈을 주다니. 아내로서 그 짓만은 도저히 그냥 넘어갈 수 없었다. 리 부인은 생각하면 할수록 울화가 치밀었다. 자신은 일편단심으로 남편만 바라보며 살았는데 남편은 샤오자오에게 선뜻 250위안이나 되는 큰돈을 주었다. 땅 2, 3묘는 너끈히 살 수 있는 돈이다. 게다가 우 선생이 우 부인을 우롱하는 걸 돕다니. 가만두지 않겠다! 추 부인의 말을 제대로 다 알아듣지는 못했지만 그녀가 분명히 뒤에서 한'바탕'[頓]을 해주겠다고 했다. 뒤에서도 한바탕 해준다는데 앞에서 못 하겠어? 한판 붙자! 방패[盾]를 한바탕[頓]으로 잘못 알아들은 것이지만, 리 부인은 정신적으로나 물질적으로나 기댈 구석이 생겼다. 시골에서 큰 도시로 오면 오순도순 잘 살

256

줄 알았는데 남편이 이렇게 나쁜 사람일 줄은 정말 몰랐다. 그의 잘못이다. 가만두지 않겠다! 집에 들어서자마자 그녀는 갈래머리를 풀어 헤치고 헌 옷으로 갈아입었다. 싸우다가 새 옷이 찢길지도 몰라서였다. 밥도 짓지 않고 살림도 팽개쳤다.

라오리가 막 마당에 들어섰을 때 집 안에서 목 놓아 우는 소리가 들렸다. 비록 '엄마야!' 하면서 울고 있었지만 다 라오리를 욕하는 소리였다. 그는 이번엔 또 무슨 일인가 싶었다. 아내가 우는 것을 들으니 화를 내기도 민망했다. 하지만 들으면 들을수록 이건 아니다 싶어 저도 모르게 화가 났다. 확 쥐어박을까? 그러면 안 되겠지? 머리채를 쥐고 발로 차버릴까? 그렇게도 못 하겠다. 그는 집 안을 몇 바퀴 돌다가, 저 혼자 맘껏 울게 아이들과 밥 먹으러 나가야겠다고 생각했다. 괜찮은 생각인 것 같았다. 막 나가려는데 그녀가 울면서 다가왔다. "어딜 가요, 우리 얘기 좀 해요!" 대놓고 싸우자는 의미였다. 아내는 우, 추 두 부인에게 들은 얘기를 하나도 빼놓지 않고 꼬치꼬치 따졌다. 라오리는 콧방귀도 뀌지 않았다. 상대가 거들떠보지도 않자 리 부인만 괜히 멋쩍게 되었다. 입도 두 개가 떠들어야 말다툼이 되는데, 라오리는 아주 능구렁이다. 이웃에서는 나만 혼자서 떠든다고 생각하겠지? 정말 못됐어! 달리 방법이 없었다. 그녀는 하는 수 없이 자신의 따귀를 짝, 짝, 두 번 대차게 갈겼다. "잘해주는 것도 모르고, 뻔뻔하고, 아무도 상대해주지 않는, 이 못난이 팔푼이 여편네야!" 짝, 짝, 그녀는 다시 두 대를 더 보탰다.

마씨 고부가 달려왔다. 마씨 할머니가 말했다. "애기 엄마,

왜 그래, 아이들이 놀라잖아!"

옆에서 말리는 사람이 생기자 리 부인은 수위를 더 높였다. 짝, 짝, 다시 자기 뺨을 때렸다. "끝났어요, 더는 같이 못 살겠어요!"

마씨 새댁은 링을 안으며 라오리를 쳐다보았다. 라오리는 입술을 바르르 떨며 그녀에게 쓴웃음을 지었다. "링에게 먹을 것 좀 주세요. 저는 잉이 데리고 나갑니다." 그녀에게 이런 식으로 말한 것은 지금이 처음이었다. 그는 속이 아주 후련했다.

"잉아, 가자!"

깜돌이는 아빠 손을 잡고 울어야 할지 웃어야 할지 눈치를 살피며 두어 번 크게 숨을 들이마셨다.

제15장

1

이른 연꽃이 피고 복숭아가 입술을 붉게 물들이기 시작했다. 못생긴 사람도 잘생겨 보이고 주머니 사정이 넉넉하지 않아도 멋을 부릴 수 있는 계절이었다. 남자들은 밀짚모자만 새것으로 바꿔도, 또 여자들은 꽃무늬 다산만 걸쳐도 여름에는 제법 그럴듯해 보였다. 샤오자오는 열대 지방의 알록달록한 뱀처럼 무늬가 요란한 넥타이에 새 양복을 걸쳤다. 새로 장만한 노란 가죽구두는 바닥에 쇠굽을 달아 걸을 때마다 소리가 귀에 거슬렸다. 실크 손수건에 향수를 뿌리고 머리에는 번드르르하게 기름을 발랐다. 그는 히죽대며 길을 걷다가 여자가 눈에 띄면 연을 날리듯 시선을 보내며 머리카락이 곤두설 정도로 뚫어지게 뒷모습을 쳐다보았다. 그의 가슴은 석류꽃보다도 붉었고 그는 자신이 세상에서 가장 행복한 사람이라고 생각했다.

베이하이에 도착했다. 아직 연꽃은 활짝 피지 않았고 잎도 무성하지 않았다. 살랑거리는 바람에 기대어 줄기는 반듯하게 서 있고, 푸른 하늘과 맑은 물을 향해 꽃망울은 살살 고개를 끄덕이고 있었다. 샤오자오는 위스차오玉石橋에 서서 연꽃을 바라보다가 다시 자신의 넥타이를 보았다. 자기가 꽃보다 더 멋져 보였다. 푸른 하늘, 맑은 물, 흰 연꽃, 그 어느 것도 별 볼일 없고 오직 자신이 온 우주의 중심이었다. 새 양복 특히 이 요란한 넥타이는 온 인류가 원하는 행복의 상징이었다. 그는 가만히 꽃만 쳐다보는 게 시시했다. 꽃이야 다 쓸데없는 것이고 진짜 재미는 여자 구경이었다. 여자를 쳐다보면 그 여자도 자기를 쳐다보았고, 설령 그러지 않아도 상관없었다. 마주 보지 않는대도 어쨌든 고개는 숙이게 되어 있고, 그 모습만 봐도 그의 가슴은 설렜다! 꽃만 있고 여자가 없다면 샤오자오가 언제 가슴 설레어보겠는가?

그는 온몸의 근육이란 근육은 모두 쭉 뻗으며 천천히 걸었다. 구두 소리가 하도 요란해서 발을 옮길 때마다 사람들 귀에 거슬렸다. 걸음이 불편하기 짝이 없었지만 그래도 이래야 새 양복의 맵시를 한껏 드러낼 수 있었다. 의식적으로 반듯하게 걷느라 너무 힘을 준 나머지 등이 거북이 등짝처럼 뻣뻣하게 굳었지만, 그래야만 양복에 어울렸다. 양복은 원래가 편하자고 입는 게 아니라 사회를 아름답게 만들기 위해서 입는 것이었다. 걷기는 점잖게 걸었지만 머리만은 그냥 두지 않았다. 한 걸음 걸을 때마다 선풍기마냥 머리를 이리저리 돌리며 주위에 볼 만한 것들, 특히 여자들은 모조리 눈 속으로 빨아들였다. 괜찮아 보이는 여자가 보이면 얼른 다가가 자세히 들여다보기도 했다. 상대가 째려보거나 욕이라도 하면 헛수고가 아니었다 싶어 오히려 기분이 뿌듯했다.

하지만 오늘은 이 머리 회전 운동의 목적이 뚜렷했다. 여느 때와 마찬가지로 여자들을 쳐다보기는 했지만 어쨌든 그것은 맛보기에 지나지 않았다. 샤오자오는 한 여자를 손에 넣기에 앞서 맛보기로 다른 여자들을 쳐다보았던 것이다. '사랑은 오직 한 여자만!' 그는 스스로 다짐했다. 그러나 어쩌다 양다리 혹은 세 다리를 걸칠 기회가 오면 그 다짐을 꼭 고집하지도 않았다. 그야말로 '통권달변通權達變', 임기응변에 능통했다. 오늘은 샤오자오가 유난히 '한 여자만'을 고집했다. 상대가 순결한 여학생이었기 때문이다. 이전에 여자를 고를 때는 마치 과일을 살 때처럼 잘 익은 것만 골랐다. 흠이 좀 있어도 잘 익기만 했으면 전혀 개의치 않았다. 어차피 계속 가지고 있을 게 아니어서 손에서 문드러질 일이 없었다. 하지만 여태껏 흥분을 몰랐다고 하더라도 오늘만큼은 확실히 흥분되지 않을 수 없었다. 이번 여자는 이제 막 빨갛게 익기 시작한 복숭아였기 때문이다. 흥분을 모르는 샤오자오도 이번만큼은 벅찬 가슴을 주체하지 못했다. 그는 커다란 소나무 밑에 서서 곰곰이 생각했다. 이번에는 남한테 보내지 말고 그냥 내가 따먹을까? 덜 익은 복숭아는 보기엔 좋아도 먹기엔 떫은 것처럼 남에게 주는 게 능사는 아니지. 특히 군인들이야 능력 좋은 여자를 밝히는데, 어린 복숭아가 능력이 좋다고 할 수는 없잖아. 그냥 옆에 둘까? 혹시라도 1년이나 반년쯤 지나 누가 보고서 달라고 하면, 내가 서슴없이 내어줄 수 있을까? 내가 질투라도 하게 되면 어쩌지? 양다리 걸치도록 하는 게 좋은 방법이긴 한데, 그녀가 싫다고 고집을 부리면 어떻게 하지? 아니야 그럴 리 없어. 여자들이 고집을 부려봐야 얼마나 부린다고! 이번에는 완전히 이 샤오자오 마음먹기에 달렸어. '샤오자오, 누가 네 마누라를 달라고 하면, 그 마누라가 누구 주려고 얻은 게 아니라 정말 네 마누라라면, 그래도 기꺼이 내어줄 수 있겠어?' 그는 갑자기 떠오른 질문에 선뜻 대답하지 못했다.

왔다. 멀리서 그녀가 걸어오고 있었다. 샤오자오의 심장이 쿵쾅거리기 시작했다. 이전에 사고판 여자들은 그야말로 현금이나 마찬가지여서, 아주 싸게 샀을 때를 빼고는 별 감정이 일지 않았다. 하지만 지금은 전혀 달랐다. 거간꾼이 알선해준 것도 아니고 보배 하나를 그야말로 거저 얻은 셈이었다. 그녀가 웃으며 자기를 찾아왔던 것이다. 이번 일을 계기로 샤오자오는 조금이나마 여자의 신비함과 연약함을 알게 되었다. 굳이 돈 주고 사지 않아도 여자가 제 발로 오기도 한다는 것을 말이다. 이렇게 쉬울 수가! 진작 이렇게 하지 않은 것이 후회스러웠다. 이렇게 얻은 여자는 까다롭지 않을까 살짝 걱정도 되긴 했지만, 어쨌든 이전에 경험하지 못한 새로운 기쁨이었다.

그녀는 꽃망울을 터뜨리기 시작한 연꽃 같았다. 그녀는 주위의 경치를 바라보며 속으로 웃었다. 살랑대는 바람결 하나하나가 다 자신을 건드리는 것 같았다. 스치는 바람이 자신의 향기를 실어 날랐다. 인생의 초여름에 향기를 내뿜을 수 있음에 마냥 행복했다. 왼팔에는 마치 하늘에서 한 조각 떼어 온 듯 작고 파란 손가방을 끼고, 오른손에는 작은 녹색 양산을 들었다. 팔꿈치까지만 내려온 옷소매 아래로 연뿌리 같은 팔이 보였다. 머리카락으로 가린 오른쪽 눈은 그 틈으로 세상을 호령하듯 도

도해 보였고 가벼운 발걸음은 활력이 넘쳤다. 매듭을 묶은 넓적한 까만 구두에, 발은 큼직해서 마음까지 편해 보였다. 그녀는 오만하고 천진하고 기쁨과 활력이 넘쳤으며, 통통한 얼굴은 은은한 미소를 짓고 있었다. 발그레한 두 볼에는 살짝 보조개가 패여 있었다. 슈전은 영화 속의 로맨스를 생각하면 조금 겁이 나기도 했지만 애써 의연하려고 했다. 문득 부모님 생각이 나자 고개를 치켜들고 오른쪽 눈을 가린 검은 머리카락을 쓸어 올렸다. 포도 넝쿨의 여린 수염처럼 꼬불꼬불 말아 올린 머리카락이었다. 그러자 부모님 생각도 사라지고 반항심마저 생겼다. 어깨를 펴고 설레임과 두려움, 걱정 그리고 반항심까지 적당히 얼버무려진 한숨을 쉬었다. 별거 아닌 듯하면서도 또 약간 뿌듯한 것 같기도 했다. 영화 속의 연인들처럼, 뜨거운 입김이 붉은 입술에서 새어 나오고, 마주한 얼굴에서 또 다른 뜨거운 입김이 자신의 입술에 와 닿는다면 얼마나 재미있을까! 그래, 재미야! 다른 이유는 없어! 한 번의 뜨거운 입맞춤은 인생이라는 개울물에 작은 물보라를 일으키는 것에 불과한 거야. 별거 아니야! 자신의 향기를 풍기고 남자의 열기를 받아들이는 것, 기껏해야 서로 껴안고 짜릿하게 입을 한 번 맞추는 거지, 다른 건 없어. 다른 애들도 다 그렇게 하잖아? 소설에서는 일부러 푸른 잔디밭이나 작은 숲 같은 데서 키스하던데. 영화에서는 빨간 머리 아가씨가 키스를 당하고 남자의 뺨을 때리잖아? 겁낼 것 없어! 자신의 큰 발을 쳐다보았다. 편안하고 사랑스럽고 힘이 넘쳤다. 난 아무것도 두렵지 않아!

매번 학교에서 집으로 돌아갈 때면 못난 남학생들이 뒤를 쫓아왔다. 못난이들. 양말은 너덜너덜하고 목에는 잔뜩 때가 끼어 있었다. 하지만 그는 여느 못난 학생들과 달랐다. 너무 재미있고 모르는 게 없었으며 깔끔한 데다 또 아주 많은 것들을 그녀에게 알려주었다! 게다가 착하기까지 하다. 오빠를 구하려는 것을 보면 오빠의 소중한 친구가 분명하다. 불쌍한 톈전 오빠는 감옥에서 양복도 망가지고 담배도 못 피우고 있을 텐데, 불쌍해! 오빠의 여자 친구는 감옥에 가보기라도 했을까? 영화 한 편이 또 떠올랐다. 두 사람이 철창 사이로 서로 손을 움켜쥐고 기를 쓰며 손등에 입을 맞춘다! 어쩜, 멋져!

"슈전 동생, 디어!" 샤오자오의 얼굴이 활짝 퍼지다 못해 두 귀만 그대로 두고 이마와 턱이 한데 포개졌다. 그나마 코를 힘껏 세운 덕에 다행히 눈알은 빠져나오지 않았다. "내가 디어라고 불러도 되겠지?"

"편한 대로 부르세요." 슈전의 보조개가 더 발그레해졌다. 그녀는 머리카락을 쓸어 올리며 소나무 가지에 앉은 까치를 보다가 샤오자오에게 미소를 지었다.

"그렇다면, 다시 한번." 샤오자오는 그녀의 볼에 입술을 바짝 갖다 대고 보조개에 뜨거운 열기를 뿜었다. "디어!"

그녀의 눈이 옆으로 쏠려 그의 코끝에 닿았다. 자기를 보고 웃고 있었다.

샤오자오는 영어 단어를 적잖게 알고 있었다. 열차 식당 칸에서 식탁을 정리하는 종업원에게 종종 가르침을 청했던 덕에 버터, 소다, 아이스크림 따위는 중국어를 쓰지 않고도 주문이 가능했다. "굳이 외국 가서 서양 먹물 먹을 필요 없어. 나도 외국 말 할 줄 알아!" 그는 동료들에게 항상 이렇게 말했다. 그는 서양 옷과 서양 음식에 대해서도 나름대로 공부를 했다. "자네 노력 좀 해야겠어." 그는 마흔 넘은 사람들에게도 권했다. "춤 추는 것도 배워야 해. 이런 게 바로 학문이야! 요즘은 군 장교들조차 죄다 구미 유학 출신인데, 이런 것도 못 하면 안 되지!" 이 점에 있어서만큼은 그가 장다거보다 나았다. 장다거는 샤오자오처럼 멍청하지는 않았지만, 새로운 유행을 따라가지 못했다. 장다거가 할 수 있는 것은 샤오자오도 다 할 수 있었지만, 샤오자오가 할 수 있는 것을 장다거는 다 할 줄 몰랐다. 장다거에겐 앞날이 없었지만 샤오자오는 앞날이 창창했다. 슈전은 아는 게 별로 없었지만 이것만큼은 알았다. 집에서는 모든 것이 다 구식이고 구속이었다. 비록 아버지가 새 축음기판을 사주기는 했지만 춤은 못 추게 했고 구두 하나를 사려면 대판 신경전을 해야 했다. 그런데 샤오자오는 어떤가? 신구新舊를 다 알았다. 샤오자오가 그녀의 우산을 받아 들고, 두 사람은 어깨를 나란히 한 채 '바다[海]' 주위를 따라 북쪽으로 걸었다. 슈전은 꿈이 반쯤은 이루어진 것 같았다. 아직 결혼을 생각하기엔 이르지만, 만약 샤오자오와 결혼한다면 그것도 나쁘지 않을 것 같았다. 모르는 게 없고 말도 잘하고 또 너무 재미있었다. 좀 수다스럽기는 했지만 익숙해진 탓인지 불평할 정도는 아니었다.

슈전은 샤오자오와 체구가 엇비슷하거나 조금 더 커 보이기도 했다. 말하자면 그는 젊은 늙은이였고 그녀는 나이보다는 큰 아이였다. 슈전은 아직 다 자란 성인의 모습을 갖추지는 못했지만 성인으로 보이고 싶어 했다. 동그란 얼굴, 커다란 눈,

입술과 보조개는 다분히 육감적이었다. 팔다리는 모두 길었고 등이 살짝 굽었는데, 사람들에게 너무 크다는 소리를 듣기 싫어서인 것 같았다. 치파오*는 후디에**가 부잣집 아가씨를 연기할 때 입었던 옷을 본뜬 것이었다. 납작구두는 그녀가 고등학생이라는 것을 알려주었다. 굵은 다리는 농구에 잘 어울릴 것 같았다. 뽀글뽀글 말아 올린 파마머리는 한 오라기만 늘어뜨려 오른쪽 눈을 가렸다. 차라리 텐전이 여자이고 슈전이 남자였다면 장다거가 더 마음에 들어했을 것 같았다.

"오빠는 언제쯤 나올 수 있을까요?" 그녀가 물었다.

"곧 나올 거야. 이미 얘기는 다 되어 있어. 나랏일이라는 게 원래 그렇게 처리가 빠르지 않아. 하지만 그렇다고 너무 늦어지지는 않을 거야. 그리고 그 친구는 너무 뭘 몰라서 근신 좀 해야 해!" 샤오자오가 정중하게 말했다. "날 봐, 디어, 나는 온갖 고난과 역경을 거쳤지만, 어려서부터 아무도 보살펴주지 않았지만 잘못되지도 않았고 또 누가 나를 해코지하게 내버려두지도 않았어." 그의 눈에 눈물이 맺혔다. "어려서 한때 낭만을 찾을 수도 있지만 동시에 성숙해져야지. 우리 집안은 모두 구식이지만 우리 자신은 모던하지. 이것을 조화시켜서 낭만적일 땐 낭만적이되 조심할 땐 조심해야 해. 그래야 성공할 수 있다는 희망이 생기고 진정한 행복을 이룰 수 있는 거야. 디어, 슈전은 어때, 아직 공부할 때니까 굽 높은 구두는 필요 없겠지?

---

* 旗袍: 원피스 형태의 중국 전통 의상.
** 胡蝶: 당시의 유명 여자 영화배우(작가 주).

네가 굽 높은 구두를 신지 않은 걸 보고 나는 대번에 생각이 있는 여자라는 것을 알았어. 나는 말이야…… 내 얘기는 그만 두자. 나중에 자연스레 알게 될 거야."

슈전은 그저 샤오자오가 존경스러울 뿐 아무 생각도 떠오르지 않았다. 남학생들에게 편지를 받았을 때를 생각하면 정말 가소로웠다. 목에 잔뜩 때가 낀 철부지들! 다른 건 말도 하지 않고 그저 몇 구절 나를 추켜세우다 이내 자신들 얘기만 주절주절 써댔다. 입으로는 항상 부모에게 반항한다고 말하면서 실제로는 세상 물정을 하나도 몰랐다. 그런데 이 사람은, 새것을 알면서 옛것도 알고 고생을 했지만 타락하지 않았다! 아니, 그녀는 그와 그냥 한번 즐길 생각만 한 것이 아니라, 본능적으로 아가씨는 언젠가 결혼해서 부인이 되어야 한다는 생각까지 들었다. 결혼을 한다면 상대는 반드시 이런 믿음직한 사람이어야지, 저런 목에 때가 가득한 연애편지 따위나 쓰는 학생들이어서는 안 된다. 그녀는 갈수록 자신의 큰 발이 사랑스럽게 느껴졌다. 그가 이 납작구두가 좋다고 했어! 참 아는 것도 많아. 하지만 계속 이런 얘기나 할 수는 없었다. 그를 당해낼 재간이 없었다. 자신은 세상에서 가장 단순한 일조차 몰랐다! 학교 수업은, 말하기 민망하지만, 전혀 재미가 없었다. 집안일도 별로 아는 게 없어서 할 만한 얘기가 없었다. 그런데 그는 무슨 얘기든 다 잘하는 것 같았다! 자신은 농구나 좀 하는 학생이고 그는 인물인 것이다! 그렇지, 그래도 오빠 얘기가 낫겠다. "오빠 보러 다시 가면 안 돼요?"

"지난번에 갔을 때 이미 그 사람들이 싫어하는 거 봤는데,

또 가는 것은 별로 적절하지 않아. 어차피 곧 나올 거야."

"껌 좀 보내주고 싶어요!"

"내가 한번 방법을 찾아볼게. 껌이라……" 샤오자오는 하늘을 보면 생각했다. "과일도 보낼까? 다 나한테 줘. 내가 넣어줄 사람을 찾아볼게. 우리가 다시 가는 것은 좋은 생각이 아닌 것 같아."

2

둘은 우룽팅五龍亭 서쪽의 방에 앉았다. 샤오자오는 사이다와 연근, 호두를 주문했다. 슈전은 먹기가 쑥스러웠다. 가끔 여자 학우들과 과일을 먹은 적은 있었지만 남자 친구와는 그래본 적이 없었다. 연애편지 나부랭이나 쓰는 애송이들은 그저 책갈피나 말린 꽃을 끼운 편지나 보냈지 이렇게 스스럼없이 자리를 같이한 적이 없었다. 그런 생각이 들자 이번에는 안 먹는 것도 쑥스러웠다. 부모님과 같이 베이하이를 거닐고 차를 마신 적은 있었지만 그때 먹었던 것과 지금 먹고 있는 것은 너무나 맛이 달랐다. 이것들에는 무궁무진한 의미가 담겨 있는 것 같았다. 이 한 번으로 인해 이 사람과 백 번, 천 번, 아니 한평생 같이 먹고 마시고 이야기하고 웃게 될지도 모른다는 느낌이 들었다. 평소 베이하이에 오면 우룽팅까지는 오고 싶지 않았다. 서쪽 허물어진 대전*에 있는 망가진 신상神像이 너무 무서웠다!

---

* 大殿: 베이하이 공원 북쪽에 위치한 소서천小西天을 가리킨다. 극락세계極樂世界

하지만 오늘은 여기에 앉아 있어도 별로 무섭지 않았다. 자오 선생이 너무나 다정다감하고 즐겁게 해주어서 그와 같이 있는 한 어떤 것도 무섭지 않았다. 새하얀 연근을 집어 입에 넣으며 아무 말 없이 그에게 살짝 미소를 지었다.

샤오자오가 그녀에게 기회를 주었다. "곧 시험이겠구나? 내가 지금 학교를 다닌다면 죽어라 공부해도 낙제할 거야. 배운 것들을 다 까먹었어!"

그녀는 마음이 편해졌다. 이 사람도 나보다 못한 게 있었네! 학교 다닐 때 배운 것들을 다 까먹었으니 이것만큼은 내가 나아. 그녀는 학교 일을 늘어놓기 시작했다. 이야기하는 동안 쑥스러움도 잊고 이것저것 주섬주섬 입에 집어넣었다. 그가 또 과자를 시키려고 했다. 아니, 더는 못 먹겠다. 그에게 말해야지. 그런데 뭐라고 말하지? 모르겠다. 입도 열리지 않았다. 안 먹을래요. 배고프지 않아요! 더구나 학교로 돌아가야 한다. 시험이 코앞이다! 아는 사람 눈에 뜨이기라도 하면 그것도 창피하다. 하지만 그는 아버지의 친구이고, 나는 그와 톈전 오빠의 일을 상의하려고 온 것이니 설령 부모님에게 들켜도 할 말이 없지는 않아. 자리를 뜨고 싶지도 않아서 우두커니 앉아 있으니 저도 모르게 얼굴이 화끈 달아올랐다. 물가에서 날던 잠자리들이 잠시 연꽃잎에 앉았다가 다시 날아올랐다. 남쪽 다리에는 마치 영화의 한 장면처럼 사람과 인력거 들이 쉴 새 없이

또는 관음전觀音殿이라고도 하며 1900년 의화단 사건 당시 베이징에 진주한 서양 8개국 연합군에 의해 훼손되었다.

오가고 있었다. 다리 밑에는 조각배들이 몇 척 있었다. 흰옷을
입은 남자는 힘껏 노를 젓고 여자는 얌전하게 꽃무늬 양산 아
래에 숨어 바람을 타고 얼굴에 불어오는 연꽃 내음을 맡으며
낭만을 만끽하고 있었다. 그녀는 정신을 가다듬고 샤오자오를
보았다. 그의 눈이 그녀의 보조개를 뚫어지게 바라보고 있었
다. 두 사람의 눈이 마주쳤다. 둘은 잠시 서로를 응시하다 가볍
게 시선을 옮겼다. 종업원이 사이다 병을 치우러 왔다.

"우리 배 탈까?"

"돌아가야 해요!"

"여기 허접한 배 말고, 이사회 건물에 가서 좋은 걸로 빌
리자!"

그녀는 망설였지만 양산이 그에게 있었다.

배는 버드나무 그늘 밑에 멈췄다. 그녀는 양산을 들고 물에
거꾸로 비친 그림자를 바라보았다. 마침 자신의 얼굴 위로 작
은 물고기 몇 마리가 떠다녔다.

한참 뱃놀이를 즐기고 학교로 돌아가려는 차에 샤오자오가
같이 식사를 하자며 한사코 붙잡았다. 슈전은 쑥스러웠지만 자
오 선생은 결코 자신을 소학생 대하듯 하지 않는다고 느꼈다.
그는 성인 대 성인으로서의 예를 갖추어 붙잡았고 그녀에게 하
는 말들은 다 아버지가 손님을 접대할 때 하는 것들이었다. 차
마 거절하기가 쑥스러웠다. 자신을 어른처럼 대해주는데 어떻
게 아이처럼 멋대로 굴 수 있겠어. 따라가자.

음식을 주문하고 또 밥값을 계산하고 팁을 주는 것까지 샤
오자오는 표정이나 태도가 아주 노련했다. 중학생이 수줍어하

270

며 주머니에서 돈을 꺼내는 것과는 한참 차원이 달랐다. 슈전은 자신이 여러 면에서 그와 비교도 되지 않는다고 생각했다. 그는 모르는 게 없었다. 식사를 마치자 이제는 무슨 일이 있어도 학교로 돌아가야만 했다. 자오 선생도 더 이상 붙잡지 않고, 그녀의 요구대로 공원 안에서 헤어졌다. 그녀는 남쪽으로 그는 북쪽으로 갔다. 그는 바래다주겠다고 우기지 않았다. 세련되고 이해심도 많았다.

그와 헤어지고 나서 슈전은 몸이 한결 가벼워진 듯 걸음이 아주 경쾌했다. 성인에서 다시 펄쩍 뛰며 농구하는 여학생으로 돌아온 것 같았다. 하지만 마음속으로는 그를 잊지 못했다. 조금 두렵기도 했지만 그렇다고 딱히 그에게 무슨 문제가 있다고 할 수는 없었다. 함께 사이다를 마시고 배를 타고 밥을 먹고…… 꿈이 이루어졌다. 벅찬 감동이 밀려왔다. 그는 무섭지 않아, 내가 왜 그를 무서워해야 해? 그는 다 옳은 말만 했고 엉큼하게 내 손을 잡지도 않았어. 그는 나쁜 사람이 아니야. 얼마나 부드러웠는데! 그녀는 걸으며 생각에 잠겼다. 문득 걸음을 멈췄다. 정신이 얼떨떨한 것이 마치 뭔가를 잃어버린 것 같았다. 몸을 더듬으며 생각해봤지만 잃어버린 것은 아무것도 없었다. 손에 든 우산이 물에 비쳤다. 주저앉아 얼굴을 비추자 통통한 얼굴에 발그레한 보조개까지 여전히 그대로였다. 그와 같이 있어도 전혀 위험하지 않았어. 엄마는 늘 남자를 조심하라고 잔소리하지만 남자도 남자 나름이야. 좋은 남자와 같이 있는 게 뭐가 나쁜데? 그녀는 일어나 손으로 머리카락을 빗어 넘겼다. 등 뒤로 한 쌍의 부부가 지나갔다. 남자는 여자보다 키가

무척 커 보였고 7, 8개월쯤 된 통통한 아기를 안고 있었다. 슈
전은 그 아기가 사랑스러워 다가가 안아보고 싶었다. 결혼하면
정말 재미있을 거야. 그 여자는 자기보다 나이가 많아 보이지
도 않았다. 손목은 가늘었지만 젖가슴이 탱탱하게 불거져 있었
다. 어린 엄마, 통통한 아기, 정말 재미있다! 아기가 고개를 돌
려 슈전을 보며 웃더니, 입으로 '아니, 아니'라고 소리를 내었
다. 그녀는 또 쑥스러워서 공 뺏기를 할 때처럼 내달렸다. 그리
고 바이타* 밑에까지 뛰어가 커다란 바위에 앉았다. 여전히 가
슴이 뛰고 머리도 어지러웠다. 목이 말라 다시 뛰어 내려가 쏸
메이탕**을 두 그릇이나 마셨다.

3

샤오자오의 가슴도 쉴 틈 없이 두근거리고 눈알도 콩 볶듯이
마구 굴러다녔다. 나름 자기 머리도 쓸 만하고 보는 눈도 괜찮
다는 생각이 들었다. 눈깔아, 조만간 너에게 정말이지 근사한
안경을 맞춰주마, 아주 잘했어! 하지만 너무 풋내기야! 보기엔
그럴 듯한데 맛은 없을 것 같아! 알 게 뭐야, 우선 갖고 놀아보
지 뭐! 잘 익은 것은 사려면 적어도 2백은 넘게 드는 데다 번
거롭게 가르치기까지 해야 해. 그런데 이 상품은 풋내기이기는
해도 고작 사이다 두 병과 밥 한 끼로 끝났잖아! 원래 예쁜 데

---

* 白塔: 티벳 양식의 흰 탑으로, 베이하이 공원의 상징적인 건축물이다.
** 酸梅湯: 주로 더울 때 마시는 매실 음료의 일종이다.

다가 따로 훈련시킬 필요도 없고 말이지. 젠장, 시대가 변했어. 기생보다 여학생이 눈에 띄는 시대야. 기생들이 아무리 꾸며봐야 학생들을 당해낼 재간이 있나? 하얀 무명 샤오산*을 입건 치파오를 입건 뭘 입어도 학생들이 기생보다 예뻐. 샤오자오, 너도 싱싱한 영계 맛 좀 봐야지. 시대에 뒤처지면 안 돼! 관청의 그 떨거지들이야 이런 재미를 알기나 하겠어? 샤오자오, 너는 역시 똑똑해. 따로 배우지 않고도 혼자 알아서 기생도 사고 첩도 거두고 했으니, 까짓것 여학생도 갖고 놀 수 있어! 다 너 스스로 한 거야. 씨발, 조만간 둥자오민강의 양년도 먹고 말 거야! 열심히 하자, 세상에 안 되는 일이 어디 있어!

라오우야, 걸레 같은 년하고 잘 놀아봐라. 어리석은 자식, 재미 보는 것도 끽해야 한 달이다. 네놈을 염라대왕에게 보내지 못하면 내가 등신이다! 우선 네놈하고 떡판을 이혼시키고, 그런 다음 그 걸레를 회수해서 팔아버릴 테다. 밑져봐야 얼마나 밑지겠어? 어디 한번 붙어보자! 어리석은 자식, 두고 봐, 네놈은 물론이고 네놈 집안까지 송두리째 망가뜨리고야 말겠어. 그러지 못하면 이 샤오자오가 성을 간다!

라오리 그놈은 우 태극보다 고단수이기는 하지만 그래도 이 샤오자오를 따라올 수는 없지. 내 분명히 너한테 이 자오 선생, 아니 자오 나리, 아니 자오 대인과 힘을 합하자고 했는데 감히 나한테 맞서? 한심한 자식, 그놈의 개눈깔은 뭐 하러 달고 다니는 건지, 쯧쯧! 감히 자오 과원을 대놓고 무시하고도 네가

---

* 小杉: 중국식 홑옷.

재정소에 있을 생각을 해? 한심하기는! 그것도 모자라서 제멋대로 장슈전을 건드리지 말라고? 두고 봐라! 디어 슈전은 이미 내 손안에 있어. 네 돈 250위안도 이 몸이 열심히 쓰고 계시는 중이고, 장다거의 집도 머지않아 내 차지가 될 거다! 네놈은 이제 도저히 감당할 수 없게 될걸? 우선 떡판이 관청에 가서 난장판을 만들고, 그다음엔 네놈 집에 1년이고 반년이고 눌러앉을 거야. 네가 소장과 연줄이 있다고? 흥, 어림없는 소리, 결국 누구 말이 통하는지 잘 두고 봐라. 네가 잘리고 내가 슈전과 결혼하는 날, 청첩장을 보내주마! 감히 은혜도 모르고 이 샤오자오의 심기를 건드려? 너는 샤오자오 아니 자오 나으리가 장차 얼마나 큰 인물이 될지 모르지? 슈전 하나만 갖고도 내가 소장이 될 수 있다면 믿지 못하겠지? 넌 모르겠지만 시장이 뭘 가지고 시장이 됐는지 알아? 네놈은 전혀 알 턱이 없겠지만, 바로 내가 내준 예쁜이였어! 이제 이 샤오자오가 어떻게 하는지 잘 보라고! 250위안은 고마웠어. 또 결혼 선물 고마워할 준비를 하고 있겠네. 달랑 희련*만 보내는 건 사양하지, 친구!

샤오자오는 아이스크림을 두 컵 먹었다. 가슴속도 아이스크림처럼 달콤했다.

---

* 喜聯: 결혼을 축하하는 내용을 담은 대련.

제16장

1

밖에서 잉과 반나절을 넘게 놀고 나니 라오리는 속이 다 후
련했다. 관청에 휴가도 내지 않고 집 걱정도 잊은 채 오로지
잉과 쏘다니기만 했다. 라오리는 이 사회에서는 그냥 대충, 아
니, 그냥 대충도 아니고 아주 철저하게 대충 사는 수밖에 없다
는 것을 깨달았다. 장다거처럼 체면을 차려가며 대충 사는 것
은 부질없는 짓이었다. 그는 만사를 제쳐놓고 잉과 노는 것만
생각했다. 그런데 저녁을 먹자 잉이 눈도 제대로 뜨지 못할 정
도로 피곤해했다. 집에 가고 싶지 않았지만 잉을 재울 곳이 마
땅치 않았다. 하는 수 없지, 돌아가는 수밖에. 마누라가 뭐라고
떠들건 애부터 재우자. 그래도 영 아니다 싶으면 다시 나와서
여관에서 자는 거지 뭐!

그런데 이런, 마씨 새댁이 링을 데리고 대문 앞에 서 있었
다! 노을빛에 그녀의 얼굴이 더욱 환해 보였다. 그녀는 길고
하얀 무명 샤오산 차림으로 링의 손을 잡고 있고, 링은 빨간

반소매 과쯔*를 입고 있었다. 야, 이건 뭐, 마치 붉은 꽃봉오리를 품은 한 떨기 하얀 연꽃 같은걸! 라오리는 속으로 말했다. 링이 달려와 아빠에게 매달리고 잉은 마씨 아줌마 품에 달려들었다. 새댁이 물었다. "어디 갔었어, 한참 기다렸단 말이야!" 물론 잉에게 한 말이지만 라오리에게 물은 것이기도 했다. 그는 링을 안았다. "놀다 오는 겁니다. 집안이 하도 어수선해서 나가서 좀 놀았습니다." 라오리의 말투는 '나는 아무렇지 않습니다'였지만 눈빛까지 감추지는 못했다. 그녀가 그의 눈을 보니 눈빛과 말투가 전혀 일치하지 않았다. 라오리도 인정하지 않을 수 없었다. 그의 눈빛은 차라리 '안 되겠습니다. 인생을 장난치듯 시시덕거리며 살지는 못하겠습니다. 다른 데 신경 쓰지 않고 대충 살까도 생각했지만 그렇게는 못 하겠습니다!'에 가까웠던 것이다. 그녀 역시 이러한 사실을 잘 알고 있을 것이다. "링아, 엄마 아직도 시끄럽니?" 그가 물었다. 억지스런 웃음이 보기에도 민망했다.

"엄마가 입이 부어서 밥도 못 먹었어!" 링이 작은 손으로 아빠를 툭툭 쳤다. "아빠 맴매! 링은 착한데 아빠가 엄마 화나게 했어! 아빠 나빠, 나쁘단 말이야!" 링이 손으로 코를 훔쳤다.

라오리는 또 웃었다. 하지만 선뜻 대문을 들어서기가 멋쩍었다.

"들어가세요. 별일 없을 거예요." 마씨 새댁이 마치 라오리를 놀리듯 짓궂게 웃었다.

---

* 掛子: 중국식 홑저고리.

라오리는 진땀이 났다. 아이를 내려놓고 사흘 밤낮을 달려 어디 산에라도 들어가 처박히고 싶었다. 그러나 이내 링을 안고 대문을 들어섰다. 잉도 따라 들어오고 마씨 아줌마만 혼자 밖에 서 있었다. 라오리가 뒤를 돌아보니 그녀 머리 뒤로 갈래머리가 보이지 않았다. 그 대신 가지런하게 자른 머리가 오히려 더 보기 좋았다.

리 부인은 방에 누워 있었다. 잉이 들어가 밖에서 있었던 일들을 다 얘기해도 듣는 둥 마는 둥 했다.

"아빠, 맛있는 거 사 왔어?" 링이 아빠를 심문했다.

아빠는 까맣게 잊고 있었다. "링아 조금만 기다려, 아빠가 맛있는 것 사다 줄께." 그는 링을 내려놓고 후다닥 밖으로 달려나갔다. 문간에서 마침 마씨 새댁이 대문을 닫고 안으로 들어오고 있었다.

"또 어디 가세요?" 그녀가 옆으로 몸을 비켰다.

"나가서 2, 3일 지내다가 아내가 잠잠해지면 돌아오려고요. 도저히 참을 수가 없네요."

"그거야말로 멍청한 짓이에요."

"왜요?!" 크지는 않았지만 잔뜩 화가 난 소리였다. 마치 그녀에게 시비를 거는 것 같았다.

새댁은 잠시 멍했다. "저를 봐서라도 안 나가셨으면 좋겠어요."

"왜요?"

말소리가 몇 곱절은 더 부드러워졌다.

"남편한테서 편지가 왔는데 곧 돌아온대요. 한바탕 시끄러울 거예요.”

“왜요?”

“틀림없이 그 여자를 데리고 올 거니까요.”

“편지에 그렇게 쓰여 있던가요?”

“아니요.”

“그런데 그걸 어떻게 아세요?”

“느낌이 그래요. 그이가 분명히 그 여자를 데리고 올 텐데 안 싸우고 배기겠어요?”

문간이 어둡기는 했지만 그녀가 웃는 것이 보였다. 별로 자연스럽지 않았다.

“제가 나가지 않는 게 낫겠군요. 제가 대신 싸워드리겠습니다. 겁내지 마세요.”

“겁날 게 뭐가 있어요? 하지만 집 안에 남자가 있으면 함부로 성질을 부리지는 못하겠지요.”

“남편이 성깔이 있으신가 보지요?”

그녀가 고개를 끄덕였다.

“그래도 나가실 건가요?”

“링이 먹을 것 좀 사러 갑니다. 곧 돌아오겠습니다.” 대문을 열자 잔잔한 노을이 집 안을 비추었다. 문 밖이 변하고 세상이 변했다. 공기 속에 낭만이 가득했다.

2

여자 손님 한 분이 재정소를 방문했다. 떡판 같은 몸집에 목 위로 마치 석회수에 담갔던 것 같은 흰 공을 얹고 있었다. 소장을 만나러 왔다고 했다. 전달처의 사환이 무슨 일로 오셨냐고 물어도 이 흰 공은 아무 말도 없었다. 사환이 알리기를 거절했다가 따귀를 얻어맞았다. 사환은 얼굴을 움켜쥐고 소장을 찾아갔다. 소장이 눈알을 굴렸다. "순경 불러서 잡아가라고 해!" 하지만 가만히 생각해보니 남녀평등의 시대에 여자 기분을 상하게 해봐야 별로 득이 될 것 같지 같았다. 더욱이 그녀가 누구인지도 몰랐다. "자오 과원더러 대신 만나라고 해." 샤오자오는 신이 나서 접견실로 갔다. 여자 손님 접대는 언제나 즐거웠다. 손님이 들어오자 그의 눈이 휘둥그레졌다. 우 부인이었다.

"나 왔어. 자네가 한바탕 뒤엎으라고 했지? 자, 어떻게 뒤엎을까, 응?" 떡판 부인이 앉았다. 사환은 과원 보호를 위해 옆에서 있으면서 이 얘기를 다 들었다.

"리순, 자네는 나가 있어!" 자오 과원이 지시했다.

"예!" 리순은 나가고 싶지 않았지만 명령을 거역할 수는 없었다.

"누님, 일을 깡그리 망치려고 하시는군요!" 샤오자오가 리순을 내보내고 문을 닫으며 말했다. "소장을 만나라고 했잖아요?"

"소장이 안 만나주는데 나라고 별수 있어야지!"

"만나주지 않으면 문 앞에서 소리쳐야지요. 리가야 나와라!

네가 우 과원을 밀어내고 두 사람 월급을 먹어? 거기다 우리더러 이혼까지 하라고? 너하고 오늘 끝장을 봐야겠다. 이렇게 말입니다. 그런 다음 문틀에 밧줄을 걸고 목을 매라고요! 그렇게 소리지르다 보면 설령 소장을 만나지 못한다고 해도, 이 얘기가 소장 귀에 들어가지 않겠어요? 소장이 알게 되면 재정소 사람들도 다 알게 될 것이고, 그러면 소장이 자르지 않아도 그가 스스로 물러나지 않고 배기겠어요? 지금 단단히 잘못하시는 겁니다. 나를 만나서 어쩌자는 겁니까?"

"당신 만나겠다고 한 적 없어! 당신은 뭐 하러 나왔어?"

"아이고, 속 터져! 얼른 돌아가시고요, 제가 딴 방법을 생각해볼게요. 어쨌든 우리와 라오리 둘 중에 하나는 없어져야 하는 일입니다. 돌아가서 댁에서 기다리고 계세요."

샤오자오는 웃으며 깍듯하게 떡판 부인을 정문까지 배웅하고 한껏 관료 티를 내며 쥐공을 했다.

"안녕히 가십시오, 우 부인, 제가 돌아가서 소장님께 소상히 말씀드리겠습니다. 그럼 이만." 그가 고개를 돌렸다. "리순, 이리 와! 지금 여기에서 있었던 얘기 한 글자라도 밖에 흘렸다간 끝장인 줄 알아!"

샤오자오는 너무 실망스러웠다. 일의 성패는 중요하지 않았다. 정작 화가 나는 것은 사람들이 어쩌면 저렇게 하나같이 밥통이냐는 것이다. 떡판만 하더라도 저 큰 덩치에 관청 문 밖에서 제대로 고함도 치지 못했다. 첫 포탄부터 불발이었던 것이다. 이런 사람들로는 도저히 성공할 수가 없다. 하나하나 가르쳐주었는데도 정작 때가 되자 산통을 깨버렸다. 샤오자오는 신 교육을 창안해서 이 멍청이들을 새롭게 훈련시키고 싶었다. "기다려." 그는 자신에게 말했다. "이 샤오자오가 교육 총장이 되기만 해봐라!"

3

라오리와 아내는 정식으로 선전 포고를 하고 국교를 단절했다. 사흘 동안 서로 거들떠보지도 않았다. 하지만 사실 라오리에게 아내와의 힘겨루기는 전혀 안중에도 없었다. 오로지 마씨 새댁의 바깥사람이 돌아오기만 바랐다. 도대체 어떻게 생긴 작자이기에 그렇게 낭만적일 수 있는지 얼른 그 얼굴을 보고 싶을 뿐이었다. 이런 간절한 바람이 있기에 아내와 말을 하지 않아도 딱히 외롭다는 느낌이 들지 않았다. 이 일 말고 다른 걱정이 있다면 그것은 장다거였다. 도대체 샤오자오는 무슨 속셈일까? 어째서 톈전이 아직까지 나오지 못하는 걸까? 장다거가 안쓰러웠다. 하루 종일 손에 들고 있는 목숨이 끝내 물이 새듯 손가락 사이로 다 빠져나갈 것 같았다. 잠시만이라도 아들을 볼 수 있다면. 집에 불이 나서 경목 의자까지 다 재가 되더라도 그는 다시 일어날 것이다. 누더기를 걸치고 길에서 사주궁합을 보게 되어도 여전히 단정하고 온화할 것이며 결국 작은 집이라도 다시 장만할 것이다. 하지만 아들은 달랐다. 희한하게도 그 아들 일만큼은 장다거가 다시 일어날 생각을 못 하게 했다! 만약 내가 잉을 잃는다면 어떨까? 라오리는 자신에게 물었다. 당연히 슬프겠지만, 슬픔 이상의 것까지는 잘 생각이 나지 않았다. 시대가 바뀐 걸까? 부부간에 사랑이 부족한 걸까? 장다거가 나보다 더 부르주아인가? 그만두자, 장다거나 보러 가야겠다.

시단 패루는 비록 규모 면에서는 아직 둥안 시장에 비할 바가 못 되었지만 그래도 천도遷都 이후로는 점점 번화해갔다. 둥안 시장 일대는 거의 귀족적인 분위기라고 할 만큼 암암리에 서양 부르주아 기운으로 가득했지만 시단은 국산 부르주아풍이었고, 밀전병 가판이나 참깨국수 식당 같은 곳은 여전히 프롤레타리아적이었다. 때문에 보통 사람들 눈에는 이곳이 훨씬 편안했고 베이핑 고유의 모습을 더 많이 볼 수도 있었다. 베이징 호텔이나 오리온 양행洋行이 들어서려면 멀어도 한참 먼 이곳 시단 패루에서는 카페의 여종업원, 백화점의 일본제 상품, 신식 밀짚모자를 쓰거나 흰 운동화를 신고 폼을 잡는 남녀 학생들, 갖가지 색깔의 채소와 과일, 벤이팡便宜坊 오리집의 카오야烤鴨, 양고기만두, 병에 꽂은 칸나와 야래향夜來香 같은 것들이 한데 어우러져 묘한 조화를 이루고 있었다. 어지럽지만 편안했고, 요란하면서도 사치스럽지는 않았으며, 낭만적이면서도 또 평범했다. 특히 여름날, 석양이 시산을 스칠 무렵이면 아가씨들은 가장 맘에 드는 꽃무늬 샤오산을 입고 나들이 나오고, 쏸메이탕 장수는 바삐 얼음 잔을 두드리고, 손님을 부르는 수박 장수의 외침은 길고도 구성졌다. 이따금 시원한 바람이 불고, 저녁노을이 채 사그라지기도 전에 가게마다 전등을 밝혔다. 사람들의 열기, 인력거 소리, 땀내에 섞인 분이나 화장수 향기가 사람들을 정신이 어지럽게도 또 즐겁게도 해주어서, 주머니에 땡전 한 푼 없는 사람도 나름대로 즐길 거리가 있었다. 진짜 돈이 있는 사람들은 그저 길 한가운데로 인력거를 타고, 땀내 가득한 전차를 스쳐 창안제長安街 아스팔트 대로를 따라 벨 소리, 나팔 소리를 울려대며 달릴 뿐이었다.

라오리는 이런 운치를 즐길 줄 몰랐다. 그는 중산 계층의 무료함과 떠들썩거림을 가장 싫어했다. 자신의 영혼 깊은 곳에는 귀족의 기품이 어려 있는 것 같았다. 그는 길을 가면서도 양쪽에서 사람들과 부대끼고 싶지 않아 가장자리로 걸었다. 탕쯔후퉁에 다다랐을 때 누군가 그의 오른팔을 덥석 잡았다. 딩얼 영감이었다.

"이런, 리 선생님이시군요!" 딩얼 영감은 혀가 약간 꼬였고 얼굴은 온통 불콰했다. 그가 라오리의 오른팔을 잡고 흔들었다. "리 선생님, 제가 또 여기서 술 냄새를 풍기고 있네요! 또 마셨습니다. 또 마셨다고요. 리 선생님, 지난번에는 정말 고마웠습니다! 이번이 두번째네요. 똑똑히 기억하고 있습니다. 기억하고 있다마다요. 술 좀 또 얻어 마실 수 있을까요? 걱정이 좀 있어서요. 마음이 착잡합니다."

그는 손으로 자신의 가슴을 가리켰다.

라오리는 본능적으로 뭔가 평소와 다른 느낌이 들었다. 그는 낑낑대며 딩얼 영감을 부축해 조그만 식당에 들어갔다.

두어 잔 술을 더 들이켜자 딩얼 영감은 조금 전과는 너무도 다른 표정으로 벌떡 일어나 눈썹을 치켜세웠다. "리 선생님, 슈전이요!" 그가 라오리 귀에 입을 가까이했다. 하지만 소리를 낮추지 않아 라오리는 귀가 얼얼했다. "슈전 말입니다!"

"그 애가 어쨌는데요?"

라오리는 딩얼 영감의 입을 피해서 몸을 살짝 뒤로 뺐다.

"제가 여자를 좀 압니다. 잘 알고말고요. 전에 제가 얘기한 거 기억하십니까?"

라오리는 고개를 끄덕였다.

"여자들은 눈빛이나 걸음새만 봐도 금방 알 수 있습니다." 그는 급하게 술을 한 모금 들이켰다. "오늘 슈전이 돌아왔습니다. 그런데 눈빛이며 표정이며 확 티가 나더라고요. 여자들은 집에서 조신하게 출가를 기다릴 때와 제멋대로 사고를 칠 때가 확실히 다르거든요. 슈전 그 귀여운 것, 내가 안아주며 키웠는데, 지금은." 딩얼 영감은 지난 추억을 더듬는 듯 아무 말 없이 고개만 끄덕였다.

"지금은 어쨌는데요?" 라오리는 궁금해졌다.

"어휴!" 딩얼 영감의 탄식이 술잔과 동시에 입술에서 떨어졌다.

"어휴! 그 아이가 대문을 들어서는데 바로 알겠더라고요. 일 났습니다, 큰일 났어요. 그 애가 이건 걷는 게 아니라 살랑거리는 거였습니다. 그리고 자기의 큰 발을 쳐다보고 씩 웃는 겁니다! 일 난 거지요! 새들도 단번에 알아차렸는지 갑자기 지저귀더군요, 갑자기 말입니다! 슈전을 방으로 데려갔지요. 그 아이가 제 방에 온 것도 참 오랜만이었습니다! 아기 때는 종일 딩아저씨 하며 찾더니, 그 어린것이! 살살 구슬리며 이것저것 물어봤더니, 글쎄, 그 애 말이, 샤오자오랍니다!"

"샤오자오요?" 절대 커지지 않을 것 같던 라오리의 눈이 휘둥그레졌다.

"그를 만났답니다. 한두 번이 아니래요."

"다른 일은 없었답니까?"

"아직은요. 하지만 조만간 그렇게 될 것 같아요! 슈전이 그 자식 상대가 되겠습니까?"

"저런!"

"어휴! 여자들은 정말⋯⋯" 딩얼 영감이 고개를 저었다. "여자들은 어떨 땐 너무 쉽고 어떨 땐 또 너무 어렵고 그래요. 쉬울 땐 마치 푹 익은 호박마냥 톡 건드리기만 해도 퍽 깨지는데, 어려울 땐 하늘에 오르기보다도 어렵지요. 평소에 제가 노상 생각하는 게 있습니다. 어쨌든 달리 할 일이 없으니까 노상 생각하고, 새들도 저랑 같이 생각하는 게 있는데 언젠가 그런 날이 꼭 와야 합니다. 남자 여자가 다 제멋대로 사는 날 말이지요. 그렇지 않으면 남녀 사이에는 항상 문제가 생기기 마련입니다. 한 명하고만 사는 이 법을 막 뒤섞어버려야 해요. 저는 노상 이렇게 생각합니다."

라오리는 딩얼 영감이 존경스러웠지만 지금은 그런 걸 따질 겨를이 없었다.

"어떻게 하면 좋을까요?"

"어떻게 하면 좋겠냐고요? 이 딩얼이 다 생각이 있습니다. 그렇지 않았으면 딩얼이 이렇게 술 마실 생각을 못 했겠지요. 아직은 남자든 여자든 제멋대로 하면 안 됩니다. 자식들이 제멋대로 하면 부모들이 못 견딥니다. 우리가 장다거를 도와야 돼요. 장담컨대 슈전이 샤오자오를 따라 집을 나가기라도 하는 날이면 장다거는 미칠 게 뻔합니다. 미치고말고요. 샤오자오를 그냥 놔두면 안 될 것 같습니다. 그가 괜찮은 남자라면 그건 또 다른 문젭니다. 슈전이 따라가겠다면 그러라고 할 수도 있지요. 여자가 저 좋은 남자 따라가겠다고 하는 건 절대로 말릴 수가 없어요. 제가 경험해봐서 잘 압니다. 하지만 슈전은 아직 너무 어려요. 그 아이는 글쎄 샤오자오가 재밌대요. 재밌다고요? 샤오자오가? 내 그놈을 가만두지 않겠습니다! 20년 전 일은 다 내 잘못입니다. 어쩔 수가 없었거든요! 그때부터 제가 장다거에게 밥을 얻어먹은 지도 어언 20년이 흘렀습니다. 보답하는 게 당연한 도리지요. 아무렴! 제가 샤오자오를 두드려 팰 겁니다!"

"그런 다음은요?" 라오리가 물었다.

"죽을 때까지 패야지요! 아무리 팬다고 한들 숨이 붙어 있으면 슈전이 그 자식을 더 사랑하게 될 겁니다. 그게 여자거든요! 아예 저세상으로 보내버리면 슈전 아가씨도 열흘이든 한 달이든 오래지 않아 그를 잊을 겁니다. 그 방법밖에 없습니다! 그냥 말리는 것은 아무 소용 없어요!

"그럼 당신은요?" 라오리가 걱정스러운 듯 물었다.

"그러고도 살 수 있을까요? 또 산들 무슨 재미가 있겠습니까? 재미없습니다. 전혀요! 요 20년도 너무 오래 산 거지요, 아무 재미없습니다. 자, 한잔하시지요, 리 선생님. 이게 저의 마지막 술잔입니다. 자, 나를 알아준 친구와, 건배!"

라오리도 그를 따라 한 잔 들이켰다.

"자, 리 선생님, 이제 가봐야겠습니다." 하지만 딩얼 영감은 일어나지 않았다. 술잔을 만지작거리며 잠시 생각했다. "아, 제 꾀꼬리들 말입니다. 제가 그렇게 되면, 리 선생님, 그 새들을 잉에게 전해주세요. 그것만 해주시면 좋겠습니다."

라오리는 힘껏 그의 손을 잡아주고 싶었지만 꼼짝도 하지 못하고 멍하니 제자리에 있었다.

딩얼 영감이 휘청거리며 두어 걸음 내딛다가 다시 돌아왔다. "리 선생님, 리 선생님." 얼굴이 더욱 벌게졌다. "리 선생님, 돈 좀 꿔주세요. 도구를 좀 사야 할지도 모르겠습니다."

4

라오리는 장다거 집에 갈 마음이 사라졌다. 마치 아교로 붙인 듯 딩얼 영감의 말이 뇌리에서 사라지지 않았다. 라오리는 그가 존경스럽고 또 안타까웠다. 하지만 딩얼 영감을 막아야겠다는 생각은 들지 않았다. 누군가 샤오자오를 징벌할 수만 있다면 그거야말로 세상에서 가장 훌륭한 일일 것 같았다. 자신이 부끄러웠다. 어째서 나는 샤오자오에게 맞서지 못하는 걸까? 집에 어린것들을 먹여 살려야 하기 때문에 섣불리 목숨을 버릴 수 없는 것 뿐, 못 하는 것은 아니야. 이것이 유일한 답이었다. 하지만 애들은 아내한테 맡기고 자신을 희생하면 안되는 건가? 평생을 용기도 없이 비실거리며 보통 사람으로 살려고? 너는 딩얼 영감 따라가려면 멀었어. 너야말로 입만 나불대는 살아 있는 폐물이야. 누구도 기분 나쁘게 하지 못하지. 하다못해 샤오자오조차! 고작 저 콩가루 같은 집안에서 마누라와 사흘 동안 말 않고 뾰로통해 있는 게 최선이지? 자신을 경멸하면 할수록 스스로가 더 낯설게 느껴졌다. '도대체 내가 할 줄 아는 게 뭐지?' 스스로에게 물었다. 아무것도 할 줄 몰랐다. 학문? 삶과 별 관계가 없는 것 같았다. 관청에서 일을 할 때도 학문은 쓸모없었다. 생각? 행동이 따르지 않으면 생각은 그저 사람을 헷갈리게 할 뿐이었다. 그나마 내세울 만한 건 착하다는 건데 하지만 착한 것의 기준은 뭐고 또 그게 무슨 쓸모가 있는가? 착한 것이 사람을 유약하게 만들고, 세속적이고 의미 없는 삶을 살게 하는 것이라면 차라리 착하지 않은 편이 나았다. 그는 고개를 숙인 채 석양 속을 천천히 걸었다. 거리의 모든 소리는 그저 시끄러운 잡음일 뿐 아무 의미도 없었다. 북성北城 자락의 우중충한 성벽이 보이고서야 비로소 자신이 살아 있고, 눈앞엔 길 없음 표지가 있는 것을 알아챘다. 라오리는 멈춰 서서 고개를 들어 성벽 위로 하늘의 별을 쳐다보았다. 주위에는 인기척도 전혀 없고 불빛도 많지 않았다. 잠을 자듯 버드나무가 늘어져 있고 별들만 유난히 밝게 빛나는, 이곳은 다른 세계였다. 아무도 없고, 무료한 다툼도 없고 무료한 시詩도 없는 세계. 푸른 버드나무가 별들을 벗 삼고, 여린 바람이 부평초를 건드리고, 연꽃조차 꽃향기 풍기는 것을 귀찮아할 정도로 고요했다. 멀리서 두어 번 닭 울음이 들렸다. 별에서 내린 빗방울이 세상을 몽롱하게 했다. 그는 한참을 멍해 있다 간신히 정신을 차리고 한숨을 쉬며 바닥에 주저앉았다.

낮의 열기가 채 가시지 않아 땅바닥이 별로 편하지는 않았지만 그렇다고 몸을 움직이기도 귀찮았다. 남쪽 하늘가에 피어

오른 붉은 안개가 밝으면서도 음산했다. 멀리서 소리가 들렸다. 붉은 안개 속에서 나는 소리인 것 같았다. 스스슥거리는 것이 무슨 소리인지 뚜렷하지 않았다. 그저 스스슥거리기만 했다. 마치 우주가 무언가를 숫돌에 가는 것 같았다. 인간으로 하여금 번민하게, 또 무언가를 바라게 만드는, 삶과 죽음의 경계에서 나는 울림 같았다. 그는 고개를 숙이고 더 처다보지 않았다. 어린 시절 고향의 풍경이 떠올랐다. 보리 수확이 끝난 어느 여름밤 그는 방 안에서 책을 읽었다. 작은 등잔 주위로 초록색, 노란색, 황토색 등 여러 빛깔의 벌레가 모여들었다. 한두 마리 얼룩무늬 나방이 등잔 덮개로 달려들기도 했다. 다른 사람들은 모두 문 밖의 나무 밑에서 더위를 식히고 있었다. '학생.' 사람들은 그를 이름 대신 그저 학생이라고 불렀다. 일종의 경의의 표시였다. 열댓 살에 공부하러 도시로 나가 '학생'이 되었다. 그의 책에는 가족, 아니 전국과 전 세계의 명예가 고스란히 담겨 있었다. 아는 글자가 많아질수록 가족들은 더 멀어졌지만 세계는 더 가까워졌다. 무협소설을 읽을 때도 그는 '학생'의 본분을 잊지 않았다. 다만 정말 부득이하게 검객 흉내를 내며 학우와 싸워 교장 선생에게 경고를 받은 적이 한 번 있었는데, 그것은 '학생'의 치욕이었다.

그렇게 베이핑으로 왔다! 처음 베이핑을 봤을 때도 멀리 저렇게 붉은 안개가 보였다. 마치 이 대도시가 구름 사이에 있고 자기는 그 위를 나는 것만 같았다. 대학생, 여전히 학생이었지만 이제는 장차 사회와 국가를 구원할 천사로서 구름 위에서 땅으로 내려와, 사람들을 오염된 땅에서 이끌어내리라는 꿈을 가졌다. 그리고 결혼을 했다. 원래는 부모님에게 반항하는 뜻으로 결혼하지 않으려고 했지만 또 차마 그렇게까지 하지는 못했다. 대학생의 힘은 대단해서 모든 것을 뒤바꿀 수 있을 것 같았다. 일개 시골 처녀도 자신의 손을 거치면 최소한 선녀로 변모해서 함께 구름 위를 날 수 있을 것 같았다. 졸업하고 사각모를 쓰고 사진을 찍었다. 미소를 짓기는 했지만 눈이 좀 멍청해 보였다. 일자리를 찾았다. 어떤 일이든 할 수 있을 것 같았다. 양심적으로만 하면 어쨌든 사람들에게 도움이 될 것 같았다. 다만 고향으로 돌아가 농사를 짓고 싶지는 않았다. 수수나 옥수수는 기껏 수확해서 쌓아봐야 그 높이가 얼마 되지 않았다. 자신은 구름 위를 날아야 했다. 그는 사회의 모든 것을 경멸했고 혁명에 동참할 기회도 있었다. 하지만 그것은 파괴에 가까웠으며, 피를 보는 것도 너무 비인간적이었다. 내가 지옥에 가지 않으면 누가 가겠어? 그래서 경멸해 마지않던 지옥에 기꺼이 들어갔지만 아직까지 빠져나오지 못했다. 귀신은 갈수록 많아졌고 자기의 얼굴도 귀신처럼 검게 타들어갔다. 지옥을 부숴야 해! 하지만 지옥을 부수겠다는 사람은 나 말고도 수두룩했다. 그들은 하나같이 시커먼 귀신들을 떼로 이끌고 갔다가 얼마 후에 다시 고스란히 돌아왔다. 그때마다 그 귀신들은 이전보다 훨씬 더 까매져 있었고, 다시는 지옥에 도전하려고 하지 않았다. 에라, 장다거에게 내 앞가림하는 법이나 배워야겠다. 장다거는 지옥에서 자기 분수를 가장 잘 아는 소검귀笑瞼鬼, 얼굴 가득 웃음 짓고 있는 귀신이니까 말이다. 아이들을 데려오면서 귀신에 홀린 듯 아내까지 데려오고 말았다. 여자 귀신이 생기자 지옥은 더 캄캄해져서, 사흘이 지나도록 부부가 서로 거들떠보지도 않는다! 귀신 세계에 파묻혀 낭만이나 찾자! 배포가 왜 그렇게 작아졌을까? 아니, 오만방자해진 걸까? 알게 뭐야! 또 그 붉은 안개가 보였다. 그렇다! 베이핑은 하늘 위에 있지 않았다. 붉은 것은 지옥 불이었고 스스슥 소리를 내며 산 귀신들을 태우고 있었다. 살과 가죽이 있는, 뚱뚱한 것도 있고 떡판 같은 것도 있는 산 귀신들이었다.

더는 생각을 말자! 장래가 없는데 생각해봐야 무슨 소용인가? 장래에는 기껏해야 장다거처럼 자다가 날벼락이나 맞을 것이다. 지옥에서는 사는 것 자체가 징벌이다. 샤오자오는 자신만만해하는 게 당연하고, 딩얼 영감은 괜한 짓을 하는 거다. 귀신이 귀신을 죽인다는 건데 칼로 찔러봐야 피 한 방울 나오겠어? 손에 잡히는 것은 아무것도 없고 눈앞은 붉은 안개, 등 뒤는 성벽이었다. 그나마 하늘에는 별이…… 아뿔싸, 아무짝에도 쓸모없는 반딧불이었구나! 아버지가 누렁이에게 호통치는 소리가 들리는 것 같았다. 아버지는 손바닥만 한 땅을 움켜쥐고 평생 그곳에 땀을 쏟았다. 하지만 세상이 지옥이라면 아버지의 그 땅도 지킬 수 없겠지. 곡식을 거둘 때 지옥 불이 활활 타오르고 일진광풍이 몰아쳐, 십 리 백 리가 보리 지푸라기 하나 남기지 않고 순식간에 모두 재로 변하겠지.

그는 아주 천천히 일어나 고개를 숙인 채 걸었다. 주위에는 아무도 없었다. 강가를 따라 동쪽으로 갔다. 바닥은 눅눅하고 늘어진 버들은 요람마냥 가볍게 흔들거리며 마치 온 도시에 최면을 거는 것 같았다. 한 검은 그림자가 버드나무 뒤에서 나오더니 잽싸게 그의 어깨에 달라붙었다. 역겨운 싸구려 향기가 코를 찔렀다. "쉬었다 가세요. 바로 저기예요. 차 삯은 내키는 대로 주시고요." 여자 목소리였지만 마치 막 감기에서 나온 듯 듣기 고약한 쉰 소리였다. 라오리가 본능적으로 몸을 피하자 그녀는 더 바짝 달라붙었다. 그는 남아 있던 지폐 몇 자오를 호주머니에서 꺼내 그녀의 손에 쥐어주었다. "집엔 안 가실래요?" 이렇게 말하며 그녀는 라오리의 손을 놓았다. 그는 바위에 눌린 듯 가슴이 답답해서 허둥대며 종종걸음을 쳤다. 큰길로 나와서야 겨우 걸음을 늦추었다. '지옥 속의 쑥맥!' 그는 자신을 그렇게 불렀다. 돌아가면 분명히 여자가 아직 있을 텐데, 시계마저 줘버릴까? 엄두가 나지 않았다. 시계 하나로는 누구도 구할 수 없다. 가로등 불에 비추어 보니 벌써 열두 시 반이었다.

5

라오리는 연거푸 이틀을 관청에 나가지 않았다. 첫째로 집에서 그 낭만과 마 선생을 기다려야 했고 둘째는 사실 일할 맛이 나지 않았기 때문이다. 딩얼 영감조차 영웅이 되는 마당에 라오리는 '과원'이라는 틀에 갇혀 꼼짝도 못 했다. 마치 새장에 길들여진 새가 문을 열어주어도 함부로 밖으로 날아가지 못하는 것 같았다. 한 이틀 나가지 말아보자. 자르고 싶으면 자르라지. 상관없어! 라오리는 마음 깊은 곳 어딘가에서 자신이 제2의 장다거로 변할까 봐 두려워하는 것 같았다. 평생을 '과원'

으로 살면서 아무리 억울한 일을 당해도 호기 한 번 부려보지 못할 것 같았다. 마치 새장에 길들여진 새가 위기가 닥쳤을 때 눈을 딱 감고 죽기만 기다리면서 찍소리도 못 하는 것처럼. 여느 때의 지저귀는 노랫소리는 그저 사람들의 환심을 사기 위한 것이었을 뿐인 게 뻔하다. 그는 이게 두려웠다. 그는 자신이 이미 베이핑에 갇혔다는 것을 알았다. 날개를 펴고 공중으로 날아오를 방법을 찾아야 했다. 베이핑이 여러 면에서 사랑스러운 것은 분명하지만 베이핑이 문화의 중심이라는 것은 절대적으로 잘못이다. 문화는 사람들로 하여금 위기를 깨닫게 해야지 취하게 만들면 안 된다. 라오리는 커피를 좋아하지 않았다. 약간의 커피에도 그는 밤새 잠을 이루지 못했다. 이제 그는 인생의 커피를 마시기로 했다. 쓰고 시커먼 커피가 신경을 깨울 것이다. 베이핑은 너무 우유 같았다. 그것도 이미 상한 우유였다.

아직 아내와 말을 트지는 않았지만 그것은 상관없었다. 어차피 '과원화化'된 가정이라 말다툼도 작은 소리로 하는 판에 아예 말이 없으면 더 좋잖아? 마음이 힘들수록 아내가 더 싫어졌다. 그녀가 말이 없는 게 차라니 더 나았다. 순간순간 그녀의 존재를 느끼지 않아도 되니 말이다. 나중에 죽어서 함께 묻혀도 이럴 것이다. 관이 썩어 문드러지고 뼈와 뼈가 맞닿아도 여전히 서로 영원히 말없이 있을 텐데. 그래, 살아 있을 때 미리 연습해두는 것도 좋지. 다만 누가 집에 찾아와 들키게 되면 창피하긴 하겠지만, 명색이 '과원'이다! 올 테면 오라지. 내가 알 바 아니야! 어쩌면 친구조차 왜 그렇게 대충 사냐고 욕할지 모를 일이다.

추 부인이 왔다. 가뜩이나 골치 아픈 일이 빽빽이 들어찬 집 안에 널빤지 끼워 넣듯 껴들어 오는 것 같았다. 라오리는 그녀를 내쫓고 싶었지만 감히 그러지도 못했다. 같이 어울려 얘기를 나누기는 해야 하는데 어쨌든 무료했다.

"리 선생님, 뭐 하나 여쭤볼게요. 우리 그이도 정말 우 선생님처럼 할 거 같으세요?" 부인은 위아랫니가 다 고스란히 보일 정도로 환한 얼굴로 말했다.

"모르지요."

"흥, 당신네 남자들은 다 한통속이에요! 그럼 제가 겁낼 줄 알아요? 까짓것 이혼할 테면 하라 그러지요!"

'그럴 거면 나한테 왜 물어?' 라오리는 속으로 말했다.

추 부인은 리 부인을 찾아 집 안으로 들어갔다. 과원이 다른 과원의 부인과 충돌해봐야 좋을 게 없다. 라오리는 슬그머니 빠져야겠다고 생각했다. 그는 잉을 데리고 나갔다.

어디로 가지? 북성 자락의 그 여인이 생각났다. 설마 또 마주치겠어? 깜깜할 때 봐서 마주쳐봐야 알아보지도 못할 거야. 불쌍한 아가씨, 아니 아줌마일지도 모르지. 차라리 개천에나 뛰어들지! 누군들 쉽게 그럴 수 있겠어? 라오리, 너도 그 괴물 같은 관청에 기꺼이 목숨을 파는데, 그녀라고 팔면 안 될 건 뭐야? 그녀가 늙은 엄마를 봉양하거나 동생 학비를 대려고 그러는 것인지도 모르잖아? 착해봐야 어둠 속에서는 비극일 뿐이다.

장다거를 찾아갈까? 하지만 아직 톈전이 나오지 않은 터라 찾아가고 싶지도 않았고 또 가봐야 미안하기만 했다. 도대체

샤오자오는 어떻게 된 거야? 왜 가서 샤오자오의 귀를 잡아 채
며 사실대로 말하라고 다그치지 못하는 거야? 이 밥통, 머저
리, 라오리!

그는 아주 큼지막한 하얀 참외를 사서 잉의 입을 막은 뒤,
되는 대로 발걸음을 옮겼다.

제17장

1

한밤중에 장다거가 아내를 흔들어 깨웠다. "여보, 나 꿈꿨어. 꿈을 꿨다고!" 그는 이렇게 말하며 그녀가 정신 차리기를 기다렸다.

"무슨 꿈을 꿨는데 그래요?" 그녀가 하품했다.

"꿈에 톈전이 돌아왔어."

"내내 그 생각만 해서 그럴 거예요."

장다거는 잠시 넋이 나간 듯 멍하니 있다가 말했다. "꿈에서 그 아이가 돌아와 아주 기뻤어. 조금 있으니 슈전도 왔지. 참, 슈전이 올 때가 됐는데. 방학하지 않았나?"

"7월 1일이에요. 아직 2, 3일 남았어요."

"아, 그렇지! 꿈에서 그 애가 돌아와서 아주 기뻤어. 그리고 조금 있으니까 혼사를 치르는 것 같더라고. 마당에 천막도 치고 유리에는 '희囍' 자가 붙어 있고, 요리사 왕얼王二에 친구들도 오고 또 사이다도 제법 들어왔지 뭐야. 그런데 슈전이 누구한테 시집가는 거였는지 알아? 누굴 거 같아!"

"당신 꿈을 제가 어떻게 알아요?"

장다거는 다시 뭔가 골똘히 생각했다.

"샤오자오였어! 샤오자오한테 가는 거였다고! 그 자식이 양복을 입고 가슴에 큼지막한 빨간 꽃을 달고 색시를 맞지 뭐야! 얼핏 보니 우 태극, 추 선생, 쑨 선생이 모두 서채 앞에 서서 담배를 피우고 있는 것 같았어. 그들 눈이, 내 생생하게 기억하는데, 나를 뚫어지게 보고 있었어. 마치 완성위안*의 원숭이를 구경하는 것마냥 다들 나를 비웃는 표정이었다고. 샤오자오가 들어올 때도 다들 또 그렇게 나를 비웃더군. 가슴이 찢어지는 것 같았지. 뒤를 돌아보니 본채 앞에 슈전이 화장도 하지 않은 채 교복을 입고 서 있었어. 담담하게 무표정한 얼굴로 그렇게 거기에 서 있었어. 인형극에 나오는 인형처럼 꼼짝도 않고. 당신을 얼마나 찾았는지 몰라. 아무 데도 없더라고. 당신 우리 그 누렁이 기억나? 여름날 등짝에 달라붙은 파리를 잡으려고 맴맴 돌다가 내내 잡지도 못하고 답답해했지. 내가 꼭 그 꼴이었어. 샤오자오를 한 대 갈기고 싶었는데 평생 싸워본 적이 있어야지. 아무리 기를 써도 팔은 들리지 않고 그저 부들부들 떨리기만 했어. 샤오자오가 나를 쳐다보며 웃더라고. 내가 뒤로 물러나서 슈전을 막았어. 그 아이를 데리고 밖으로 달아나려고 하자 샤오자오가 문을 가로막았지. 우 태극이랑 다른 사람들은 모두 뒤에서 나에게 손가락질하며 비웃었어. 내가 그 아이를

---

* 萬牲園: 중국 최초의 동물원으로 지금의 베이징 동물원이다. 1906년에 설립되고 1907년 대중에게 공개되기 시작했다.

잡고 뒤로 물러서니까 바로 그때, 문 밖에서 마치 벼락처럼 천지를 진동시키는 땡 소리가 났어. 그러다 잠에서 깬 거야. 이게 무슨 꿈일까? 무슨 꿈일 것 같아?"

"별 꿈 아니에요! 아무튼 텐전은 곧 풀려날 거예요. 내일 아침 일찍 아이 방 청소 좀 해놔야겠어요." 장다사오는 남편을 위로하고 아울러 자신을 위로했다.

"정말 괴상한 꿈이야. 아무래도 슈전이 걱정돼."

"그 아이는 문제없어요. 학교에서 시험 공부하고 있는 애가 무슨 일이 있겠어요?" 다사오는 비록 말은 단호하게 했지만, 자신도 확신이 없는 표정이었다.

장다거는 아무 말도 하지 않았다. 모기장 밖으로 모기가 날아다니는 소리가 들렸다. 한참 지나서 그가 물었다. "아직 안 자?"

"잠이 안 와요. 모기장 안에 모기가 들어온 것 같지 않아요?"

그는 모기 얘기는 귀에 들어오지도 않았다. "내 말은 만에 하나 샤오자오가 슈전 아니면 안 된다고 하면 어떻게 하냐는 거야?"

"꿈은 꿈이에요. 라오리가 얘기 다 됐다고 했잖아요?"

"꿈하고는 상관없이, 만약에 말이야! 라오리도 어쩐 일인지 요즘은 통 들르지도 않아."

"요사이 관청 일이 바쁜가 보지요."

"그럴 수도 있겠군. 그건 그렇고 만약에 샤오자오가 꼭 그래야겠다면 당신은 어떻게 할 거야?"

"저요? 슈전은 못 줘요."

"그러다가 톈전이 못 나오면?" 장다거가 급하게 말을 이었다.

"그럼……"

"에이!" 장다거는 다시 말을 멈추었다.

부부는 골똘히 생각에 잠겼다. 모기장 밖에서 모기가 윙윙거리고 있었다.

다사오가 먼저 말했다.

"그 사람한테는 절대로 내 딸을 줄 수 없어요!"

"아들이 없어도 괜찮아?"

"톈전도 소중하기는 하지만, 그렇지만……"

"만에 하나 그 자식이 정식으로 청혼을 해 온다면 정말 참을 수 없을 거야. 하지만……"

"내 팔자에 아들이 없으려니 해야겠지요. 하지만 딸아이는……"

"그만." 장다거는 다소 화가 난 듯했다. "그만 얘기해! 내 팔자가 거기까진가 봐. 이제 장씨 집안은 끝났어. 그 쌍놈의 샤오자오, 칼로 다져버릴 거야."

꽤 오랫동안 장다거는 '쌍놈'이라는 말을 해본 적이 없었다. '칼로 다진다고?' 말만 그럴 뿐이다. 그는 잠을 이루지 못했다. 지난 일들이 하나하나 조각이 되어 눈앞을 스쳐갔다. 어렸을 적의 노력, 가정을 이루던 순간, 친구들과의 교제, 자식을 얻었을 때의 기쁨, 중매쟁이로서의 성공, 법을 잘 지키고, 재산을 불리고…… 그런데 뜬금없이 재앙이 밀어닥쳤다. 어려서부터 숱한 변란과 혁명을 겪었어도 끝내 버텨내고 재산도 잃지 않았다. 베이징이 베이핑으로 바뀌는 변고 속에서도 아무 탈이 없었다. 그런데 지금은? 베이징이 베이핑으로 개명되었을 때, 그

는 말세라고 생각했다. 하지만 개인의 삶에는 아무런 흔들림도
없었다. 그런데 지금은! 아무리 생각해도 이해가 되지 않았다.
샤오자오는 자신보다 스무 살도 더 어렸다. 샤오자오가 비행기
라면 장다거는 노새가 끄는 수레였다. 수레는 애초에 비행기를
쫓아갈 생각을 하지 않지만 비행기가 투하한 폭탄에는 눈이 달
려 있지 않다. 그 폭탄에 맞아 수레가 산산조각이 났다. 2년 전
순즈먼에서 늙은 당나귀 한 마리가 차에 치어 죽은 일이 생각
났다. 차가 코앞까지 왔는데도 당나귀는 두 다리를 꿇고 꼼짝
도 하지 않았다. 커다란 두 눈은 바퀴가 자기 머리를 깔아뭉개
는 데도 그냥 보고만 있었다. 피가 솟구쳐도 꼼짝도 하지 못한
채 눈만 멀뚱거리고 있었던 것이다. 그 늙은 당나귀도 어쩌면
왕년에 먀오펑산 향회*나 바이윈관** 신도神道에서 방울 목걸
이에 새 안장과 말다래를 하고, 융단 같은 털에 코를 벌름거리
며 뿌연 먼지를 일으키며 쏜살같이 달려서 많은 구경꾼들의 갈
채를 받았을 것이다. 그런데 차가 오는데도 멀뚱히 바라보기만
하고 꼼짝을 못 하다니! 멀리 닭 울음이 들리고 창밖이 조금씩
밝아왔지만, 도저히 잠을 이룰 수 없었다. 내가 꼭 그 늙은 당
나귀 꼴이야. 샤오자오 앞에 무릎 꿇고 관용을 구해야겠다. 그

---

* 妙峰山 香會: 묘봉산 낭낭묘娘娘廟 향회. 옛 베이징 및 황하 이북 지역에서
가장 영향력이 있는 민간 신앙 활동이자 민족 행사였다고 한다. 매년 음력 4월
초하루부터 보름 동안 진행되며, 지금까지도 이어지는 400년의 전통을 가진 행
사이기도 하다.

** 白雲觀: 베이징 시즈먼西直門 바깥에 있는 도교의 도관으로서, 도교 3대 종
파 중에 하나인 전진도全眞道의 총본산이다.

래도 부족하다 싶으면 슈전에게도 빌어야지. 아들이 딸보다 더 가치가 있으니까. 다사오도 잠을 이루지 못했다.

2

다사오가 라오리를 찾아왔다. "도대체 샤오자오는 어떻게 된 거래요?" 그녀는 샤오자오가 서명한 쪽지를 내보이며 라오리에게 장다거가 악몽을 꾼 얘기를 해주었다.

그래도 친척이 온 셈인데, 리 부인은 남편이 혼자 접대하게 둘 수 없었다. 남편의 눈빛이 너무 무서웠다. 쥐를 본 고양이처럼 눈에 온 힘을 모으고 있는 것 같았다. 라오리는 여전히 아무 말도 하지 않았다. 다사오는 비록 억지로 웃고는 있었지만 눈물로 밤을 지새운 기색이 역력했다. 그녀는 톈전만 걱정되는 게 아니었다. "우리 슈전에게 아무 일 없는 게 분명하겠지요?" 라오리는 아무 대답도 하지 못했다. 그는 입술이 바싹 마르고 이마에 진땀이 났지만 눈매는 너무나 매서운 그대로였다. 평생 아무리 부당하다는 생각이 들어도 남의 일에 참견하는 것을 꺼렸다. 그런데 정작 자발적으로 남을 도와주려고 나섰더니 능력은 전혀 없고, 샤오자오의 농간에 놀아날 뿐이었다. 태어날 때부터 머저리였던 것이다. 다 남이 시키는 대로만 하고 자신은 아무 생각도 없는 걸까? 옷을 입고 결혼하고 가족을 데려오고, 살고 죽는 것까지 모조리 남이 하라는 대로만 했던 것 같다. 심지어 마누라와 다투며 큰 소리도 내지 못했다. 구제불능의 머저리! 그는 자기 생각만 하느라 장다사오의 말은 귀에 들어오지도 않았다. 뭐라고 말하려고 해도 말도 나오지 않았다. 그저 세숫대야 속에서 살려고 버둥대는 물고기마냥, 입만 제멋대로 뻐끔거렸다.

다사오는 여전히 애써 웃으며 양딸을 어르고 통통한 호리병 같은 링의 얼굴을 매만졌다. 그러다 그만 슈전의 어릴 적 모습이 떠올라 눈물이 났다. 리 부인도 덩달아 울었다. 가슴 가득 맺힌 억울함은 아직 다사오에게 털어놓지도 못했다. 남편의 눈빛이 너무 무서워 많이 울지도 못하고 장다사오를 달래기까지 해야 했다.

마침 그때 우 부인이 왔다. 그녀도 집에 들어서자마자 울기 시작했다. 떡판은 오른쪽 눈두덩이며 얼굴 이곳저곳이 시퍼렇게 멍들어 있었다. "나 이제 못살겠어요. 못살겠다고요!" 마침 그 자리에 장다사오도 있는 것을 보고 떡판의 울음은 더 거세진 것 같았다. "라오리, 당신이 나를 이 지경으로 만들었으니 나도 가만히 있을 수는 없어요. 그이가 거칠기는 해도 여태껏 나를 때린 적은 없었어요. 그런데 자, 봐요. 이 꼴이 뭐냐고요." 그녀는 얼굴에 난 상처를 가리켰다. "다 당신 때문이에요. 당신이 그를 잘리게 하고 나와 이혼하게 만든 거라고요. 오늘 마침 잘 만났어요. 이 자리에서 우리 둘이 결판을 내요!"

리 부인은 이 일로 자신의 뺨을 때리기도 했지만 아직 남편과 끝을 보지는 못했다. 분명히 무슨 사정이 있는데, 남편도 그 내막을 잘 몰라서 말하지 않는 걸까? 아니, 다 알면서도 모르는 체하며 여러 날 나를 거들떠보지도 않는 거야! 우 부인이 마침 잘 왔다. 어떻게 되나 두고 보자! 샤오자오에게 250위안이나 그냥 주다니. 땅 2, 3묘는 너끈히 살 수 있는 돈인데!

라오리는 무슨 영문이지 몰라 아무 말도 하지 않았다. 그저 입만 쩍 벌렸다 다물었다. 비에 흠뻑 젖은 듯 한산*이 등에 바짝 달라붙었다.

장다사오가 떡판에게 몇 마디 물었다. 자신의 억울함은 잠시 잊은 듯 울음을 멈추고 라오리를 변호했다. "그건 샤오자오가 그런 거야. 내가 사정을 다는 모르지만 당신 말이 무슨 뜻인지는 잘 알겠네. 라오리가 우리를 돕느라 그에게 250위안을 줬어. 게다가 우리 때문에 자신을 샤오자오에게 저당잡혔지. 라오리가 어떻게 우 선생을 쫓아낼 수 있겠어? 또 어떻게 우 선생에게 당신과 이혼하라고 했겠어? 우리 집에 난리가 나도 당신들은 관심도 두지 않았지? 라오리야말로 좋은 사람이야. 우부인, 똑똑히 들어. 집을 샀다고? 라오리가 우리 집을 샀다고? 그건 샤오자오가 요구한 수고비야! 샤오자오가 당신 친척이지 아마? 그자는 사람도 아니야!" 다사오는 수개월간 쌓인 분노를 모조리 떡판에게 퍼붓자 속이 좀 후련해졌다.

떡판은 아무 말도 하지 않았다. 대신 눈물이 더 거세어졌다. "어쨌든 저는 얻어맞았다고요!" 속뜻은 "이렇게 맞고만 있을 수는 없어요!"였다.

리 부인은 눈이 휘둥그레졌다. 다사오에게 아직 그 얘기를 하지 않은 게 천만다행이었다. 남편의 눈빛에 서슬이 너무나도 퍼렜다. 우 선생이 우 부인을 때렸다면 라오리가 나에게 살기

---

* 汗衫: 중국식 민소매 적삼.

를 품지 않을 거라고 어떻게 장담하겠어?

라오리는 한마디도 하지 않았다. 비록 다사오가 떡판을 꼼짝 못 하게 만들었지만 마음은 갈수록 무료해졌다. 이놈의 부인들, 샤오자오! 내가 아무리 착해봐야 다 부질없어!

장다사오는 떡판에게 대처 방법까지 일러주었다. "샤오자오를 찾아가. 그리고 죽기 살기로 싸워. 그자만 제압하면 우 선생도 다시는 당신을 때리지 못할 거야. 우리 집 양반이 잘린 것도 라오리가 한 짓이라고 생각해?"

'샤오자오가 저더러 관청에 가서 난리를 치라고 했단 말이에요.' 떡판이 속으로 말했다. 잠시 후 그녀가 두 부인에게 말했다. "저는 누구도 원망하지 않아요. 다만 그 요물을 그냥 놔둔 게 못내 원통할 뿐이에요! 여태껏 전 누구한테도 맞아본 적이 없어요. 처음이란 말이에요!" 그녀는 지금까지 살아온 게 다 부질없게 느껴졌다. "아직 끝나지 않았어요. 집에 가서 그 두 사람 보는 앞에서 확 죽어버릴 거예요. 저는 아무도 원망하지 않아요." 그녀는 까맣게 멍든 눈을 간신히 떠서 라오리를 보았다. 미안하다는 뜻인 것 같았다. "저 가요. 제가 죽거들랑 언니들이 지전紙錢이나 태워주세요."

떡판이 떠나고 리 부인은 아직 장다사오가 있을 때 남편과 말을 터서 냉랭한 분위기를 바꾸려고 했다. 손님이 있으면 좀 쉬울 것 같았다. 하지만 라오리는 여전히 그녀를 거들떠보지도 않았다.

3

샤오자오는 첫째, 어떠한 종교나 신앙도 없었고, 둘째, 도덕 관념도 없었으며, 셋째, 어떤 이념도 신봉하지 않았다. 넷째로 사람마다 양심이 있다는 것을 인정하지 않고, 또 다섯째, 어느 누구에게도, 그 어떠한 책임도 지지 않았다. 이 원칙대로라면 그는 아무 근심이나 걱정도 없이 저 혼자 돈만 있으면 천하태평이어야 했다. 하지만 사람이라면 일말의 양심이 있기 마련이고, 샤오자오 역시 불행히도 사람인 탓에 어쩔 수 없이 스스로를 연민하고 한탄하고 원망했다. 슈전에게만큼은 의외로 난감한 부분이 있었던 것이다! 맘만 먹었다면 진즉에 슈전을 모처로 꾀어내어 처녀 딱지를 뗄 수도 있었다. 그런데 어찌된 영문인지 아직 손도 대지 못했다. 양심 때문에 '초인'이 되지 못하는 것 같아, 자신이 원망스러웠다. 슈전는 그 어떤 여자들보다 다루기 쉬웠다. 다른 여자들은 돈은 돈대로 쓰고 계략을 꾸미고 계약서까지 써야 했지만, 그녀는 완전히 거저먹기였다. 사이다 한 병에 디어라고 몇 번 말해주고, 톈전에게 한 번 데려가자 그것으로 끝이었다. 하지만 샤오자오는 함부로 그녀에게 손을 대지 못했다. 왜 그런지 스스로도 납득이 되지 않았다.

전에는 이런 일로 난감해본 적이 없었다. 계략은 순전히 이성적인 것이어서 감정 따위는 끼어들 여지가 없었고, 성패는 계획이 얼마나 치밀한가에 달려 있었지 양심의 가책이나 거리낌 따위는 상관없었다. 성공하면 좀 싸게 사고 실패하면 좀 손해를 볼 뿐이었고, 만약 실패하면 다시 하면 되는 것이라 조금도 난감해할 필요가 없었다. 그런데 슈전은 다른 사람들과는 좀 달랐다. 헝겊 인형처럼 단순해서 샤오자오가 머리를 굴릴 필요도 전혀 없었다. 어쩌면 잠시 이성이 쉬는 사이에 감정이 장난을 치는 것인지도 몰랐다. 쥐 잡는 데 익숙해진 고양이가, 이번에 잡은 쥐는 너무 작아서 단번에 삼키지 않고 살살 가지고 놀려는 것 같았다. 이러면 안 된다는 것을 알면서도 영 내키지 않았다. 이렇게 약해졌다가는 나중에 쥐를 잡는 능력마저 상실할지도 모른다! 샤오자오는 어쩔 줄 몰랐다. 그녀의 눈, 코, 보조개, 심지어 그 큰 발까지 모두 다 그녀가 '여자'이지 '물건'이 아니라는 생각이 들게 했다. 샤오자오는 제 모친과 부친도 그저 그렇고 그런 관계에 불과하다고 생각했지만, 그렇다고 제멋대로 모친에게 욕을 하지는 않았다. 슈전에 대해서도 그것과 비슷한 경우 같았다. 그와 슈전은 인간 대 인간의 관계여야지 인간 대 물건의 관계여서는 안 된다는 생각이 들었다. 지금껏 샤오자오는 여자를 무슨 기계로 취급하거나 싸구려 꽃병과 다를 바 없는 기능이나 가치를 지니는 것으로 여겼는데, 슈전이 그의 마음을 흔들었다. 이번엔 희한하게도 자신에게 고양이가 쥐를 잡는 것 이상의 뭔가가 있는 것 같았다. 슈전을 옆에 두고 원 없이 자신의 육체적 욕구를 만족시키되 함부로 버리고 싶지는 않았다. 정말 희한한 일이었다. 이것은 샤오자오가 장다거로 변한다는 소리였다. 그깟 장다거가 뭐 대단하다고! 이것은 곧 향락을 누리는 대신 책임을 진다는 것이고, 자유를 버리고 가정을 꾸리고 나중에는 자식들까지도 낳고 기르겠다는 뜻이었다. 그러니 결국 슈전을 옆에 두고, 아내로 맞이하겠다는 것이었다. 샤오자오는 이런 생각이 아주 가소

로우면서도, 동시에 뭔가 또 다른 맛이 느껴졌다. 확실히 그녀는 남들과 달랐다. 하지만 이 뭔가로 인해 자신의 사업을 희생한다면, 밑지는 장사 아닐까? 슈전을 어디든 팔아넘기면 적어도 몇천은 벌 수 있고 승진은 두말하면 잔소리였다. 샤오자오는 난감했다. 원칙은 여전히 명확했지만, 어떤 한 가지를 생각할 때마다 다른 것들이 자꾸 끼어들었다. 성욕은 샤오자오에게 아무 문제도 아니었다. 지금 이 문제 때문에 평생 한 여자에게만 디어라고 부르게 된다면 그것은 너무 밑지는 장사다. 먹이고 입히고 아기까지 키우고 게다가 매일 옆에서 디어라고 불러주는 것은 어리석은 짓이다! 하지만 슈전은 뭔가 특별했다. 그녀를 디어라고 부르고만 있어도 편할 것 같았고 어린 샤오자오가 생겨서 그녀가 키우는 것도 재미있을 것 같았다. 그는 꼬임에 넘어갔다. 이런 어린 요물에게 낚이면 안 되는데. 후회해도 소용없었다. 그녀와 함께 거리를 거닐고 그녀의 큰 두 발을 보고 싶은 마음이 간절했다. 그 두 발이 자기의 운명을 밟고 있는 것만 같았다. 그에게 여자란 원래가 추상적이었는데 지금은 너무도 구체적이었다. 보조개, 큰 발, 향기 따위가 마치 어느 해인가 배가 아파서 붙였던 진통약 회춘고回春膏처럼 가슴에 딱 달라붙어 있었다. 붙이고 있으면 걸리적거리기는 했지만 뱃가죽을 간지럽히고 배 속을 따뜻하게 해주었으며, 겨우 그 한 장의 고약이 배가 나을 거라는 믿음을 주었다. 한 장에 1위안이지만 특히 배가 아플 때에는 1만 금의 값어치가 있었다. 슈전은 가슴에 붙인 고약이었다. 하지만 샤오자오는 자기 가슴에 무슨 병이 있다고 인정할 수 없었으니, 난감했다!

딩얼 영감이 샤오자오를 찾아왔다.

"자오 선생님." 딩얼 영감이 불렀다. '선생'이라는 호칭이 상대방을 아주 치켜올리는 것 같았다. "자오 선생님."

"딩얼? 무슨 일이야?" 샤오자오는 제 분수에 맞게, 무슨 예의를 갖추어 딩얼 영감을 부를 필요가 없었다. 그저 '딩얼'이라고 부르면 그만이었다.

"슈전 아가씨 심부름 왔습니다."

"뭐라고?"

"슈전 아가씨 심부름요!"

"슈전 아가씨라니?" 샤오자오는 눈알이 튀어나오지는 않았지만 죽은 생선마냥 눈이 휘둥그레져서 딩얼 영감을 쳐다보았다. 그는 누가 자기의 비밀을 아는 것이 끔찍하게 싫었다.

"슈전, 슈전요. 제 조카딸 슈전 말입니다." 딩얼 영감은 일부러 더 밉살스럽게 말하는 것 같았다.

"당신 조카딸이라니?" 샤오자오는 정말이지 슈전을 잊은 것 같았다. "딩얼의 조카딸이라니, 흥!"

"제가 그 아이를 업어 키웠습니다. 정말로요. 조금도 거짓이 아닙니다요. 저에 대해 그 아이가 모르는 게 없고 저 역시 그애의 일이라면 다 알고 있지요. 자오 선생님과 그 아이 사이에 있었던 일들도 다 압니다. 그 아이가 저보고 자오 선생님을 찾아뵈라고 했습니다."

샤오자오는 아주 기분이 언짢았다. 딩얼을 총으로 쏴 죽여 후환을 없애고 싶었다.

"무슨 일인데? 당신 말고 이 일에 대해 또 아는 사람이 있나?"

308

"저만 압니다. 그 아이는 저에게만은 속마음을 다 털어놓지요. 제 입은 아주 무겁습니다. 돌덩이마냥 아주 무거워요."

"죽고 싶지 않으면 누구한테도 말하면 안 돼."

"여부가 있겠습니까. 절대로 말하지 않겠습니다. 저야 다 여러 선생님들 덕에 사는 건데. 여부가 있겠습니까? 지난번에 저에게 1위안을 주셨지요? 잊지 않고 항상 기억하고 있습니다요."

"그래 무슨 일인데, 얼른 말해봐." 샤오자오는 딩얼 영감이 그렇게 밉살스러울 수 없었지만, 그래도 의심이 좀 가시자 이번에는 무슨 일인지 궁금해졌다.

"그러니까, 무슨 일이냐면……"

"얼른 말해. 짧게, 빙빙 돌리지 말고 말이야. 이 자오 선생님은 그렇게 한가한 몸이 아니야."

"하루 이틀이면 슈전이 곧 집으로 돌아갈 건데, 대문 출입이 그리 편하지 않게 되니, 선생님께서 서둘러 좋은 방법을 마련해달랍니다. 그 아이 말로는 제일 좋기는 자오 선생님께서 우선 톈전이 풀려나게 하고, 그런 다음 장다거에게 결혼을 허락해달라고 하는 거랍니다. 그래서 허락을 받으면 좋은 거고, 허락이 없어도 결혼하겠다고 하네요. 슈전 아가씨 말은 자기도 부모님께 말씀드릴 건데 만약 부모님이 허락하지 않으시면 목을 매겠답니다요. 하지만 먼저 톈전이 풀려나야지 그렇지 않으면 부모님께 말도 꺼낼 수 없답니다."

"알았어, 젠장, 내가 얼른 해결할게. 자네는 이거나 받아." 샤오자오는 지폐 한 장을 바닥에 내던졌다. "죽고 싶지 않으면 절대로 남에 귀에 들어가게 하면 안 돼. 알았지? 그렇지 않으면, 쓰윽, 단칼에 가는 거야. 알아들었어?"

딩얼 영감이 돈을 집었다. "감사합니다. 자오 선생님, 감사합니다. 다른 사람한테는 절대로 말하지 않겠습니다. 자오 선생님께서 좀 서둘러 주십시오. 슈전 아가씨는 정말 괜찮은 애입니다. 아무렴요. 낭재여모郎才女貌라고 남자는 능력이고 여자는 미모 아니겠습니까? 두 분이 정말 잘 어울리십니다. 자오 선생님, 이 딩얼은 잔칫날만 기다리겠습니다. 나중에 혹시 슈전 아가씨에게 전할 서신이 있으면 이 딩얼을 찾으십시오. 그 일은 제가 딱 제격이지요."

샤오자오는 기분이 영 찜찜했다. 그는 자신이 사랑의 거미줄에 걸렸다고 인정하고 싶지 않았다. 자오 선생이 거미한테 잡혀? 자오 선생이 거미줄에 걸린 파리처럼 버둥거린다고? 절대 그럴 리 없어! 하지만 딩얼이 끝에 한 말이 그의 마음을 설레게 했다. 잔치, 낭재여모! 그도 사람인 이상 어쩔 수 없었다. 샤오자오는 자신의 무른 면이 싫었지만 신방에 화촉을 밝히고 여태껏 그 누구와도 입을 맞춘 적이 없을 게 분명한 그녀에게 입을 맞추는 장면과 홍조 띤 얼굴에 핀 해당화 같은 보조개를 떠올리자, 샤오자오는 다른 방법이 없었다. 심장을 꺼내고 그 자리에 딱딱한 자갈을 대신 넣을 수는 없는 노릇이었다.

4

딩얼 영감은 평생 거짓말을 해본 적이 없었다. 이번이 처음이었다. 그는 몹시 흥분했다. 거짓말을 하다니. 그것도 상대는 누구도 감히 건드리기 꺼려하는 샤오자오였다! 게다가 돈까지 거저 얻었다. 사는 게 참 재밌네. 어쩌면 샤오자오를 죽여도 아무 일 없던 것처럼 될 수도 있지 않을까? 누가 알아? 천하의 일이라는 것은 그저 아무도 하지 않는 것을 걱정해야지, 잘되고 못 되고는 일단 하고 나서 볼 일이다. 딩얼 영감은 과거의 일들이 떠올랐다. 젊었을 때 과감하게 행동했더라면, 그래도 지금처럼 폐물이 되었을까? 그는 좀 후회스러웠다. 좋았어! 이제 어디 샤오자오를 가지고 한번 놀아보는 거야. 샤오자오가 전혀 나를 눈치채지 못하고 있을 때 냅다 한 방을 날리자. 딩얼 영감은 자기가 영웅이 되고 싶은 생각은 조금도 없었다. 자신이 영웅에 어울리지 않는다는 것은 딩얼 영감 자신이 더 잘 알았다. 그저 한번 해보는 거였다. 잘되면 덩달아 장다거에게 보답하는 셈도 되는 것이고, 잘못된다면…… 어떻게 될지 누가 알아? 과거도 안갯속이었고 미래도 안갯속이다. 지금, 오직 지금만 어딘가 햇살이 비추는 것 같았다. 슈전, 귀여운 것. 정말 사랑스러워! 내 아들이 옆에 있었다면 이 애와 정혼했을지도 몰라. 아들은 어디 있을까? 마누라는 또 어디로 간 걸까? 그는 거리의 우편배달부를 쳐다보았다. 1년 내내 편지를 배달하면서 유독 내 것만 없었다. 가서 술이나 마시자. 공돈이 생길 줄은 꿈에도 몰랐네!

제18장

1

라오리가 괴로운 것은 힘들어도 어디 하소연할 데가 없다는 것이었다. 리 부인은 그렇게 드세지 않았다. 떡판이나 추 부인 보다야 훨씬 나을 것이다. 하지만 그녀는 라오리를 몰랐다. 물 론 라오리가 그렇게 쉽게 이해되는 인물은 아니었다. 시인도 아니고 미美에 대한 열광 같은 것도 없었지만, 그럼에도 항상 마음속에 보리밭이나 작은 산, 산에 걸린 5월의 초승달 같은 어렴풋한 풍경을 간직하고 있었다. 한줄기 시냇물이나 물가에 핀 꽃, 어쩌다 들리는 개구리가 물에 뛰어드는 소리 같은 것도 있었다. 이런 장면들은 어느 것 하나 윤곽이 뚜렷하지 않고, 색 이 짙지도 않았다. 이따금씩 눈앞에 떠오를 뿐이었다. 라오리 에겐 그것을 표현할 적당한 말이 없었다. 그래서 이 자잘한 풍 경들을 일컬어 그냥 미美라고 했다. 여자도 마찬가지였다. 이 상 속의 여자가 있기는 했지만 실체도 모호하고 제대로 형용할 수도 없었다. 다만 기본적인 조건은 명확했다. 그것이 장다거 에게도 말한 적이 있는 '시정'이었다. 언젠가 이 '시정'에 부합하는 여자를 찾게 된다면, 그는 여신을 받들듯 그녀를 받들 것 같았다. 그때는 사람들에게 이것이 바로 내가 말한 시정이라고 분명하게 말할 수도 있겠지. 리 부인은 이런 것과는 거리가 멀어도 한참 멀었다.

그 기본 조건이란 라오리가 마음속에 지닌 풍경처럼 소박하고 조용하고 고고하며, 달이나 뜬구름처럼 오고 가는 흔적을 남기지 않는 것이었다. 달리 말해서 밉지도 거추장스럽지도 않고 아무 말 없이 그를 이해하며, 그의 어리석음을 비웃지 않고 그가 말을 하지 않아도 알아서 이해해주면 되는 것이었다. 이상 속의 여자는 굳이 아름답지 않아도 그저 마음을 편안하게 해주는 은은한 향기를 가진 한 송이 꽃이었다. 반드시 모란이나 작약이어야 할 필요도 없고 그저 배꽃이나 가을 해바라기면 딱 좋다. 언젠가 그런 꽃을 만나게 된다면 가슴에 품은 낭만을 만끽할 수 있을 것 같았다. 온몸으로 웃음을 터뜨릴 수도 있고 가슴속에 가득 쌓여 있던 눈물이 흘러나와 방울방울 그 꽃잎 위에 떨어질 수도 있겠지. 그 정도는 되어야 비로소 살아 있다는 실감을 느끼고 울고 웃으며, 반항도 하고, 자기가 하고 싶은 일을 열심히 할 수 있을 것 같았다. 사회가 아무리 낡은 굴뚝마냥 컴컴해도 그런 여인만 옆에 있다면, 그는 활기차게 분투하고 노력하고 새롭게 태어날 수 있을 텐데. 그가 원하는 상대는 단지 성욕을 해결하기 위해서가 아닌, 어떠한 경우에도 한 몸을 이룰 수 있는 반려자였다. 굳이 한 침대에 누울 필요도 없었다. 두 사람이 같은 꿈, 예컨대 한줄기 시내 같은 그런 꿈의 세계에서 같이 호흡할 수 있으면 그만이었다. 두 마음이 서로에게 미소 짓는 것은 두말할 필요도 없었다.

지금 라오리는 아내와 아무 말도 할 수 없었다. 며칠 동안 말도 하지 않았는데, 화가 나지도 않았다. 그저 외롭다고 느낄 뿐이었다. 물론 '그녀'와 말하고 웃지 않아서 외로운 것은 아니었다. 아내가 그렇게 멍청한 아줌마는 아니었다. 오히려 그녀는 큰누님처럼 그를 보호하고 감독하려고 했다. 마치 고아원의 할머니 같았다. 그는 참을 수 없었다. 그녀의 마음속은 여러 문제들로 가득한데 그 문제들은 하나같이 다 현실적인 것이었고, 너무 현실적이다 못해 구역질이 날 정도로 끔찍한 것들이었다. 그녀에게 이상적인 아름다움이란 갈래머리를 땋고 분을 좀 더 바르며 링에게 알록달록한 옷을 만들어주는 것에 지나지 않았다. 남편은 돈을 벌어 오고 첩을 두지 않고 제시간에 집으로 돌아왔고 그녀는 그런 남자를 위해 옷을 빨아주고 고기 요리를 했다. 손님이 오면 쥐공을 하고 같이 대화를 나누고 마당까지 배웅하며 며칠 후에는 선물을 사서 답방할 줄도 알았다. 아내는 베이핑에서 정말 많이 큰 것 같았다. 남편과 싸움이 안 될 때에는 자신의 입을 때리고 아이가 크게 소란을 피우거나 자기 기분이 안 좋을 땐 잉의 엉덩이를 때렸다. 링은 아가씨라 때리기가 미안해서인지 정 화가 나면 그저 손가락으로 이마를 콕콕 찌르기만 했다. 그녀는 모든 면에서 현실적이었지만 라오리는 꿈꾸기를 좋아했다. 하지만 그녀는 남편을 이해해주는 것으로 위로를 삼았다. 남편이 말하기 싫어하는 건 너무 피곤해서야. 남편의 얼굴에 먹구름 같은 것이 드리워 있으면 가만 놔두자. 그런 것들이 라오리에겐 전혀 위로가 되지 않았다. 아내를 이해하려고 하면 할수록 더욱 괴로웠고, 자신이 너무 이기적인 것 같았다. 하지만 속으로는 스스로에게 말했다. 라오리 너는 이미 충분히 관용을 베풀었어. 너의 모든 것을 희생한 거야.

마씨 새댁에게는 그의 조건에 부합하는 것들이 있었다. 비록 완전히 일치하는 것은 아니지만 적어도 그녀는 조용하고 고고하고 밉지 않았다. 가련한 처지가 그녀의 흠결을 가려주었다. 하지만 그녀 역시 아주 현실적이었다. 그녀는 라오리를 리 부인의 남편으로만 보았다. 라오리는 이미 그녀에게서 마음속의 그 '시정'을 엿보았는데, 문밖에서 이거 사라 저거 사라 외치는 잡상인처럼 그녀는 그의 꿈을 산산조각 내버렸다. 하지만 어찌 되었건 라오리는 그녀를 완전히 포기할 수 없었다. 적어도 그녀만큼은 아직 늦지 않은 것 같았다.

그녀가 과연 도망갔던 마 선생을 어떻게 대할지, 그것이 라오리의 최대 관심사였다. 관청엔 나가고 싶지 않았다. 될 대로 되라지. 자르면 잘리는 거지. 아무 상관 없어! 장씨 집 일에는 나서고 싶었지만 그럴 기분이 아니었다. 될 대로 되라지. 사는 게 이미 감옥인데 누가 누구를 구한다는 거야?

리 부인은 견딜 수가 없었다. 남편이 벌써 사나흘 동안 출근을 하지 않았다. 설마…… 내가 잘못했어. 남편한테 대들고 따지는 게 아니었어. 그녀는 걱정도 되고 또 부끄럽기도 했다. 하지만 아무렇지 않은 척하며 그를 위로하고 격려하기로 했다.

"오늘도 출근 안 해요?" 마치 요 며칠 출근하지 않은 이유를 다 안다는 투였다. "휴가예요?" 꼬투리를 잡히지 않으려고 두루뭉술하게 물었다.

라오리는 흥, 코웃음을 쳤다.

2

큰비가 내렸다. 어디서 바닷물을 가져다 통째로 들이붓는 것 같았다. 라오리의 집은 깨진 쪽박처럼 비가 줄줄 샜다. 링과 잉은 머리에 부대 자루를 뒤집어쓰고 신나게 돌아다니면서 빗방울과 술래잡기를 했다. 비를 맞지 않는 곳을 찾았다가 머리에 후두둑 빗방울 소리가 나면 얼른 다른 곳을 찾고, 결국엔 탁자 밑으로 숨었다. 탁자에 놓인 구리 쟁반에 떨어지는 빗방울은 소리도 예쁘고 직접 머리에 닿지도 않았다.

"아빠, 이리 와!"

덩치가 큰 아빠는 탁자 밑에 들어가지 못했다.

비가 한바탕 몰아치자 마당은 빗물로 가득했다. 갑자기 남쪽에서 북쪽으로 우르릉 쾅쾅 천둥이 치더니 이내 구름도 북쪽으로 몰려갔다. 잠시 후 남쪽으로 파란 하늘이 나타났다. 북쪽의 먹구름은 서로 뭉쳐 검은 산을 이루고 번개가 번쩍였다. 뒤따라 달려가던 먹구름들이 실망한 듯 달리기를 멈추고 동쪽으로 서쪽으로 이리저리 두리번거리다가 점점 검은색에서 회색으로 그리고 다시 흰색으로 옅어지더니 급기야 하얀 실오라기처럼 가늘어져 힘없이 하늘거렸다.

마당의 공기가 달라졌다. 방금 물에서 튀어나온 물고기 비늘처럼 기왓장이 반짝였고 어디서 날아왔는지 나뭇가지 끝에서 무리를 지은 작고 노란 잠자리들이 제멋대로 물 위를 날아다녔

316

다. 마씨 할머니가 키우는 화초들은 잎들이 모두 방금 가공한 비취처럼 빛났다. 창에서 비를 피하던 커다란 흰 나방도 활짝 날개를 펴고 파란 하늘을 천천히 날아다녔다. 담장 밑에선 달팽이가 뿔을 세운 채 높이 하늘빛을 구경하고 싶은 듯 느릿느릿 위로 기어 올라가고, 어디선가 바람이 불어와 나무에서 다시 빗방울이 후드득 떨어져 물방울이 튀었다. 그러기를 몇 차례, 나뭇잎의 물도 얼마 남지 않았는지 가지들이 고개를 치켜들고 마치 웃기라도 하는 듯 햇빛을 받으며 흔들거렸다. 잉과 링은 탁자 밑에서 기어 나와 마당에 고인 물을 보고는 눈이 왕방울만 해졌다. 야, 신난다!

누가 먼저랄 것도 없이 둘은 서로 손뼉을 마주쳤다. 둘은 손을 잡고 일제히 빗물이 고여 생긴 '바다'로 뛰어들었다. 잉은 "물소는, 물소는, 뿔이 먼저 나오고, 머리는 담에 나오네"라며 노래했다. 링은 하늘에서 마치 양 떼 같은 구름을 보더니, "양은, 양은, 꽃 울타리 뛰어넘어……"라고 노래하며 발로 물을 높이 찼다. 잉이 엄지와 검지 발가락을 모아 물을 튕기자 팅 소리와 함께 물방울이 일었다. 링도 따라서 한쪽 다리를 들어 올려 발가락으로 물을 튕기려고 했다. 그런데 마치 누가 밀기라도 한 것처럼 다리가 쓰윽 미끄러지더니 몸이 기우뚱했다. 잉이 링을 잡으려 하다가 잡기는커녕 아예 손마저 놓치는 바람에 링은 철버덕하고 바닥에 나자빠졌다. 잉은 "엄마" 하고 악을 쓰며 소리쳤다. 간신히 물 밖으로 머리만 내민 링은 주위의 물 때문에 입도 벙긋하지 못하고 폭우가 쏟아지듯 눈물을 '바다'로 흘려보냈다. "엄마! 엄마!"

온 집안에 총동원령이 떨어졌다. 먼저 아빠가 나오고 엄마가
뒤를 이었다. 서부 전선 사령관인 마씨 할머니와 동부 전선의
새댁도 문을 열었다. 아빠가 링을 건졌다. 링의 모습이 꼭 옷을
걸친 물개 같았다. 빨간 배두렁이에서 물이 쏟아지고 등판에는
진흙이 덕지덕지했다. 링은 놀란 듯 질린 표정으로 호리병 주
둥이처럼 입을 쩍 벌렸지만 엄마를 보자 함부로 울지도 못했
다. "괜찮아, 링, 얼른 닦자!" 엄마는 링이 울지 않으려는 것이
아니고, 울지 못하고 있다는 것을 다 알았다. 마씨 할머니도 얼
른 말했다. "괜찮아, 링아!" 링도 이대로 혼날 수는 없다는 듯
빨간 배두렁이를 가리켰다. "새 옷인데, 새 옷인데!" 그러곤 새
배두렁이가 무엇보다 중요하다는 듯 울기 시작했다. 이렇게 자
책하면 엄마의 화를 누그러뜨릴 수 있다고 생각한 것 같았다.
엄마는 화를 내지는 않았지만 그렇다고 웃지도 않았다. "어디
보자, 다치지는 않았어?"

링이 한고비 넘겼다는 생각이 들었는지 말이 많아졌다. "안
다쳤어. 링은 가만있었는데, 물이 밀쳐서, 첨벙했어!" 엄마도
웃고 모두가 다 웃었다. 엄마가 링을 건네받았다. 잉은 일찌감
치 남쪽 담장 밑에 숨어 있다가 엄마가 방으로 들어가는 것을
보자 쪼르르 달려왔다. 잉은 마씨 할머니를 잡아끌며 깔깔대고
웃었다. 잉의 바지도 이미 반쯤 젖어 있었다.

마씨 새댁이 단비라며 반색을 하자 라오리는 고향 생각이 났
다. 그렇지, 단비다. 하지만 뜨거운 땅에 폭우가 뿌리면 박이
견뎌내지 못했다. 마씨 할머니는 오이가 그것만 재배하는 농장
이 따로 있는 게 아니라, 그냥 텃밭에서 소소하게 키우는 것인

줄 알았다. 하지만 괜히 아는 체했다가 오히려 우스운 꼴이라도 보이게 될까 봐 아무 말도 하지 않았다. 라오리는 비 개인 농가의 풍경이 떠올랐다. 비가 오고 나면 어떤 곳은 아주 더러워졌고 또 어떤 곳은 아주 고와졌다. 비 온 후 해 질 무렵이면 밭 둔덕에서 손만 뻗어도 잠자리를 잡을 수 있었다. 마음 같아서는 '잉아, 우리 시즈먼西直門 밖으로 나가볼까?' 하고 핑계 삼아 성 밖으로 나가 비에 씻긴 신선한 공기를 맡고 싶었지만 말하지 않았다. 잉이 마침 마씨 새댁과 담장 밑에서 달팽이를 찾고 있었기 때문이다. 새댁은 양말도 신지 않고 맨발에 장화를 신고 있었다. 발까지는 안 보여도 발목이 드러나 있었다. 마침 햇살이 그녀의 머릿결을 비추고, 물그림자가 그녀의 머리를 도화지 삼아 금빛 물을 들였다. 마치 서양화에 나오는 성모상 같았다. 잉은 내리쬐는 햇볕도 아랑곳하지 않았다. 새댁도 햇살이 신경 쓰이지 않는 듯 잉과 담장 밑을 따라가며 달팽이를 찾았다. 몸을 웅크린 채 하얀 발목을 조금씩 가볍게 앞으로 옮기면서. 새댁이 방으로 들어갔다. 라오리는 용기를 내어 그녀의 뒷모습을 바라보았다. 하얀 발목, 머릿결, 반짝이는 금빛. 기억 속 비 개인 농촌의 풍경과 그녀가 하나로 이어졌다. 맑고 신선하고 고요하고 천진스런, 그가 찾던 '시정'이었다!

링이 젖은 옷을 갈아입고 나와 아빠의 손을 잡아끌었다. "잉, 물소 하나 줘!" 잉은 아무 대답도 하지 않았다. 링이 아빠의 신발을 쳐다보았다. "아빠, 신발 젖었다! 신발 젖었어!" 아빠는 내내 신발이 젖은 것도 모르고 있었다. 라오리는 웃으며 신발을 갈아 신으러 집으로 들어갔다.

3

　마당에 고였던 물도 다 빠지고 바람 한 점 불지 않는 날씨였
다. 여기저기 아지랑이가 피어오르고 매미 소리는 송곳처럼 고
막을 찔렀다. 집 안은 눅눅한 기운에 냄새마저 아주 고약해서
마치 집이 아니라 여기저기 말똥이 질펀한 비 오는 날의 방앗
간 같았다. 라오리는 나가서 걷고 싶었지만 길이 진흙탕일 것
같았다. 바로 그때 잉과 링이 다시 물웅덩이로 뛰어들었다. 계
단에 있다가 딩얼 영감이 들어오는 것을 보았던 것이다. 아이
들은 물속에서 그를 가로막고 손을 잡아끌었다. 딩얼 영감 발
에 달라붙은 진흙이 족히 몇 근은 됨직했다. 마치 물에서 막
건져낸 듯 낡은 다산은 온통 진흙 범벅이고, 구멍 난 밀짚모자
에서는 모락모락 김이 뿜어져 나왔다. 해변에서 피서를 즐기며
물장난 치는 지체 높으신 분들처럼 그는 아이들의 손을 잡고
물을 가로질러 뛰어왔다.

　"리 선생님, 리 선생님." 딩얼 영감은 모자를 벗을 생각도 하
지 않고 신발에 물이 얼마나 들어찼는지도 전혀 아랑곳하지 않
았다. "텐전이 돌아왔어요. 텐전이 돌아왔다고요! 장다거께서
오시랍니다." 그는 너무 흥분해서, 한 자 한 자씩 발끝부터 힘
을 주며 말했다. 그 바람에 신발에 고였던 물이 밖으로 새어
나와 작은 호수를 이루었다.

　라오리로서는 축하할 일이었지만 어찌된 영문인지 마치 텐
전이 나오건 말건 그게 나와 무슨 상관이냐는 듯 너무나 담담
했다.

　"리 선생님, 어서요, 길이 그렇게 나쁘지는 않습니다!" 딩얼

영감이 간청했다.

라오리는 하는 수 없이 응낙했다. "그럴게요."

잉이 시비를 걸었다. "딩얼 할아버지, 길이 괜찮다고요? 여기 봐!" 호수를 이룬 바닥을 가리켰다.

"이런, 큰길은 괜찮아. 내가 너무 기분이 좋아서 길에서 조심하지 않고 냅다 첨벙거리고 와서 그런 거야!" 딩얼 영감은 자기 행동이 아주 낭만적이라는 듯 대단히 만족해했다.

"딩얼 할아버지." 딩얼 영감의 말에 잉의 모험심이 타올랐다. "나도 길에 나가서 첨벙거리고 싶어. 맨발로 가도 되지?"

"어쩌지? 오늘은 안 되겠다. 이 딩얼이 아직 할 일이 남았걸랑. 샤오자오 아저씨에게 가야 해!" 그는 너무 미안했는지, 잉에게 자신을 딩얼 할아버지라고 하지 않고 딩얼이라고 불렀다.

잉이 입을 삐죽거렸다. 라오리가 물었다. "그 사람한테 뭐 하러 가세요?"

"식사에 초대하려고요. 내일 장다거가 크게 잔치를 벌인답니다."

"아!" 장다거가 부활했구나. 하지만 딩얼 영감의 반응은 다소 의외였다. 그는 샤오자오를 패준다고 하지 않았나? 그의 표정을 보면 전혀 누구를 팰 것 같지 않았다. 설마…… 알 게 뭐야, 죄다 병신들인데. 라오리는 더 묻지 않았다.

딩얼 영감이 밖으로 나가자 아이들이 울려고 했다. 틀림없이 딩얼 영감이 자신들을 빼놓고 저 혼자 첨벙거리며 놀러 간 거라고 여겼다.

"잉아, 아빠랑 같이 나가자!" 아빠가 말했다.

"양말 벗어?" 잉이 물었다.

"벗어!" 아빠가 먼저 구두끈을 풀었다.

"맨발, 맨발, 맨발 발." 잉이 노래를 불렀다. "링아, 너는 맨발 안 해?"

"엄마, 나도 맹, 빨!"

라오리는 양손에 하나씩 아이들 손을 잡았다. 크기가 제각각 인 맨발 여섯이 물을 첨벙대며 대문을 나섰다. 모두 신이 났다. 특히 라오리가 그랬다.

4

다음 날 이른 아침, 지나치다 싶을 정도로 하늘이 맑았다. 나 뭇잎 하나하나가 더할 나위 없이 푸르고, 막 바다에서 목욕하 고 올라온 것 같은 아침 해가 자신을 비추었다. 푸른 바다 위 에는 아주 옅고 하얀 안개만 몇 가닥 떠다닐 뿐 다른 것은 아 무것도 없었다. 바닥에 고인 물 위로 살랑 바람이 불고 잠자리 들은 실로 짠 것 같은 얇은 날개를 반짝이며 물위에서 제 그림 자를 쳐다보았다. 제비들은 아주 높이 날아올라 파란 하늘 속 에서 작은 점으로 변했다. 담장 모퉁이 나팔꽃은 갖가지 색의 나팔을 피우며 산들바람과 함께 햇살을 맞이했다. 거리는 비 록 진흙탕이었지만 담벼락이나 지붕은 아주 깨끗하게 씻겨 있 었다. 사당의 붉은 담장도 비를 맞아 색이 더 진해 보였다. 거 리를 오가는 사람들은 발걸음이 한결 가벼워 보였고 인력거의 고무바퀴도 팽팽하게 부풀어서 짙은 회색이 더 도드라졌다. 발

에서 갓 수확한 부추와 배추는 이파리마다 물방울이 걸려 있었
고 흙이 묻은 채로 시장에 나왔지만 전혀 지저분해 보이지 않
았다.

라오리는 관청에 나갔다. 출근길에 또 한 번 아득한 '시정'을
느꼈다. 비록 다른 종류였지만 시골의 그 아름다운 광경과 별
차이는 없었다. 아직 이른 시간이어서 그는 시안먼으로 들어
가 시스쿠西什庫 예배당과 도서관, 중베이하이中北海를 거닐었다.
굳이 시골과 베이핑 중 어디가 더 아름다운지 따질 필요는 없
었다. 비 개인 베이핑의 풍경은 저 수많은 인파와 집들 그리고
모든 무료함을 잊고 오로지 베이핑만 생각하게 했다. 베이핑
은 인류의 미적 감각을 한껏 뽐내는 것 같았다. 머릿속에는 그
저 이전 사람들의 미적 수준과 지금 사람들의 쾌적함만 떠오를
뿐 다른 것은 아무것도 생각나지 않았다. 마치 아주 커다란 한
폭의 공필화工筆畵를 마주하고 있는 기분이었다. 누각과 연꽃의
묘사에는 한 획의 소홀함도 없었고, 누각 뒤로는 푸른 산이, 연
꽃잎 위에는 작은 잠자리가 있었다. 시골의 아름다움은 사의화
寫意畵여서 힘은 더 있을지 모르지만, 인공이나 역사의 흔적은
찾아보기 어려웠다. 위허차오御河橋는 베이핑의 상징이었다. 양
옆에는 연꽃이 가득하고 가운데로 사람들이 지나다녔다. 인공
과 자연이 한데 어우러져 인공도 어색하지 않고 자연도 거칠어
보이지 않았다. 막 칠을 마친 한 장의 옛 그림, 그것이 바로 베
이핑이었다. 특히 비 온 뒤에는 더욱 그랬다.

라오리는 다시 시골을 잊고 베이핑에 완전히 투항하려고 했
다. 하지만 관청에 이르자 다시 생각이 바뀌었다. 어째서 베이

핑에 이런 괴물이 있어야 하는 거지? 이것은 그야말로, 베이핑 호텔 안에 빈대와 개수통이 가득하고, 중산中山 공원의 대전大殿이 변소인 거나 마찬가지 아닌가? 라오리는 관청이 싫었다. 베이핑이 그의 인생을 잿빛으로 물들이는 것을 원망할 수는 없지만, 이 관청과 여기에서의 무료함이야말로 그를 반죽음 상태로 몰아넣는 것이었다. 그는 감히 샤오자오의 따귀를 갈기지도 못했고, 또 남들이 사란다고 맘에도 없는 밥을 사곤 했다.

동료들이 하나둘 도착하고 그들의 입에서 장다거가 부활했다. 장씨네 집은 이제 공산당 소굴도 아니고 피로 얼룩진 공포의 대상도 아니었다. 다들 장다거의 초대장을 받았다. 톈전이 애초부터 공산당이 아니었대! 사람들은 모두 마치 몇 달 동안 장다거가 전혀 가슴 졸인 적이 없었던 것처럼, 그에게 어떤 선물을 하면 위로가 될지 토론을 했다. 선물을 사기 전에는 언제나 한참의 토론을 했다. 혼자서 독자적으로 행동하면 어떤 끔찍한 상황이 발생할지 모르기 때문에 반드시 다 같이 합작을 해야 했다. 가장 쓸모없는 것을 사야지, 실용적인 것을 사면 모양새도 나지 않고 예의도 없어 보였다. 토막 낸 국수 면발을 담은 비단 상자나, 살구씨 분 냄새가 나기는 하지만 실제 분가루는 티끌만큼도 안 들어간 꽃무늬 분갑 같은 것이 가장 이상적인 선물이었다. 선물 토론이 끝나자 이번에는 장다거가 재정소로 복귀할 수 있을지 예측하기 시작했다. 의견이 아주 분분했다. 장다거는 도처에 아는 사람이 있어서 굳이 여기로 돌아올 필요가 없을 거다. 아니다, 재정소로 돌아올 게 아니면 뭐하러 우리를 초대하겠느냐? 그건 샤오자오를 상석에 앉혀야 하는데 그러려면 옛 동료들을 함께 초대하지 않을 수 없기 때문이다 등등. 그런데 다음 사람의 말이 모두를 긴장시켰다. 만약에, 만약에 그가 원래 자리로 돌아간다면, 그러면 어떻게 되는 거지? 그러자 격렬했던 토론이 다소 시들해졌다. 속마음은 다들 한가지였다. '제발 나는 잘리면 안 되는데!' 다시 재정소로 돌아오면 절대로 안 되지. 장다거는 발이 넓으니까 어쩌면 공안국으로 갈지도 몰라. 이렇게 결론을 내자 다들 그나마 마음이 편해졌다.

라오리는 그들이 수군대는 소리가 마치 하수구에서 거품 터지는 소리 같아서 속이 메스꺼워졌다.

쑨 선생이 와서 물었다. "라오리, 장다거에게 무엇을 선물하면 좋을까? 잘 모르겠어, 도무지!"

"나는 안 할 거야!" 라오리가 대답했다.

"어이쿠!" 쑨 선생은 관화를 완전히 까먹은 듯 더 이상 한마디도 하지 않고 나갔다.

라오리는 속이 좀 후련했다.

5

톈전이 집에 왔다. 장다거는 죽었다가 살아났고, 세상은 다시 달콤했으며, 인류는 여전히 만물의 영장이었다. 초대를 할 줄 아니까 말이다. 초대, 반드시 초대를 해야 했다. 일등 공신은 샤오자오였다. 슈전을 줄 수는 없지만, 톈전의 일만 놓고 보면 그가 세상에서 가장 고마운 사람이었다. 샤오자오를 초대하려니 동료들도 같이 초대하지 않을 수 없었다. 비록 그 고생을 하는 동안 한 번도 찾아온 적 없는 자들이지만 그렇다고 그들을 미워할 수만은 없다. 인연이란 어쨌든 이어져야 하는 법이고 그들을 탓할 수만도 없는 일이니까. 그들의 집에 공산당이 있었다면 장다거 역시 멀찌감치 숨으려고 했을 것이다. 암, 그렇고말고! 어쨌든 아들이 살아 돌아왔는데, 이제 다시는 누구를 난처하게 하거나 누구와 맞서면 안 되지. 아들이 다야. 4억 동포가 하나같이 아들이 없다면 중국은 곧 망할 거야.

수개월에 걸친 마음고생에 장다거의 모습이 많이 변했다. 머리는 훨씬 더 많이 세었고 얼굴은 누렇게 떴으며 허리도 약간 구부정해졌다. 하지만 아들을 보자마자 바로 원기를 회복했다. 장다거는 역시 장다거였다. 약간의 신체적 변화는 아무 문제 될 것이 없었다. 노년에 아들이 없으면 어쩌지 하고 걱정했을 뿐 사람은 어차피 늙기 마련이다. 이번 기회에 수염을 남겨두고 싶었다. 누렇게 뜬 얼굴엔 곧 생기가 돌았고 허리가 구부정해지자 걸음이 빨라지고 더 멋있어 보였다. 그는 서둘러 비단 다산을 꺼내 입고 푸젠福建 옻칠을 한 부채를 든 채 요리를 주문하러 거리로 나섰다. 의사 남편을 둔 새댁에게도 도와달라고 해야겠다. 전에는 좀 무례하게 대했지만 상관없지 뭐. 밥 한 끼 맛있게 먹여주면 관계는 금방 원래대로 돌아올 거야. 날씨도 정말 화창한걸. 그야말로 푸른 하늘 흰 구름, 남천백운藍天白雲이로구나! 상인들도 어쩌면 이렇게도 친절한지. 베이핑은 역시 장다거의 보배였다. 요리를 주문한 다음 생화 한 꾸러미를 사고 다시 아들에게 줄 수밀도水蜜桃 몇 개를 꼼꼼하게 골랐다. 딸아이도 오니까 그 아이에게도 맛있는 것을 사주어야겠다. 군것질을 좋아하니까 신선한 연근과 호두가 좋겠지? 아들이 없을 때에는 딸도 없는 것 같았지만, 아들이 있으면 딸 또한 평등하게 대우해야 하는 것이다. 집에 돌아오는 길에는 날씨가 너무 더워 얇은 비단 다산이 땀에 흠뻑 젖었다. 오랫동안 바깥출입을 하지 않아서 다리가 쑤셨다. 하지만 마음만은 기운이 넘쳤다. 마치 겉의 칠은 아무리 벗겨졌어도 속에는 벌레가 슬지 않는 고궁의 커다란 녹나무 기둥 같았다. 이발쟁이를 불러 아들과 같이 머리를 다듬고 딸아이도 파마를 시켜야겠다. 돈을 쓰는 데까지 써보자. 능력이 있으니 또 벌면 되지. 다 누구 좋으라고 버는 건데, 아들이 없으면 다 무슨 소용이야? 잘라낸 머리카락 가운데 흰머리가 적잖게 눈에 띄지만 무슨 상관이람. 고관대작 태반이 흰 수염의 늙은이들이잖아? 텐전도 앞으로 결혼해서 아들딸을 낳을 텐데 할아버지가 되려면 인자한 백발노인 정도는 돼야 하지 않겠어?

새댁이 오자 반갑게 맞이했다.

"다거, 이번에 아주 대단하셨네요!"

"별거 아니야!" 말은 그렇게 해도, 장다거는 몇 달 동안이나 곤혹을 치르면서도 버젓이 살아남은 걸 보면 자신이 분명 남들보다 출중한 인물이라는 생각이 들었다. "남편은?"

"제가 지난번에 찾아왔었잖아요. 정, 말, 이지, 저를 만나주지도 않으시고." 새댁이 은근히 장다거의 눈치를 살폈다. "그이가 나오기는 했는데 다시 의사 노릇하기는 글렀어요. 순경은 별 신경 안 쓰는데 환자들이 아예 오질 않는 거예요. 그이한테 직업 좀 바꾸라고 말씀 좀 해주세요. 집에서건 밖에서건 변변히 할 줄 아는 게 하나도 없어요. 게다가 자그마한 장사조차 제대로 할 줄 모르니 이러다 영락없이 눈 뜨고 굶게 생겼어요. 그이는 그저 다거를 찾아뵐 생각뿐이지만, 너무 염치가 없는 것 같아 그러지도 못하고 있어요. 부디 다거가 허접한 일이라도 하나만 알아봐주세요. 이렇게 두 눈 버젓이 뜬 채 굶을 수만은 없잖아요! 그이도 너무 애가 타서 엉엉 울기만 해요!" 새댁 눈에 그렁그렁 눈물이 맺혔다.

"새댁, 너무 초조해하지 마. 다 방법이 있겠지. 사람들은 태어날 때부터 다 자기 밥그릇은 가지고 나오는 법이야. 참, 아기는? 텐전 때문에 정신이 없어서 축하도 못 했네?"

"두 달 좀 넘었는데, 젖이 모자라요, 어휴!"

장다거가 보기에도 그녀가 많이 야위었다. 밥을 제대로 먹지 못하니 젖이 나올 리 없고, 젖도 먹이지 못하면서 어떻게 아기를 제대로 키우겠는가? 그는 새댁 남편의 일자리를 알아봐주기로 마음먹었다. 남편이야 그렇다 쳐도 젖먹이 아기까지 못 본 척할 수는 없었다.

"알았어, 새댁, 우선 부엌으로 가." 새댁과의 대화는 여기까지였다.

수개월 동안 너무 많은 일을 흘려보냈다. 봄날 결혼식에 한 군데도 가보지 못했다. 심지어 자기가 중매 섰던 곳도 미처 신경을 쓰지 못해 너무 미안했다. 집집마다 들러서 사과해야지. 하지만 그것은 나중 일이고 우선 마당을 정리하자. 석류가 두 그루나 죽게 생겼군! 새로 산 화초들을 늘어놓고 죽은 것들을 치우자, 마당이 다시 제 모습을 찾았다. 아쉽게도 연꽃이 없었다. 지금 심기에는 너무 늦었고 분재를 사려니 너무 비쌌다. 그만두지 뭐. 내년을 기약하자. 내년 여름엔 기필코 근사한 불좌련佛座蓮을 서너 개 마련해야지!

6

서채의 그림자가 정원을 반쯤 덮었다. 정원에 퍼지는 야래향과 갓 사온 만향옥晩香玉 향기에 큰 벌 몇 마리가 날아와 꽃잎 위에서 날개를 떨고 있었다. 하늘은 높고 매미 소리는 산들바람을 따라 멀어졌다 가까워졌다 했다. 지는 해는 버드나무 잎에 금빛을 수놓았다. 서채 앞에 원탁을 놓고 새하얀 식탁보를 깔았다. 사각 식탁에는 메이리 담배와 성냥, 사이다 병 등이 놓였고, 밑에는 푸른 물감을 칠한 것 같은 큼지막한 수박 두세 통이 있었다. 슈전은 녹색 망사 파리채를 냅다 휘두르며 사방을 돌아다녔다. 파리를 잡을 수 있을지는 잘 모르겠고 찻잔을 뒤엎을 가능성은 아주 높았다. 그녀는 유난히 얼굴을 붉힌 채 쉴 새 없이 호박씨를 입안에 넣으며 뭔가를 생각했다. 코에 맺힌 땀방울에 자꾸 분가루가 씻겨나가는 바람에 연신 분을 발랐다. 그리고 분을 바를 때마다 작은 거울로 보조개를 유심히 들여다보았다. 왼쪽 오른쪽 얼굴을 번갈아 보며 저 혼자 미소를 지었다.

장다거는 구부정한 허리로 수시로 부엌을 들락날락거리며 당부에 당부를 거듭했다. 하도 당부를 해대는 통에 요리사가 손이 다 떨릴 지경이었다. 밖에서 온 채소는 아무리 신선하고 좋아도 요리사가 마음대로 손을 대지 못했다. 죽엽청竹葉靑은 싸면서도 진짜배기인 것으로 자신이 직접 받아왔고, 심부름꾼이 술 주전자에 제대로 따르는지까지 일일이 챙겼다. 허투루하면 안 되지. 생활은 야무져야지 조금도 방심하면 안 되는 법이야. 한 푼이라도 아껴야 그만큼 자식에게 더 물려줄 수 있는거라고. 벽라춘*도 미리 우려내서 얼음 상자에 쟁여두었다. 이래야 향긋하고 청량한 맛에 손님들이 제멋대로 사이다 병 따는횟수를 줄일 것이기 때문이다. 사이다는 한 병에 2자오인 데반해 벽라춘은 괜찮은 것도 한 냥에 2자오밖에 하지 않았고 한냥이면 대여섯 주전자는 너끈히 우려낼 수 있었던 것이다! 사이다는 병 따는 소리조차 귀에 거슬렸다.

장다사오는 땀에 짧은 모시 다산이 등에 달라붙었다. 그녀의눈가가 빨갰다. 아들이 억울하게 당한 것을 생각하면 아직도가슴이 쓰리고, 아무도 없는 곳에 가서 주저앉아 펑펑 울고 싶은 마음뿐이었다. 하지만 남편이 부활해서 다시 힘을 내는 것을 보니 저도 뒤지고 싶지 않았다. 딸아이의 큰 손과 큰 발은그저 여기저기 파리채나 휘둘러댈 줄이나 알지 일에는 하나도도움이 되지 않았다. 여학생은 그럴 수밖에 없어. 여학생을 둔부모는 내내 고생할 각오를 해야 한다. 어쩔 수도 없는 일이거니와 그렇다고 원망할 생각도 하지 않았다. 딸아이를 위해야지

---

* 碧螺春: 중국 10대 명차 가운데 하나. 1천 년의 역사를 가지고 있으며 장쑤성江蘇省 쑤저우蘇州에서 생산된다.

그럼 누구를 위하게? 이 뜨거운 여름에 한 시간 반 남짓 아가씨 머리를 파마하고, 오른쪽 눈을 살짝 가리게 했다. 유행을 따라야지 처녀를 할머니처럼 보이게 할 수는 없잖아? 그나마 새댁이 도와주러 오기는 했지만 그녀도 구시렁거리기만 하고 일할 생각은 전혀 없는 것 같았다. 그래도 어쩔 수 없었다. 사람 구하는 일은 그렇게 뜻대로 되는 게 아니다. 또 아기에게 젖을 먹여야 되는 판에 끼니도 잇지 못하는 새댁이 너무 불쌍했다. 아이가 얼른 자라 부모에게 효도하기를 기원하며 몰래 새댁에게 1위안 남짓 쥐어 주었다. 마치 1위안만 있으면 아기 키우는 데 전혀 문제가 없을 것처럼.

손님들이 왔다. 다들 주워섬기길 진작 오고 싶었는데, 그렇지만…… 장다거가 또 초대를 해줘서 참 고마운데, 그렇지만…… 그런데, 가지고 온 선물이 너무 약소한데, 그렇지만…… 장다거 모습이 많이 변했는데, 그렇지만…… 결론은 장다거는 역시 장다거라는 것. 의지도 되고 도움도 되고 사귈 만한 가치가 있는 유용한 사람이며, 게다가 텐전은 공산당이 아니라는 것이었다. 호박씨가 바닥에 나뒹굴고 펑펑 사이다 뚜껑 따는 소리가 났다. 담배 연기는 처마 위로 뭉게뭉게 피어올라 모기 떼를 흩뜨렸다. 다들 입으로는 날씨 얘기였지만 속으로는 서로 입은 옷의 가격을 따졌고 눈으로는 슈전의 팔뚝을 힐끔힐끔 훔쳐보았다.

오랫동안 장다거에게 관화를 배우지 못한 쑨 선생은, 장다거를 보자마자 무척 반가워하며 자식이 '또' 들어선 것 같다고 알려주었다. 어쩔 수 없었어. 산아 제한은 도무지 "고장 난 시계야. 고장 난 시계는 맞지가 않는다는 말이지!"*

추 선생은 우 태극의 근황을 알려주었다. 그는 생활고에 쪼들려서 쌀이라도 조금 아껴보려고 호시탐탐 떡판 부인을 쫓아낼 기회만 보고 있다. 스싼메이는 일편단심으로 라오우를 따르는 등 다 좋았는데 다만 좋지 않은 버릇이 하나 있었다. 나중에 안 사실이지만 그녀가 '흰 가루'를 즐긴다는 것이다! 추 선생의 말투를 보니 이제는 이빨을 전시하는 마누라가 무섭지 않고 오히려 그녀가 추 선생을 무서워할 것 같았다. 물론 추 선생의 말이 과장된 감이 없지는 않았지만 그래도 주위 사람들 말을 들어보니 확실히 그가 다른 사람이 된 것 같았다. 추 부인은 그에게 이혼하자고 윽박지르지만 내심 진짜로 이혼하게 될까 봐 걱정하고 있었다. 모두들 겉으로는 추 과원이 진짜 사나이라고 추켜세웠지만 사실 속으로는 그를 걱정하며 고개를 저었다. 가정은 함부로 깨는 게 아니야, 남세스럽게!

다른 친구들도 잇따라 도착했다. 그들은 모두 톈전을 힐끔 쳐다볼 뿐 도대체 무슨 일로 체포되었냐고 묻는 사람이 아무도 없었다. 민망했다.

톈전은 많이 야위었다. 그는 별로 할 말도 없고 해서 마지못해 웃어 보이기만 했지만, 사실 내심 감옥에 갔었다는 이유만으로 영웅이 된 기분이었다. 단 한 번 감옥에 갔다 온 것만으로도 평생토록 아버지한테 밥을 얻어먹을 자격이 된다고 생각했다. 하지만 왜 체포되었는지 또 왜 풀려났는지는 자신도 몰

---

* 破表, 沒准儿: 헐후어로서, 자신이 없다는 뜻이다.

랐다. 무서웠던 건 사실이다. 포승줄에 꽁꽁 묶여서 끌려갔으니 정말 무서웠다. 하지만 여기 이 사람들이 포승줄에 결박되어 끌려간다면 모르긴 몰라도 감옥에 가기도 전에 까무러쳐 죽었을 것이다. 때문에 자신은 충분히 으스댈 자격이 있다고 생각했다. 그래도, 정말이지 몸조심해야지. 당분간은 밖에도 나가지 말자. 포승줄은 한 번이면 족해. 부모님도 훌쩍 늙어 보인다. 그래, 유학 생각은 그만 접자. 돈은 남겨두었다가 베이핑에서 쓰는 것도 나쁘진 않지. 샤오자오에게 집 한 채를 줄 정도면 아버지 재산이 적지 않은 게 분명해! 이제 아버지 말 잘 들어야지. 이번에 공산당으로 오인되어 끌려간 것은 평소 아버지와 공산 하려고 생각한 것에 대한 벌이라고 생각하자. 아버지 앞에서 식탁 위의 빈 사이다 병 두 개를 치우며, 톈전은 아버지와의 합작을 간절히 바란다는 표시를 했다. 누이동생에게도 더 다정하게 대했다. 세상 물정 모르는 동생이 오빠가 감옥에 있었다고 하면 이상하게 생각할지도 모른다는 생각에 각별히 친절하게 그녀를 대했다.

다른 사람들은 다 왔는데 유독 샤오자오와 라오리만 빠졌다. 모두들 불안해졌다. 샤오자오야 그가 상석에 앉을 테니 인내심을 갖고 기다리는 것이 당연하지만, 라오리는 어째서 오지 않는 걸까? 뭘 믿고 그러는 걸까? 다들 최근 들어 라오리에 대한 불만이 매우 컸던 터라 기회를 놓칠세라 그의 흉을 봤다. 모두들 입을 삐죽거렸다.

"라오릴(리)은 올 생각이 없나 봐." 쑨 선생이 빈정거렸다. "어제 내가 그 친구한테 장다거에게 어떤 선물을 할 거냐고 물었더니, 세상에나, '나는 안 할 거야!'라고 하지 뭐야. 미쳤어, 말도 안 되게 미쳤어! 참 알다가도 모를 노릇이야!"

장다거가 딩얼 영감에게 그 둘을 불러오게 하려고 했지만, 딩얼 영감도 보이지 않았다.

제19장

1

과원들에게 정치적 변동은 곧 철밥통이 깨진다는 것을 의미했지만 그들에게는 그것을 막을 힘이 없었다. 때문에 그런 소문을 들으면 그저 골치만 아플 뿐이었다. 변화를 반기는 사람도 더러 있기는 했다. 바람이, 그것도 아주 달콤한 바람이 자기 쪽으로 불어오는 경우에 그랬다. 물론 그 혜택을 누리는 사람은 극소수였다. 샤오자오는 항상 그 바람의 방향을 주시하는 위인이었다. 그가 기쁨을 맛볼 때마다 다른 사람들은 골머리를 앓았다.

잔치가 끝나고도 이틀 동안 그가 나타나지 않자 사람들은 궁금해 미칠 지경이었다.

"장다거가 초대해도 오지 않고, 샤오자오는 도대체 어디 간 거야?" 속으로 구시렁대다 못해 서로 대놓고 묻다가, 급기야 별별 추측이 난무했다. "시장이 또 사람들을 바꾼대. 샤오자오는 승진해서 톈진으로 갈 게 뻔해. 국장이 될지도 몰라!" 라오리가 알지도 모른다는 생각에 그에게 묻는 이도 있었다. "라오리, 장다거가 초대했는데 왜 안 왔어? 샤오자오도 안 오고 말이야." 물론 그들이 궁금한 것은 샤오자오의 행방이었다. 우 태극이 잘린 뒤부터 라오리와 샤오자오 사이에 뭔가 있는 것처럼 보였던 것이다. 라오리가 아무 말도 하지 않자 사람들은 더욱 그가 뭔가 알고 있다고 생각했다. "라오리는 정말 너무해. 조개껍질처럼 입을 꾹 다물고 전혀 벌릴 생각을 안 해!"

샤오자오는 그림자도 비추지 않는데, 장다거가 과장 집에 찾아가는 것을 본 사람이 있었다. 사람들은 불안해하기 시작했다. 재정소에 빈자리가 없는데 장다거가 돌아온다면 누군가는 나가야 했다. 다들 장다거를 대신한 사람을 아주 못마땅해했다. 장다거는 어쨌든 충분한 자격이 있지만 새로 온 과원이 여기 일을 알면 얼마나 알겠어? 근데도 장다거를 밀어냈으니 그자도 분명 힘이며 연줄이 적지 않다는 말이다. 장다거야 굳이 그를 다시 밀어낼 필요는 없을 테니 그렇다면, 누군가 대신 떨려날 게 뻔했다!

장다거는 자리를 되찾기로 마음을 먹고, 한 달 안에 임용장을 받겠다고 스스로 기한을 정해놓기까지 했다. 그래, 집 한 채를 잃었으니 서둘러 다시 벌어야 되지 않겠어? 중매도 다시 시작해야지. 남자는 장가를, 여자는 시집을 가야지 그렇지 않으면 사는 게 아니지. 게다가 이 장다거가 중매를 그만둔다면 그것은 스스로 장 누구는 끝장났다, 머리도 하얗게 세고 쓸모없는 늙은이가 됐다고 광고하는 거나 마찬가지 아니겠어? 그러면 일자리 구하기도 힘들어져. 주변에서 늙고 무능한데 일을 제대로 할 수 있겠냐고 생각할 거 아니야? 아무렴, 장다거가 굴복할 수는 없지.

"두고 봐라. 이 장가가 적어도 20년은 더 뛰어다닐 수 있다는 것을 보여주고 말겠어!"

라오리에게 왜 안 왔냐고 물어볼까? 라오리가 좋은 사람이기는 해. 친구로 지내기에는 더할 나위 없어. 하지만 일자리 얻는 데는 별 도움이 안 된단 말이지. 다른 것은 다 좋은데 자리 문제에 있어서만큼은 너무 꽉 막혔단 말이야. 다른 건 차치하고라도, 일등 과원으로 승진했으니 나름 못한 건 아니지만, 다른 사람이 그 친구만큼의 학식과 글재주를 가졌다면 이미 과장이 되고도 남았을 거야. 도대체가 꽉 막혔어.

라오리는 집에 없었다. 장다거는 리 부인과 얘기를 나누었다. 서로 맞장구쳐가며 말을 주거니 받거니 하는 꼴이 마치 장다거가 여자가 된 것 같았다. 리 부인은 자기 뺨을 때린 이후로 억울한 심정에 속으로 한없이 눈물만 흘린 나머지, 부었던 얼굴이 되레 핼쑥해졌다. 그녀는 장다거를 보자 무슨 시삼촌이라도 만난 듯 맺혔던 설움을 죄다 쏟아내었다. 장다거는 전방의 병사를 위문하듯 그녀에 대해 좋은 얘기만 하되 라오리의 단점은 들추지 않았다. 당사자의 용기를 북돋아주는 것이 적을 욕하는 것보다 훨씬 나은 법이다. 리 부인이 베이핑에 온 것도 따지고 보면 다 장다거의 힘과 권유 때문이었으니 괜히 리 부인 편을 들려고 라오리가 잘못했다고 말할 수도 없었다. 라오리가 진짜로 잘못했다면 장다거 역시 그녀를 호랑이굴로 불러들인 것에 대한 책임을 져야 마땅한 것이다. '아닌가?' 리 부인은 자신을 격려하는 말에 저도 모르게 신이 나서, 어쨌든 자신이 남편보다 두 살이 많으니 그를 용서해야겠다는 생각이 들었다. 비록 남편이 하루 종일 입이 댓발 나와 있고 조조曹操 진영으로 들어간 서서徐庶처럼 한마디 말도 하지 않아 답답했지만 말이다. 리 부인은 장다거에게 저녁 식사를 대접하려고 했지만 장다거는 그냥 집에 가기로 했다. 이제 리 부인의 '교육'이 끝났다는 느낌이 들었다. 이게 바로 베이핑의 힘이지!

2

양고기호박만두를 정성껏 빚어 장다거에게 대접하고 싶었지만, 그가 극구 사양을 하는 바람에 리 부인은 조금 실망했다. 하지만 그가 가고 오래지 않아 딩얼 영감이 왔다. 미처 인사말도 끝내기 전에 그는 만두의 임자로 낙점되었다.

"좋지요, 좋고말고요, 딩얼은 양고기만두를 제일 좋아하지요." 이렇게 말하며 그는 너덜너덜한 다산을 벗고 밀가루 반죽을 할 채비를 했다.

손님에게 밀가루 반죽을 시킬 수는 없다. 리 부인이 말렸다. 아이들도 그의 다리를 껴안았다. 그는 공손하게 다시 모시 다산을 입고 링을 높이 들어 올렸다가 젊었을 적 이야기를 꺼냈다. 아이들이 이미 줄줄이 꿰는 이야기였다.

"잉아, 잘 들어, 내가 처음부터 말해줄게."

"그릇 깬 데부터 얘기해, 무슨 그릇이었더라?" 잉이 물었다.

"혼수 그릇이었지. 그럼 거기서부터 얘기하마. 그 여자는 가마에서 내릴 때부터 나를 싫어했어. 그것도 아주 많이! 그래서 내가 겁을 줬지. 그랬더니, 흥, 그 여자가……"

"그 여자가 혼수 그릇까지 깨버렸어!" 잉이 말을 이었다.

"꽉, 깼어!" 링은 아직 말이 늦어 잉을 따라가지 못하고, 그저 두 손으로 치는 시늉으로 말을 대신했다.

"난리도 아니었어. 결국에는 내가 손들었지. 딩얼은……"

"착한 사람, 너무 착해!" 간단한 말이어서 이번에는 링이 따라잡았다.

"너희들 말이 틀린 게 하나도 없구나. 다 맞았다!" 딩얼 영감은 아이들이 아주 똑똑하다고 생각했다. "딩얼은 착한 사람인데……"

잉은 대화에 끼어들 순간만 노리고 있었는데 느닷없이 딩얼 영감이 옆길로 샜다.

"그런데 말이지, 잉아, 집에 술 좀 있니? 없으면, 엄마한테 돈 좀 달래서 우리 술 받으러 갈까? 술이 좀 들어가면 훨씬 더 재밌게 말할 수 있을 것 같구나."

잉이 엄마에게 돈을 받아 오자 딩얼 영감은 큰 대접을 집어 들었다. "자, 우리 갈까?" 그들은 일제히 거리로 나섰다.

그들은 후퉁 어귀를 막 지나다가 라오리와 마주쳤다. 잉은 손에 든 1자오짜리 지폐를 흔들며 큰 소리로 말했다. "아빠, 우리 술 받으러 가. 엄마가 돈 줬어!"

라오리가 웃었다. 딩얼 영감은 한 손은 링의 손을 잡고 다른 한 손은 대접을 들고 있었고 깜돌이는 지전을 들고 있었다. 왠지 그 모습이 아주 우스꽝스러워 보였다.

"제가 마침 애들에게 이야기를 들려주던 참이었는데 술 생각이 나서……"

잉이 또 말을 받았다. "술 마시면 얘기가 더 재미있대. 지금
막 깨는 데까지 얘기 들었는데, 혼수…… 뭐였지?" 잉이 딩얼
영감의 다산 자락을 잡아당겼다.

라오리는 웃음을 멈췄다. 자신도 술 생각이 났다. 그는 딩얼
영감과 아이들을 따라나섰다. 술 가게에 이르렀을 때 라오리가
잉을 멈춰 세웠다. "여기 말고 저기 가서 사는 게 낫겠어."

그는 술 외에 다른 것들도 파는 식품점에 들어가 렌화바이
蓮花白 한 병과 복숭아 몇 개, 그리고 초록빛이 아주 진하지
만 대롱이 그리 길지는 않은 연밥 두 개를 샀다. 술을 딩얼 영
감에게 건넸다. 링이는 연밥을 뚫어지게 보더니 꼭 껴안고 놓
지 않으려고 했다. 잉은 별생각 없이 손에 든 지폐만 쳐다보다
가 가게 문을 나서자마자 바로 참외 광주리로 뛰어갔다. "참외
1자오어치만요, 좋은 거로요!" 잉은 쭈그리고 앉아서 똘망똘망
한 눈으로 참외를 살폈다. 라오리가 다가가 세 개를 고르고 다
시 1자오를 보탰다. 잉은 신이 나서 어쩔 줄 몰라하며 다시 딩
얼 영감을 잡아끌었다. "딩얼 할아버지, 나도 술 마실래."

여럿이서 함께 이것저것 사들고 오는 것을 보고 엄마는 신이
나서 더 열심히 만두를 빚었다. 링은 연밥을 내려놓지도 다른
사람에게 주지도 않았다. 라오리가 좋은 생각이 난 듯 링의 귀
를 쥐고 귀엣말을 했다. 링은 그래도 놓지 않다가 문득 뭔가를
알아챈 듯 하나를 내려놓고 잉에게 말했다. "건드리지 마, 링이
초록……" 링은 이 초록빛 놀잇감을 제대로 설명할 수가 없었
다. 그러고 나서는 다른 하나를 품에 꼭 껴안고 갔다. 방을 나

서자마자 소리쳤다. "아줌마 이거요, 초록……" 아줌마가 달려 나왔다. "어머, 링아, 이거 나한테 주는 거니?"

"아빠가 아줌마한테 이거 주래. 초록……" 말은 그렇게 했지만 여전히 껴안은 채 손에서 놓으려고 하지 않았다.

"뒀다가 링이 먹어. 아줌마는 없어도 돼." 아줌마가 웃었다.

링은 한참동안 눈을 깜박이다가 다시 연밥을 안고 돌아왔다.

순간 온 마당 안에 있던 사람들이 다 웃음을 터뜨렸다. 주방에 있던 리 부인만 무슨 일인지 몰랐다. 라오리는 참외를 씻어서 '초록……' 대신에 큰 조각을 링에게 주었다. 라오리가 연밥을 들고 나오자 할머니도 문 앞에서 웃었다. 그는 주위를 둘러보다가 마음을 다잡고 동채 쪽으로 갔다. 새댁이 웃으며 건네받았다. 마씨 할머니가 나무랐다. "아이들한테나 줘!" 라오리가 말했다. "또 있습니다." 모두가 웃었다. 그는 아주 흐뭇했다.

"술 드세요, 만두 다 됐어요." 리 부인도 무척 즐거웠다. 자기가 만들어낸 만두가 마치 하얀 배불뚝이 새끼 고양이들 같았다. 잉과 링은 참외를 손에 든 채로 엄마에게 밀가루 반죽을 얻어서, 참외를 먹고 병아리를 빚으며 놀았다.

라오리는 딩얼 영감과 술을 마셨다. 딩얼 영감은 다산을 벗으려고 하지 않았다. 라오리는 얼마 마시지도 않았는데 이미 얼굴이 벌게지고 땀이 뻘뻘 났다. 딩얼 영감은 거푸 세 잔을 들이키고 몇 번 헛기침을 하다가 떨리는 입술로 간신히 말을 꺼냈다.

"리 선생님, 리 선생님, 다 끝났습니다. 생각보다 아주 쉽더라고요. 아주 쉬워요! 리 선생님, 일이라는 게 처음 마음먹기가 어려워서 그렇지 막상 하고 보니 꼭 못 할 것도 아니더군요."

라오리는 그 말의 의미를 바로 알아차렸다. 딩얼 영감을 보니 문득 그가 입은 모시 다산이 새하얀 광채를 발하는 것 같았다. "일이라는 게 처음 마음먹기가 어려워서 그렇지" 이 한 마디가 연신 그의 귓가를 맴돌았다. 마치 깊은 연못에 바위가 떨어지면서 튀어 오른 물방울처럼 가벼우면서도 힘이 느껴졌다. 샤오자오가 살았는지 죽었는지는 아랑곳하지 않았다. 그는 딩얼 영감 자체가 기적이라는 느낌만 들었다. 딩얼 영감조차 그저 밥 먹고 차 마시고 관청에 나가는 것 말고 다른 일을 할 수 있다니! 그는 술잔을 들어 단숨에 들이켜려고 했지만 쉽지 않았다. 찔끔 마신 술은 목구멍에 달라붙어 넘어가질 않았다.

"리 선생님." 딩얼 영감이 다산에 손을 넣어 한참을 뒤적이다가, 떨리는 손으로 접혀 있는 빳빳한 종이 한 장을 꺼내 라오리에게 건넸다. "이게 그 집문서입니다요. 리 선생님이 저 대신 장다거에게 전해주시면 좋겠네요. 저는 장다거가 정말 어렵거든요. 자, 한잔하세요. 샤오자오 녀석, 슈전 아가씨한테 장가들고 싶으면 다음 생에서나 해야 할 겁니다! 건배!"

라오리는 그저 술잔을 든 채 딩얼 영감이 술을 들이켜는 것을 쳐다보기만 했다.

독한 술맛에 목을 추켜세우는 딩얼 영감의 표정이 아주 의기양양해 보였다. "그 자식, 보내버렸습니다. 정말 쉽더군요. 슈전 아가씨가 너를 기다리고 있으니 허우하이后海에서 만나자고 했지요. 그가 왔더군요. 얼마나 신나 하던지. 여자들 능력이 참 대단합니다. 제가 잘 알고말고요. 별로 어둡지는 않았는데 다행히 주위에 사람이 없더라고요. 저는 미리 와서 갈대숲 속에 숨어 있었는데 모기가 되게 많았어요. 온몸이 물어뜯겨서 여기저기 큼지막하게 부풀어 올라도 꼼짝 않고 있었네요. 그 때 그가 오더군요. 거리가 가까워질수록, 어휴, 가슴이 쿵쾅거리는데 꼭 심장이 튀어나올 것만 같더라고요. 정말로요! 제 앞을 지나칠 때까지 기다리다가 귀신이 사람 몸 가로채듯 두 손으로 그의 목을 꽉 졸랐지요. 거의 혼이 빠질 뻔했지만 그래도 다른 것은 다 잊고 오직 두 손만 생각했습니다. 그랬더니 그가, 이 두 귀로 똑똑히 들었는데, 마치 잠자는 강아지가 가끔 낑낑대듯이 두어 번 낑낑대더라고요. 그게 다였습니다요. 발도 제대로 버둥거리지 못하고 아주 얌전해지데요. 이 딩얼보다도 더 얌전하더란 말입니다요! 갈대밭 속으로 끌고 들어가 몸을 뒤졌더니 이 집문서가 나오데요. 지갑하고 시계는 건드리지도 않았습니다. 일을 끝내고 나니 맥이 풀려서 나오지 못하겠더라고요. 걷지도 못하겠던걸요. 그가 반듯하게 누워 있는데 얼굴이 뚜렷하게 보이지는 않았지만 분명히 나를 쳐다보고 있는 것 같았어요. 되게 무섭더군요. 갈댓잎이 한 번 흔들릴 때마다 마치 누가 뒤에서 내 목을 조를 것 같아 깜짝깜짝 놀랐습니다요."

딩얼 영감은 다시 술을 한 모금 들이켜고는 목덜미를 더듬었다. 목이 제대로 붙어 있는지 확인하는 것 같았다.

"한참을 기다렸지요. 한 시간도 넘게 있다 보니 마치 물에서 막 나온 것처럼 온몸에 땀이 흥건해지데요. 급한 마음에 크게 걸음을 내딛다 그만 그의 다리를 밟았지 뭡니까! 냅다 뛰었습니다요. 아무 생각도 하지 않고 뒤도 돌아보지 않고 톈차오까지 한달음에 내달렸지요. 왜 그랬을까요? 저도 모르겠어요! 거기는 사람 총살하는 곳이잖아요? 이 딩얼에게 총 쏘는 소리가 들리는 것 같았습니다. 텐탄 담벼락에서 잠도 안 자고 꼬박 밤을 샜습니다요. 별이 깜박이는데 그게 마치 넌 내일 총살이야라고 말하는 것 같았습니다."

그는 또 술잔을 들었다.

리 부인이 김이 모락모락 나고 기름기가 번드르르한 만두를 큰 접시 두 개에 담아 들고 들어왔지만 두 사람은 젓가락조차 건드리지 않았다.

3

시장이 바뀌었다. 재정소 각 부서에는 팽팽한 긴장감이 감돌았다. 시장이 부임하면서 사람을 바꾸지도, 사사로이 기용하지도 않을 것이라고 선언하자 각 부서의 긴장이 더욱 고조되었다. 시장이 신문 취재에 응하면서 '신하는 두 임금을 섬기지 않는다'는 격언이 만고불변의 진리라고 대놓고 말했던 사실을 누구나 다 알고 있었다. 부임 다음 날 교육국 국장이 바뀌었다. 심지어 사환들까지 싹 다 갈아치웠다. 재정소의 뚱보 소장은 발등에 불이 떨어진 듯 황급히 샤오자오를 찾았다. 비서, 과장, 과원 들은 물론 잡부들까지 다 나서서 그를 찾았지만 어디에도 없었다. 사람들은 의심에 찬 눈으로 설마 샤오자오가 뚱보 소장을 밀어내는 것은 아닐까 하며 뒤에서 수군거렸다. 사람들 입에 오르내리면서 샤오자오의 가치가 열 배는 높아졌다.

한편으로는 소장이 가장 가까이하던 사람들이 총부리를 돌렸다. 다들 뿔뿔이 흩어져 저마다 살길을 찾느라 분주했다. 한배를 탄 경우가 하나도 없을 정도로 제각각 자리만 지킬 수 있다면 어떠한 일도 마다하지 않을 분위기였다. 라오리는 그들 모두의 눈엣가시였다. 심장에 얼음 상자라도 들여놓은 것처럼 오로지 그만 느긋해했다. "젠장, 저 자식은 정말 확실히 믿는 구석이 있나 봐!" 모두들 욕하지 않을 수 없었다. 쑨 선생도 한시름 놓았지만 사람들이 그는 시기하지 않았다. 쑨 선생은 말이야, 뒤가 든든해도 라오리처럼 그렇게 건방 떨지 않아. 자기가 먼저 사람들에게 사실대로 말했잖아. "새 시장이 한 고향 사람이야! 저팔계가 개수통에 빠진 거지, 이것저것 먹을 게 많다는 말씀! 괜찮은 자리를 얻을 것 같아! 모르긴 몰라도 비서 정도는 하지 않을까?" 쑨 선생은 참 솔직해! 쑨 선생 집에는 많은 선물이 답지했다. 과일과 연꽃만 세 짐이나 되었다!

샤오자오의 시신이 똥지게꾼에 의해 발견되었다. 신문에 대문짝만 하게 기사가 났는데, 시신의 냄새가 얼마나 고약했는지까지 세세하게 묘사했다. 샤오자오의 죽음은 미제 사건이었고 미제 사건이었기 때문에 사람들은 저마다 온갖 상상력을 동원하여 추측하고 이야기를 짜 맞출 수 있었다. 재정소의 사람들은 상상력을 총동원해서 이것이 정치적 사건이라고 신속하게 결론을 내렸다. 샤오자오가 뚱보 소장을 밀어내려고 신임 시장과 모종의 은밀한 거래를 한 게 분명하다. 시장이 취임사에서 각 부서의 인원을 아무도 바꾸지 않겠다고 했지만 교육국은 잡역부까지도 싹 다 갈아치우지 않았는가. 샤오자오는 이미 요직을 확보해놓았을 것이고 그렇다면 당연히 다른 누군가가 떨려나야 했다. 때문에 그 누군가가…… 이 추리는 과원들 보기에 가장 합리적이면서 속도 시원하게 해주었다. 그들 모두 닭 한 마리를 잡을 때도 벌벌 떠는 사람들이지만, 지금 뜻밖에, 자유자재로 지붕 위를 날고 벽을 타는, 어떤 협객이 나타나 여럿을 실업자로 만들 뻔한 샤오자오를 죽인 것이다! 샤오자오가 살아 있었을 때야 나름 인물값을 했다지만 막상 죽고 나자 그의 값어치는 바닥으로 곤두박질쳤다. 이러한 추측에 따라 느림보 뚱보 소장은 모살을 사주한 주범으로 둔갑했다. 비록 대놓고 말하지는 않았지만 다들 그렇게 생각했다. 요컨대, 소장 부인과 샤오자오의 관계는 누구나 다 아는 사실이고, 소장이 샤오자오를 의지하면서도 또 두려워했다는 것 또한 익히 알려진 얘기였다. 샤오자오가 하려고 마음만 먹었다면 재정소를 꿀꺽하는 일쯤은…… 생각하면 할수록 맞는 소리다! 다들 그런 생각을 하기 시작하자 이번에는, 감히 먼저 대놓고 떠들지는 못했지만, 슬슬 말이 돌기 시작했다. 호사가들의 입방아 내용은 대동소이했다. 결국 뒤에서 돌던 얘기가 명명백백한 사실로 확정되고, 정치판에서 가장 경이롭고 화려한 역사가 되었다. 재정소에서 이렇게 믿기 시작하자 다른 관청에서도 잇달아 뒤로 쑥덕거렸다. 이 쑥덕거림으로 인해 새로 부임한 교육국장은 이미 내보냈던 사람들 가운데 몇을 다시 불러들였다. 이 소문이 교육국장 귀에 들어갔을 때에는 살인범이 검객이나 자객이 아니라 조직적인 암살단으로 부풀려졌기 때문이었다. 국장들도 덩치가 만만치 않았지만 그래도 조심하지 않을 수 없었다. 명절

보신이야말로 반드시 지켜야 할 선조들의 교훈이었던 것이다. 그 소식이 시장의 귀에 전해졌을 때에는 암살단이 단지 조직일 뿐만 아니라 그 속에는 떠돌이 건달들까지 있다는 식으로 부풀려져 있었다. 시장 부인은 그 이야기를 듣자마자 곧바로 톈진으로 갔다. 첫째는 피신하기 위해서였고 둘째는 무도장에 가기 위해서였다. 시장은 각 기관의 수장들과 타협하지 않을 수 없었고 자기 사람들을 여러 기관으로 나누어 보내어 각 기관에서 인원 전체를 갈아치우는 일이 없도록 했다. 각 기관의 수장들도 당분간 바꾸지 않기로 했다. 대신 그러느라고 지출이 너무 커졌음을 각 기관에 암시했다. 이에 각 부처에서는 예산을 다 새로 짜야 했다.

장다거가 일자리를 구하느라 열심히 뛰어다니는 모습에 톈전도 감동했다. "인력거를 대절하는 게 어때요? 날씨가 너무 더워요!" 장다거는 감격했다. 아들이 감옥에서 나온 후로 확실히 철이 들었다. 하지만, "대절해서 뭐 하려고? 가까운 곳 가는 차에 묻어가면 종일 다녀봐야 몇 푼 안 들어!" 장다거가 지폐를 내고 인력거 타는 일은 그가 죽을 때까지 없을 것이다. 확실히 그는 무척 열심히 뛰어다녔고 이제 좀 길이 보이는 듯했다. 새 시장 밑에 있는 비서들 중 하나가 전에 다거와 같이 일을 한 적이 있었고 게다가 그의 제부는 장다거가 중매를 선 사람이었다. 비서는 장다거를 도와주는 것은 물론 어디로 가고 싶으냐고 선택권을 주기까지 했다. 평소 관계를 잘 다져놓으면 다 크게 쓸모도 있고 체면도 서는 때가 오는 법이다. 나더러 가고 싶은 곳을 정하라니! 장다거는 눈물이 날 정도로 만족스러웠다. 집에 공산당만 없으면 자리를 얻기란 일도 아니었다. 인심불고人心不古, 인심이 예전만 못하다고 누가 그랬던가? 비서가 나더러 자리를 고르라고 했다! 도대체 어디로 가면 좋을까? 그것을 정하는 것이 오히려 어려웠다. 어디 가서 일을 한들 다 마찬가지야. 다 자기 하기 나름이지. 하지만 기왕 선택의 기회가 주어졌는데 비서의 호의를 무시할 수야 없지! 왼쪽 눈을 감고 담배 두 대를 연거푸 피웠다. 그래, 결정했어. 아는 사람도 많고 또 건물도 호사스러우니까, 재정소로 돌아가는 게 낫겠다.

장다거는 대거 물갈이되어 들어오는 사람들 틈에 끼어 재정소로 돌아왔다. 원래 있던 사람들 가운데는 바뀐 이가 별로 없었다. 소장이 체면을 따지는 사람이고 또 각자 제 사람을 챙기려고 통사정을 하였기에 별 변동 없이 그냥 새 사람들만 억지로 끼워 넣었다. 쌈짓돈이 주머닛돈이라고, 세금이야 멋모르는 서민들이 바치는 것이니 인건비 지출이 좀 많아진들 소장 자신의 허리춤에서 돈 나갈 일은 없었던 것이다. 더구나 시장과 각 기관장들의 타협은 어디까지나 일시적인 것이었다. 언제 없던 일이 될지도 모르는데 무리하게 인원을 줄여 괜한 불만을 살 필요는 없었다. 그러다 보니 사무실이 아주 떠들썩해졌다. 새로 온 사람과 원래 있던 사람이 서로 반가워하는 그야말로 태평 시대였다. 덕분에 물수건 가져와라 차 가져와라 하는 고함이 끊이지 않아 사환도 두 명이나 더 뽑게 되었다. 장다거는 이 기회를 이용해 석고를 즐겨 처방하던 새댁 남편을 추천했다. 잠시 잡부로 있다가 분위기를 봐서 다시 의원을 열면 돼.

하지만 다시 의사질 하게 되면 석고는, 아주 하지 말라는 것은 아니고, 아주 '조금만' 처방해. 이외에도 장다거는 전국 각지에서 새로 들어온 과원들을 각별히 보살폈다. 관화를 모르는 이에게는 관화를 가르쳤고, 서양 요리를 먹을 줄 모르는 이는 직접 데리고 가서 실습을 시켰다. 누가 장가가고 싶다고 하면 장다거는 좋아서 어쩔 줄 몰라 했다.

4

라오리는 이번에도 잘리지 않았다. 자기가 생각해도 우스웠다. 관청이 더 괴물처럼 보였다. 아무리 도망치려 해도 도망칠 수 없으니, 그래, 되는 대로 살자! 모두들 되는 대로 산다. 하지만 다른 사람들은 즐거워하며 사는데, 그는 외롭고 무료했다. 새로 온 동료들에게도 그는 별로 알은체를 하지 않았다. 오랜 동료들은 그가 아주 못마땅했다. 쑨 선생은 갓 배운 말을 라오리에게 써먹었다. "촌놈은 선인장을 몰라서 빈대떡이라고 해!" 꽉 막혔다는 뜻이었다.

라오리는 샤오자오에게서 되찾은 집문서를 장다거에게 건넸다. 장다거는 어리둥절했다. 라오리는 그를 놀라게 해주려다가 멋쩍어서 아무 말도 하지 않았다. 장다거는 선뜻 집문서를 받는 게 그다지 내키지 않는 것 같았다. 그것을 보니 샤오자오를 보는 것 같았다. 장난인가, 이게 뭐야?

"다거, 넣어둬, 별거 아니야!"

장다거는 『칠협오의』*가 생각났다. 이것은, 악에 맞서 선량한 백성을 지키는 영웅 협객 없이는 불가능한 일이다!

"저 딩얼 영감 새장을 좀 가져갈게." 라오리가 화제를 돌렸다.

"딩얼 영감은 어디 있어? 그렇잖아도 꽤 여러 날 안 보이던데. 집안일이 산더미 같은데 어디서 무슨 꾀를 피우고 있는지, 정말 폐물이야!" 장다거는 딩얼 영감이 영 못마땅했다.

"지금 우리 집에 있어. 며칠 좀 도와달라고 했지." 라오리는 그가 매일 밤 톈차오에서 총살당하는 꿈을 꾼다는 말은 하지 않았다. 아니 차마 할 수가 없었다.

"아, 그랬어? 자네 집에 있다니 그럼 마음 놓을게." 장다거는 체면을 차리느라 말을 한결 누그러뜨렸다. 그런데 딩얼 영감이 라오리 집에서 무슨 일을 돕는다는 거지?

라오리는 새장을 들고 집을 나섰다. 장다거는 집문서를 보며 어안이 벙벙했다. 이게 도대체 어떻게 된 일이야?

---

* 『七俠五義』: 청대 유명 무협소설인 석옥곤石玉崑의 『삼협오의三俠五義』를 유월兪樾이 개작한 소설.

제20장

1

   매일 동채에 사는 '시정'을 볼 기회가 있다는 것, 이것이 이
제 라오리가 사는 유일한 이유였다. 이성이 모든 행동을 강력
하게 제어하고 있을 뿐, 그는 그녀에게 완전히 빠졌다는 것을
인정하지 않을 수 없었다. 감히 백 퍼센트 감정에 충실하게 행
동할 엄두를 못 내고 있는 이상—좋게 말하면 안 내고 있는
거지만—라오리는 그저 남편이 돌아왔을 때 그녀가 어떻게 할
지가 궁금할 뿐이었다. 그때는 어쩌면 그도 자신의 태도를 결
정할 수 있을 것 같았다. 솔직히 말해서 그는 남편이 돌아와
새댁과 다투기를 바랐다. 그러면 그녀와 함께 도망칠 수 있을
것 같았다. 이 냄새 나는 집과 저 괴물 같은 관청에서 도망치
는 것이다. 향기 가득하고 휘황찬란한 싱가포르로 도망쳐, 적
도 부근의 숲속에서 벌거벗고 단잠에 빠지고 총천연색의 뜨거
운 꿈을 꾸는 것이다! 딩얼 영감도 함께 말이다. 그는 천성적
으로 열대 지방에서 게으름 피우는 게 제격이었다. 또 그것이
딩얼 영감을 위해서도 바람직했다. 하루 종일 총살당할까 봐

전전긍긍하니 말이다. 이러다가는 언젠가 술을 두어 잔 걸치고 순경국에 가서 자수할지도 몰랐다. 그럼 어디로 데리고 가지? 싱가포르가 제격일 것 같았다. 라오리와 그녀, 총살을 걱정하는 딩얼 영감이 함께, 야자나무 아래에서. 이 얼마나 낭만적인가!

"새들아, 울어봐! 너희가 울면 내가 총살 안 당해!" 딩얼 영감은 또 새장에 대고 낮은 소리로 운세를 물었다!

도망, 도망, 도망, 라오리의 가슴에서 이 단어가 뛰고 있었다. 도망, 새들도 풀어줘서 날아가게 해주자. 날고, 날고 또 날아서 푸른 바다로, 온갖 색의 앵무새가 있는 숲으로 날아가서, 형형색색의 물고기가 노니는 계곡의 물을 마셔라.

그는 이 사회를 비웃었다. 샤오자오 한 사람의 죽음으로 인해 적잖은 사람들이 밥그릇을 지키게 되었으니, 이 얼마나 웃기는 일인가!

2

마침 일요일이었다. 동이 틀 때부터 매미가 울기 시작하더니 이른 아침인데도 집 안의 온도가 30도까지 올라갔다. 잉과 링의 머리와 가슴에는 한눈에 알아차릴 수 있을 정도로 땀띠가 돋았다. 바람 한 점 없이 베이핑 전체가 밀폐된 용광로 같아서, 성벽에 호떡을 구워도 될 것 같았다. 딩얼 영감의 다산은 이제 도저히 입을 수 없을 정도였고, 잉과 링은 더워서 마치 주린 개마냥 헉헉댔다. 정원에 깔린 벽돌에 반사된 햇볕이 이글거리고, 화초는 모두 고개를 축 늘어뜨렸다. 담장 밑에서 참새들도 부리를 벌린 채 숨을 헐떡였고 몇몇은 정신이 반쯤 나간 것처럼 보였다. 아무도 밥 먹을 생각을 하지 않았고, 밖에서 들리는 얼음 장수의 외침은 마치 하늘에서 내리는 복음 같았다. 라오리는 양말도 신지 않고 냅다 부채질만 했다. 그저 파리만 윙윙거릴 뿐 다른 것들은 모두 반쯤 죽은 상태였다. 거리의 전차 종소리는 마치 수명을 재촉하는 저주 같아, 사람들 마음을 심란하게 했다.

자신은 물론이고 상대방을 위해서도, 여름에는 남의 집에 가지 않는 것이 좋다. 특히 뚱뚱한 사람이라면 더 그렇다. 하지만 우 부인은 기어이 방문하고야 말았다. 남의 집 실내 온도를 높이려고 작정을 한 것 같았다.

라오리는 얼른 양말을 신고 한산을 찾았다. 팔꿈치에서 땀이 줄줄 흘렀다.

떡판 부인은 눈가의 까만 멍 자국은 거의 사라졌지만, 대신 뺨에 새로운 무늬가 추가됐다. 땀에 짓물러 아물 기미가 보이지 않는 그 기다란 상처는 파리까지 몇 마리 달고 왔다.

"리 선생님, 사과드리러 왔어요." 떡판은 파리를 쫓으려고 뺨을 볼록거렸다. "이제야 다 알았어요. 샤오자오가 죽고 나니 어떻게 된 일인지 분명해지더라고요. 정말 죄송해요! 그리고 한 가지 알려드릴 일이 있어요. 우 선생이 다시 일을 하게 되었어요. 시장이 바뀌었잖아요? 그가 알음알음 줄을 대서 교육국에 들어갔어요. 비록 군인 출신이기는 하지만 지금은 글자도 제법 알거든요. 최근에는 그이한테 부채에 글자를 써달라고 부탁하는 사람도 생겼어요. 좋든 싫든 먹고는 살아야지요. 집에서 놀면 뭐 하겠어요?"

라오리는 친한 사이라도 되는 양 퉁명스럽게 물었다. "그럼 이혼 안 해요?"

떡판이 고개를 저었다. "어휴, 말이 쉽지, 그러면 뭐 먹고 살라고요? 저도 연연하지 않기로 했어요. 어쨌든 사람이 살고 봐야지, 굳이 그렇게까지 할 필요는 없잖아요?" 그녀가 뺨에 난 상처를 가리켰다. "그년이 할퀸 자국이에요. 물론 저도 가만있을 수만은 없었어요. 도저히 안 되겠다 싶어 그년 눈두덩을 시퍼렇게 만들어주었어요. 우 선생하고는 화해했지만 그년은 그냥 둘 수가 없어요. 누가 이기는지 두고 보세요. 두들겨 패서라도 기필코 도망치게 만들 거니까! 그럼 이만 갈게요. 점심 전에 다시 집에 가봐야 되거든요." 이열치열이라고 그녀는 더운 여름을 이기기 위한 방편으로 부지런히 걷기로 한 것 같았다.

라오리는 그녀를 배웅하고 속으로 말했다. '이혼 안 하는 집 나왔네.'

막 한삼을 벗고 가슴의 땀을 닦는데 추 부인이 왔다. 널빤지처럼 납작한 그녀도 의외로 머리에서 땀방울이 흘렀다.

"뭐 그렇게 덥지는 않네요."

그녀는 강한 개성을 내보이려고 먼저 이렇게 말했다. "리 선생님, 뭐 좀 여쭤볼 게 있는데요. 우리 남편이 이번에 들인 사람, 혹시 어디 사는지 아세요?"

"모르는데요?" 그는 진짜로 몰랐다.

"남자들은 다 거짓말쟁이인가 봐요."

추 부인은 라오리를 가리켜 말하며 애써 웃어 보였다. "저에게 얘기해주셔도 괜찮아요. 다 훌훌 털고 그냥 적당히 살려고요. 사는 게 다 그렇지요, 뭐. 그저 그가 터무니없이 깽판만 치지 않으면 저도 그냥 눈감아주려고요. 그러면 되지 않겠어요?"

"그럼 당신네도 이혼 안 해요?" 리오리는 '도'에 힘을 주어 말했다.

"그럴 필요 있나요?" 추 부인이 애써 웃는 척했다. "그래도 그이가 과원인데, 제가 싸울 수는 없지요. 절대로 안 돼요. 과원이라고요! 그런데 정말 그 사람이 어디에……"

라오리는 정말 몰랐다.

"알았어요. 점심 전에 다른 곳에 가서 알아봐야겠네요." 그녀도 더운 여름을 이기기 위한 방편으로 부지런히 걷기로 한 것 같았다.

라오리는 그녀를 배웅하며 속으로 말했다. '이혼 안 하는 집, 하나 더 나왔네.'

그가 막 돌아서려는데 장다거가 커다란 과일 바구니를 들고 들어왔다. "아이들 주려고 과일을 좀 사 왔어. 날씨 한번 진짜 되게 덥네." 이렇게 말하며 그가 마당에 들어섰다.

딩얼 영감은 장다거의 소리를 듣자마자 허겁지겁 집 구석에 숨어 식은땀을 흘렸다.

"이봐, 라오리." 장다거가 이마에 흐르는 땀을 닦았다. "도대체 그 집문서와 딩얼 영감은 어떻게 된 거야? 조마조마한 게 기분이 영 찜찜해."

장다거는 이 일이 샤오자오의 죽음과 관계가 있을까 봐 걱정하는 눈치였다. 집문서가 아깝기는 하지만 또 무슨 일이 나지는 않을까 겁이 났던 것이었다. 라오리는 아직은 사실대로 말하지 않는 편이 나을 것 같았다. 뜨거운 여름날 장다거가 놀라 까무러치기라도 하면 큰일 아닌가!

"걱정 말고 마음 푹 놔. 장담컨대 아무 일 없을 거야. 내 말 믿으라고!"

장다거는 피곤한 늙은 말처럼 왼쪽 눈을 여러 번 껌벅거렸다. 여전히 라오리의 말을 곧이곧대로 받아들일 수는 없지만, 다그친다고 라오리가 사실대로 말할 것 같지도 않았다.

"라오리, 하지만 톈전이 감방에서 나온 지 얼마 되지도 않았는데, 또……"

라오리는 알았다. 장다거뿐만 아니라 떡판, 추 부인, 그리고…… 모두 똑같은 것을 두려워했다. 소송이 두려운 것이다. 그들은 집안의 추한 모습을 하얀 칠로 덮고 대충대충 살고 싶어 했다. 괜한 망신으로 체면을 잃고 싶지 않은 것이다. 톈전이 무사히 살아나왔지만 장다거는 어쨌든 이번 일이 가문의 오점이라고 생각했다. 하얗게 칠하면 칠할수록 좋다. 이 일이 또 다른 일을 일으켜서 사람들이 다 알게 된다면 그것이야말로 최악이었다. 장다거는 더 이상은 감당할 자신이 없었다. 누가 장다거에게 늙은 당나귀처럼 '눈가리개'를 쓰고 10년이든 20년이든 연자매를 돌리라고 하면 그는 기꺼이 그렇게 할 것이다. 하지만 대로에 나가서 씩씩하게 달리라고 하면 그는 틀림없이 눈물을 흘리겠지. "다거, 정 불안하면 내가 대신 집문서를 가지고 있을게. 모든 일은 다 나한테 맡겨. 어때?"

"그, 그럴 필요까지는 없어." 장다거는 애써 웃었다. "라오리, 괜한 걱정 안 해도 돼! 내, 내 말은, 조심하는 게 좋다는 거지!"

"맞아! 하루나 이틀이면 딩얼 영감도 돌아갈 거야. 마음 놓으라고."

"알았어, 그럼 나는 이만 갈게. 또 누가 혼사를 상의하러 오기로 했거든. 내일 봐, 라오리."

라오리는 장다거를 배웅했다. 너무 더워서 누구라도 깨물어야 직성이 풀릴 것 같았다.

딩얼 영감이 땀범벅이 되어서 뒷방에서 뛰쳐나왔다. "리 선생님, 저는 진짜 장씨 댁에는 절대 못 돌아가요. 장다거가 꼬치꼬치 따져 물으면 대답하지 않고는 못 배길 거네요. 사실대로 말하게 될 거예요."

"말이 그렇다는 거지요. 그를 빨리 보내려고 한 소리였습니다. 제가 딩얼 영감님을 진짜로 돌려보내겠습니까?" 라오리는 이렇듯 딩얼 영감을 지켜주는 것이 큰 의미가 있는 것 같기도 하고, 전혀 의미가 없는 것 같기도 해서 기분이 묘했다.

3

장다거가 나간 지 채 5분도 되지 않아 한 쌍의 남녀가 라오리의 집 문을 열고 들어왔다. 라오리가 막 양말과 한산을 벗은 참이었다.

"그냥, 그냥 있으시오!" 그 남자는 라오리가 한산을 찾으려고 두리번거리는 것을 보았다. "절대로 꼼짝하지 말고, 그냥 있으시오! 나는 마르크통이오. 마르크스의 동생이지. 여기는." 그는 여자를 소개했다. "가오高 동지요, 나와 동거를 하고 있소. 이 집은 엄마 동지의 집으로 알고 있는데 동지들이 왜 여기에 있는 거요?"

라오리는 어안이 벙벙했다.

마 동지와 가오 동지는 각자 들고 있던 트렁크와 작은 광주리를 일제히 바닥에 내려놓고, 마 동지는 트렁크 위에, 가오 동지는 제멋대로 의자를 찾아 앉았다.

마씨 할머니의 아들이었다. 라오리는 그들을 자세히 들여다보았다.

마 동지는 기껏해야 30여 세밖에 안 되어 보였는데 그다지 크지 않은 체구에 노란 반바지와 깃을 접은 한산을 입고 흰색 운동화를 신고 있었다. 그는 기고만장한 얼굴로 한쪽 눈썹은 하늘로 치켜올리고, 다른 한쪽은 땅을 가리키고 있었으며 한쪽 눈은 모스크바를 다른 한쪽 눈은 로마를 향해 있었다. 또 신나게 달린 후의 말처럼 콧구멍을 한껏 벌렁거리고, 입은 위로 벌어져 있어서 꼭 자기 자신에게 대고 웃으며 속으로 '나 잘났어!'라고 말하는 것 같았다.

가오 동지도 나이는 30여 세에 키가 작았다. 맨발에 넓적한 흰색 신을 신고, 상반신에는 반소매의 모시 샤오산 말고는 달리 입은 것이 없어서 까무잡잡한 살이 그대로 보였다. 이목구비는 멀쩡한데 입이 유난히 크고 약간 정신이 없어 보였으며, 얼굴에 인상을 쓰고 있는 게 꼭 두통이 있는 듯한 표정이었다.

딩얼 영감, 리 부인, 잉과 링은 두 동지들을 빈틈없이 에워싸고 구경을 했다. 마 동지는 멋대로 딩얼 영감의 부채를 가로채 부채질을 하고, 가오 동지는 탁자 위에 놓인, 조금 전에 장다거가 가지고 온 파란 사과를 집어 먹으려다가 잉에게 뺏겼다.

"이 쪼그만 부르주아 좀 보게!" 마르크통이 잉을 가리키며 말했다. "이래서 세상에 희망이 없는 거야!"

남편이 아무 말 하지 않자 리 부인은 더 부아가 치밀었다. "이봐요, 당신들 뭐 하는 사람이에요?"

"우리 둘은 동지인데 그러는 당신들은 뭐 하는 사람이오?" 마 동지가 반격했다.

리 부인은 아무 대답도 하지 못했다. 마음 같아서는 따귀를 갈겨주고 싶었지만 감히 그러지도 못했다.

문이 열리고 마씨 할머니가 들어왔다. "일어나, 얼른 우리 집으로 가자!"

"엄마 동지!" 마르크통이 일어나 노부인의 손을 잡았다. "그냥 여기 있을래. 여기가 더 시원해."

마씨 할머니 눈에 눈물이 그렁그렁했다. "여기는 리 선생님 댁이다!" 그러고는 라오리에게 말했다. "리 선생님, 너그럽게 봐주세요. 얘가 이렇게 경우가 없답니다. 얼른 나가자!" 가오 동지에게도 말했다. "거기 자네도 같이 가!"

나가지 않으려는 마 동지를 마씨 할머니가 억지로 끌고 나갔다. 딩얼 영감이 트렁크를 들어주었다. 가오 동지도 인상을 쓰며 뒤따라 나왔다. 마씨 새댁이 계단에서 울고 있었다. 핏기가 전혀 없는 그녀의 얼굴 위로 햇볕이 뜨겁게 내리쬐었다.

누구도 점심 먹을 생각을 하지 못하고 그저 녹두탕만 조금씩 마셨다. 라오리는 감정을 모두 땀에 실어 내보내려는 듯 아무 말 없이 땀만 흘렸다. 그의 귀는 온통 동채 쪽으로 쫑긋해 있었지만 아무 소리도 들리지 않았다. 새댁은 존경스러울 만큼 강인해 보였다. 오히려 라오리가 몸에 힘이 들어가 비 오듯 땀을 흘렸다. 지금 그녀가 얼마나 힘들지 충분히 상상이 되었다. 하지만 여전히 아무 소리도 들리지 않았다.

딩얼 영감은 마 선생이 제2의 샤오자오 같다는 생각에 리 부인에게 빨랫방망이를 빌려 두들겨 패버리고 싶었다. 리 부인도 그렇게 해야 한다고 생각은 했지만 감히 방망이를 빌려주지는 못했다.

잉이 엄마 몰래 아줌마를 보러 동채로 갔지만 문이 꼭 잠겨 있어서 밀어도 열리지 않았다. 아줌마를 불러도 대답이 없자, 잉은 질겁해서 다시 온몸에 땀띠가 돋았다.

서채가 왁자지껄한 작은 찻집으로 바뀌었다. 소리가 높은 쪽은 마 선생이고 마씨 할머니는 소리가 낮았다. 가오 동지의 소리는 잘 들리지 않았다.

마씨 할머니도 광서 말년에는 유신을 외쳤지만 그녀의 유신관은 그 시대에나 통하던 것이었을 뿐이고 '5·4' 이후 상황과는 거리가 멀었다. 그녀는 아는 것도 많고 생각도 트였으며 또 상당히 똑똑했다. 혁명 청년보다도 더 투철한 부분이 있는가 하면 또 어떤 부분은 전혀 타협의 여지가 없을 정도로 보수적이기도 했다. 자녀 교육에 온갖 정성을 아끼지 않았지만 그러면서 아주 방임적이기도 했다. 마와 황의 자유 결혼에도 전혀 간섭하지 않았고 그런 며느리를 끔찍이 아꼈다. 하지만 아들이 가오 동지와 동거하는 것은 용납할 수 없었다. 지금 마 동지와 바로 그 얘기를 하는 중이었다. 아들이 가오 동지가 아니면 안 된다고 하면 마씨 할머니는 혼자 따로 나가서 살려고 했다. 마씨 새댁은 남편이든 시어머니든 결정되는 대로 따르겠다고 했다. 결국 아들이 가오 동지를 포기해서 문제가 해결된다면 당장 그녀를 내보내겠다고 했다. 마씨 할머니는 말은 많았지만 의지만큼은 확고했다.

마 동지는 제대로 하는 일도 없고 무슨 의식이 있는 것도 아니면서 아주 오만했다. 그는 마르크스의 동생이 되고 싶었지만, 혁명에 대한 의식이나 동기는 전적으로 개인적인 것이었다. 그저 저 잘난 맛에, 부자들을 경멸하며 그들을 하늘에서 땅으로 끌어내리고 얼굴을 짓밟아주고 싶었다. 그저 저 잘난 맛에, 빈민들에게는 선을 베풀려고 했지만 정작 그들을 이해하지는 못했고 왜 그들을 위해 혁명을 해야 하는지도 몰랐다. 그의 최고의 꿈은 혁명 영웅이 되는 것이었다. 때문에 항상 '나 잘 났소!'라고 얼굴에 쓰고 다녔지만 이룬 것은 아무것도 없었다. 여자에게는 일부러 낭만적인 체했지만 여자의 아름다움과 성품 사이에서 갈피를 잡지 못했다. 처음에는 황 여사의 아름다움에 반했지만, 너무 고지식하고 얌전해서 점점 싫어졌다. 가오 여사는, 생기 넘치고 활동적인 성격이 마음에 들었지만 전혀 예쁘지도 않고 남성적이어서 점점 불만을 갖게 되었다. 하지만 그는 누구를 선택할지 결정을 못 했다. 그는 스스로 "두

장의 철판 사이에 끼였어"라고 말했다. 이 문제를 해결하고 싶지도 않았다. 그는 일부다처든 일처다부든 다 괜찮다고 생각했다. 개인의 자유에 맡겨야지 옆에서 참견할 필요가 없다고 했다. 그는 이미 결혼한 황 여사나 지금 동거 중인 가오 동지 가운데 누구도 버릴 수가 없었지만 두 여인은 그의 일부다처를 원하는 것 같지 않았으므로, 도저히 해결할 방법이 없었다. 그래서 그는 아무 생각도 없었다.

마 동지에게는 꿈이 또 있었다. 지금은 그것이 그야말로 꿈에 불과했다는 것이 입증되었지만, 그는 사랑하는 여자와 함께 있으면 무엇을 하든 성공할 것 같았다. 그래서 사랑하는 여인과 결혼을 했지만 소용이 없었다. 다시 성격이 강하고 활동적인 여자를 만났지만 역시 소용이 없었다. 그는 여자를 남자의 성공을 돕는 조수로 삼았지만 결과적으로 남자는 성공하지 못했고 여자는 거머리처럼 달라붙어서 남자의 등골을 빨아먹었다. 그렇다. 가오 여사는 스스로 밥벌이를 할 수 있었지만 혼자서 벌어먹을 능력이 있는 것과 남자의 성공을 돕는 것은 너무 달랐다. 더욱이 두 사람은 늘 다퉜고 때로는 그녀가 일부러 그의 화를 돋우기도 했다. 그녀와 동거하면서부터 시작된 여러 고생들이 그는 달갑지 않았다. 이런 고생을 할 줄은 전혀 상상 못 했다. 혁명가는 모름지기 자동차를 타고 밖을 돌아다니며 연설을 하고 맥주를 넉넉히 마시며, 그렇게 살다가 보면 아주 높은 지위의 동지가 되는 것이라 믿었다. 하지만 결과는, 차비가 없어 전차도 타지 못하는 신세였다. 실망은 광기로 이어져서, 그는 겨우 보통 사람들이나 무서워할 용어로 사람들을 옥박지르고, 교만함 때문에 자신의 실패를 달가워하지 않았다. "나 잘났어! 내가 너보다 나아! 마흔 넘은 것들은 모두 죽여야 돼!" 꼭 못된 개구쟁이가 강아지를 괴롭히는 것처럼 착한 사람들을 떨게 만들려는 것 같았다.

서채에서 회의가 열린 지 두 시간이 넘었지만 마르크통은 방법이 없었다. 마씨 할머니는 가오 동지를 들일 수 없었다. 마침내, 가오 동지가 작은 대광주리를 들고 밖으로 나갔다. 마 동지는 배웅도 하지 않았다.

마씨 할머니가 동채로 갔다. 동채의 문은 여전히 잠겨 있었다. "문 좀 열거라, 애간장 타게 하지 말고!" 문이 열리고 마씨 할머니가 들어갔다.

마씨 할머니는 동채로 들어가고 마 동지가 은근슬쩍 본채로 왔다. 잉과 링은 너무 더웠는지 잠이 들었고 어른 셋이 거실에 앉아 동채의 동정에 귀를 기울이고 있었다.

마 선생이 피식 웃었다. "당신들은 당장 이사 가시오. 여기서 살면 안 돼! 당신은 혁명 해본 적 있소?" 라오리에게 물었다. "당신은 혁명 해본 적 있소?" 딩얼 영감에게 물었다. "당신은 혁명 해본 적 있소?" 리 부인에게 물었다.

다들 아무 말도 하지 않았다.

"어라!" 마 동지가 웃었다. "당신들 대가리를 보아하니 전혀 혁명하게 생겨먹지 않았어! 나는 혁명을 해봤으니 내가 본채에 살아야겠어. 당신들은 얼른 꺼져!"

리 부인의 감춰왔던 시골 기질이 되살아났다. 그녀는 누렁이 등에 붙은 파리를 잡듯 마 동지의 웃는 얼굴에 아주 혁명적인 따귀를 갈겼다. 마누라를 둘씩이나 둔 남자에 대한 분노의 표시였다.

"잘했어요, 참 잘했어요!" 딩얼 영감이 옆에서 환호했다.

마 동지는 얼굴을 움켜쥐고 돌아갔다. 혁명은 포기한 것 같았다.

5

리 부인의 무력시위와 딩얼 영감의 보조 시위, 마 선생의 참패. 이 모든 것들이 바로 자기 앞에서 벌어졌는데도 라오리는 아무것도 눈에 들어오지 않았다. 여기는 안중에도 없었다. 그는 오로지 동채만 생각했다. 그녀는 어떻게 되었을까? 마씨 할머니는 그녀에게 뭐라고 말했을까? 가오 동지는 저대로 순순히 포기하는 걸까? 그는 더위도 잊은 채 가슴을 졸이며 결과를 기다렸다. 마 동지의 행동에 그는 조금 맥이 풀렸다. 낭만적인 사람도 별거 아니구나. 낭만적인 사람은 자기 개인을 우주의 중심에 두어야 하는데, 마 동지는 결국 집으로 돌아와 나이 드신 어머니의 가슴만 아프게 했다. 이게 무슨 의미가 있는가? 물론, 낭만의 본질이 제멋대로 즐기는 것인 만큼 가장 좋은 것은 그저 순간을 즐기며 결과를 바라지 않고, 결과에 연연해하지 않는 것이다. 하지만 라오리는 결과가 없는 일을 한다는 걸 생각조차 할 수 없었다. 게다가 어떤 일의 결과가 나이 드신 어머니를 가슴 아프게 만드는 것이라면, 더더욱 할 수 없다!

저녁 먹을 때가 되자 그는 이미 반쯤 맥이 풀렸다. 새댁이 서채에 가서 밥을 먹었다. 비록 그녀가 무슨 말을 하는지는 알 수 없었지만 마씨 모자와 식탁에 같이 앉아 있는 것은 분명했다.

밤이 되자 완전히 맥이 풀렸다. 마 선생이 동채에 가서 잤다. 라오리의 세계는 낡은 세숫대야마냥 바닥에 내동댕이쳐져 박살이 났다. '시정?' 세상에 그런 것은 없다. 정숙함, 고고함, 그 어떤 것도 없다. 인생이란 그저 타협이고 대충대충 사는 것이며, 이상과는 완전히 상반된 빈둥거림일 뿐이다. 다른 사람들은 그렇다 치고, 그래도 그녀, 그녀마저 이럴 줄은 정말 몰랐다! 그녀의 눈에는 마 동지가 사랑스러워 보이는 것일지도 모른다. 그렇다면 왜 그렇지? 질투는 항상 멍청한 질문을 하게 만든다.

처음에는, 마 선생의 말소리만 들리고 그녀는 아무 말도 하지 않았다. 하지만 조금 지나자 그녀도 천천히 한두 마디 대꾸하는 것 같더니 결국에는 서로 말을 주거니 받거니 했다. 정적. 라오리는 내내 잠을 이루지 못했다. 밤이 깊어지고 한 시간 남짓 지나자 다시 두 사람의 대화가 시작되었다. 목소리가 처음엔 나직하더니 점차 높아졌다. 그리고 마침내 다투기 시작했다. 라오리는 신이 났다. 그래, 싸워라 싸워. 타협의 결과는, 인과응보가 아니라면, 분명 싸움이어야 한다! 그는 여전히 새댁이 남편과 싸우고 헤어지기를 바랐다. 그렇다면 라오리에게도 아직 기회가 있었다. 하지만 오래지 않아 그들은 다시 조용해졌다. 라오리는 그녀의 미래를 그려보았다. 가오 동지는 돌아올 게 틀림없다. 새댁은 이미 남편에게 투항한 터라, 가오 동지에게도 투항하게 될 것이고 어쩌면 새댁이 쫓겨날지도 모른다. 한 송이 꽃에서 꽃잎이 떨어지고, 이파리마저 모조리 떨어지는 것이 보였다. 그녀를 원망해야 할까, 아니면 불쌍히 여겨야 할까? 라오리는 결정하지 못했다. 세상은 철저히 현실적이고 영원히 시들지 않는 꽃은 없다. 시 속의 꽃은 환상일 뿐이다!

라오리의 희망이 사라졌다. 세상은 한 점 빛도 없는 암흑천지였다. 더 이상 이곳에서 살 수 없었다. 이 정원도 저 괴물 관청과 마찬가지로 무료하고 무의미했다. 라오리는 딩얼 영감을 깨웠다. 가슴속에 있는, 어렴풋하지만 분명히 아름다운 시골의 풍경을 그에게 들려주었다. "좋지요, 리 선생님과 같이 시골로 갈래요, 암요! 베이핑에서는 조만간 총에 맞아 죽을 것 같아요!"

딩얼 영감은 당장 짐을 꾸리기 시작했다.

6

장다거가 막 출근을 하려는데 누군가 수레에 탁자와 의자를 싣고 왔다. 한 폭의 대련과 편지 한 통도 있었다.

그가 관청에 도착하자 동료들이 모두 귀신한테 홀리기라도 한 듯 몹시 흥분해 있었다.

"라오리 그 친구 정말 미쳤어, 미쳤다고! 글쎄 사표를 썼대, 사표를!" 결코 생각해본 적이 없는 '사표'라는 말이 입에 오르자 다들 숨이 넘어갈 것 같았다.

"이미 떠났어. 고향으로 갔어, 도저히 알 수 없는 노릇이야!"

장다거는 진심으로 라오리가 안타까웠다. "너무 아까워!" 물론 가장 아까운 것은 일등 과원이라는 자리였다.

"알다가도 모를 일이야! 더 높은 자리로 간 거 아니야?" 다들 그렇게 추측했다. 하지만 시골에 과원만 한 자리가 있을 리 없었다.

"딩얼 영감도 따라갔어." 장다거가 새로운 정보를 추가했다.

"딩얼 영감이 누군데?" 다들 따져 물었다.

장다거는 딩얼 영감의 이력을 한바탕 늘어놓았다. 끝으로 그가 말했다. "딩얼 영감은 폐물이야! 하지만 라오리는 너무 아까워. 그래도 오래지 않아 돌아올 거야. 다들 두고 보라고! 그가 베이핑을 잊을 수 있겠어?"

옮긴이 해설

라오서의 웃음

　베이징의 톈안먼 광장 남쪽 부근에 '라오서 차관老舍茶館'이라는 전통 찻집이 있다. 중국 전통차를 마시며 전통 예술과 민간 기예를 감상하는 곳으로, 베이징에 가면 꼭 들러야 할 명소 가운데 하나로 꼽힌다. 그 상호가 작가 라오서(老舍, 1899~1966)와 그의 대표적인 희곡「차관茶館」(1957, 한국어 번역서「찻집」)에서 유래했다는 것은 그를 조금이라도 아는 사람이라면 금방 알아 차렸을 것이다. 이렇듯 라오서는 베이징을 대표하는 작가이다.

　그의 작품은 주로 베이징을 중심으로 서민들의 생활상과 의식 세계를 묘사했으며, 특히 그가 작품에서 보여준 유머는 중국 현대문학의 영역을 확장시켰고 그중『이혼離婚』(1933)은 작가의 유머가 가장 성숙했다는 평가를 받는 작품이다. 아울러 그는 다수의 장·단편 소설 외에 희곡, 통속 문예 등 다양한 장르에서도 많은 작품을 남긴 다산 작가이기도 하다. 그는 또 '인민예술가'라는 칭호를 얻기도 하는데, 그만큼 그의 작품에는 역사적 격변기를 살아간 중국인에 대한 깊은 애정이 담겨 있다.

1. 만주족의 후예로 태어난 라오서

1918년 라오서는 열아홉의 나이로 소학교 교장에 부임한다. 그 이듬해, 베이징에서는 중국 정부가 일본과 맺은 21개 조항의 불평등조약에 대한 반발로 5·4운동이 일어나고 거리는 거세게 항의하는 시민과 학생 들로 가득했다. 하지만 이 현장에 라오서는 없었다. 가족의 생계를 책임져야 했던 그는 이 역사적 사건의 '방관자'에 불과했으며, 그간의 고된 삶으로 그는 이미 '중년'이 되어 있었다.

어려서 가난했고 또 일찍부터 일을 하다 보니 나의 이상은 눈앞의 현실과 거리를 둘 수 없었다. 나더러 지상 낙원을 구상해보라고 하면 그것은 아마도 원시인들이 꿈꾸던 온통 땅에 꿀이 흐르고 강에 물고기가 가득한 모습과 별 차이 없을 것이다. 가난한 자의 공상은 기껏해야 고기만두를 벗어나지 못한다. 내가 바로 그랬다.*

라오서는 1899년 베이징의 만주족 집안에서 태어났으며, 본명은 수칭춘舒慶春이다. 라오서라는 필명은 그의 성인 '수舒'를 '서舍'와 '위予'로 나눈 후 '서' 자 앞에 우리식으로 말하면 김형, 이 형하고 부를 때, '형'에 해당하는 접두어인 '라오老'를 붙여서 만든 것이다.

---

* 老舍, 「나는 어떻게 『자오즈웨』를 썼는가我怎樣寫『趙子曰』」, 『느린 걸음老牛破車新編』(三聯書店, 1986).

청나라는 만주족이 한족이 지배하던 명나라를 멸망시키고 세운 나라이지만 라오서는 만주족이 천하에 군림하던 호시절이 지나고 지리멸렬해진 청나라 말기 몰락한 집안에서 태어났다. 더욱이 그가 태어난 시기는 의화단 사건으로 중국 사회가 한창 혼란할 때였다. '부청멸양扶淸滅羊' '청 조정을 도와 서양 세력을 몰아내자'는 기치를 내건 의화단은 1900년 베이징까지 진격해 외국 공관을 습격한다. 이를 진압하기 위해 미국, 영국, 일본 등 8개국 연합군이 베이징에 진입한다. 이 당시 청나라 황궁 수비병으로 있던 라오서의 부친이 연합군 군대와 교전 중에 전사한다. 이로 인해 모친이 막노동꾼의 악취에 찌든 대님을 빨래하면서 가족의 생계를 유지하는 등 그는 지극히 힘든 유년 시절을 보내야 했다.

주변의 도움으로 가까스로 소학교를 마친 라오서는 일반 중학교 대신 학비와 생활비를 모두 제공하는 베이징사범학교에 입학하며, 졸업 후 소학교 교장에 부임하게 된다. 능력을 인정받아 2년 만에 장학사로 승진하고, 태어나서 그나마 처음으로 약간의 경제적 여유를 누려보기도 한다. 하지만 얼마 지나지 않아 라오서는 타성에 젖은 관료 사회에 불만을 느끼고, 소득이 보장된 자리를 박차고 나온다. 이후 라오서는 기독교 신자가 되어 교회의 야학에서 영어를 배우는데, 이때 알게 된 영국인 목사의 주선으로 영국에 가게 된다. 당시 많은 청년들이 유학을 위해 해외로 나간 것과는 달리 그의 출국은 오로지 돈을 위해서였다. 이곳에서의 생활은 라오서의 인생에서 일대 전기를 가져다준다.

그는 런던대학교 동방학원에서 중국어를 가르치면서 여가 시간을 이용해 서양 문학을 접하며, '재미 삼아' 소설을 쓰기 시작한다. 특히 18세기 영국의 대표적 리얼리즘 작가인 찰스 디킨스의 소설은 그의 작품 세계에 큰 영향을 주었다. 첫 장편인『라오장의 철학老張的哲學』(1926)은 돈, 명예, 권력의 삼위일체를 자신의 철학으로 삼는 장 씨의 만행과 그에 의해 희생되는 두 청춘 남녀의 비극을 그렸다. 이 소설 외에『자오즈웨趙子曰』(1927),『마씨 부자二馬』(1929) 등 그는 영국에서 생활하는 6년 동안 모두 3편의 소설을 발표한다. 이 소설들은 대체로 여러 사회 모순과 낙후된 시민의식을 비판하는 계몽적 성격이 강하다. 한편 소설에서 그가 보여준 유머는 당시 중국 소설에서는 매우 생소한 것이었다. 유머humor는 1924년 국학의 대가인 린위탕(林語堂, 1895~1976)이 한자로 '幽墨'(유묵, 중국어 발음으로는 요우머)이라고 표기하면서 처음 중국에 소개된 단어로, 주로 수필이나 소품문에서 사용되는 개념이었다. 따라서 아직 유머에 대한 인식이 깊지 않은 상황에서 수필도 아닌, 유머를 운용한 소설의 등장은 문단의 관심을 불러 모으기에 충분했다.

　그럼에도 불구하고 귀국 후에 라오서는 오히려 작품에서 유머를 배제한다. 영국에서 돌아와 산둥성 지난濟南에 정착한 라오서는 상상 이상으로 열악한 중국의 현실과 외세의 침략 위기에 충격을 받는다. 특히 일본군이 산둥을 유린했던 지난 사변의 흔적을 직접 눈으로 확인한 라오서는 이 사건을 배경으로『대명호大明湖』(1931)를 쓴다. 아쉽게도 이 작품은 1932년 일본 함대의 상하이 포격으로 출판사가 파괴되면서 원고가 소실되고 만다. 애초에 이 소설이 탐탁지 않았던 그는 다시 쓰는 것을 포기하고, 중심이 되는 이야기만 따로 추려서 중편『초승달月牙兒』(1935)을 발표한다. 이 작품은 가장을 여읜 두 모녀가 온갖 노력에도 불구하고 결국에는 매춘부로 전락하는 비극을 그렸다.『대명호』에 이어 라오서는 또 중국의 현실을 신랄하게 풍자한『고양이 나라 이야기猫城記』(1932)를 발표한다. 이 작품은 가상의 공간인 화성에 불시착한 우주비행사의 눈을 빌려 고양이 나라가 멸망하기까지의 과정을 묘사한 것으로, 고양이 나라는 바로 중국을 가리킨다. 여기에서 고양이 나라 국민들은 마약에 항상 취해 있고, 사회 곳곳이 부패와 비리로 가득차 있으며, 정치인들은 국가의 안위는 도외시한 채 정쟁에 혈안이 되어 있으며, 혁명을 외치는 무리는 사람들을 죽이기에 바쁘다. 이들은 왜인들의 침략에도 아랑곳 않고 서로 싸우며, 결국에는 모두 죽고 고양이 나라는 멸망한다. 이 소설은 라오서의 격한 감정을 여과 없이 드러내 보인 작품으로 당시 중국 현실에 대한 작가의 실망과 분노가 어떠했는지를 잘 보여주고 있다.

이 두 작품에서 만족을 느끼지 못한 라오서는 다시 유머로 돌아간다. 그 첫 작품이『이혼』이며, 이 소설은 라오서의 명성을 재차 확인하는 계기가 된다. 이후 전업 작가로서의 가능성을 확인한 라오서는 그간 고정적인 수입원이던 대학교수 자리를 사임하고 작품 활동에만 전념하며, 장편『낙타 샹쯔駱駝祥子』(1936)를 발표한다. 이 소설은 베이징을 배경으로 인력거꾼 샹쯔가 물질적·정신적으로 피폐해지는 과정을 통해, 결코 행복해질

수 없는 도시 빈민의 비극적 운명을 그렸다. 이 작품으로 라오
서는 소설가로서 최고의 정점에 서게 된다. 하지만 이 소설이
발표된 바로 그해 중일전쟁이 발발하면서 라오서는 한동안 소
설 창작을 중단하게 된다.

2. 인민예술가로서의 창작 활동

1937년 중국과 일본의 전면전이 벌어진다. 이전까지 서로 갈
등하던 국민당과 공산당은 다시 손을 잡고, 이에 각자의 이념
을 불문하고 문인들이 의기투합하여 '중화전국문예계항적협
회'(이하 문협)를 결성한다. 그리고 좌우 진영의 인사들로부터
고른 지지를 받은 라오서는 이 단체의 실질적인 책임자로 추대
된다.

문협은 '문학을 농촌으로, 문학을 군대로'라는 슬로건을 내
세우고 항일 의식을 고취하는 작품을 쓴다. 라오서 역시 이 취
지에 부응하여 소설 창작을 유보하고 대중이 보다 쉽게 다가갈
수 있는 장르인 화극(話劇, 노래를 기반으로 하는 전통 경극과 구
분하여 대사로만 구성된 희곡)과 민간 문예 창작에 주력한다.

1949년 중화인민공화국이 수립된 이후 라오서는 '인민을 위
한 예술'이라는 국가적 요구를 적극적으로 수용하여 여전히 화
극 창작에 주력하며 이후 30여 편에 이르는 작품을 남긴다. 그
가운데 「용수구龍鬚溝」(1951)는 당시 빈민 밀집 지역에 위치한
하천으로 수십 년간 오물과 악취가 가득한 채 방치되어 있던
'용수구'의 정비 사업을 배경으로 하였다. 그는 이 작품의 의의
를 인정받아 베이징시로부터 '인민예술가'의 칭호를 수여받는

다.「찻집」은 베이징의 한 찻집을 무대로 청말에서 중화인민공화국 수립 전까지 급격하게 변모하는 중국의 모습을 그린 가장 대표적인 희곡으로, 이 작품을 통해 희곡 작가로서도 세계적인 명성을 얻게 된다.

하지만 이처럼 왕성한 창작 활동과 작품에서 보여준 당과 인민에 대한 강한 애정에도 불구하고 라오서는 정치적으로 곤경에 처하게 된다. 공산 정권이 수립되면서 근거지인 옌안延安에 있던 젊은 작가들이 대거 베이징에 입성해 문단의 주류를 형성하면서 기존의 중진 작가들은 주변부로 밀려난다. 라오서 역시 예외는 아니었다. 특히 그가 이전 작품에서 보여준 사회주의 혁명이나 공산당에 대한 부정적인 묘사, 영국·미국 등에서의 체류 경력 등은 그의 처지를 더욱 곤혹스럽게 했다. 때문에 그는 『이혼』『낙타 샹쯔』 등 대표작을 개작하거나, 이전의 창작 경향에 대해 스스로 비판하는 글을 여러 차례 발표하기도 한다. 1953년에는 인민 해방군 위문단의 부단장 신분으로 북한을 방문해서 『유명해진 무명고지無名高地有了名』(1955)라는 보고 문학 작품을 쓴다. 관절염으로 불편한 몸을 이끌고 위문단 철수 이후에도 홀로 남아 반년 동안 생활하는 것은 무리였지만, 다분히 자신에 대한 비판을 의식한 행동이었다. '인민예술가' 칭호도 원래는 당시 총리였던 저우언라이周恩來가 국가 차원에서 수여하려고 했지만 그에 대한 비판을 의식해 베이징시 명의로 격을 낮췄다고 한다.

비록 주변 환경적 요인으로 인해 화극에 전념하고 또 희곡 작가로서의 입지도 굳혔지만 그럼에도 라오서의 소설 창작 욕구는 여전했다. 그는 소강 국면에 접어든 중일전쟁 말기부터 1946년 미국 국무성의 초청으로 미국에 건너가 약 4년간 체류한 기간 등을 포함해 약 7년에 걸쳐 3부작 장편『사세동당四世同堂』을 쓴다. 이 소설은 100만 자에 달하는 대작으로 일제 치하에서 굴욕적인 삶을 살아야 했던 베이징 사람들의 다양한 생활상을 그렸다.

또 말년에는 만주족의 문화와 삶을 그린 미완의『정홍기하正紅旗下』*를 남긴다. 의화단 사건으로 부친을 잃고 곤궁한 유년기를 보내야 했던 라오서는 1930년대부터 이미 의화단과 자신의 '가족사'를 소재로 한 작품을 쓰고 싶은 강한 열망을 가지고 있었다. 하지만 청나라 멸망 이후 만주족을 무시하는 배만排滿 정서가 잔존하는 사회 분위기 속에서 그것을 실행에 옮기는 것은 쉬운 일이 아니었다. 그러던 중 1960년 '의화단기의' 60주년을 전후하여 만주족에 대한 긍정적 평가가 대두되자 고무된 라오서는 소설을 쓰기 시작한다. 하지만 이내 문단에 가해진 극좌적인 정치적 간섭으로 인해 라오서는 창작을 중단해야 했으며 이 소설은 결국 미완으로 남게 된다.

그리고 1966년 훗날 '사인방'의 일원이 된 야오원위안姚文元이 역사학자이자 베이징시 부시장이던 우한嗚晗의 역사극『하이루이의 파면海瑞罷官』(1961)을 신랄하게 비판한다. 대약진 운동 실패 후 마오쩌둥이 자신에게 충언을 한 당시 국방부장 펑

---

* 만주족은 모두 8기旗로 구성되어 있으며 라오서는 바로 '정홍기正紅旗' 출신이다.

더화이彭德懷를 실각시킨 적이 있는데, 이 사건을 우회적으로 비판했다는 것이었다. 야오의 이 비판이 바로 중국을 10년 대재난으로 몰아넣은 '문화대혁명'의 단초였다. 그 영향은 이 작품을 게재한 『북경문예』의 편집을 담당했던 라오서에게도 미쳤다. 이로 인해 라오서는 어린 홍위병들의 모진 비판과 구타에 시달려야 했고 급기야 8월 24일, 그는 베이징 교외의 타이핑호太平湖에서 숨진 채로 발견된다. 인민예술가라는 칭호가 무색하지 않게 인민에 대한 애정이 강했던 라오서의 불행한 죽음은 극단적인 정치 환경이 빚은 중국 현대사의 비극의 한 장면이라고 할 수 있다.

3. 『이혼』에 담긴 눈물을 머금은 미소

『이혼』은 라오서의 유머가 가장 성숙했다는 평가를 받는 소설로 1930년대 초 생기를 잃은 잿빛 도시 베이징과 시민들의 삶과 의식을 특유의 유머로 풀어낸 작품이다. 또한 라오서는 이 소설을 자신의 최고작으로 꼽기도 했다.

『현대現代』에 『고양이 나라 이야기』연재를 마친 라오서는 이를 단행본으로 묶어 양우良友 출판사에서 발간하는 '양우문학총서'에 넣기로 했다. 그런데 잡지를 발간한 출판사에서 먼저 단행본으로 발행해버리자, 이에 라오서는 양우 측에 급하게 새로 소설을 써주기로 한다. 신작에 대한 아무런 구상도 없는 상태에서 그는 빠르게 글을 쓰기 위해 두 가지 원칙을 꺼내 든다. 하나는 유머로 복귀한다는 것이고 다른 하나는 베이징을 배경으로 한다는 것이었다.

그는 특유의 유머로 이름을 알리기는 했지만, 정작 그 이후, 정확히 말해서 영국에서 돌아온 이후에 창작한 두 편의 장편에서는 의도적으로 유머를 배제했다. 귀국 후 직접 눈으로 확인한 국가적 위기가 상상 이상으로 심각했으며, 또 당시 문단 일각에서 문학을 구국 계몽의 수단으로 인식하던 일부 작가나 평론가들 가운데 그의 유머를 부정적으로 보는 시선을 의식했기 때문이다.

하지만 그 두 편의 소설이 라오서는 만족스럽지 않았다. 그는 성장 과정에서 가난과 그 가난 속에서도 굴하지 않은 모친의 영향으로 항상 감정을 억제하는 데 익숙해졌다. 그래서 전적으로 감정에만 의지했다면 위대한 비극을 쓸 수도 있었겠지만 그러지 못했으며, 또한 세상을 조소할 줄 알았지만 그것조차 신랄하게 하지는 못했기에 자신은 유머를 얻었고 풍자를 잃었다고 회고하기도 했다. 이렇듯 기질적으로 직접적인 감정 표현에 익숙하지 않은 그에게 있어서 유머는 자신의 감정과 생각을 세상에 드러내는 편하고 효과적인 방식이었다.

한편 태어나서 영국으로 떠나기까지 26년을 줄곧 베이징에서만 살았던 라오서는 그야말로 베이징 토박이였다. 이곳에는 궁핍했던 어린 시절의 고난과 그 가난에서 벗어나기 위해 분투했던 삶이 오롯이 녹아 있었다. 그런 그가 귀국해서는 생업을 위해 베이징이 아닌 산둥성 지난에서 지내야 했기에 고향에 대한 그리움 또한 적지 않았다. 또한 이 도시는 만주족의 역사와 애환이 서린 곳이기도 하다. 더욱이 당시는 권력이 다시 한족에게 넘어가고 만주족은 그야말로 천덕꾸러기 신세로 전락한 터라, 작가의 애잔함은 더욱 각별했을 것이다.

　[……] 그는 시안먼西安門으로 들어가 시스쿠쿠西什庫 예배당과 도서관, 중베이하이中北海를 거닐었다. [……] 베이핑은 인류의 미적 감각을 한껏 뽐내는 것 같았다. [……] 인공과 자연이 한데 어우러져 인공도 어색하지 않고 자연도 거칠어 보이지 않았다. 막 칠을 마친 한 장의 옛 그림, 그것이 바로 베이핑이었다.

이러한 베이징 예찬은 단지 작품 속에만 한정되는 것이 아니고 작가의 실제 속마음을 드러낸 것이다. 또 위의 글에서와 같이 그는 마치 베이징의 구석구석을 회상하듯 여러 명소나 거리를 나열하고 있으며, 좐타 후퉁甎塔胡同, 펑성 후퉁豐盛胡同 등 골목 이름에 이르기까지 대부분의 지명이 실재하는 것이어서 마치 라오서가 이 도시 곳곳을 안내하고 있는 듯한 느낌마저 든다.

이처럼 자신에게 가장 익숙하고 효과적인 글쓰기 방식과 소재를 선택한 것이 주효했다. 글쓰기는 순조롭게 진행되었고, 그는 여름방학 동안 쓰려고 했던 원래의 계획보다 한 달을 앞당겨 탈고할 수 있었다.

하지만 베이징을 바라보는 라오서의 시선은 하나가 아니었다. 그 도시는 온갖 추억이 어린 그리움과 예찬의 대상이기도 했지만 다른 측면에서는 중국 사회의 여러 모순과 문제가 산적해 있는 곳이기도 했다.

1928년 장제스蔣介石의 국민당이 중국을 할거하고 있는 봉건 군벌을 타도하고 중국을 하나로 통일하기 위해 감행한 북벌 전쟁이 성공적으로 마무리되지만, 이후 국민당과 공산당 간의 갈등이 본격화된다. 또한 일본은 1931년 만주사변을 일으키고 만주국을 건립하는 등 중국 침략을 본격화하고 있었다. 이처럼 국내외적으로 어수선한 상황에서도 북벌 완수에서 중일전쟁이 발발하는 1937년까지 베이징은 '황금의 10년'이라는 말이 나올 정도로 의외로 평온했고 서민들의 생활도 비교적 안정적이었다. 하지만 이는 겉으로 보이는 모습일 뿐 베이징은 병들어 있었다.

북벌은 막바지에 이르러 북부 지역의 군벌 세력들이 전쟁 대신 국민당에 귀순함으로써 마무리된다. 이로 인해 비록 난징을 수도로 하는 민주 정권이 들어서고 통일을 선언하지만 군벌들은 신분만 바뀐 채 그 세력을 온전히 유지하게 된다. 베이징 역시 봉건 군벌의 잔재가 그대로 남아 있었다. 작품에 등장하는 재정소 소장이 토비土匪이며 수하에 수백 명을 거느리고 있다거나 우 선생이 원래 군인에서 과원으로 직업을 바꿨다는 등의 묘사는 바로 그러한 현실을 반영했다.

이에 더하여 소설에서는 국민당과 공산당의 대립으로 인해 어수선한 사회 상황도 그렸다. 당시 공산당이나 반정부 세력을 제거하기 위해 조직한 일종의 사복경찰과 유사한 '특무特務'들은 무소불위의 권력을 행사하며 사회 도처에서 온갖 폭력과 불법적인 행위를 서슴지 않는다. 소설 속에서 톈진은 특별한 근거 없이 공산당으로 지목되어 체포되었다가 샤오자오의 뒷거래로 풀려나게 되는데 이때 등장하는 기관이 바로 특무 조직이다. 한편 소설에서는 마누라에 만족한다면 공산당 만들자고 떠드는 일은 없을 거라는 식으로 공산주의를 희화화하고 좌익 활동에 가담했던 마 선생을 파렴치한 인물로 묘사했는데, 이는 당시 사람들의 좌익 이념에 대한 천박한 이해를 묘사했을 뿐만 아니라 좌익 세력에 대한 라오서의 부정적인 인식을 보여준다.

1930년대는 5·4 신문화운동 시기의 봉건과 반봉건의 대립을 넘어 좌익과 우익 간의 이념 대립이 첨예하게 전개되던 시기였지만 라오서는 중국 사회가 전근대적 관습과 인식을 여전히 극복하지 못하고 있다는 것에 특히 주목한다. 그리고 이 문제를 드러내기 위해 그는 이미 제목에서 알 수 있듯 '이혼'이라는 소재를 꺼내든다. 남녀 간의 애정은 때와 장소를 불문하고 문학에서 가장 자주 차용되는 소재이자, 사람들의 관심을 쉽게 모을 수 있는 이야깃거리이다. 중국에 현대문학이 탄생한 5·4 문학혁명기 여러 작품에서 독자들의 관심을 끌고 의식 개혁을 위한 하나의 수단으로 자유연애를 주요 소재로 삼은 것도 이와 무관하지 않다. 그런데 라오서가 이 작품을 집필하기 불과 2년 전 중앙 정부는 혼인제도와 관련하여 다소 황당한 법을 시행한다. 남녀평등, 자유 이혼, 일부일처제 등을 명문화하면서 동시에 첩을 두는 것은 혼인이 아니므로 중혼이라고 할 수 없다는 것을 공식화한 것이다. 이처럼 중혼은 금지하되 축첩은 합법이라는 이율배반적인 논리는 남성 중심의 가부장제라는 봉건적 폐습을 청산하지 못하는 중국 사회의 한계를 단적으로 드러낸 것이었다.

장다거는 중매와 이혼 퇴치를 사명으로 여기고 자유연애를 혐오하는 데서 알 수 있듯이 가부장적 전통에 젖어 있다. 그리고 중매를 매개로 사람들과 관계를 맺고 원칙이 아닌 인간관계를 이용해 모든 문제를 해결한다. 심지어 가짜 약으로 환자를 죽게 한 돌팔이 의사마저 자신이 중매를 섰다는 이유만으로 인간관계를 이용해 풀려나게 한다. 이렇듯 그의 인식은 구시대적이며 또 철저히 베이징을 중심으로 판단하는 편협함도 드러낸다. 그는 평생 베이징을 떠난 적이 없고 외부 세계를 경험한 적도 없다. 때문에 베이징 외에는 모든 곳이 시골이고 베이징 모든 푸줏간의 주인은 산둥 사람이라고 착각하며 현실에 안주하는 삶을 구가한다. 이처럼 장다거의 생각과 태도는 19세기 중반 서양의 선진 무기만 들여오면 중국도 강국이 될 수 있다고 믿었지만 결국에는 실패한 이른바 '중체서용론'적 한계를 벗어나지 못했다. 이러한 퇴행적 인식은 시대의 흐름에 역행하는 것이었으며 그 변화 앞에 무기력했다. 때문에 톈전이 공산당으로 몰려 언제 죽을지 모르는 절박한 순간에 그는 아들을 구할 어떠한 대책도 내놓지 못하고 절망할 따름이다. 이념적 갈등에 따른 사회의 변화에 둔감한 결과였다.

하지만 아들이 돌아오게 되자 장다거는 언제 그랬냐는 듯 이전의 모습으로 돌아간다. 이처럼 현실에 안주하는 장다거 뿐만 아니라 각자 다른 이유로 이혼을 생각하던 부인들도 결국 현실과 타협한다. 이에 더해 첩과 태극권에만 관심인 우 선생, 북경인이 되고 싶은 쑨 선생 등 여러 인물들은 위선과 가식으로 위장하고 적당히 현실과 타협하며 체면만 차리려고 하는 천박한 시민의 면모를 보여준다.

　라오리는 등장인물들 가운데 유일하게 다른 이들의 낙후된 인식과 행동, 사회적 병폐 등을 자각한 인물이다. 그에게 현실은 악취가 진동하는 곳이며 장다거의 삶은 조소의 대상일 뿐이다. 또한 베이징은 불이 활활 타오르는 생지옥이었다. 하지만 동시에 그는 소심하고 우유부단하다. 때문에 장다거의 불행을 차마 두고 볼 수 없어서 용감하게 나서기는 했어도, 딩얼 영감의 영웅적인 활약이 없었다면 그 성공을 장담할 수 없었다. 그나마 그는 소박한 일탈을 꿈꾼다. '시정詩情', 즉 시적 낭만이 그것인데 하지만 이것 또한 공허한 몽상에 지나지 않았다. 이는 그가 관념적으로 생각만 할 뿐 실제로 그것을 실행해 옮길 용기를 갖지 못했기 때문이다. 때문에 장다거의 분석대로 그 시정은 '여자'의 의미와 별반 다르지 않았고 마씨 며느리가 남편에게 돌아가자 시정은 여지없이 깨지고, 그는 장다거의 '상식' 앞에 무기력할 뿐이었다. 시골로 떠난 라오리가 북경으로 돌아오게 될 것이라는 장다거의 예언은 그만큼 전근대적 관습과 의식이 여전히 견고하며 사람들은 여전히 현실과 타협하는 삶을 살 것임을 의미한다.

　영국에서 먼저 근대 의식을 경험한 라오서는 중국에서도 그것이 이루어지기를 바랐다. 하지만 그 주체가 되어야 할 시민들의 의식은 과거에 머물러 있었고 근대화와는 거리가 멀었다. 그는 이러한 상황을 무기력하게 바라볼 수밖에 없었다. 라오서는『이혼』에서 보이는 웃음은 씁쓸하고 눈물을 머금은 미소라고 했는데 그것은 바로 이런 이유에서였을 것이다.

작가 연보

1899 2월 3일 베이징의 빈궁한 만주족 집안에서 출생. 본명은
수칭춘舒慶春, 라오서老舍는 필명. 부친은 수융서우舒永壽.

1900 황실 수비대에 있던 부친이 의화단 사건 당시 베이징에 진
입한 연합군과 교전 중 사망.

1905 자선사업가였던 류서우진劉壽錦(법호는 종월宗月)의 도움으
로 사숙私塾에서 공부를 시작.

1909 경사공립제2양등소학京師公立第二兩等小學 3학년으로 편입.

1913 경사제3중학京師第三中學(현 베이징제3중학)에 입학하였지
만, 경제적 곤란으로 수개월 후 자퇴하고, 학비가 면제되
는 베이징사범학교에 다시 진학.

1918 사범학교를 졸업하고 경사공립제17소학교京師公立第十七小學校
(현 완자후퉁소학萬家胡同小學) 교장으로 부임.

1920 2년 후 경사교육국京師敎育局 북교北郊 권학원(勸學員, 현 장
학관과 유사)으로 승진.

1922 권학원을 사직하고 톈진天津 난카이중학南開中學 교사로 부
임. 수서위舒舍予라는 필명으로 번역서『기독교의 대동주의
基督敎的大同主義』를 발표. 기독교 세례를 받고, 이후 교회의
여러 사회사업 활동에 참여.

1923 『난카이계간南開季刊』에 첫 단편소설 「샤오링小鈴兒」을 발표. 난카이중학을 사직하고 베이징으로 돌아옴.

1924 영국 런던대학 동방학원School of Oriental and African Studies 중국어 강사로 부임.

1926 『소설월보小說月報』에 장편 『라오장의 철학老張的哲學』 연재. 1편에서는 작가명으로 본명인 '수칭춘'을 사용하였고 2편부터 필명 '라오서'를 사용.

1927 『소설월보』에 장편 『자오즈웨趙子曰』 연재.

1929 『소설월보』에 장편 『마씨 부자二馬』 연재. 6월, 영국 생활을 마감하고 귀국하던 도중 싱가포르에서 반년간 체류하며 화교중학華僑中學 교사로 부임.

1930 3월에 입국, 7월 산둥山東 지난濟南의 치루대학齊魯大學 교수로 부임. 『문학 개론 강의文學槪論講義』 출간.

1931 후제칭胡絜青과 결혼. 싱가포르에서의 경험을 토대로 장편 『샤오포의 생일小坡的生日』 발표. 장편 『대명호大明湖』를 창작. 하지만 이듬해 일본의 1·28 상하이 포격으로 출판을 기다리던 원고가 소실됨.

1932 『현대現代』에 장편 『고양이 나라 이야기猫城記』 연재.

1933 8월, 장편 『이혼離婚』 발표. 9월, 장녀 수지舒濟 출생. 이후 1935년에 장남 수이舒乙, 1937년에 차녀 수위舒雨가 출생하여 슬하에 1남 2녀를 둠.

1934 4월 『라오서 유머 시문집老舍幽墨詩文集』 출간.
9월 『논어論語』에 장편 『뉴텐츠전牛天賜傳』 연재.
같은 달, 첫 단편집 『간집趕集』 출판. 치루대학을 떠나 칭다오青島 산둥대학山東大學 교수로 부임.

1935 『국문주보國聞周報』에 중편『초승달月牙兒』발표. 단편소설집 『앵해집櫻海集』출간.

1936 창작에 전념하기 위해 교직을 사임. 9월『우주풍宇宙風』에 『낙타 샹쯔駱駝祥子』연재. 10월부터『논어』에 장편『선민選 民』을 연재하지만 이듬해 7월 중단됨. 단편집『합조집蛤藻集』출간.

1937 중일전쟁이 발발하자 가족과 헤어져 우한武漢으로 감. 이듬해, 중화전국문예계항적협회中華全國文藝界抗敵協會 상무 이사 겸 총무부주임으로 피선, 실질적인 대표자 역할을 맡 음. 이 단체의 '문학을 농촌으로, 문학을 군대로'라는 슬로 건에 부응하여 이후 소설보다는 대중이 쉽게 감상할 수 있 는 화극話劇 창작에 주력, 총 27편의 작품을 발표.

1938 통속문예집『삼사일三四一』출간.

1939 단편집『화차집火車集』출간.『문예월간·전시특간文藝月刊· 戰時特刊』에 첫 화극「잔무殘霧」연재.

1944 『문예선봉文藝先鋒』에 장편소설『화장火葬』연재. 단편집『빈 혈집貧血集』출간.『소탕보掃蕩報』에 3부작 장편소설『사세동 당四世同堂』의 제1부『당혹惶惑』연재.

1946 미국 국무부 초청으로 희곡 작가 차오위曹禺와 함께 도미. 『사세동당四世同堂』의 제2부『구차한 삶偸生』출간.

1947 단편집『미신집微神集』출간.

1948 『사세동당四世同堂』의 제3부『기황饑荒』창작.

1949 귀국.

1950   화극「용수구龍鬚溝」발표, 이 작품을 통해 베이징시로부터
          '인민예술가' 칭호 수여받음.

1953   중화전국문학예술계연합회 제2기 전국위원회 주석단 위원
          및 중국작가협회 부주석에 선임.
          10월 제3기 북조선위문단 부단장 자격으로 북한을 방문하
          여 6개월가량 체류.

1955   한국전쟁 당시 중국군의 영웅적인 활약상을 그린 보고문
          학 성격의 중편『유명해진 무명고지無名高地有了名』출간.

1957   화극「찻집茶館」발표.

1961   자전적 소설『정홍기하正紅旗下』창작을 시작하지만, 미완성
          작으로 끝남.

1966   문화대혁명이 시작되고 우파로 몰려 연일 홍위병들에게
          시달리던 중, 8월 24일 베이징 인근 타이펑호太平湖에서 시
          신으로 발견.

1979   복권되고, '인민예술가' 칭호 회복.

기획의 말

세계문학과 한국문학 간에 혈맥이 뚫려, 세계-한국문학의 공진화가 개시되기를

21세기 한국에서 '세계문학'을 읽는다는 것은 무엇을 뜻하는 가? 자국문학 따로 있고 그 울타리 바깥에 세계문학이 따로 있 다는 말인가? 이제 한국문학은 주변문학이 아니며 개별문학만 도 아니다. 김윤식·김현의 『한국문학사』(1973)가 두 개의 서문 을 통해서 "한국문학은 주변문학을 벗어나야 한다"와 "한국문 학은 개별문학이다"라는 두 개의 명제를 내세웠을 때, 한국문학 은 아직 주변문학이었다. 한데 그 이후에도 여전히 한국문학은 주변문학이었다. 왜냐하면 "한국문학은 이식문학이다"라는 옛 평론가의 망령이 여전히 우리의 의식을 장악하고 있었기 때문 이다. 그렇게 생각하고 그렇게 읽고, 써온 것이었다. 그리고 얼 마간 그런 생각에 진실이 포함되어 있는 것도 사실이었다. 그러 나 천천히, 그것도 아주 천천히, 경제성장이나 한류보다는 훨씬 느리게, 한국문학은 자신의 '자주성'을 세계에 알리며 그 존재 를 세계지도의 표면 위에 부조시키고 있었다. 그런 와중에 반대 방향에서 전혀 다른 기운이 일어나 막 세계의 대양에 돛을 띄운 한국문학에 위협적인 격랑을 밀어붙이고 있었다. 20세기 말부터 본격화된 '세계화'의 바람은 이제 경제적 재화뿐만이 아니라 어떤 나라의 문화물도 국가 단위로만 존재할 수 없게 하였던 것이니, 한국문학 역시 세계문학의 한 단위라는 위상을 요구받게 되었던 것이다.

그러니 21세기 한국에서 세계문학을 읽는다는 것은 진정 무엇을 뜻하는가? 무엇보다도 세계문학이라는 개념을 돌이켜 볼 때가 되었다. 그동안 세계문학은 '보편문학'의 지위를 누려왔다. 즉 세계문학은 따라야 할 모범이고 존중해야 할 권위이며 자국문학이 복종해야 할 상급 문학이었다. 그리고 보편문학으로서의 세계문학의 반열에 올라간 작품들은 18세기 이래 강대국의 지위를 누려온 국가의 범위 안에서 설정되기가 일쑤였다. 이렇게 해서 세계 각국의 저마다의 문학은 몇몇 소수의 힘 있는 문학들의 영향 속에서 후자들을 추종하는 자세로 모가지를 드리워왔던 것이다. 이제 세계문학에게 본래의 이름을 돌려줄 때가 되었다. 즉 세계문학은 보편문학이 아니라 세계인 모두가 향유할 수 있도록 전 세계 방방곡곡에서 씌어져서 지구적 규모의 연락망을 통해 배달되는 지구상의 모든 문학이라고 재정의할 때가 되었다. 이러한 재정의에는 오로지 질적 의미의 삭제와 수량적 중성화만 있는 게 아니다. 모든 현상학적 환원에는 그 안에 진정한 가치를 향해 나아가고자 하는 지향성이 움직이고 있다. 20세기 막바지에 불어닥친 세계화 토네이도가 애초에는 신자유주의적 탐욕 속에서 소수의 대국 기업에 의해 주도되었으나 격심한 우여곡절을 겪으며 국가 간 위계질서를 무너뜨리는 평등한 교류로서의 대안-세계화의 청사진을 세계인의 마음속에 심게 하였듯이, 오늘날 모든 자국문학이 세계문학의 단위로 재편되는 추세가 보편문학의 성채도 덩달아 허물게 되어, 지구상의 모든 문학들이 공평의 체 위에서 토닥거리는 게 마땅하다는 인식이 일상화까지는 아니더라도 최소한 정당화되고 잠재적으로 전망되는 여건을 만들어내게 되었던 것이다.

또한 종래 세계문학의 보편문학적 지위는 공간적 한계만을 야기했던 게 아니다. 그 보편문학이 말 그대로 보편성을 확보했다기보다는 실상 협소한 문학적 기준에 근거한 한정된 작품 집합에 머무르기 일쑤였다. 게다가, 문학의 진정한 교류가 마음의 감동에서 움트는 것일진대, 언어의 상이성은 그런 꿈을 자주 흐려왔으니, 조급한 마음은 그런 어둠 사이에 상업성과 말초적 자극성이라는 아편을 주입하여 교류를 인공적으로 촉진시키곤 하였다. 이제 우리는 그런 편법과 왜곡을 막기 위해서, 활짝 개방된 문학적 관점을 도입하여, 지금까지 외면당하거나 이런저런 이유로 파묻혀 있던 숨은 걸작들을 발굴하여 널리 알리고 저마다의 문학을 저마다의 방식으로 감상할 수 있는 음미의 물관을 제공해야 할 것이다. 실로 그런 취지에서 보자면 우리는 한국에 미만한 수많은 세계문학전집 시리즈들이 과거의 세계문학장을 너무나 큰 어둠으로 가려오고 있었다는 것을 절감한다.

이와 같은 인식하에 '대산세계문학총서'의 방향은 다음으로 모인다. 첫째, '대산세계문학총서'의 기준은 작품의 고전적 가치이다. 그러나 설명이 필요하다. 이 고전은 지금까지 고전으로 인정된 것들에 갇히지 않는다. 우리가 생각하는 고전성은 추상적으로는 '높은 문학성'을 가리킬 터이지만, 이 문학성이란 이미 확정된 규칙들에 근거한 문학성(그런 문학성은 실상 존재하지 않거니와)이 아니라, 오로지 저만의 고유한 구조를 통해 조직되는데 희한하게도 독자들의 저마다의 수용 기관과 연결되는 소통로의 접속 단자가 풍요롭고, 그 전류가 진해서, 세계의 가장 많은 인구의 감성을 열고 지성을 드높일 잠재적 역능이 알차게 채워진 작품의 성질을 가리킨다. 이러한 기준은 결국 작품의 문학성이 작품이나 작가에 의해 혹은 독자에 의해 일방적으로 결정되는 것이 아니라, 세 주체의 협력에 의해 형성되며 동시에 그 형성을 통해서 작품을 개방하고 작가의 다음 운동을 북돋거나 작가를 재인식시키며, 독자의 감수성을 일깨워 그의 내부에 읽기로부터 쓰기로의 순환이 유장하도록 자극하는 운동을 낳는다는 점을 환기시키고 또한 그런 작품에 대한 분별을 요구한다.

이 첫번째 기준으로부터 두 가지 기준이 덧붙여 결정된다.

둘째, '대산세계문학총서'는 발굴하고 발견한다. 모르거나 잊힌 것을 발굴하여 문학의 두께를 두텁게 하고, 당대의 유행을 따라가기보다는 또한 단순히 미래를 예측하기보다는 차라리 인류의 미래를 공진화적으로 개방할 수 있는 작품을 발견하여 문학의 영역을 확장할 것을 목표로 한다. 이는 또한 공동선의 실현과 심미안의 집단적 수준의 진화에 맞추어 작품을 선별한다는 것을 뜻한다.

셋째, '대산세계문학총서'가 지구상의 그리고 고금의 모든 문학작품들에게 열려 있다면, 그리고 이 열림이 지금까지의 기술 그대로 그 고유성을 제대로 활성화시키는 방식으로 진행되는 것이라면, 이는 궁극적으로 '가장 지역적인 문학이 가장 세계적인 문학'이라는 이상적 호환성을 추구한다는 것을 가리킨다. 이는 또한 '대산세계문학총서'의 피드백에도 그대로 적용될 것이다. 즉 '대산세계문학총서'의 개개 작품들은 한국의 독자들에게 가장 고유한 방식으로 향유될 터이고, 그럴 때에 그 작품의 세계성이 가장 활발하게 현상되고 작용할 것이다.

이러한 기준들을 열린 자세와 꼼꼼한 태도로 섬세히 원용함으로써 우리는 '대산세계문학총서'가 그 발굴과 발견을 통해 세계문학의 영역을 두텁고 넓게 하는 과정 그 자체로서 한국 독자들의 문학적 안목과 감수성을 신장시키는 데 기여할 것을 기대하며, 재차 그러한 과정이 한국문학의 체내에 수혈되어 한국문학의 도약이 곧바로 세계문학의 진화로 이어지게끔 하기를 희망한다. 이는 우리가 '대산세계문학총서'를 21세기의 한국사회에서 수행하는 근본적인 소이이다. 독자들의 뜨거운 호응을 바라마지않는다.

'대산세계문학총서' 기획위원회

대산세계문학총서